TEIL I

DIE HALBELFE

Für meine Mama,
die ein noch größerer Bücherfresser ist als ich
(sofern das überhaupt möglich ist)
und
für meine Großeltern,
die mir als Kind pausenlos Märchen
und Geschichten vorlesen mussten,
bis ich jedes einzelne Wort mitsprechen konnte.

1

Ich bin erledigt.

Vor meinen Füßen liegt die kümmerliche Ernte diesen Jahres: Kartoffeln, die nicht einmal halb so groß sind wie meine Faust, und verschrumpelte Rüben, die mich nicht einmal für eine Woche satt machen werden.

Der verregnete Frühling, der darauffolgende ungewöhnlich heiße Sommer und die daraus resultierende Hitze haben ihren Tribut gefordert.

Deprimiert lasse ich meinen Blick über das Feld vor mir gleiten und wische mir den Schweiß von der Stirn. Die Luft ist so drückend, dass mir selbst das Atmen schwerfällt.

Alles war umsonst. Die ganzen Tage, die ich in der prallen Sonne damit zugebracht habe, die harte, rissige Erde umzugraben. Das letzte Wasser, das ich mir vom Munde abgespart habe, um die zarten Pflänzchen zu gießen, die es doch schafften, sich einen Weg an die Oberfläche zu bahnen, nur um kurz darauf zu verbrennen.

Nervös beiße ich mir auf die Unterlippe, während ich zurück zu meiner Hütte laufe. Selbst der kleine Bach, der sonst so munter neben meinem Zuhause entlangplätscherte, ist zu einem traurigen Rinnsal verkommen. Zu wenig Wasser, um meine beiden Felder zu bestellen, die mich eigentlich über den Winter hätten bringen sollen.

Aber ich darf jetzt nicht aufgeben. Noch gibt es eine Möglichkeit, mich für die kommenden Monate satt zu machen. Es ist Zeit, meine zweite Nahrungsquelle zu überprüfen.

Nachdem ich meine langen braunen Haare zu einem Zopf geflochten habe, laufe ich im angrenzenden Wald die aufgestellten Fallen ab. Selbst hier scheint die Luft zu stehen, und die kahlen Bäume spenden kaum Schatten.

Es dauert nicht lange, bis ich die erste Schlinge erreicht habe.

Nichts. Wie schon die ganze letzte Woche.

Das trockene Laub unter meinen Füßen raschelt laut, während ich von einer Schlinge zur nächsten laufe, nur, um wieder enttäuscht zu werden.

Es ist zwar noch recht früh am Morgen, aber ich habe keine Hoffnung mehr, heute noch einen Hasen oder zumindest ein Eichhörnchen zu fangen. Schließlich hatte ich schon die ganze letzte Zeit kein Glück. Es scheint, als hätten sich auch die Tiere vor dieser unnatürlichen Hitze zurückgezogen. Wenn ich so darüber nachdenke, habe ich auch schon lange kein Reh mehr in den Dämmerstunden auf meiner Lichtung gesehen ... Wie gerne würde ich es ihnen gleichtun, wenn es mir nur möglich wäre.

Beharrlich schiebe ich den Gedanken an die Konsequenzen beiseite, doch immer wieder schleichen sie sich zurück in meinen Kopf, setzen sich dort fest wie ein Geschwür. Da ich dieses Jahr keine Ernte haben werde und auch keinen Erfolg bei der Jagd, bleibt mir nur noch ein Ausweg. Langsam dämmert es mir, dass ich keine Wahl habe, und sofort bildet sich ein eiskalter Klumpen in meinem Bauch, der sich durch meine Eingeweide frisst.

Trotz der schwülen Hitze fröstelt es mich und ich reibe mir die Arme, um die Gänsehaut zu vertreiben, während ich zurück zu meiner Hütte laufe und dabei vollkommen in Gedanken versunken bin.

Ich will es nicht tun. Ich will nicht ins Dorf.

Aber ich weiß, dass ich es *muss*.

Nicht, weil ich den langen Marsch von etwa einem halben Tag scheue. Auch nicht, weil mir bei den dort verlangten Preisen die Galle hochkommt. All das könnte ich ertragen.

Aber es gibt eine Sache, die ich nicht ertragen kann: die *Menschen*. Sie sind es, die mir einen eiskalten Schauer nach dem anderen über den Rücken jagen, ohne dass ich etwas dagegen tun kann.

Warum kann es nicht so einfach wie vor ein paar Monaten sein? Früher ist alle paar Wochen ein fahrender Händler in den Wald gekommen. Etwa drei Stunden von meiner Hütte entfernt haben wir uns getroffen und ich habe ihm feines Wildfleisch, das ich erbeutet habe, oder Schmuck verkauft. Besonders die Armreife, die ich aus

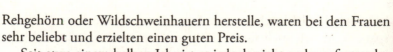

Rehgehörn oder Wildschweinhauern herstelle, waren bei den Frauen sehr beliebt und erzielten einen guten Preis.

Seit etwa einem halben Jahr ist er jedoch nicht mehr aufgetaucht, und obwohl er ein Mensch ist, mache ich mir Sorgen um den alten Händler. Er war in Ordnung und stellte keine Fragen. Er nahm, was ich ihm brachte, und entlohnte mich ordentlich dafür.

Außerdem hat er mir in der Vergangenheit oft die Bestellungen aus dem Dorf geliefert, die ich bei ihm aufgeben konnte und die ich dann in einer nahegelegenen Höhle verstaut und einzeln zu meiner Hütte geschleppt habe. Ein Vorgehen, das auch schon meine Ziehmutter so praktiziert hat.

Sehr mühselig, aber ich habe keine andere Wahl, um unerkannt zu bleiben. Und ich kam so jedes Mal um einen Besuch im Dorf herum.

Die Menschen dürfen nicht wissen, was ich bin. Sie dürfen nicht einmal *ahnen*, was so nah an ihrem Dorf lebt.

Ich bin mir sicher, dass die Ernte im Dorf Thiras nicht so katastrophal ausgefallen ist wie bei mir, schließlich liegt das Dorf direkt an einem vom Fluss gespeisten See. Aber hier, mitten im Wald, habe ich nichts außer dem kleinen Bach, der nahezu versiegt ist. Ich werde also im Dorf zumindest die Chance haben, alles Notwendige zu bekommen, um den Winter überleben zu können.

Trotzdem ertappe ich mich dabei, wie ich sinnlose Tätigkeiten verrichte oder den Staubkörnern dabei zuschaue, wie sie im Sonnenlicht tanzen. Alles, um den Aufbruch hinauszuzögern.

Genervt fahre ich mir mit der Hand durchs Gesicht und ärgere mich über mich selbst. Das ist sonst nicht meine Art ...

Du kannst das, Fye. Du warst schon so oft im Dorf und niemals ist etwas passiert. Auch diesmal wird alles gut gehen, ganz bestimmt.

Tatsächlich war ich seit dem Tod meiner Ziehmutter Bryande nur ein einziges Mal im Dorf. Seitdem lebe ich von meinen Feldern und dem, was der Wald mir gibt. Hin und wieder habe ich auch etwas bei dem fahrenden Händler gekauft oder getauscht. Es waren gute Jahre mit noch besseren Ernten und ich habe keinen Gedanken daran verschwendet, dass es einmal anders sein könnte, was sich nun natürlich rächt.

Menschenmassen jagen mir schon bei der bloßen Vorstellung eine unwahrscheinliche Angst ein, doch es hat keinen Sinn. Ich kann es sicherlich noch ein paar Tage hinauszögern, aber früher oder später werde ich mich auf den Weg ins Dorf machen müssen. Lieber bringe ich es heute hinter mich, als dass ich mich noch weitere Tage ängstige.

Auch wird es dann noch einige Tage dauern, bis die Ware geliefert wird, denn alles werde ich nicht auf einmal mitnehmen können, und wieder einige Tage länger, bis ich alles von der Höhle zu meiner Hütte geschafft habe. Außerdem muss ich erst mal einen Lieferanten finden, der bereit ist, meine gekauften Waren mit seinem Karren mitten in den Wald zu fahren und dort abzuladen – und dabei keinerlei Fragen zu stellen. Das wird mich einiges kosten …

Puh … Also, auf geht's! Nachdem ich ein paar Mal tief ein- und ausgeatmet habe, streife ich die von der Feldarbeit schmutzige Kleidung ab, schlüpfe in eine enge Hose und ziehe ein braunes Wams über, das mir bis zu den Knien reicht und das ich mit einem Gürtel in der Taille umschließe.

Anschließend kratze ich alle meine Ersparnisse zusammen, um den Händler und den Lieferanten im Dorf bezahlen zu können. Wohlweislich nehme ich mehr Münzen mit: Einerseits, weil nach dem unnatürlich heißen Sommer die Preise gestiegen sein werden und andererseits, um mir Verschwiegenheit zu erkaufen.

Ich verstaue die Münzen in einem Lederbeutel, den ich an den Gürtel binde, und greife nach meinem grünen Umhang, den ich vorne mit einer silbernen Schließe zusammenhalte. Bevor ich meine Hütte verlasse, schlage ich die Kapuze über den Kopf, um meine Ohren zu verdecken, sodass niemand auf den ersten Blick sehen kann, dass ich nicht menschlich bin.

Meine Ohren. Mein Makel. Das Zeichen meiner Herkunft.

Beim Hinausgehen greife ich nach meinem Stab und ziehe die Kapuze trotz der Hitze tief ins Gesicht, während ich krampfhaft versuche, die Panik niederzukämpfen, die Besitz von mir ergreift.

Unter keinen Umständen dürfen die Menschen sehen, was ich bin. Es wäre mein sicherer Tod.

Gerne würde ich auf den dicken Umhang und die Kapuze verzichten, aber sie sind unumgänglich, wenn ich die Sicherheit meiner Lichtung verlasse. Denn egal, wie ich meine Haare frisiere – ob ich sie offen lasse, flechte oder hochstecke –, immer spitzen meine Ohren hindurch. Jeder würde sofort sehen, was ich bin.

Ich kann gar nicht zählen, wie oft ich mit meiner Ziehmutter das Dorf besucht habe. Es ist bisher immer gut gegangen und wird auch heute gutgehen. In einigen Stunden werde ich schon wieder in meiner Hütte sein und über meine Angst lachen.

Ich lege die Hand um meine silberne Schließe, atme tief durch und schlage einen schnellen Schritt Richtung Dorf ein.

Da die Bäume über mir bereits nahezu alle Blätter verloren haben, scheint die heiße Mittagssonne ungehindert auf mich hinab. Schweiß rinnt mir mittlerweile in Strömen den Rücken herunter, doch ich versuche ihn zu ignorieren. Ich habe es eilig und um nichts in der Welt würde ich außerhalb meiner Hütte die Kapuze ablegen.

Kann man eigentlich erschwitzen?

Das trockene Laub raschelt unter meinen Füßen, während ich flink zwischen den Bäumen abseits der Wege entlangrenne.

Auf meine Schritte achte ich jedoch kaum, denn meine Gedanken schweifen ständig ab. Der Knoten in meinem Bauch hat sich mittlerweile zu einem stattlichen Klumpen entwickelt und mit jedem Schritt, den ich näher an das Dorf komme, scheint er sich zu vergrößern. Egal, wie oft ich mir einzureden versuche, dass nichts passieren wird, steigt meine Unruhe immer weiter.

Sollten die Menschen entdecken, was ich bin, wäre ein Leben in einem dunklen, feuchten Kerker noch die beste Aussicht, mit der ich rechnen kann. Es würde jedoch eher auf den Strang oder das Schwert hinauslaufen – und das auch nur, wenn ich Glück habe. Es fällt mir nicht schwer, mir Schlimmeres als das vorzustellen, immerhin kenne ich die Geschichten und weiß, was mit meinesgleichen passiert, wenn man uns zu fassen bekommt. Nicht, dass das oft vorkommt. Soviel ich weiß, gibt es nur noch sehr wenige Mischlinge wie mich. Wenn, dann leben sie im Verborgenen und scheuen jeden Kontakt mit der Außenwelt. Geschieht es dann doch einmal, dass ein Mischling gefangen wird, bauschen die Menschen eine Ergreifung gern zu einem Spektakel auf, das sich für Monate in ihren kranken Köpfen festbrennt.

Ich blende meine Umgebung nahezu komplett aus und hänge düsteren Gedanken nach. Was, wenn es diesmal doch nicht gut geht? Wenn ich geschnappt werde? Aber wenn ich dieses Risiko nicht eingehe, ende ich als abgemagertes Skelett im Wald. Ich habe also die Wahl zwischen einem schmerzlichen und einem qualvoll langsamen Tod. *Großartig.*

Abrupt bleibe ich stehen und drehe mich nach allen Seiten um. War da nicht eben ein Geräusch im Unterholz hinter mir? Noch bin ich nicht weit entfernt von meiner Hütte. Sollte sie von einem Wegelagerer entdeckt werden, wäre ich in Gefahr. *Verdammt!* Ich beiße die Zähne zusammen. Ich habe mich von meiner Panik und meinen Angstträumen ablenken lassen. Sicherlich wäre mir sonst schon vorher aufgefallen, dass dort etwas ist.

Ich halte den Stab nun mit beiden Händen umklammert und beobachte aufmerksam meine Umgebung, während ich auf ein erneutes Geräusch warte. Ich spüre deutlich, dass ich nicht allein bin, und dieses Wissen stellt die kleinen Härchen in meinem Nacken auf. Da, wieder ein Ast, der unter einem großen Gewicht geräuschvoll knackt. Schwerfällige Schritte nähern sich mir und mir ist klar: So plump bewegt sich kein Geschöpf des Waldes. Kein Jäger würde sich so laut an seine Beute heranschleichen, und kein Beutetier würde so einen Krach veranstalten, damit jeder Jäger auf es aufmerksam werden würde. Nein, da kommt etwas anderes auf mich zu.

Blitzschnell wirble ich herum und warte kampfbereit. Ich gebe mir Mühe, nach außen hin ruhig zu wirken, aber in Wahrheit zittere ich vor Angst, obwohl es dazu keinen Grund gibt. Ich bin eine gute Kämpferin und habe mich viele Winter erfolgreich gegen Bären und andere Raubtiere behauptet, die sich an meinen Vorräten vergreifen wollten. Ich werde mit allem fertig, also werde ich nicht grundlos in Panik verfallen.

Trotzdem erschrecke ich, als er aus dem Unterholz tritt, und weiche einen Schritt zurück. Vor mir steht ein Hüne von einem Menschenmann. Seine Arme sind so dick wie Keulen und mit dichtem Haarwuchs übersät, sodass sie fast schwarz wirken, und quer durch sein hässliches Gesicht verläuft eine große, wulstige Narbe. Mit seinen Schweinsaugen blickt er in meine Richtung und fängt sofort dümmlich an zu grinsen. Angewidert weiche ich einen weiteren Schritt zurück, lasse ihn jedoch nicht aus den Augen, und verfolge jede seiner Bewegungen ganz genau, um sofort reagieren zu können.

»Na, sieh mal einer an. Was haben wir denn hier?« Er wischt sich mit dem Handrücken über den Mund. »So ganz alleine unterwegs im dunklen, finsteren Wald?«

Ich verzichte, ihn darauf hinzuweisen, dass es weder dunkel noch finster ist, sondern mitten am Tag, sondern schaue stumm zu, wie er zwei Schritte auf mich zu macht und so den Abstand, den ich geschaffen habe, überbrückt. Ich sehe, dass er in seiner linken Hand eine große Axt hält, die er lässig schultert. Ein Holzfäller? Kurz hält er inne und taxiert mich von oben bis unten und von dort wieder zurück nach oben. Eiskalt läuft es mir den Rücken hinunter, als sein Blick auf meinem Gesicht hängenbleibt. Ich weiß genau, was er sieht: ein hilfloses Mädchen, ganz allein mitten im Wald. Leichte Beute für jemanden wie ihn.

Doch der Schein trügt, denn ich bin alles andere als hilflos, und das wird er bald zu spüren bekommen, wenn er sich nicht gleich umdreht und das Weite sucht.

»Komm nur her, meine Schöne. Brauchst doch keine Angst zu haben.« Er hält mir eine seiner Pranken hin, als würde er tatsächlich denken, dass ich danach greife. *Ja, sicher.* Schützend halte ich den Stab vor meinen Körper, bereit, ihn jederzeit zu benutzen.

Anscheinend fasst er das als Einladung auf, noch zudringlicher zu werden, denn wieder macht er einen Schritt auf mich zu und streckt seine schwielige Hand nach mir aus. Das wird mir nun definitiv zu nah, also ziele ich kurz und schlage kräftig mit meinem Stab gegen seinen Handrücken. Der Hüne jault auf und sein Gesicht verzieht sich zu einer Fratze.

»Kleines Biest!«, schreit er mich an und lässt seine Axt fallen. *Grober Fehler, Freundchen!* Er versucht nun, mit beiden Händen nach mir zu greifen. Ich weiche ihm in letzter Sekunde aus und schlage erneut mit dem Stab zu, als ich in sicherer Entfernung bin. Dieses Mal treffe ich seinen Rücken, was ihn taumeln lässt und ihm einen weiteren Schmerzensschrei entlockt. Es dauert einen Moment, bis er sein Gleichgewicht wiederfindet, aber dann setzt er den Angriff weiter fort.

Er weiß einfach nicht, wann er verloren hat.

Langsam werde ich der ganzen Sache überdrüssig. Anscheinend reicht meine physische Kraft nicht aus, den Hünen zu Fall zu bringen oder ihm wenigstens soweit den Spaß zu verderben, dass er von mir ablässt. Also muss ich wohl zu drastischeren Mitteln greifen. Es ist mir zwar zuwider und birgt Gefahren, aber ich habe keine Lust, dass mir dieser Riese zu nah kommt oder meine Hütte findet.

Den Stab nun in nur einer Hand, bilde ich mit der rechten eine Faust, schließe die Augen, und murmele die uralten Worte, die sich für taub gewordene Menschenohren anhören wie ein melodischer Singsang. Kurz hält der Hüne inne und glotzt auf meine Faust, von der nun ein Schimmern ausgeht. Ich spüre, wie die Macht und die Hitze in meiner Hand immer weiter anwachsen, doch noch ist sie nicht bereit, um entfesselt zu werden. Ein Luftzug umgibt mich, wirbelt meinen Rock und meinen Umhang umher, während ich weiter den Spruch aufsage. Als ich die Hitze in meiner Faust beinahe nicht mehr aushalten kann, öffne ich sie, und über der Handfläche tanzt nun ein Feuer. Jetzt schlage ich die Augen auf, fixiere den Mann, und als ich die letzten Worte spreche, wächst die Flamme, schlägt empor und entwickelt sich zu einem Feuerball, der zuckend über meiner Hand schwebt.

Wimmernd vor Panik sinkt der Mann auf die Knie und legt einen Arm vor sein Gesicht, um seine Augen vor dem strahlenden Licht des Feuerballs zu schützen. Der Gedanke, dass ich für ihn aussehen muss wie eine Rachegöttin, blitzt in meinem Kopf auf. Nein, so will ich nicht gesehen werden! Ich tue das hier, um mich zu verteidigen und nicht, um Unheil zu stiften und Verderben zu bringen. Ich bin nicht wie die Mischlinge in den Erzählungen. Um den Gedanken zu vertreiben, schüttele ich mich kurz, wodurch die Kapuze herunter rutscht.

Der Kerl starrt mich an, als wäre ich ein Geist, und seine kleinen Augen fallen beinahe aus den Höhlen. Jetzt, da er merkt, was genau er vor sich hat, beginnt sein massiger Körper vor Angst zu beben,

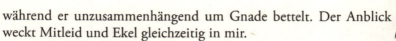

während er unzusammenhängend um Gnade bettelt. Der Anblick weckt Mitleid und Ekel gleichzeitig in mir.

Ich lasse den Feuerball schmetternd nur wenige Zentimeter neben ihm zu Boden gehen. Dem Mann entfährt ein Schrei, als das Feuer das Gras neben ihm versengt und er die Hitze an seinem Körper spürt, wobei sicherlich auch ein großer Teil seiner üppigen Körperbehaarung in Mitleidenschaft gezogen wird. Nun ja, das ist kein großer Verlust.

Langsam schreite ich auf ihn zu und bleibe über dem wimmernden Bündel stehen, das zu meinen Füßen liegt. Er schafft es nicht, auch nur ein klares Wort zu sagen, und wagt nicht, den Kopf zu heben. Bei diesem Anblick bin ich froh, keiner von ihnen zu sein, auch wenn dieser Kerl wahrlich kein leuchtendes Beispiel für seine Rasse ist. Ich nehme meinen Stab nun wieder in die rechte Hand und lasse ihn auf seinen Kopf niederfahren. Augenblicklich sackt er bewusstlos zusammen.

Die Absicht, ihn zu töten, habe ich nicht, denn dann wäre ich nicht anders als die Mischlinge in den Schauergeschichten der Menschen, und das will ich auf keinen Fall. Hinzu kommt, dass ich mit meinen minderen Magiefähigkeiten nicht mehr anrichten kann, als ihm ein paar Verbrennungen zuzufügen. Ich kann nur hoffen, dass er mit einem gehörigen Brummschädel aufwachen und sich nur undeutlich an das eben Geschehene erinnern wird. Und dass er dann eine andere Richtung einschlagen wird als zu meiner Hütte.

Einmal mehr bereue ich, dass ich nur die Grundzauber beherrsche. Sonst setze ich meine Künste meist nur für alltägliche Arbeiten wie Feuermachen ein. Mächtige Angriffszauber sind nur den magiebegabten Hochelfenzauberern vorbehalten, die sich dem Studium dieser jahrtausendealten Kunst widmen. Niederen Elfen oder gar Halblingen wie mir bleibt nur die Küchenmagie, wie unsere kleinen Tricks abschätzig genannt werden. Reine Elfen ziehen die magische Kraft aus ihrem Medium – Waldelfen aus Bäumen oder Waldtieren, Dunkelelfen zaubern am besten in der Dunkelheit, um nur ein paar Beispiele zu nennen.

Einzig die Hochelfen, die älteste und reinste Elfenrasse, brauchen kein spezielles Medium, um ihre Magie zu wirken, denn sie können Energie aus nahezu jedem Gegenstand, jeder Tageszeit und jedem

Lebewesen beziehen. Ich jedoch habe nichts – kein Medium, keine Rasse, keine Zugehörigkeit – und muss mich auf meinen Stab und den Nahkampf verlassen. Zum Glück bin ich in beiden Gebieten ganz passabel, dank der jahrelangen Ausbildung durch meine Ziehmutter.

Ich wende mich von dem Schauplatz des Geschehens ab, wo der Hüne noch immer bewusstlos liegt, ziehe mir die Kapuze wieder ins Gesicht und setze meinen Weg eilig fort. Dieser Zwischenfall hat mich schon zu viel Zeit gekostet.

Bäume und Sträucher fliegen förmlich an mir vorbei, während ich immer weiterrenne, doch der Weg scheint nicht enden zu wollen. Wenigstens ermüde ich nicht so schnell oder brauche Pausen – ein kleiner Vorteil meines Halblingdaseins.

Erst, als es der Sonne nach bereits später Nachmittag sein muss, sehe ich über den Baumwipfeln die Rauchfahnen des Dorfes. Ich beschleunige meinen Schritt etwas und gehe in Gedanken nochmals die Liste der Dinge durch, die ich unbedingt benötige. Sobald ich im Dorf bin, will ich schnell handeln und alles griffbereit haben. Jede Minute, die ich weniger brauche, ist eine gewonnene Minute.

Kurz bevor ich den Schutz des Waldes verlasse, klopfe ich mir den Staub von Kleidung und Stiefeln. Gewissenhaft überprüfe ich den Sitz des Umhangs und der Kapuze, die ich mir tief ins Gesicht ziehe, und schultere meinen Stab.

2

Mit langsamen, menschengerechten Schritten, trete ich zwischen den Bäumen hervor und folge der schmalen Straße ins Dorf Thiras. Kleine Hütten säumen den Weg, eine schäbiger und heruntergekommener als die andere, und die Wege, die zwischen ihnen verlaufen, sind nicht gepflastert, sondern bestehen nur aus festgetretener Erde.

Ich ziehe den Kopf zwischen die Schultern und spähe nur verstohlen nach rechts und links, um so wenig Aufmerksamkeit wie möglich zu erregen. Nur mit Mühe kann ich mich davon abhalten, in meinen gewohnt schnelleren Schritt zu verfallen – das hätte mich sofort verraten. Unter keinen Umständen darf ich irgendwie auffallen.

Ich komme an vielen Feldern vorbei, auf denen gerade eine Handvoll älterer Menschen Arbeiten verrichtet. Die meisten Einwohner des Dorfes scheinen einfache Bauersleute zu sein, die sich ihren Lebensunterhalt mit dem Bestellen von Äckern verdienen. Sie sind so sehr damit beschäftigt, die trockene Erde umzugraben, dass sie sich nicht für das vermummte Wesen interessieren, das zielstrebig an ihren Feldern vorbeiläuft. Ihre Gleichgültigkeit lässt mich aufatmen und der eisige Knoten in meinem Bauch lockert sich etwas.

Doch so ganz will mich die Erkenntnis, dass sie mich keines zweiten Blickes würdigen, nicht beruhigen, schließlich sind es gerade die Bauern und einfachen Menschen, die am stärksten an die alten Prophezeiungen und Legenden glauben, während dies bei den meisten Gelehrten und Adligen bereits als abergläubischer Unfug abgetan wird.

Wenn die Leute hier wüssten, was gerade so nah an ihren Feldern vorbeiläuft, hätten sie ihren Sündenbock für die letzten Missernten gefunden.

Um diesen beunruhigenden Gedanken zu vertreiben, bleibe ich kurz stehen, nachdem ich die Felder hinter mir gelassen habe, atme ein paar Mal tief durch und schaue mir meine Umgebung genauer an. Ich stehe nun im Dorf. Die Hütten sind zu steinernen und hölzernen Häusern geworden, die nicht ganz so windschief sind wie die Bauernkaten. In der Mitte des Dorfes plätschert ein kleiner See, doch niemand ist dort und erfreut sich daran. Ich hätte darauf gewettet, bei dieser Hitze einige Einwohner zu sehen, die sich im Wasser abkühlen, aber keine Menschenseele ist zu sehen.

Von der Herberge dringt ein lautes Stimmengewirr zu mir herüber und ich drehe neugierig den Kopf in diese Richtung. Die hohen und zwitschernden Stimmen von jungen Frauen übertönen sich gegenseitig und schmerzen in meinen Ohren. Kichernd und gackernd drängen sie sich um die Fenster im Erdgeschoss und versuchen, einen Blick nach drinnen zu erhaschen, schubsen sich gegenseitig aus dem Weg, um den besten Platz zu ergattern. Irgendwas hat dort ihre ganze Aufmerksamkeit und ich spüre den Drang herauszufinden, was das ist. Bei den Göttern, meine Neugierde wird mich noch eines Tages ins Grab bringen!

Mit hochgezogenen Augenbrauen schaue ich diesem Treiben einen Moment zu und beglückwünsche mich selbst, dass ich diese Phase in meinem Leben augenscheinlich übersprungen habe. Wie kann man vor einem Fenster stehen und aus vollem Halse so kreischen? Was ist denn nur da drinnen los, dass diese Frauen sämtliche Hemmungen verlieren?

Einerlei, ich habe Wichtigeres zu erledigen, als diesem sinnlosen Treiben weiter zuzusehen. Der Laden, mit dem kleinen Marktplatz vor dem Eingang, das Ziel meiner Reise, befindet sich am anderen Ende des Dorfes. Mit gesenktem Kopf, immer auf meine Füße schauend und darauf bedacht, nicht aufzufallen, laufe ich weiter. Immer wieder muss ich mich ermahnen, nicht in meinen gewohnt schnellen Schritt zu verfallen, obwohl ich es am liebsten so schnell wie möglich hinter mich bringen möchte. Auf gar keinen Fall will ich, dass mich die Menschen wahrnehmen oder sich fragen, wer ich denn sei.

Da das Dorf Thiras die größte Menschensiedlung in der Nähe ist, sind Fremde oder Reisende kein seltenes Bild für die Bewohner. Dennoch ist die Angst, dass man mir zu viel Aufmerksamkeit schenkt, mein ständiger Begleiter bei jedem einzelnen Schritt.

Als ich über die kleine Brücke gehe, die über den Fluss führt, der den See speist, kommen mir drei lachende junge Mädchen mit wehenden Haaren und Röcken entgegen. Sie kichern und schnattern, als sie sich auf der engen Brücke an mir vorbeidrängen. Ich weiche ihnen aus, so gut ich kann, presse mich an das Brückengeländer und starre auf das Wasser unter mir. *Bloß nicht auffallen!* Mein Herz klopft mir bis zum Hals, als die drei ganz eng an mir vorbeilaufen. Beinahe streifen sie mich und mein Herz setzt vor Angst einen Moment aus. Doch sie gehen weiter, ohne mich auch nur anzusehen, und ich kann wieder normal atmen. Sie reden wild durcheinander und ich greife nur Fetzen ihrer Unterhaltung auf, die für mich aber keinen Sinn ergeben. Ihrer Kleidung nach müssen auch sie einfache Bauern sein, jedoch haben sie ihre Haare kunstvoll aufgedreht und sich mit Glasschmuck behangen.

Ich sehe zu, wie sie sich zu dem Menschenpulk vor dem Gasthaus gesellen, richte meinen Blick wieder zu Boden und setze meinen Weg zum Marktladen fort. Mein Herzschlag ist noch immer etwas aus dem Takt.

Ich hasse es, wenn mir jemand so nahekommt. Vor allem, wenn es sich bei diesem Jemand um einen Menschen handelt.

Stumm bete ich darum, dass nicht auch mein Ladenhändler Teil dieser lärmenden Menge vor dem Gasthaus geworden ist. Nichts wäre schlimmer für mich, als ihn dort zwischen all den Menschen suchen zu müssen. *Uuh,* ich muss nur daran denken und sofort läuft es mir eiskalt den Rücken hinunter. *Bitte, bitte, mach deine Arbeit ordentlich und sei in deinem Laden!*

Ich treffe nur auf ein paar andere Reisende auf meinem Weg durch das Dorf und atme erleichtert auf, als ich endlich vor dem gemauerten Haus stehe, auf dessen Hof Kisten und Stiegen mit verschiedenen Waren stehen. In einer Kiste entdecke ich einige verschrumpelte Äpfel, in einer anderen lagern Kartoffeln, die genauso kümmerlich sind wie die auf meinem Feld. Unzählige Fliegen umschwirren das Obst, das bereits stechend süßlich riecht.

Mein Mut sinkt. Was, wenn auch der Händler nicht das hat, was ich dringend für den Winter benötige? Das war bisher nie der Fall, deshalb ist mir diese Vorstellung noch gar nicht in den Sinn gekommen. Doch während ich auf das spärliche Angebot vor mir blicke, greift die kalte Hand der Angst wieder nach mir. Die Ernte hier sieht nicht besser aus als die von mir … War mein Weg hierher völlig umsonst? Was mache ich dann?

Durchatmen, Fye! Beruhige dich. Noch weißt du doch gar nicht, ob das wirklich alles ist, was es hier im Laden gibt.

Nachdem ich tief Luft geholt habe, überprüfe ich den Sitz meiner Kapuze. Ich muss mich an meinen Plan halten, denn ich habe keine Wahl.

Direkt neben dem Laden finde ich einen Mann, der vor einem großen Ochsengespann steht. Mit gesenktem Kopf trete ich zu ihm.

»Was kosten Eure Dienste?«, frage ich ihn leise.

Er dreht den Kopf zu mir und mustert mich von oben bis unten, ehe er eine dunkle Flüssigkeit auf den Boden spuckt. »Ein Karren – drei Goldstücke.«

Das ist Wucher!, will ich am liebsten schreien, doch ich beiße mir schnell auf die Zunge. Ich darf nicht wählerisch sein, schließlich ist er der einzige Kutschfahrer weit und breit. Wer weiß, ob ich hier noch einen finde, wenn ich seine Dienste jetzt ausschlage. »Ich gebe Euch vier Goldstücke, wenn Ihr meine Waren schnellstmöglich zur Weggabelung nach Eisenfels bringt und keine Fragen stellt. Ich erwarte Euch bei Tagesanbruch in zwei Tagen.« Um meinen Worten Nachdruck zu verleihen, öffne ich meinen Beutel und ziehe vier glänzende Münzen heraus, die ich in meiner Hand klimpern lasse.

Natürlich weiß er genauso gut wie ich, dass sein Preis von drei Goldstücken überzogen ist, und er hätte nicht damit gerechnet, dass ich ihn bezahlen würde, das sehe ich deutlich. Die blanke Gier lodert in seinen Augen und ich muss beinahe grinsen. Geld regiert die Welt, das wird sich nie ändern, egal, was geschieht.

»Ein Goldstück jetzt, die restlichen drei gebe ich Euch, wenn ihr pünktlich zur abgemachten Zeit liefert.« Meine Stimme vibriert in ihrem melodischen Klang und ich stecke so viel Überzeugungskraft wie möglich hinein. Ich lasse eine Münze in seine ausgestreckte Hand fallen und der Mann nickt ergeben und verspricht, alles zu meiner Zufriedenheit zu erledigen.

Das war einfach. Punkt eins auf meiner Liste kann ich somit abhaken. Dank meines Geldes und der Kraft meiner Stimme. »Bezirzen« wird es gemeinhin genannt, eine Fähigkeit der Elfen, meine Kraft ist jedoch nur minimal. Ich kann nur leichtgläubige Wesen dazu bringen, sich schneller zu entscheiden oder sie von meiner Idee zu überzeugen. Der Mann wollte sowieso mein Geld, zögerte aber noch wegen des weiten Weges und meiner Forderungen. Ihn weiter herunterhandeln oder gar umsonst arbeiten zu lassen, läge weit außerhalb meiner Fähigkeiten, denn das würde gegen seinen eigenen Willen verstoßen.

Immerhin habe ich einen wichtigen Punkt bereits erledigt und muss mir um die Lieferung keine weiteren Gedanken mehr machen. Entschlossen betrete ich das Haus und hoffe, im Inneren eine bessere Auswahl als hier draußen zu finden.

Nur zwei kleine Fenster lassen etwas Tageslicht in den Verkaufsraum dringen. Ansonsten brennen in den Nischen und Regalen kleine Kerzen, um den Kunden halbwegs Sicht auf die Ware zu verschaffen. Die Luft steht in diesem kleinen Raum, und zusammen mit dem Qualm der Kerzen und dem süßlichen Geruch von altem Obst verschlägt es mir im ersten Moment den Atem. Am liebsten würde ich mich umdrehen und schleunigst wieder im Wald verschwinden, aber nein, ich zwinge mich, den Raum zu betreten und flach zu atmen.

Weil ich weiß, dass ich es muss.

Misstrauisch beäugt mich der Ladenbesitzer, ein gedrungener Mann mittleren Alters mit rötlichen Haaren und vielen Sommersprossen um die Nase, als ich sein Geschäft betrete und direkt auf den Tresen zugehe, ohne seine Auslagen eines weiteren Blickes zu würdigen.

»Was darf's denn sein, junge Frau?«, fragt er mich. Er hat einen näselnden Akzent und schlechte Zähne, sodass ich in sicherem Abstand stehen bleibe. Wortlos reiche ich ihm meine Liste, woraufhin er eine Brille unter dem Tresen hervorfischt und den Zettel durchgeht. »So, so«, murmelt er.

Nervös blicke ich mich um und versuche, das Zittern zu unterdrücken. Mit jeder Minute steigt die Gefahr, entdeckt zu werden. Ich will nichts anderes als schnellstmöglich wieder hier weg und die Muskeln in meinen Beinen vibrieren vor Verlangen, diesem Wunsch Folge zu leisten.

»Bist wohl nicht von hier, was?« Er hat den Zettel sinken lassen und starrt mich unverblümt an.

Ich hebe das Kinn, sodass er geradeso meine Augen unter der Kapuze aufblitzen sehen kann, und starre zurück. »Nein«, antworte ich kurz und leise und senke den Kopf wieder.

Ich spüre dennoch, wie er mich weiterhin mustert, und es ist mir unangenehm. Ich mag es nicht, wenn man mich anschaut, mir Beachtung schenkt – das ist zu gefährlich für mich. Anscheinend kommen doch nicht so oft Fremde hierher, wie ich gedacht habe, was mich allerdings bei der Auswahl an Waren auch nicht wundert. Instinktiv klammere ich mich an die silberne Schließe, die meinen Umhang am Hals zusammenhält, mein altes Ritual, um mir selbst Mut zu machen. Ich muss hier dringend raus. Mit jeder verstrichenen Sekunde zieht sich mein Hals weiter zu und mir fällt das Atmen schwerer. Es liegt nicht nur an dem beißenden Qualm oder dem Geruch von überlagerten Waren, sondern an der nackten Angst, die in mir hochkriecht.

»Hmm«, macht er dann wieder und ich tippe ungeduldig mit dem Fuß auf, während ich die verstrichenen Sekunden zähle. »Das meiste habe ich da. Das Saatgut und die Kartoffeln kommen allerdings erst morgen mit der Lieferung aus der Stadt.« Er wendet sich ab und kramt in seinen Regalen nach den Dingen, die auf dem Zettel stehen.

»M-Morgen?«, quietsche ich. »Aber … warum denn erst morgen?«

Er zuckt desinteressiert mit den Schultern. »Die Lieferung verspätet sich. Hatten wohl unterwegs einen Achsenbruch oder was weiß ich, jedenfalls sind sie erst morgen da.«

»Kann der Mann mit dem Karren, der draußen vor dem Laden steht, die Sachen einfach mitbringen und ich zahle sie jetzt schon?«, frage ich hoffnungsvoll. Auch wenn ich weiß, dass der Karrenfahrer mich übers Ohr hauen und einige der Waren für sich abzweigen wird, ist mir das allemal lieber, als einen ganzen Tag auf meine Ware zu warten.

Doch der Ladenbesitzer schüttelt den Kopf. »Nee, Mädel, das geht so nicht. Ich weiß selbst nicht, was und wie viel die mir morgen liefern. Die Ernte soll ja so schlecht gewesen sein. Wir bauen hier keine Kartoffeln an, deshalb weiß ich's nicht. Guck' da lieber selbst mal

22

drauf. Ich hab' auch schon viele Vorbestellungen hier, die noch vor dir dran sind. Du weißt ja, wer zuerst kommt, mahlt zuerst.«

Das hat mir gerade noch gefehlt! Das Wichtigste auf meiner Liste, das, was ich unbedingt brauche, um zu überleben, ist nicht da. Schnell gehe ich die Möglichkeiten durch, die ich noch habe. Der Weg zurück zu meiner Lichtung dauert Stunden. Und morgen früh erneut aufbrechen? Nein, da würde ich eher in Dorfnähe unter einem Baum übernachten, schließlich sind die Nächte mild und ich habe kein Problem damit, unter freiem Himmel zu schlafen. Aber das würde bedeuten, dass ich mich noch länger in Menschennähe aufhalten müsste …

Und ohne das Saatgut zurückzugehen, kommt überhaupt nicht infrage. Ich muss noch in dieser Jahreszeit die neue Saat ausbringen, um nächstes Jahr pünktlich mit der eigenen Ernte beginnen zu können.

»Wann kommt die Lieferung morgen?«, frage ich, ohne auf meine Lautstärke zu achten. Ich weiß um die Reaktion, die meine Stimme bei Menschen auslöst. Rotschopf lässt seine Brille sinken und starrt wieder zu mir. Ich versuche, ihn so grimmig wie möglich unter meinem Umhang anzufunkeln, um sämtliche weitere Fragen nach meiner Herkunft im Keim zu ersticken, und anscheinend zeigt es Wirkung.

»Nun, ähm, die sind mit ihrem Karren immer so gegen Mittag da. Vielleicht etwas später diesmal.«

Ich sehe kurz zur Seite. Wenn ich mittags meine Ware bekomme, habe ich anschließend noch genügend Zeit für den Weg nach Hause. Bei Nacht bepackt mit Waren − denn einige Dinge für die nächsten Tage werde ich gleich mitnehmen müssen − durch einen unsicheren Wald zu laufen, ist keine angenehme Vorstellung. »Einverstanden. Ich komme morgen Mittag wieder.«

Ich habe mich gerade zum Gehen abgewandt, als er sich hinter mir räuspert. »Willst du das Dorf verlassen?«

Ich bleibe stehen, drehe mich jedoch nur halb um, und nicke kurz.

»Daraus wird wohl nichts. Wir bekommen heute blaublütigen Besuch. Das gesamte Dorf wird abgeriegelt. Dürfte schon so weit sein. Heute kannst du nicht mehr raus hier.«

Nun bin ich es, die glotzt und zu ihm herumfährt. »Was?«, keuche ich. Zu mehr bin ich gerade nicht fähig, denn nackte Angst lähmt alles

23

in mir, selbst meine Fähigkeit zu denken. Kurz darauf überschlagen sich jedoch die Gedanken in meinem Kopf. Wo sollte ich die Nacht verbringen? Noch dazu so, dass mich niemand sieht? Eingesperrt mit Dorfbewohnern – oder noch schlimmer: Wachen! – und das auf engstem Raum… Das kann doch gar nicht gut gehen. Ich muss aus diesem Dorf raus, solange es noch möglich ist!

»Ich glaub, in der Herberge is' bestimmt noch ein Zimmer frei. Frag doch am besten mal nach.«

Ich bebe vor Wut und Angst. Was soll ich jetzt tun? Ich nicke kurz in Rotschopfs Richtung als Zeichen, dass ich ihn verstanden habe, und laufe aus dem Laden, bevor ich etwas Unüberlegtes tue und mich dadurch verrate. Er kann schließlich nichts dafür, dass die Ware nicht da ist, die ich so dringend benötige.

Draußen angekommen, atme ich mehrmals durch. Ich stehe kurz davor, vollkommen die Nerven zu verlieren. Gedanken, Ängste und pure Panik wirbeln wild in meinem Kopf durcheinander und lassen eine schmerzhafte Todesangst nach der anderen vor meinen Augen aufsteigen. Beinahe meine ich, bereits die Flammen zu spüren, die an meiner Haut lecken, oder den Strick, der sich zu fest um meinen Hals zusammenzieht.

Beruhige dich, Fye, sage ich zu mir selbst. *Immer mit der Ruhe. Du weißt doch gar nicht, ob der Kerl da drin recht hat. Vielleicht kannst du noch immer aus dem Dorf heraus, ehe der Besuch eintrifft und es abgesperrt wird.*

Ich atme noch einmal tief ein und umfasse die silberne Schließe an meinem Umhang. Danach sehe ich mich um. Das Dorf befindet sich in einem Tal, umringt von hohen Klippen. Wenn die Eingänge tatsächlich bewacht werden, habe ich keine Chance, ungesehen zu entkommen. Meine Bergsteigekünste halten sich in Grenzen. Eher würde ich mir den Hals brechen, als unverletzt diese Klippen erklimmen zu können.

Ich gehe schleunigst den Weg zurück, den ich gekommen bin, um mich mit eigenen Augen zu überzeugen, dass der Ausgang aus dem Dorf wirklich versperrt ist. Die Sonne sinkt unaufhaltsam und die Hütten werfen bereits lange Schatten, durch die ich husche. Auf halber Strecke bleibe ich erneut stehen und sehe mich um.

Irgendwas stimmt nicht.

Zuerst fällt mir die Stille auf. Wo vorhin noch Mädchen durcheinander kicherten und kleine Kinder sich um den Dorfbrunnen jagten, herrscht nun Schweigen. Nur der Wind, der an den Ästen der Bäume zerrt, trägt einige Wortfetzen zu mir. Verwirrt blicke ich zur Herberge. Die Menschentraube, die sich noch vor Kurzem davor drängte, ist verschwunden. Gedämpfter Lärm dringt nun vom Inneren der Herberge nach draußen. Anscheinend ist der hohe Besuch, von dem Rotschopf gesprochen hatte, bereits eingetroffen.

Ich bin so was von erledigt.

»Hab's dir ja gesagt.«

Erschrocken wirbele ich herum. Neben mir steht der Ladenbesitzer. Ich war so in Gedanken versunken, dass ich ihn nicht habe kommen hören. Beinahe berührt sein Arm den meinen und ich mache einen Schritt zur Seite. Diese Nähe macht mich nervös und ich schreite schnell weiter Richtung Ausgang, ohne ihn weiter zu beachten.

»Da wirst du auch kein Glück haben. Ich wart' in der Herberge auf dich«, ruft er mir nach. Ich erschaudere, beschleunige meinen Schritt und muss mich bremsen, um nicht zu rennen.

Tatsächlich hat er auch diesmal recht. Am Pfad, der aus dem Tal nach draußen Richtung Wald führt, stehen drei Ritter in voller Rüstung. Zwei tragen lange Schwerter an der Seite, der andere stützt sich auf eine Lanze. Misstrauisch sehen sie in meine Richtung, als ich mich ihnen nähere. Mein Herz klopft so laut, dass sie es garantiert hören müssen.

»Heute geht hier keiner mehr raus oder rein!«, ruft mir der mit der Lanze zu, noch bevor ich den Mund aufmachen kann. »Sicherheitsvorkehrungen!« Er wedelt mit der Hand, die in einem schweren Eisenhandschuh steckt, und erstickt damit sämtlichen Protest im Keim.

Vor Verzweiflung knirsche ich mit den Zähnen und drehe mich um. Nervös beginne ich nun auch noch am Daumennagel zu nagen, eine Unsitte, die ich nur zeige, wenn meine Nerven blank liegen. Fieberhaft gehe ich meine Möglichkeiten durch.

Wenn wirklich hoher Besuch im Gasthaus ist, hat er sicherlich auch eine große Schar Gefolge bei sich. Die Chance auf ein Einzelzimmer, in dem ich wenigstens halbwegs beruhigt schlafen könnte, ist also verschwindend gering. Allerdings ist die Aufmerksamkeit der Menschen hier nur dem Ankömmling gewidmet, sodass es nicht schwer sein wird, sich in eine dunkle Ecke zu setzen und mit den Schatten zu verschmelzen.

Ich schaue mich nochmals kurz um. Die wenigen Bäume, die im Dorf stehen, sind alle nicht hoch oder dicht genug, um dort ungesehen zu schlafen, und durch die anhaltende Hitze haben sie schon nahezu alle Blätter abgeworfen. Sollte mich jemand sehen, wäre mir sehr viel Aufmerksamkeit gewiss. Niemand schläft in Bäumen, wenn nur wenige Meter weiter ein Gasthaus steht.

Hinter mir nehme ich wahr, wie zwei weitere Soldaten durch das Dorf laufen, hinter Hütten und in Nischen spähen. Also ist es auch keine Option, einfach in einer leer stehenden Scheune die Nacht zu überdauern.

Seufzend setze ich meinen Weg zur Herberge fort. Meter für Meter wächst mein Unbehagen und alles in mir schreit danach, dass ich mich umdrehen und weglaufen soll. Ich verschränke die Arme unter dem Umhang, um das Zittern meiner Hände zu unterdrücken.

Du kannst das, Fye. Immer einen Schritt vor den anderen.

Als ich vor der Herberge stehe, höre ich deutlich den Lärm von drinnen. Die Sonne ist schon fast untergegangen, weshalb der Wirt gerade die Lampen entzündet. Zaghaft öffne ich die massive Holztür, die mit einem Quietschen aufschwingt.

3

Die Menschentraube, die einige Zeit zuvor noch den kleinen Garten vor der Herberge niedergetrampelt hat, hat sich nun ins Innere verlegt. Mindestens zwanzig Menschen – fast alle von ihnen sind junge Frauen – stehen dicht an dicht gedrängt vor der Tür zu einem der hinteren Zimmer. Sie schnattern aufgeregt über die Köpfe der anderen hinweg, stellen sich auf ihre Zehenspitzen und versuchen, einen Blick durch die geöffnete Tür zu erhaschen.

Sofort fühle ich mich unwohl inmitten all dieser Menschen und der Aufregung, die in der Luft hängt, aber ich bin froh, dass sie sich mit etwas anderem beschäftigen und nicht auf mich achten, wie ich mit gesenktem Kopf und gehetztem Blick in den Gastraum husche.

Nur drei Männer sitzen an einem Tisch in der Nähe und halten sich eisern an ihren Bierkrügen fest. Einer davon ist der rothaarige Gemischtwarenhändler, der mir nun nickend zuprostet und einen kräftigen Schluck trinkt.

Er scheint den fragenden Blick, den ich der Menge zuwerfe, zu bemerken und winkt mich zu seinem Tisch. Zögernd mache ich ein paar Schritte auf ihn zu, bleibe aber in einem sicheren Abstand stehen und lasse den Kopf gesenkt, sodass mein Gesicht hinter der Kapuze verborgen bleibt.

»Warum bist du denn nicht auch so aufgeregt wie der Rest der Mädchen?«, fragt der ältere der beiden anderen Männer am Tisch. Er hat bereits graues Haar und einen dichten Bart. Anstatt zu antworten, lege ich den Kopf leicht schräg.

»Bist wohl nicht von hier, was? Dann weißt du sicher auch nicht, dass der Prinz mit seinem Gefolge hier Rast macht. Das bringt unsere ganzen Mädels um den Verstand! Wie Hühner gackern sie herum.« Brummend wendet er sich wieder seinem Bierkrug zu. »Und viel mehr Verstand haben sie auch nicht.«

Unwillkürlich verziehen sich meine Lippen zu einem kleinen Lächeln, denn genau das habe ich über diesen lärmenden Frauenhaufen ebenfalls gedacht. Aber ich kann es ihnen auch nicht verdenken. In einem anderen Leben wäre ich vielleicht auch eine von ihnen und würde mit Ellenbogen und Fingernägeln um einen Platz in der ersten Reihe kämpfen.

Nun richtet der zweite Mann das Wort an mich. Er ist bedeutend jünger, hat wuschelige Haare, die er mit einem roten Stirnband aus dem Gesicht hält. »Einige behaupten, dass der Prinz auf Brautschau ist. Deshalb sind unsere Frauen so aus dem Häuschen. Sogar die verheirateten.«

So, wie er die Frauen mustert, ist sicherlich auch seine Angetraute mittendrin und buhlt um die Aufmerksamkeit des Prinzen. Oder zumindest um die eines seiner Gefolgsmänner. Als arme Bäuerin ist man nicht wählerisch, wenn man die Chance hat, der anstrengenden Arbeit auf den Feldern zu entkommen.

Ich entscheide mich, nun doch zu antworten, spreche aber leise, fast flüsternd, sodass der melodische Klang meiner Stimme nicht so zum Tragen kommt und mich verrät. »Aber ist es nicht sehr unwahrscheinlich, dass sich ein Prinz eine bürgerliche Frau nimmt?«

Der Bärtige gibt einen glucksenden Laut von sich und nickt, schaut jedoch weiterhin in seinen Krug. »Natürlich ist es das! Trotzdem träumen diese dummen Gänse davon, in einem Schloss oder zumindest einem feinen Haus zu wohnen, fernab der harten Arbeit in der prallen Sonne und dem Hunger, der sie jede Nacht am Einschlafen hindert.«

Ich nicke. Ja, das klingt ganz nach dem kurzsichtigen Denken von jungen Menschen. Der Prinz würde sich eine oder mehrere Mädchen herauspicken, um heute Nacht sein Bett zu wärmen; mit auf sein Schloss nehmen und heiraten würde er jedoch keine von ihnen. Warum sollte er auch?

Ich schaue wieder zur Menge, durch die sich gerade der Wirt, ein dicker, untersetzter Mann mit Halbglatze und einer schmierigen Schürze, die anscheinend einmal weiß gewesen war, einen Weg bahnt. Er schubst und drängt sich durch die Frauen und streift hier und da wie zufällig über die Brüste oder die drallen Hinterteile der Mädchen, was seine Schweinsaugen zum Leuchten bringt, doch die Mädchen

28

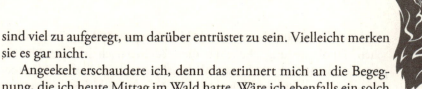

sind viel zu aufgeregt, um darüber entrüstet zu sein. Vielleicht merken sie es gar nicht.

Angeekelt erschaudere ich, denn das erinnert mich an die Begegnung, die ich heute Mittag im Wald hatte. Wäre ich ebenfalls ein solch einfaches Mädchen gewesen, was hätte dieser Hüne dann alles mit mir anstellen können? Wenn ich mich nicht hätte wehren können? Ich verbiete mir, weiter darüber nachzudenken.

Die Menge verstummt abrupt, als der Wirt, der endlich den Weg hindurchgefunden hat, das Wort an seinen hohen Gast richtet. Sehen kann ich nicht, was in dem Zimmer vorgeht, doch ich vermute, dass der Prinz nicht allein ist.

Ich nicke den drei Männern am Tisch zu und suche mir einen stillen Platz in einer Ecke. Ich setze mich in den Schatten, ziehe meine Kapuze etwas tiefer ins Gesicht und lausche dem Gespräch.

»Was für eine unsagbare Ehre, Prinz Vaan, dass Ihr in meiner bescheidenen Herberge verweilt.« Ich kann förmlich vor mir sehen, wie der dicke Wirt vor dem Prinzen katzbuckelt und sich die schwieligen Pranken reibt. Angewidert verziehe ich das Gesicht, spitze aber weiter die Ohren. Durch einen so hohen Besuch mit Gefolge wird er für den Rest des Jahres ausgesorgt haben.

Ein freundliches Lachen dringt aus dem Raum und lässt mich aufhorchen. Der Prinz? »Das freut mich, guter Mann. Doch nun wünschen meine Begleiter und ich etwas Ruhe.« Ich liege also richtig mit meiner Vermutung, dass es sich um ein größeres Gefolge handelt, auch wenn ich nur einen sprechen höre. »Wir haben eine lange und beschwerliche Reise hinter uns.«

»Natürlich, selbstverständlich. Ich werde alles veranlassen, damit Ihr einen angenehmen Aufenthalt habt. Ich werde augenblicklich dafür sorgen, dass die übrigen Gäste woanders untergebracht werden.«

Unzufriedenes Murren dringt vom Tisch des Bärtigen zu mir. Anscheinend besetzt der Prinz mit seinem Gefolge das Zimmer, für das er bereits bezahlt hatte.

Die schweren Schritte des Wirts hallen über den Holzboden, als er das Zimmer verlässt und die Tür hinter sich zuzieht. Ein erneutes Murren ertönt, diesmal von der Mädchenmenge, denn der Blick auf den oder die Junggesellen ist nun versperrt.

»Und ihr macht, dass ihr nach Hause kommt!« Mit einer energischen Handbewegung scheucht er die Mädchen nach draußen. Nur ein paar bleiben zurück. Wahrscheinlich haben auch sie hier ein Zimmer gemietet. Missmutig drehen sich die Hinausgeworfenen nochmals um, ehe sie durch die Tür nach draußen treten. Wie ein Fels steht der Wirt mit verschränkten Armen vor der Tür zu seinen hohen Gästen. Hin und wieder höre ich von drinnen das helle Lachen des Prinzen.

Ich sehe meine Chance und erhebe mich leise. Niemand beachtet mich, als ich durch die nun leere Gaststube gehe. Neben dem Wirt bleibe ich stehen und frage ihn flüsternd nach einem Zimmer. Den Kopf halte ich gesenkt und schaue ihn nicht an. Er nickt nur kurz, ohne mich groß anzusehen, zeigt mit dem Daumen nach oben und öffnet dann die Hand. Ich fische eine Münze aus meinem Geldbeutel und lasse sie hineinfallen. Ohne in seine Hand zu blicken, schließt der Wirt selbige wieder und verschränkt die Arme. Er erweckt den Eindruck einer Statue, die man an verschiedenen heiligen Stätten als ewige Wächter sehen kann.

Ob er sich ausmalt, eine bessere Bezahlung zu bekommen, wenn er alles nach Zufriedenheit des Prinzen erfüllt?

Ich lasse meinen Blick unauffällig durch den muffigen Wirtsraum schweifen. Niemand scheint besondere Notiz von mir zu nehmen. Nachdem die Mädchen gegangen sind, ist es seltsam still und leer geworden. Abgesehen von ein paar schmatzenden Geräuschen der trinkenden Gäste, könnte man eine Stecknadel fallen hören.

Ich wende mich vom Wirt ab und richte meine Kapuze. Dann nehme ich die Leiter nach oben in den ersten Stock.

Es haben sich bereits andere Gäste hier eingefunden, doch keiner würdigt mich eines zweiten Blickes. Im Grunde handelt es sich bei diesem Schlafsaal um nichts anderes als einen morschen Dachboden, auf dem in aller Eile einige Strohbetten ausgelegt worden sind. In den Ecken hängen Spinnweben, an einer Wandseite steht eine Reihe von Schränken und Fässern. Anscheinend wird hier einiges gelagert, das für die Bewirtung bestimmt ist. Es stinkt muffig und kleine Staubkörner tanzen in der Luft.

Ich entscheide mich für das Strohbett in der äußersten Ecke, packe es und schiebe es direkt an die Wand. Nachdem ich meinen Stab neben mich gelegt habe, strecke ich mich aus und prüfe erneut den Sitz meiner Kapuze. Hoffentlich rutscht sie mir während ich schlafe nicht herunter. Sicherheitshalber ziehe ich die Decke höher. Sie ist löchrig und ich will mir nicht vorstellen, welche anderen Schlafgäste sich noch in meinem Bettzeug befinden. Außerdem riecht sie stark nach Pferd.

Doch im Grunde bin ich froh, so problemlos einen Schlafplatz gefunden zu haben, da mache ich auch gerne ein paar Abstriche. Niemand hat mich weiter beachtet, niemand wird nach mir fragen, wenn ich morgen verschwinde. Warme Erleichterung macht sich in meinem Bauch breit und ich muss lächeln.

Alles wird gut werden. Diese Nacht werde ich auch noch überstehen und morgen schlafe ich dann wieder in meinem eigenen Bett in meiner Hütte, umgeben von der malerischen Lichtung und begleitet von Geräuschen des Waldes. Ich seufze wehmütig. So sehr ich es auch versuche, ich kann mich nicht erinnern, jemals irgendwo anders übernachtet zu haben als Zuhause in meiner Hütte, doch ehe ich wieder einen Anflug von Angst spüren kann, drehe ich mich auf die Seite und verscheuche diese negativen Gedanken. Ich muss durchhalten! Bald habe ich es überstanden.

Ein paar Betten weiter schimpft eine Frau mittleren Alters über die rüde Behandlung. Man hätte sie einfach auf den Dachboden verbannt, obwohl sie für ein richtiges Zimmer bezahlt hätte. Weitere Gäste fallen in ihre Schimpftirade mit ein. Ich hoffe, dass sie bald ruhig sein werden. Der Tag hat mich ziemlich geschafft und auch, wenn es nicht das bequemste Bett in der besten Umgebung ist, so bin ich doch dankbar dafür und sehne mich nach Schlaf. Ich schließe die Augen und ziehe die löchrige Bettdecke über meine Ohren, um das Gezeter zumindest etwas zu dämpfen.

In dieser Nacht träume ich. Wieder einmal. Es ist derselbe Traum, der mich nahezu jede Nacht heimsucht.

Ich weiß natürlich auch während ich schlafe, dass es nur ein Traum ist, und doch ist er so real, dass mir jedes Mal aufs Neue der Schweiß ausbricht.

Ich stehe in einem kleinen Dorf, um mich herum brennen die Hütten und Scheunen lichterloh. Eine unnatürliche Hitze schlägt mir entgegen und meine Augen tränen durch den Rauch, der über den Dächern hängt und sich durch die engen Straßen frisst. Es ist so heiß, dass ich spüre, wie die kleinen Härchen auf meinem Arm versengt werden.

Die Bewohner um mich herum schreien und die, die es noch können, versuchen zu fliehen. Bis zu den Knöcheln stehe ich im Matsch, denn das Blut hat die Erde unter mir aufgeweicht. Abgetrennte Körperteile liegen im Gras. Leichen starren mit leerem Blick zu den Sternen, die hell den Nachthimmel erleuchten, den man hin und wieder durch die Rauchschwaden erblicken kann.

Ich drehe mich um. Auf einer Anhöhe stehen sie – die, die dieses Unglück bringen. Wut und Angst kämpfen gleichermaßen in mir. Ich will sie anschreien dieses Elend zu beenden, und gleichzeitig will ich mich wimmernd verkriechen, die Arme über den Kopf schlagen und die Schreie und den Geruch komplett aus meinem Kopf verbannen.

Einer von ihnen scheint ein Menschenkönig zu sein. Er trägt eine Krone auf seinem Kopf, einen weiten roten Umhang und feine Gewänder. An seinem Hals hängen schwere Goldketten, die im Schein der Feuer glänzen. Er grinst zufrieden, während er das Schauspiel beobachtet. Eine Hand hat er beinahe lässig auf ein großes Schwert gelegt, das an seiner linken Seite hängt.

Neben ihm steht das schönste Geschöpf, das ich je gesehen habe. Es ist eine Elfe. Ihr langes helles Haar fällt ihr lose und leicht gelockt über den Rücken und wird nur durch ihre spitzen Ohren aus dem Gesicht gehalten. Ihren makellosen Körper hat sie in ein blaues Gewand gehüllt, das ihre nahezu weiße Haut noch besser zur Geltung bringt. Ich bin geblendet von diesem Anblick. Alles an ihr ist wunderschön und perfekt, wäre ihr liebreizendes Gesicht nicht von einem Lächeln entstellt, das es zu einer Fratze werden lässt.

Sie hebt beide Hände über den Kopf und beginnt eine Zauberformel zu sprechen. Ich kenne den Spruch nicht, aber allein die Macht, die sie nun zwischen ihren Händen bündelt, lässt mir das Blut in den Adern trotz der Hitze um mich herum gefrieren.

Blitze schießen vom Himmel herab und treffen die, die sich in Sicherheit bringen wollen. Sie brechen schreiend zusammen. Der

Geruch von verbranntem Fleisch bereitet mir Übelkeit und ich falle würgend auf alle Viere und versinke weiter im Schlamm.

Nun hebt der Menschenkönig die Hand und hinter ihm rückt eine Armee von Rittern an. Alle tragen schwarze Rüstungen und lange Schwerter, während ihre Gesichter hinter ebenso schwarzen Helmen verborgen sind. Nachdem die Elfe ihre Hände wieder sinken lässt, fallen sie ins Dorf ein und machen diejenigen nieder, die wider Erwarten doch noch leben.

Ihre Schreie hallen über die Ebene. Es sind so viele ... Frauen, Kinder, Alte. Die Schwarzen Ritter machen vor nichts Halt.

Schwer verletzt und nicht mehr in der Lage aufzustehen, versuchen einige in Sicherheit zu kriechen, finden aber auf dem matschigen Boden keinen Halt und können ihren Häschern nicht entkommen.

Die Schwarzen Ritter arbeiten langsam und routiniert. Ohne Eile schreiten sie zwischen den Bergen von Leibern hindurch und lassen ihre Schwerter niedersausen. Niemand wird verschont, egal wie verzweifelt er um Gnade bettelt.

Ich schließe fest die Augen und versuche krampfhaft, das Geschehen um mich auszublenden. Das letzte, was ich höre, ist das durchdringende, tiefe Lachen des Menschenkönigs und im Kontrast dazu, das hohe, beinahe schrille Kichern der Elfe.

Ich erwache mit einem unterdrückten Schrei. Auf meiner Stirn hat sich ein dünner Schweißfilm gebildet. Mein Herz schlägt viel zu schnell und mein Atem ist ein Keuchen, wie immer, wenn ich aus diesem Albtraum erwache.

Ungeduldig fahre ich mit beiden Händen durchs Gesicht und wische den Schweiß weg. Ich hasse diesen Traum. Nahezu jede Nacht sucht er mich heim und ich habe keine Ahnung, warum. Soweit ich weiß, habe ich nie einen solchen Angriff erlebt oder auch nur gesehen. Ich kenne weder den Menschenkönig noch die grausame Elfenhexe. Und vor allem ziehen Elfen und Menschen nicht am gleichen Strang, so wie der König und die Elfe. Sie respektieren sich und leben meist friedlich nebeneinander her, jedoch ist mir nicht bekannt, dass diese beiden Rassen gemeinsam in den Krieg gezogen sind. Höchstens gegeneinander.

Dieser Traum ergibt für mich einfach keinen Sinn.

Doch in dieser Nacht war es anders. In dieser Nacht habe ich zum ersten Mal gesehen, dass es sich bei den Getöteten nicht um Menschen handelt, wie ich immer angenommen habe. Diesmal habe ich deutlich die spitz zulaufenden Ohren gesehen. Es waren Halbelfen, die von diesen Rittern in Schwarz niedergemacht wurden, während sie um ihr Leben gefleht haben.

Halbelfen, so wie ich …

Ich setze mich auf und stütze den Kopf in die Hände. Meine Kapuze hält noch, wenigstens etwas. Die meisten anderen Gäste sind bereits weg, die Kammer ist fast leer. Anscheinend ist es schon später Morgen. Ich beschließe, ebenfalls nach unten zu gehen und Rotschopf einen Besuch in seinem Laden abzustatten. Vielleicht habe ich ja Glück und die Lieferung ist bereits da.

Ich will nichts anderes, als hier verschwinden.

Der Wirtsraum ist gut gefüllt, als ich nach unten komme. An allen Tischen sitzen Gäste und trinken und essen etwas. Der Geruch von Gebratenem weht zu mir herüber und wie aufs Stichwort fängt mein Magen an zu knurren. Ich schiebe den Gedanken jedoch strikt beiseite. Das Einzige, was ich will, ist meine Waren zu bestellen, zu bezahlen und dann nichts wie nach Hause, raus aus diesem Dorf und weg von so vielen Menschen. Allein der Stress und die Angst des letzten Abends hat mich um Jahre altern lassen, zumindest fühlt es sich so an.

Den Gesprächen der Menschen, an denen ich mich Richtung Ausgang vorbeidränge, entnehme ich, dass der Prinz und sein Gefolge bereits beim ersten Sonnenstrahl aufgebrochen sind. Das bringt mich zu der Frage, wie spät es eigentlich ist, aber ich beschließe, mich auf den Stand der Sonne zu verlassen, sobald ich draußen bin, und nicht noch ein Gespräch zu beginnen. Bezahlt habe ich meine Übernachtung schon gestern Abend, also steuere ich schnurstracks Richtung Ausgang.

Der Ausgang ist direkt vor mir und pure Erleichterung überkommt mich.

Bald ist das alles vorbei.
Bald bin ich wieder zu Hause.

Alles wird gut werden.

Nur noch wenige Meter trennen mich vom Ende meines persönlichen Albtraums in diesem Menschendorf, und ich beschleunige meine Schritte nochmals. Als ich gerade nach dem Griff der Holztür fasse, wird diese jedoch von draußen aufgestoßen und ein Ritter in kompletter Montur stürmt eilig herein, übersieht mich und rennt mich um. Ich falle unsanft auf den harten Boden und komme mit einer solchen Wucht auf, dass mein Kopf zurückgeworfen wird und meine Kapuze herunterfällt.

Strähnen meines dunklen Haares fallen in mein Gesicht und auf meinen Rücken und geben den Blick auf die weiße Haut meiner Ohren frei.

Vor Schreck bin ich unfähig mich zu bewegen oder zu atmen. Alles um mich herum scheint stillzustehen. Selbst mein Herzschlag scheint ausgesetzt zu haben.

Gelähmt nehme ich wahr, wie die Leute mich anstarren, teilweise mit offenen Mündern und schreckgeweiteten Augen. *Nein, das darf nicht wahr sein!* Unbeholfen setze ich mich auf und zerre die Kapuze zurück an ihren Platz, aber das ist zwecklos, denn der Schaden ist bereits angerichtet.

Sie haben sie gesehen! Sie haben meine Ohren gesehen! Sie wissen, was ich bin!

Ich bete, dass meine Füße mich tragen mögen, obwohl meine Knie sich anfühlen, als wären sie aus geschmolzener Butter, und meine Füße scheinen aus Blei zu bestehen, so schwer sind sie. Ein panisches Zittern springt auf meinen ganzen Körper über, trotzdem stemme ich mich mit den Händen hoch und verlagere das Gewicht auf meine wackeligen Beine, und wie durch ein Wunder kann ich das Gleichgewicht halten.

Ich zwänge mich eilig an dem Ritter vorbei und versuche schnellstmöglich, den rettenden Ausgang zu erreichen. Er ist so nah, nur noch wenige Zentimeter trennen meine Hand von der Klinke, und auf meinem Gesicht spüre ich bereits den warmen Luftzug, der durch die offene Tür hereinweht.

Doch der Ritter neben mir reagiert schnell und packt mich grob am Arm. Ich stöhne auf, als er fester zudrückt, versuche aber dennoch, mich seinem Griff zu entwinden. Natürlich vergebens. Mein Arm verschwindet förmlich in seinen Pranken und ich winsele vor Schmerz.

Die Frau am Tisch neben mir schreit entsetzt auf, als sie sich wieder gefasst hat, und nun kommt Bewegung in die Menge im Raum. Die Männer springen vom Tisch auf, die Frauen gestikulieren wild in meine Richtung. Wieder und wieder versuche ich, meinem Häscher und dieser glotzenden Menschenmasse zu entkommen, die mich mit ihren Blicken angaffen wie eine Jahrmarktsattraktion.

Panik kriecht mir die Kehle hoch und ich muss mich fast übergeben. Ich schlage und trete nach meinem Häscher, rutsche jedoch immer wieder an seiner Rüstung ab.

Der Ritter reißt mich unsanft in seine Richtung und zerrt mir erneut die Kapuze herunter. Er packt meine Haare und hält mich daran fest. Ich spüre, wie sich einzelne Strähnen von der Kopfhaut lösen und schreie, greife panisch mit der freien Hand nach oben an meinen Kopf, um den Schmerz zu stoppen, doch es ist sinnlos.

»Eine Halbelfe!«, ruft er angewidert und spuckt auf den Boden neben mir. »Ich dachte, die hätte man ausgerottet!«

Die Menschen in der Gaststube scheinen gemeinsam mit mir die Luft anzuhalten, als der Ritter laut ausspricht, was ich bin. Nackte Angst ergreift Besitz von mir, als ich mich wie ein verschrecktes Tier umblicke und meine Möglichkeiten abwäge. Der Ritter brüllt nach seinen Kumpanen, die anscheinend vor der Tür warten, und wirft mich ihnen in die Arme. Auf meinem Kopf prickelt es, als das Ziehen nachlässt. Ich pralle mit meinem Körper gegen eine harte Rüstung und versuche erneut zu entkommen, aber nun legen sich zwei starke Hände um meine Arme. Ich winde mich, kratze, beiße und trete, doch die Hände packen nur noch stärker zu. Die gepanzerten Handschuhe der Ritter schneiden mir ins Fleisch und ich schreie auf.

»Bringt sie nach draußen und fesselt sie! Wir werden sie mitnehmen und in den Kerker werfen, bis der König entschieden hat, was er mit dem Abschaum tun will!«

Ich will zaubern, um mich zu retten, doch der eiserne Griff verstärkt sich noch mehr, als die Ritter bemerken, dass ich meine Hände bewegen will. Sie verdrehen mir schmerzvoll die Arme auf dem Rücken und stoßen mich nach vorne.

An dieser Stelle übermannt mich die Panik, die in mir tobt, und ich nehme alles wie durch einen dünnen Schleier wahr. Ob die nächsten Geschehnisse Sekunden oder Stunden dauern, kann ich im Nachhinein nicht mehr sagen. Die Stimmen und die Schreie scheinen von weit weg zu kommen, und selbst die Schmerzen an meinen Armen nehme ich nur noch gedämpft wahr, als säße ich in einer Art Kokon, der alles um mich herum abschirmt.

Ich komme wieder zu mir, als ich unsanft in einen Wagen, der rundherum mit Brettern verkleidet ist, geworfen werde und die Tür hinter mir zu fällt. Beim Aufprall wir die ganze Luft, die ich in der Zwischenzeit angehalten habe, stoßweise aus meinen Lungen gepresst, und es dauert einen Moment, bis ich wieder normal atmen kann. Obwohl mein Herz wie verrückt hämmert, hebe ich den Kopf und versuche, mich zu orientieren.

Um mich herum ist alles dunkel; kein Lichtstrahl dringt durch die rauen Holzbretter. Meine Hände sind hinter dem Rücken gefesselt. Das Seil schneidet sich schmerzhaft in meine Handgelenke und bei jeder Bewegung, die ich mache, scheint es sich noch weiter festzuziehen. Solange meine Hände zusammengebunden sind, ist es mir unmöglich zu zaubern. Nicht, dass das bisschen Zauberkraft, das ich besitze, viel hätte ausrichten können, aber vielleicht hätte es genügt, um etwas Verwirrung zu stiften und dadurch entkommen zu können. Doch gefesselt kann ich nicht einmal die einfachsten Zauber beschwören.

Der Holzboden unter meiner Wange riecht modrig und kratzt auf meiner Haut. Als sich das Gefährt ruckelnd in Bewegung setzt, werde ich ohne Halt hin und her geworfen. Einzelne Haarsträhnen fallen mir ins Gesicht, und meine Oberarme, an denen ich gepackt wurde, pochen vor Schmerz.

Hoffnungslos füge ich mich meinem Schicksal und Tränen tropfen auf den Boden. Es gibt kein Entrinnen für mich. Ich weiß, was mich nun erwartet.

Mein Leben ist vorbei.

4

Ich weiß nicht, wie lange wir schon fahren. Da kein Licht durch die Bretterwände dringt, kann ich nicht abschätzen, wie viele Stunden ich schon leer vor mich hin starre, ohne etwas zu sehen.

Irgendwann habe ich es geschafft, mich aufzusetzen, was bei dem ständigen Rütteln gar nicht so einfach war. Ich habe den Kopf auf die Knie gelegt und erneut geweint.

Vor Angst, vor Wut über diese Ungerechtigkeit, vor Scham.

Noch immer kann ich die Blicke der Menschen auf mir spüren, kann den Hass fühlen, der mir entgegenschlägt, in dem Moment, als sie mich als das erkennen, was ich bin.

Ich weigere mich, mir vorzustellen, was nun mit mir geschieht. Ich will stolz und stehend meinem Schicksal entgegentreten, nicht gebeugt und gebrochen, schlotternd vor Angst. Diesen Gefallen will ich ihnen nicht tun. Sie würden mich brechen können und sie würden es auch tun, wenn es so weit ist, doch noch nicht vorher, nein. Bryande, meine Ziehmutter, würde sich im Grabe umdrehen, wenn ich zitternd aus diesem Karren aussteige und die Menschen auf Knien um Gnade anflehe.

Der Gedanke an meine Ziehmutter beruhigt mich ein wenig. Schon zehn Jahre sind seit ihrem Tod vergangen, doch noch immer kann ich ihre Gegenwart spüren, vor allem in solchen Momenten. Sie war schon immer da, solange ich mich zurückerinnern kann, hat mich aufgezogen und mich alles gelehrt, was ich wissen muss, um als Halbelfe in dieser Welt zu überleben.

Bryande selbst war eine reinblütige Elfe, eine Hochelfe, wenn mich nicht alles täuscht. Genau weiß ich es nicht, da sie nie über sich selbst gesprochen hat, und ich auch keine anderen Elfen außer ihr gekannt habe. Ich weiß bis heute auch nicht, wie es dazu kam, dass sie sich meiner angenommen hat. Immer, wenn ich nach meiner Vergangenheit fragte, wich sie mir aus. Ich habe keine Ahnung, wer ich bin oder woher ich kam, doch ich war dankbar, bei Bryande zu sein, sodass ich nie wirklich nach meiner Herkunft suchte.

Ihr Haar, das ihr bis zu den Hüften reichte, war schon schneeweiß, als ich noch sehr jung war, dennoch sah man ihr ansonsten äußerlich kein Alter an. Ihre stahlblauen Augen blickten immer wach und schalkhaft in die Welt, manchmal auch unnachgiebig und kalt, als verbergen sie ein eisiges Wissen, das sie tief in sich verschlossen hielt. Ich habe sie einmal gefragt, wie alt sie war. Lächelnd erwiderte sie: »So alt wie die Welt.«, und das glaubte ich ihr damals.

Das ist natürlich Quatsch und das weiß ich auch. Für ein Menschenverständnis leben Elfen, vor allem Hochelfen, ewig, aber auch sie haben eine feste Lebensspanne. Zwei-, vielleicht dreihundert Jahre sind keine Seltenheit, sogar die Norm, jedoch sind auch ihre Körper dem Verfall ausgesetzt.

Eines Morgens lag sie tot in ihrem Bett. Sie war während der Nacht friedlich eingeschlafen, jedenfalls glaube ich das. Viel zu früh, wie ich finde. Es gibt noch so viel, dass ich von ihr hätte lernen können, doch am meisten vermisse ich ihre tröstende Gegenwart und ihre Anweisungen, die mich Tag für Tag begleiteten und an die ich mich halten konnte. Solange Bryande bei mir war, konnte mir nichts geschehen, dessen war ich mir sicher.

Aufgrund meines Daseins hatte ich nie Freunde oder irgendwelche Kontakte, weder zu Menschen noch zu Elfen. Beide Rassen verstoßen mich als unnatürliches Geschöpf, das keine Daseinsberechtigung hat. Schlimmer noch: Zumindest die Menschen wünschen mir den Tod und würden ihn mir bringen, wenn sie die Gelegenheit dazu bekämen. Während die Elfen nur mit gerümpfter Nase auf mich herabsehen, als wäre ich weniger wert als der Dreck unter ihren Stiefeln, haben die Menschen panische Angst vor mir. Halbelfen gelten als Unglücksboten und als Grund für schlechte Ernten, außerdem fürchten sie unsere Zauberkraft. Auch wenn diese bei weitem nicht so ausgeprägt ist wie bei reinen Elfen, so ist es doch mehr, als Menschen zustande bringen können. Als Kind nahm ich diesen Hass und diese Ausgrenzung als gegeben hin. Da ich es nicht anders gewohnt war, vermisste ich die Anwesenheit von anderen nie. Erst mit Bryandes Tod wurde mir meine Einsamkeit schmerzhaft bewusst.

Bryande lehrte mich, alleine zu überleben und meine Herkunft vor anderen zu verbergen. Auch weihte sie mich in die wenigen noch bekannten Zauberkünste ein. Sie selbst konnte mächtige Zauber wirken. Obwohl ich eine gelehrige Schülerin war und ihr Wissen wie ein Schwamm aufsog, scheiterte ich immer an schwierigeren Zaubern. Was ich auch tat, wie sehr ich mich auch anstrengte und wie verbissen ich übte, die Zauber wollten mir einfach nicht gelingen. Bryande tröstete mich lächelnd und erklärte mir, dass es für mich einfach noch nicht an der Zeit war, diese Dinge zu beherrschen. Ich war ein Mischwesen und musste lernen, aus beiden Seiten meiner Herkunft meine Vorteile zu ziehen, sagte sie immer, auch wenn ich bis heute nicht wirklich verstanden habe, was sie damit meinte.

Ich muss bei dem Gedanken daran lächeln. Sie versuchte stets, meine Existenz nicht als Makel erscheinen zu lassen, sondern als etwas, aus dem ich Vorteile ziehen kann. Was würde sie wohl sagen, wenn sie mich jetzt sehen könnte, gefesselt in einem Karren, gefangen von Menschen, auf dem Weg in den sicheren Tod?

Innerlich verfluche ich mich für meine Leichtsinnigkeit. Ich hätte niemals in diesem muffigen Gasthaus übernachten sollen! Allen gelernten Vorsichtsmaßnahmen zum Trotz bin ich stundenlang mit wildfremden Menschen eingepfercht in einem kleinen Raum gewesen. Wie konnte ich nur so dumm sein? Ich hätte länger nach einer Alternative suchen müssen. Im Nachhinein betrachtet war es unvermeidlich, dass man mich enttarnte.

Dass es nun gerade durch einen Ritter passieren musste, setzt der ganzen Situation natürlich noch die Krone auf. Tollpatschigen und abergläubischen Bauern wäre ich mit Leichtigkeit entwischt. Ein kleiner Zauberspruch hätte gereicht und während ihrer Verwirrung und Angst, hätte ich mich davonmachen können. Aber die Ritter wissen, wie sie mich behandeln müssen, um mich vom Zaubern abzuhalten. Selbst einfache Sprüche gelingen mir nicht, ohne die speziellen Handbewegungen dazu auszuführen, was mit auf dem Rücken gefesselten Händen unmöglich ist.

Meine Lage erscheint mir mehr und mehr aussichtslos. Egal, wo sie mich hinbringen, sie werden mir keine Gelegenheit zur Flucht geben. Auch habe ich keinen Hinweis darauf, wo ich mich gerade befinde. Vielleicht bin ich schon Tagesreisen von meiner Hütte entfernt, ich weiß es nicht. Ohne Tageslicht ist mir jedwedes Zeitgefühl abhandengekommen. Einzig mein knurrender Magen erinnert mich daran, dass ich seit mindestens einem Tag nichts mehr gegessen habe.

Ich lehne mich zurück und drehe den Kopf zur Seite. Das Holz kühlt meine Wange, die vom Weinen rot und erhitzt ist. Ich schließe die Augen und falle – begleitet vom monotonen Rumpeln des Karrens – in einen unruhigen Dämmerschlaf.

Ich erwache, als die Tür zum Wagen aufgerissen wird. Nun, *erwachen* ist vielleicht nicht korrekt, denn richtig geschlafen habe ich nicht. Eher vor mich hingedämmert und mich weiterhin in meinem Selbstmitleid gesuhlt. Gemischt mit der Angst, die mir in den Knochen sitzt, und dem nagenden Hungergefühl in meinem Bauch, war an erholsamen Schlaf sowieso nicht zu denken.

Ein großer Schatten steht in der Tür und bellt mit einer tiefen Stimme Befehle. Ich sehe nur seine Umrisse. Meine Augen brennen nach der langen Zeit in der Dunkelheit wie Feuer, als plötzlich Licht direkt in mein Gesicht fällt, und ich blinzle gegen die Helligkeit an.

Zwei weitere Schemen tauchen auf und zerren mich aus dem Wagen. Schmerzhaft verdrehen sie meine auf dem Rücken gefesselten Arme, die mittlerweile völlig gefühllos sind. Ich kneife die Augen zusammen, als ich draußen stehe, um sie wieder an das Licht zu gewöhnen. Meine Beine sind eingeschlafen und kribbeln nun unangenehm, während ich versuche, mich auf den Füßen zu halten. Immer wieder knicke ich kurz weg, werde aber grob an den Armen wieder hochgerissen, was eine erneute Schmerzwelle durch meinen Körper jagt.

Nach einigen Sekunden sehe ich mir die Umgebung an, in der ich mich befinde. Ich stehe auf einer befestigten Straße, die durch einen Wald führt, direkt am Waldrand. In wenigen Kilometern Entfernung kann ich eine große Stadt ausmachen, zu der die Straße sich durch die Hügel schlängelt. Da die Sonne nahezu im Zenit steht, müssen wir mindestens einen Tag unterwegs gewesen sein. Das erklärt meine drückende Blase und den knurrenden Magen.

Es ist absurd, dass ich mir kurz vor einem Tod durch Enthauptung Sorgen um Tod durch Verhungern mache, aber mein Magen meldet sich lautstark und die nagende Leere sticht in meinem Bauch.

Der Wagen, der von vier großen Ochsen gezogen wird, setzt sich rumpelnd in die Richtung in Bewegung, aus der wir kamen, und ich erschrecke durch das laute Geräusch, denn auch meine Ohren sind noch auf Stille getrimmt. Ich bleibe mit einem Ritter, der auf einem stämmigen Ross sitzt, und den beiden Soldaten, die mich je an einem Arm gepackt haben, zurück.

Verwirrt blicke ich dem Wagen nach. Warum stehe ich an diesem Waldrand? Was soll ich hier? Angst kriecht mir den Rücken hinauf und lässt mich meine Schmerzen für einen Moment vergessen. Mein Herz schlägt hart gegen meine Brust und meine Kehle ist plötzlich wie ausgedörrt. Was, wenn ich nun getötet werde? Ich bin mir zwar sicher, so oder so sterben zu müssen, aber jetzt und hier bin ich überhaupt nicht darauf vorbereitet.

Der Ritter auf dem braunen Pferd nimmt seinen Helm ab. Ich erkenne ihn sofort als den, der mich in der Herberge aufgegriffen hat. Er starrt mir ins Gesicht und mustert mich von oben bis unten. Unruhig winde ich mich unter seinem Blick, wodurch die Soldaten ihren Griff an meinen Armen nur verstärken. Seine Augen glänzen schmierig-lüstern! – und taxieren jeden Zentimeter meines Körpers und mir wird schlagartig speiübel.

»Lasst sie ja nicht entkommen!«, knurrt der Ritter seinen Kumpanen zu. »Der nächste Wagen wird sicher gleich kommen.«

Die beiden Soldaten stehen kurz stramm, wobei ich etwas durchgeschüttelt werde.

Dann herrscht Stille.

Die Minuten verstreichen, doch keiner sagt etwas oder bewegt sich. Es ist zermürbend. Warum stehen wir hier? Warum tut niemand irgendwas? Aber will ich, dass jemand etwas tut?

Probeweise versuche ich, einen meiner Arme zu befreien, wodurch jedoch nur der Druck der Soldaten verstärkt wird.

Ich drehe den Kopf und blicke zu der Stadt, die von hohen Mauern umgeben ist. Etwas abseits, jedoch noch immer innerhalb

42

der Mauern, erspähe ich ein großes Bollwerk, das komplett aus Stein zu sein scheint. Scharen schwarzer Vögel umkreisen es.

Nervös knetet der Ritter die Zügel, was auch meinen beiden Häschern nicht entgeht. »Hauptmann«, setzt der Soldat zu meiner Rechten an. »Bist du sicher, dass sie kommen? Ich meine, es ist «

»Sei ruhig, Tölpel! Natürlich kommt der Gefängniskarren! Er kommt immer um diese Zeit. Da werden wir diese Missgeburt wenigstens los. Sollen sich doch die Wärter mit ihr herumschlagen, bis der König ein Urteil unterzeichnet hat.« Er wedelt abwertend mit seiner Hand in meine Richtung.

Ich presse die Lippen aufeinander und starre ins Leere, damit keiner von ihnen mein erleichtertes Aufatmen sehen kann. Wenigstens würde es ein Urteil geben – auch wenn ich genau weiß, wie es lauten wird – und ich werde nicht sang- und klanglos niedergestochen. Ein Teil der Anspannung fällt von mir ab. Ich werde weiterleben, zumindest vorerst.

»Ja, mir gefällt der Gedanke auch nicht, weiter in ihrer Gegenwart zu sein.« Der Soldat spuckt geräuschvoll auf den Boden. Dann grinst er anzüglich. Die Härchen in meinem Nacken stellen sich auf, als ich seinen Blick auf mir spüre. »Aber niedlich ist sie schon.«

Ich schaue weiter stur geradeaus und tue so, als hätte ich ihn nicht verstanden. Erneut versuche ich, meine Hände, die inzwischen völlig taub und gefühllos geworden sind, aus den Fesseln zu befreien, doch auch diesmal ohne Erfolg.

Der Soldat an meiner linken Seite fängt an zu grunzen. »Recht hast du. Vielleicht sollten wir erst unseren Spaß mit ihr haben. Schließlich landet sie eh im Feuer. Wäre doch schad' drum!« Die beiden grinsen sich über meinen Kopf hinweg verschwörerisch zu.

Mit einem Schlag ist die Panik wieder da und kriecht eiskalt durch meine Glieder. Ich weiß gerade nicht, was mich mehr verstört: hier mitten im Nirgendwo von Soldatenabschaum geschändet oder in naher Zukunft lebendig verbrannt zu werden. Beide Möglichkeiten stehen auf meiner Liste der Zukunftsvisionen nicht wirklich weit oben und, hätte ich die Wahl, würde ich keine davon wählen.

Mit einem Ruck wendet der Ritter sein Pferd und bringt den rechten Soldaten dadurch zu Fall. Er lässt meinen Arm zu spät los und zieht mich ein Stück mit nach unten. Erschrocken schreie ich kurz auf, kann mich jedoch gerade so auf den Beinen halten und gerate nicht unter die Hufe des Gauls. Das Pferd wiehert laut und steigt.

»Nichts da, Männer!«, donnert der Ritter. »Diese Hexe verflucht euch und lässt euer Gemächt abfaulen! Sie wird nicht angerührt, habt ihr mich verstanden?«

Der zu Boden gegangene Soldat rappelt sich auf und klopft sich den Straßenstaub von der Kleidung.

»Sie muss unversehrt bleiben. Zumindest bis zum Beginn der Folter.«

Betreten blicken die Soldaten zu Boden und murmeln eine undeutliche, eher halbherzige Zustimmung.

Mein Puls normalisiert sich allmählich wieder. Angesichts der Ironie meiner Situation muss ich an mich halten, dass ich nicht in ein hysterisches Lachen ausbreche. Da verlasse ich einmal im Jahr den Schutz meiner Lichtung und bereits zweimal denken Menschenmänner darüber nach, mir Gewalt anzutun. Zumindest in dieser Hinsicht leistet meine Herkunft mir gute Dienste; eine normale Menschenfrau hätte sich weder mit Magie noch mit Schauergeschichten diese Kerle vom Hals halten können.

Ähm ... Moment. Hat der Ritter da eben etwas von Folter *gesagt?*

Rumpelnd nähert sich ein weiterer Wagen. Er wird von zwei schwarzen Ochsen gezogen und ist, anders als der erste, nicht mit Brettern beschlagen, sondern auf der Ladenfläche komplett mit Gittern versehen.

Ein Käfig auf Rädern. War ja klar, dass es nicht besser werden würde.

Im Käfig selbst kauern bereits drei bemitleidenswerte Kreaturen: eine Frau und zwei Männer. Sie alle sind abgemagert und tragen braune, zerschlissene Lumpen, die ihre Körper nur dürftig bedecken. Ich kann sie schon fünf Meter gegen den Wind riechen und Galle steigt mir im Hals hoch.

Ich bäume mich auf und wage einen letzten Fluchtversuch, doch egal wie sehr ich mich drehe, um mich trete oder den Kopf hin und her werfe, die Griffe an meinen Armen lockern sich nicht.

Als der Wagen neben uns zum Stehen kommt, packt der Ritter mich an den Haaren, während einer der Soldaten mich loslässt und quietschend die Tür zum Käfig öffnet. Auch der zweite Soldat lässt von mir ab und der Ritter auf seinem Pferd stößt mich in den Käfig.

Stöhnend schlage ich mit dem Gesicht voran auf dem Holzboden des Wagens auf. Noch ehe ich versuchen kann, mich aufzusetzen, wird die Tür hinter mir wieder zugeschlagen und fällt mit einem lauten Geräusch ins Schloss.

Der Ritter wirft dem vermummten Mann auf dem Kutschbock ein kleines Säckchen zu, das dieser mit einer fließenden Bewegung auffängt und unter seiner Kutte verschwinden lässt. Dann knallt er mit seiner Peitsche und die beiden Ochsen setzen schnaufend ihren Weg fort.

Ich habe es mittlerweile geschafft, mich aufzurappeln, und lehne mich keuchend an die Gitterstäbe. Ich bemerke, wie meine Mitinsassen scharf die Luft einsaugen, als ich meinen Kopf aufrichte, und sie sich zu dritt in die gegenüberliegende äußerste Ecke drängen.

Abwertend schnaube ich durch die Nase aus und schaue zurück auf meine Häscher. Der Ritter ist gerade dabei, sein Pferd zu wenden. Die beiden Soldaten blicken dem Karren noch kurz nach, drehen sich jedoch schnell wieder ab und marschieren in die Richtung, aus der wir gekommen sind.

Dorthin, wo ich jetzt auch sein sollte.

Doch heute ist anscheinend nicht mein Tag.

Die abgemagerte Frau flüstert den Männern etwas zu, während sie auf mich deutet. *Dummes Menschenweib!* Denkt sie etwa, ich würde sie nicht verstehen? Wo sie doch für meine Verhältnisse fast zu schreien scheint. Nun, dann werde ich mal dafür sorgen, dass sie Abstand wahren und mich in Ruhe lassen.

»Ja«, antworte ich, ohne dass mich einer von ihnen direkt angesprochen hat, und gebe mir keine Mühe, meine Stimme zu unterdrücken. Die drei glotzen mich an, als hätten sie einen Geist vor sich. Der melodische Klang benebelt ihre Sinne und ihr Blick wird für einen Moment leer. Ich drehe meinen Kopf zu ihnen und sehe der Frau direkt in die Augen. Sie weicht meinem Blick sofort aus. »Ich bin genau das, für was ihr mich haltet. Und wenn mir einer von euch zu nahe kommt, wird er es bereuen.«

45

Ängstlich versuchen sie, noch weiter von mir zu weichen, was natürlich aufgrund des engen Käfigs nicht möglich ist. Wimmernd wirft die Frau die Hände über den Kopf.

Ich verdrehe die Augen. Denken die etwa, ich würde sie hier und jetzt in Frösche verwandeln? Ja klar, ich sitze ja auch gefesselt in diesem verdammten Käfig, weil ich sonst heute nichts anderes mehr zu tun habe. Wären meine Kräfte tatsächlich so groß, wie diese Menschen befürchten, würde ich nicht gefesselt mit ihnen in diesem Karren meinem Schicksal entgegenschaukeln.

Dankbar über etwas mehr Platz strecke ich die Beine aus, die bereits wieder kribbeln, und sehe durch die Gitterstäbe hindurch. Wir kommen gut voran und haben die Stadtmauern fast erreicht. Nun ja, *gut* ist hierbei wohl relativ.

Schon einige hundert Meter, bevor wir die Mauern passieren, höre ich das Gekrächze der Raben, die sich um den Leichnam eines Gehängten streiten. Mit ihren Toten sind sie hier nicht gerade zimperlich …

Würde ich auch so enden? Oder war ich noch nicht einmal dessen wert? Würde man mich nur in den Stadtgraben werfen oder verbrennen? Ich kenne schließlich die Sagen und Märchen, die sich um die Halbelfen ranken. Unsere Finger sind begehrte Trophäen, ebenso unsere Ohren. Vielleicht schneiden sie mir sämtliche wertvollen Körperteile ab, bevor sie mich auf den Scheiterhaufen werfen. So können sie noch Profit aus mir schlagen, nachdem sie mich wie ein exotisches Tier vorgeführt, gefoltert und verbrannt haben.

Meine Gedanken werden durch das Wimmern der Frau unterbrochen, die wahrscheinlich auch den Schrei der Raben gehört hat. Sie krümmt sich zusammen und ihre Lippen bilden stumme Worte, als würde sie beten.

Ich verdrehe die Augen gen Himmel. Ich habe genug mit meinem eigenen Schicksal zu tun; das Gejammer der anderen kratzt an meinen ohnehin angespannten Nerven.

Einer der Männer fixiert mich und macht das Zeichen gegen das Unheil. Warum sind die drei eigentlich nicht gefesselt?

Mit lautem Poltern passieren wir das Stadttor. Es stinkt erbärmlich, als wir die Straße der Gerber und Abdecker entlangfahren, die direkt vor dem Gemäuer angesiedelt sind. Gelegentlich hat der

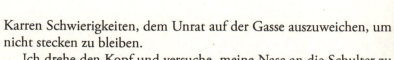

Karren Schwierigkeiten, dem Unrat auf der Gasse auszuweichen, um nicht stecken zu bleiben.

Ich drehe den Kopf und versuche, meine Nase an die Schulter zu pressen, um so wenigstens etwas Gestank zu filtern. Im Augenwinkel sehe ich, wie die ersten Arbeiter die Straße säumen und mit ihren dreckigen Fingern auf mich zeigen.

Als wir über den gepflasterten Marktplatz fahren, in dessen Mitte ein großer, kunstvoller Springbrunnen steht, bildet sich sogleich eine Menschentraube um den kleinen Gefängniskarren. Manche der Schaulustigen werfen mit fauligem Gemüse und Eiern.

Ich versuche, stoisch geradeaus zu blicken. Meine Mitinsassen wimmern, die Frau weint und zerrt an ihren verfilzten Haaren, was die Menge noch mehr anstachelt. Ich will sie anschreien, dass sie ihre Klappe halten und sich ihrem Schicksal fügen sollen, schließlich sind sie garantiert nicht umsonst mit mir in diesem Gefängnis, doch ich schweige verbissen.

Als die ersten Menschen, die sich ganz nah an den Karren drängen, sehen, was ich bin, weichen sie sofort mit einem Aufschrei zurück, als würde sich ein Siechender im Wagen befinden, dessen bloßer Anblick ansteckend wirkt. Die Nachricht, dass eine Halbelfe gefangen im Karren sitzt, verbreitet sich wie ein Lauffeuer. Immer mehr Menschen strömen aus den Gassen und Häusern und säumen den Weg.

Doch zumindest lassen sie uns nun in Ruhe. Es fliegt kein Unrat mehr und eine unnatürliche Stille senkt sich über die Stadt, als hätte jeder die Luft angehalten und warte nur darauf, dass ich mich in ein Feuer speiendes Monster verwandle und die Stadt abfackle.

Ganz im Ernst, das würde ich gerne. Aber mir sind im wahrsten Sinne des Wortes die Hände gebunden.

Noch bevor wir am Gefängnis ankommen, erwarten uns dort unzählige Menschen, die, natürlich aus sicherer Entfernung, einen Blick auf mich erhaschen wollen. Rüde stößt einer der Ritter die Menschen beiseite, um Platz für die Weiterfahrt zu machen.

Ich forme mein Gesicht zu einer steinernen Maske, obwohl es in meinem Inneren brodelt. Angst vermischt sich mit Wut und Abscheu über das Verhalten dieser Menschen, die mich begaffen, auf mich zeigen und mich still verfluchen. Nicht einen von ihnen habe ich je in meinem Leben gesehen, geschweige denn irgendwas zuleide getan, und doch gieren sie nach meinem Tod. Nach einem möglichst schmerzvollen, aufsehenerregenden Tod.

Das Gefängnis hat hohe, dunkle Steinmauern. Es ist kalt und zugig, als wir auf den großen Platz fahren, auf dem wir schon von einer Kompanie Soldaten erwartet werden.

Mir fallen sogleich die drei Galgen auf, die ziemlich mittig auf dem Innenhof stehen. Dahinter befindet sich ein Scheiterhaufen. Das Holz ist bereits aufgeschichtet. Anscheinend wird hier nicht viel Zeit verschwendet. Wie war das mit dem Urteil, das der König unterzeichnen sollte? Hat er die Dinger vorrätig in einer Schublade?

Die Frau, die mit mir im Karren sitzt, bricht schreiend zusammen, als zwei Soldaten sie herausschleifen. Die beiden Männer gehen anfangs noch halbwegs selbstständig, müssen jedoch auch gezerrt werden, als sie die Galgen erspähen.

Als ich an der Reihe bin, aus dem Wagen geführt zu werden, schauen sich die beiden Soldaten zweifelnd und unsicher an. Keiner wagt es, mich zu berühren.

In einem kurzen Anflug von Belustigung ob dieser Situation ziehe ich fragend eine Augenbraue nach oben und schnaube.

Ich steige also selbst heraus, was nicht ganz einfach ist, da meine Arme noch immer hinter dem Rücken fest zusammengebunden und meine Beine während der Fahrt eingeschlafen sind. Ich schwanke, nachdem ich aus dem Karren gerobbt bin, und hätte fast das Gleichgewicht verloren. Im letzten Moment greift einer der Soldaten nach meinem Arm und zieht mich nach oben, lässt mich danach aber sofort wieder los, als hätte er sich die Hand verbrannt.

Während die drei Menschen, die mit mir im Karren befördert wurden, unter Wehklagen und um Gnade bettelnd in ihre Zellen gezerrt werden, gehe ich, flankiert von zwei Soldaten, ohne ein Wort aufrecht zu dem Zellenblock, den man mir zuweist.

Die langen Korridore sind nur spärlich von Fackeln an den Wänden erhellt und jeder Schritt und jedes Geräusch hallt unnatürlich laut in diesen Gemäuern wider. Es stinkt erbärmlich nach Ausscheidungen, Verwesung und Krankheit. Hier und da strecken einige

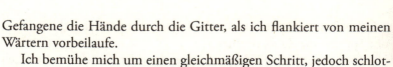

Gefangene die Hände durch die Gitter, als ich flankiert von meinen Wärtern vorbeilaufe.

Ich bemühe mich um einen gleichmäßigen Schritt, jedoch schlottern meine Knie vor Angst so sehr, dass ich befürchte, jeden Moment zusammenzubrechen. Aber diesen Gefallen will ich ihnen nicht tun, also straffe ich meine Schultern und setze meinen Weg fort.

Vor einer Zelle im hintersten Winkel eines verlassenen Traktes bleiben wir stehen und einer der Soldaten nestelt an einem riesigen Schlüsselbund, der an seinem Gürtel hängt. Ich spähe durch Gitterstäbe in die Zelle und bin erstaunt, wie sauber es ist. Ich habe sogar einen Strohsack als Bett und einen Eimer mit Wasser. Vor allem aber genieße ich die Einsamkeit und Ruhe, sofern ich in diesem Umfeld überhaupt von *genießen* sprechen kann.

Ich hatte Angst, mit mehreren Menschen zusammengepfercht in ein stinkendes Loch geschmissen zu werden, ständig dem Gestank und den Geräuschen anderer ausgesetzt zu sein. Dahingegen ist diese Einzelzelle fast schon Luxus – wenn man die Gesamtsituation einmal ausblendet.

Der Soldat hat endlich den passenden Schlüssel gefunden, öffnet das quietschende Gatter und wartet, dass ich hineingehe. Der zweite folgt mir und nimmt mir in der Zelle die Handfesseln ab. Ungläubig reibe ich meine wunden Handgelenke und drehe mich zu dem Mann um. Der zuckt die Achseln, nuschelt etwas von »Befehl« und wendet sich um.

»Wenn du Ärger machst«, sagt er dann über die Schulter, als sich das Gatter hinter ihm schließt, »bist du schneller wieder in Ketten als dir lieb ist. Dann findest du dich im finstersten Loch wieder, das wir hier zu bieten haben!«

Ich nicke stumm. Daraufhin verlassen die Männer den Zellentrakt. Die schwere Tür am Ende des Korridors fällt laut ins Schloss und ich höre einen Schlüssel, der umgedreht wird.

Das Geräusch hat etwas Endgültiges

Die Zelle, in die man mich gesteckt hat, ist klein, aber sauber, und riecht nach frischem Stroh. Neben dem Bett steht ein kleiner Schemel mit einer Kerze. Allerdings kann ich nirgends Hölzer oder Steine zum Feuermachen finden. Nach kurzem Überlegen zucke ich mit den Schultern, mache eine Bewegung mit meiner rechten Hand und spreche die Zauberformel.

»*Ignis.*« Eine kleine Flamme flackert über der Kerze und erleuchtet meine Zelle ein wenig. Außerhalb hängen zwar einige Fackeln an den Wänden, die jedoch nur spärliches Licht und noch weniger Wärme spenden, dafür aber unheimliche Schatten an den Wänden tanzen lassen. Fröstelnd reibe ich mir die Arme und ziehe dann meinen Umhang enger um mich.

Ich lasse mich auf dem Strohsack nieder und starre zur Decke empor. Tausend Fragen kreisen in meinem Kopf, auf die ich keine Antwort weiß.

Eine Flucht ist unmöglich, dazu reicht meine Kraft bei Weitem nicht aus. Bis auf ein paar kleine Feuer- oder Lichtzauber und einen Heilzauber, um kleinere Verletzungen zu heilen, verfüge ich über keinerlei magische Begabung. Bryande, meine Ziehmutter, sagte immer, dass die Kunst der Magie über die Jahrhunderte in Vergessenheit geriet und nur noch alltägliche Sprüche erhalten geblieben sind. Sicherlich gibt es in den großen Städten noch Elfenmagier, die die Mauern mit Feuersbrunst- oder Tornadosprüchen schützen, aber auch sie werden seltener. Die Ausbildung zum Magier ist auch unter den hochbegabten Elfen und Hochelfen nichts Banales. Man muss zum Meistermagier erwählt sein, um überhaupt die strenge Schule der Hochelfen durchlaufen zu dürfen. Bryande war einst einem fähigen Magier begegnet, der ihr einige Zauber beibrachte, die sie an mich weitergab, jedenfalls hat sie mir das erzählt.

Aber zu mehr, als zum Feuer entfachen oder Menschen abschrecken, reicht es leider nicht. Obwohl ich eine gelehrige Schülerin war, wollten die Zauber, die ich sprach, einfach nicht funktionieren.

Zum Glück scheint dieses Wissen den Menschen bisher verborgen geblieben zu sein, schließlich denken sie noch immer, dass jeder Elf, Hochelf oder auch Halbelf automatisch ein großer Zaubermeister ist, der eine ganze Stadt mit einer Handbewegung in Schutt und Asche legen kann.

Das Gitter sieht massiv aus, Fenster gibt es nicht. Mit meinem kleinen Feuerzauber kann ich das eiserne Türschloss unmöglich einschmelzen, eher würde ich bei meinem Glück noch den Strohsack in Brand setzen und jämmerlich in dieser Zelle verbrennen, was die Stadtbewohner um meine öffentliche Einäscherung und das damit einhergehende soziale Ereignis bringen würde. Bei dieser Ironie muss ich sogar kurz lächeln.

Irgendwann, während ich über mein Schicksal und das, was mir noch bevorsteht, grübele, übermannt mich die Müdigkeit und ich falle in einen tiefen Schlaf.

Zu meinem Verdruss bleibt auch dieser Schlaf nicht traumlos. Wieder verfolgen mich die Schreie, die aus dem Flammendorf dringen. Und wieder sehe ich diese blendend schöne Elfenfrau, wie sie mehr und mehr Feuerbälle auf die Häuser niederprasseln lässt. Ihr schrilles Lachen gellt mir in den Ohren, während ich wie ein Unbeteiligter die Szene verfolge. Jeder Feuerzauber von ihr fliegt an mir vorbei oder durch mich hindurch, verletzt mich nicht, doch ich kann die Hitze spüren, die sich unter meine Haut frisst. So sehr ich es auch versuche, ich kann nicht einen Schritt auf dem schlammigen Boden machen.

Panisch schlage ich meine Hände über die Ohren, um das Schreien und Lachen auszublenden, doch die Geräusche dringen ungedämpft zu mir durch und zermürben mich immer weiter.

Ich erwache schweißgebadet, zitternd und atemlos. Kurz muss ich überlegen, wo ich mich befinde, spüre dieses Sacken im Magen, bevor die Vorfälle des letzten Tages wieder über mich hereinbrechen.

Durch die Dunkelheit um mich herum kann ich nur schätzen, wie spät es mittlerweile ist. Die Kerze, die ich angezündet habe, ist zur Hälfte heruntergebrannt.

Ich setze mich auf und stütze meinen Kopf in die Hände. Dieser Traum will mich nicht loslassen. Er macht mich fertig, verfolgt mich und ich weiß nicht, warum. Ich habe in meinem Leben, bis auf Bryande, niemals eine reine Elfe gesehen. Bryande selbst hatte vom Äußeren nicht viel mit den Geschichten über wundervolle Elfen gemein. Sie war eher herb und stämmig, beinahe kräftig wie eine Kriegerin. Ich hätte sie mir auch nie anders vorstellen können. Ihr dichtes, vom Alter bereits silbernes Haar trug sie immer zu einem dicken Zopf geflochten. Ihre Gesichtszüge waren kantig, ihre Nase war eine Spur zu groß, um schön zu sein, und ihre blauen Augen blitzten spitzbübisch. Oder waren sie grün gewesen?

Ich seufze und reibe mir wütend über die Augen, die zu brennen beginnen.

Obwohl erst zehn Jahre seit ihrem Tod vergangen sind, eine kurze Zeit verglichen zu unserer Lebensdauer, entgleiten mir die Erinnerung an sie mehr und mehr. Ich beginne, ihr Gesicht und den Klang ihrer Stimme zu vergessen. Bryande wird zu einem schattenhaften Wesen und je mehr ich versuche, mich an Einzelheiten zu erinnern, desto undeutlicher werden ihre Konturen, bis sie schließlich gänzlich verschwimmen.

Ehe die Tränen fließen können, drücke ich energisch die Handballen gegen die Augen.

Ein Schauer überkommt mich und ich reibe mir fröstelnd die Arme. Dann ziehe ich die Beine an und breite meinen Umhang über mir aus, um mich aufzuwärmen. Den Kopf seitlich auf die Knie gelegt, starre ich die Steinwand an und hadere erneut mit meinem Schicksal.

Ich friere erbärmlich und mein Magen knurrt ohrenbetäubend. Ich weiß nicht, ob ich vor meinem Tod noch mal etwas zu Essen bekomme und versuche mich zu erinnern, was meine letzte Mahlzeit war. Es fällt mir nicht ein. Die friedliche Zeit, abgeschieden in meiner Hütte, erscheint auf einmal in unerreichbarer Ferne.

Ich schließe die Augen und versuche mir die Wärme meines Heims vorzustellen, das Plätschern des kleinen Bachs, der direkt an meiner Hütte entlangfließt, das beruhigende Rauschen der großen Bäume, die mein Zuhause abschotten, und den süßen Duft des Lavendelbuschs, der direkt neben meinem Fenster wächst.

Ein Lächeln stiehlt sich auf meine Lippen, während gleichzeitig nun doch Tränen meine Wangen hinunterrinnen.

Ich will nach Hause!

Der Schlüssel der schweren Außentür, die meinen Zellentrakt von anderen trennt, wird herumgedreht und reißt mich aus meinen Gedanken. Ich springe von meinem Strohbett hoch, wische mir energisch die Tränen weg und blicke den Gang entlang.

Schweren Schrittes tritt ein Mann in voller Rüstung ein. Er ist groß und kräftig, soweit ich das unter dem schwarzen, glänzenden Metall beurteilen kann. Sein blutroter Umhang weht hinter ihm her, als er vor meiner Zelle zum Stehen kommt. Die Geräusche seiner in Stahl gehüllten Stiefel hallen im Korridor wider.

Ich weiche einen halben Schritt zurück und wäre beinahe wieder auf dem Strohlager gelandet. Ein Schwarzer Ritter! Das kann nichts Gutes verheißen Ich denke an die Männer in rabenschwarzer Rüstung, die mich jede Nacht in meinem Traum heimsuchen; und nun steht einer vor mir, aus Fleisch und Blut.

Der Mann nimmt seinen schwarzen Helm ab. Sein Gesicht ist teigig, die spitze Nase verleiht ihm etwas habichtartiges. Seine Augen registrieren kalt meine nicht gefesselten Hände, ehe er mein Gesicht fixiert. Quer durch sein Gesicht verläuft eine wulstige Narbe.

Ich schlucke unwillkürlich. Dieser Mann macht mir Angst, panische Angst, und die Kälte in seinen blassblauen Augen jagt mir einen Schauer über den Rücken.

»So, so.« Er schmunzelt belustigt. »Dieses Mädchen ist also die Halbelfe, vor der sich die halbe Stadt fürchtet.« Es ist eigentlich mehr eine Frage, aber als ich ihm nicht antworte, sondern nur stumm zurückschaue und versuche, mein Gegenüber einzuschätzen, fährt er unbeirrt mit seinem Monolog fort.

»Hast bei den Soldaten für ganz schön Aufsehen gesorgt, Kleine.« Seine Stimme ist tief und polternd. Und lauernd. »Sie haben so viel Angst vor dir, dass sie dich hier in Einzelhaft sperren. Dennoch haben sie Befehl von ganz oben bekommen, dass du es einigermaßen behaglich hast.« Er deutet mit einer Handbewegung auf meine Zelle.

Wer auch immer »ganz oben« ist, ich danke ihm im Stillen für meine Hafterleichterungen. Ich möchte mir nicht vorstellen, wie es den drei abgerissenen Gestalten ergangen ist, die mit mir eingeliefert worden sind. So schlimm es auch ist, gefangen zu sein, ist meine Zelle doch sauber und ohne Ungeziefer. Außerdem habe ich einen trockenen Platz zum Schlafen und keine Fesseln um Hände und Knöchel.

»Tja, aber das tut nichts mehr zur Sache.« Er wendet sich um. »Brennen wirst du so oder so, egal, wer sich für dich einsetzt.«

Ich ziehe scharf die Luft ein und schlage mir die Hände vor den Mund, um jeglichen Aufschrei oder Betteln zu unterdrücken. Nein, ich werde nicht vor diesem Kerl zusammenbrechen!

»Schon morgen wirst du`s schön warm haben!« Er lacht, als hätte er einen Witz gerissen. Sein Brustkorb hebt und senkt sich, und seine Rüstung scheppert fast so sehr wie sein Lachen. Er winkt zwei Männer herein, die sich an der Tür postiert haben.

Sofort sind die alten Ängste wieder da und setzen sich in meinem Kopf fest. Werde ich jetzt schon abgeführt? Zündelt das Feuer unter dem Scheiterhaufen schon?

»Ihr zwei! Passt auf sie auf, damit sie keine Dummheiten macht. Wir wollen doch morgen unser Freudenfeuer nicht versäumen!« Wieder lacht er, während er seinen Helm aufsetzt, und ohne mich eines weiteren Blickes zu würdigen, verlässt er meinen Zellentrakt.

Er schließt die schwere Tür hinter sich. Die beiden Männer, die er zu meiner Bewachung abkommandiert hat, sind nun mit mir im Zellentrakt gefangen. Unsicher schauen sie umher, peinlich darauf bedacht, mich nicht direkt anzusehen. Wahrscheinlich denken sie, ich könnte sie mit meinem Blick verhexen.

Und wieder einmal danke ich den Göttern für diese Schauergeschichte über uns Halbelfen.

Immer noch zitternd vor Angst sinke ich auf die Knie. Meine Augen sind starr geöffnet und mein Atem geht unregelmäßig. Ich hatte es zwar als Möglichkeit erwogen, verbrannt zu werden, jedoch hoffte ich auf den Strang. Oder Enthauptung. Oder irgendetwas anderes, als mein Fleisch bei lebendigem Leibe verbrennen zu lassen.

Getrieben durch die Panik, die mich erfasst hat, blicke ich mich um und gehe krampfhaft meine Möglichkeiten durch.

Die beiden Wachen erhöhen mein Fluchtrisiko. Sicherlich könnte ich sie mit ein paar Zaubertricks ablenken oder eine Zeit lang lahmlegen, jedoch würde mich das noch immer nicht aus dem Zellentrakt bringen. Die schwere Tür ist von außen verschlossen und die beiden Männer sehen nicht so aus, als hätte man ihnen einen Schlüssel anvertraut. So wie sie sich vor Angst fast in die Hose machen, hätten sie sich schon längst davongemacht, wenn sie könnten.

54

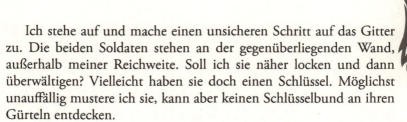

Ich stehe auf und mache einen unsicheren Schritt auf das Gitter zu. Die beiden Soldaten stehen an der gegenüberliegenden Wand, außerhalb meiner Reichweite. Soll ich sie näher locken und dann überwältigen? Vielleicht haben sie doch einen Schlüssel. Möglichst unauffällig mustere ich sie, kann aber keinen Schlüsselbund an ihren Gürteln entdecken.

Ich muss also aus meiner Zelle kommen, die beiden Wachen überwältigen, irgendwie die Tür zu meinem Zellentrakt aufbrechen und dann den Weg aus dem Gefängnis finden, in dem ich mit Sicherheit auf weitere Soldaten treffen würde. Anschließend würde ich mitten auf dem Platz mit den Galgen und dem aufgeschichteten Scheiterhaufen stehen, umgeben von weiteren Soldaten, Rittern und wissen die Götter was noch.

Aber ich kann doch nicht einfach hier sitzen, die Hände in den Schoß legen und darauf warten, dass man mich morgen in die Flammen schickt!

Noch während ich das Für und Wider eines Fluchtversuchs abwäge, öffnet sich die Tür erneut. Die Männer atmen erleichtert aus, da sie hoffen, von ihrem unfreiwilligen Posten abgezogen zu werden.

Doch nichts tut sich.

Niemand tritt ein, nur die Tür öffnet sich einen Spaltbreit mit einem Quietschen. Misstrauisch nähern sich die beiden Männer dem Eingang und fallen nahezu gleichzeitig mit einem unterdrückten Schrei zu Boden.

Eine völlig verhüllte Gestalt tritt lautlos in den Zellentrakt. Da die Lichtverhältnisse ohnehin schlecht sind, muss ich mich anstrengen, um sie überhaupt auszumachen.

Der Größe nach zu schließen, handelt es sich um einen Mann. Eine Kapuze ist tief in sein Gesicht gezogen und sein Körper wird vollständig durch einen weiten dunklen Umhang verhüllt, der bis zu seinen Knien reicht.

Er stupst einen der ausgeschalteten Soldaten unsanft mit der Schuhspitze an. Als dieser sich nicht rührt, kommt er auf mich zu, ohne ein Geräusch zu verursachen, und bleibt vor der Tür zu meiner Zelle stehen.

Ich springe zurück an die Wand hinter mir, um möglichst viel Raum zwischen uns zu schaffen. Er bewegt sich geschmeidig, nahezu leichtfüßig. Das einzige Geräusch, das er verursacht, ist ein leises Rascheln des Umhangs.

Als er den Kopf hebt und mich ansieht, bemerke ich, dass eine Maske die untere Hälfte seines Gesichts bedeckt. Nur seine Augen sind frei und mustern mich; ihre Farbe kann ich jedoch nicht erkennen.

»Wenn ich dich hier rauslasse«, beginnt er, »hoffe ich, dass du mir nichts tun wirst. Ich kann dich aus der Stadt bringen.« Seine Stimme wird durch die Maske gedämpft und daher kann ich auch ihren Klang nicht genau zuordnen.

Ich werde misstrauisch. »Warum wollt Ihr mir helfen?« Ich trete zögernd einen Schritt näher an die Zellentür. »Ihr wisst sicherlich, was ich bin.« Ich deute auf meine Ohren und erwarte, dass er jeden Moment schreiend davonrennen wird. Doch er bleibt, wo er ist, legt den Kopf schräg und mustert einen Moment meine spitz zulaufenden Ohren. Ich winde mich unter seinem Blick und Blut schießt in meine Wange, ohne dass ich weiß, warum.

Er winkt schließlich ab. »Ich weiß aber auch, dass du nur durch Zufall gefangen wurdest, weil du zur falschen Zeit am falschen Ort warst. Du hast niemanden bedroht.«

Mein Misstrauen wächst weiter. »Das ist noch lange kein Grund. Auf Halbelfen sind Kopfgelder ausgesetzt. Egal ob sie Städte abfackeln oder irgendwo friedlich im Wald leben.«

Ich kneife die Augen zusammen und versuche, die aufkeimende Unruhe zu unterdrücken. Warum diskutiere ich hier mit einem völlig Vermummten, der die Wachen zu meiner Zelle mit einem einzigen Streich ausgeschaltet hat? Warum rechtfertige ich mich vor ihm?

Der Vermummte schüttelt den Kopf. »Nenn es von mir aus, wie du willst, aber ich würde dir gerne behilflich sein, hier rauszukommen.« Um seine Aussage zu bekräftigen, zieht er den Schlüsselbund unter seinem Umhang hervor und steckt auf Anhieb den richtigen Schlüssel in das Schloss zu meiner Zelle. »Also, wirst du brav sein, wenn ich deine Zelle öffne?«

Ich schnaube belustigt. »Sehe ich aus, als könnte ich ein Inferno entfesseln? Dann wäre ich hier sicherlich schon lange weg und würde

56

nicht auf meine Hinrichtung warten.« Ich halte das Ganze noch immer für einen Scherz. Niemand kann so beschränkt sein und einer Halbelfe freiwillig zur Flucht aus einem Gefängnis verhelfen.

»Der Weg zu dem Versteck, das ich für dich gewählt habe, führt durch einige Korridore, die vermutlich bewacht werden. Kannst du dich irgendwie verteidigen?«

Ah, anscheinend will er doch keinen Klotz am Bein haben. »Ich bin mit Stäben und Speeren recht geübt und weiß diese zu führen«, sage ich mit Stolz in meiner Stimme. Nicht viele Frauen, sei es nun Elfe oder Mensch, wurden in der Waffenkunst unterrichtet. Natürlich hatte mir Bryande auch darüber alles beigebracht. Mein Umgang mit Waffen war an nicht so viele Grenzen gestoßen wie der mit Magie und ich bin eine ganz passable Kämpferin.

Er nickt. »Gut, dann besuchen wir zuerst die Waffenkammer.« Er dreht den Schlüssel um, wodurch sich die Tür mit einem lauten Quietschen öffnet. »Im Versteck, einem alten Raum in einem unbenutzten Geheimgang, wirst du die Nacht abwarten. Morgen wird ein Fest veranstaltet, bei dem du durch die Menschenmassen unbemerkt entkommen kannst.« Er stößt das Gitter auf und tritt beiseite, damit ich die Zelle verlassen kann.

Ich denke lieber nicht darüber nach, was genau denn morgen gefeiert werden soll. Noch immer misstrauisch trete ich aus der Zelle, setze zögerlich einen Fuß vor den anderen, lasse die Augen jedoch nicht von dem Unbekannten vor mir, so als erwarte ich jederzeit einen Angriff.

Es erscheint mir zu leicht. Die kleinen Härchen in meinem Nacken stellen sich auf und sämtliche Sinne schreien mir zu, ihm nicht zu vertrauen. Irgendwas ist faul an der Sache. Er hat innerhalb von Sekunden die beiden Wachen zu Fall gebracht, um mir zu helfen. Er will mich ohne Gegenleistung – zumindest war bisher davon keine Rede – retten und aus der Stadt schaffen. Und er will mir sogar noch eine Waffe in die Hand geben.

Ist dieser Kerl nicht mehr ganz bei Trost?

Der Vermummte dreht sich um und gibt mir ein Zeichen ihm zu folgen. Lautlos husche ich hinter ihm durch die spärlich beleuchteten Korridore.

Nach der zweiten Abzweigung stehen wir vor einer Tür, die von zwei Soldaten bewacht wird, die in ein Würfelspiel vertieft sind. Auch scheinen sie dem Alkohol bereits stark zugesprochen zu haben, was ich dem Fass und den Humpen neben ihnen entnehmen kann.

»Hinter dieser Tür befindet sich die Waffenkammer«, wispert der Unbekannte.

»Rechnet Ihr mit Gegenwehr oder warum riskiert Ihr, mir eine Waffe zu besorgen?«, flüstere ich ebenso leise. Meine Neugier hat mal wieder gesiegt. Irgendwann wird sie mich sicher ins Grab bringen …

Er wiegt den Kopf leicht hin und her. »Ich denke, dass es bisher zu einfach war. Der geheime Raum befindet sich in der Nähe der Gemächer der königlichen Familie. Dort werden wir auf mehr Wachen treffen als hier, wo alles Gefährliche hinter Schloss und Riegel gewähnt wird.«

»Und warum muss ich in diesen Raum? Kann ich nicht gleich jetzt bei Nacht verschwinden?«

Er schüttelt energisch den Kopf. »Nein, die Wachen im Hof und an den Toren wurden verdreifacht. Man befürchtet nicht einen Ausbruch, jedoch einen Rettungstrupp für die gefangenen Diebe sowie anderes Gesindel, das sich zum Fest unter die Leute mischt. Alle Zugänge der Stadt werden strengstens bewacht.«

Einer der Männer, die noch immer um einen kleinen Tisch sitzen und würfeln, sieht kurz in unsere Richtung. Sofort drücke ich mich an die kalte Steinwand. Mein Begleiter legt symbolisch den Zeigefinger an die Lippen. Ich nicke stumm. Er ist mir so nahe, dass ich seine Körperwärme spüren kann und ein wohliger Schauer läuft mir bei dieser Kälte über den Rücken.

Leise greift er an seinen Gürtel unter seinem Mantel. Dort hängen zwei Schwerter, auf jeder Seite eins. Trotz der schwachen Lichtverhältnisse sehe ich, dass es sich um kostbare Waffen handeln muss. Die Griffe sind reich verziert und der Stahl blitzt vor Sauberkeit. Der Vermummte scheint also kein mitteloser Dieb zu sein. Oder die Waffen gehören zu seinem Diebesgut. Auch seine Kleidung, die bisher durch den Umhang verdeckt wurde, ist aus feinem Material gefertigt und sauber.

Ein Hauch von Lavendel weht zu mir hinüber und ich sauge ihn gierig ein. Mit geschlossenen Augen bin ich in meiner Hütte und rieche den Lavendelbusch vor meinem Schlafzimmerfenster, dessen

58

Duft mir gleich morgens in die Nase weht, nachdem die Sonne auf ihn scheint.

Bevor ich meinen Gedanken weiter nachgehen kann, stürzt der Unbekannte aus der Nische, in der wir uns versteckt halten, vor und rennt nahezu geräuschlos auf die Männer vor der Waffenkammer zu. Alles geschieht innerhalb eines Wimpernschlags. Noch ehe die Männer begreifen, was um sie herum geschieht, liegen sie mit einer Beule am Kopf auf dem Boden.

Langsam trete auch ich aus der Wandnische hervor. »Haltet Ihr es für klug, sie am Leben zu lassen?«, frage ich und deute auf die bewusstlosen Wachmänner.

Er zuckt mit den Schultern. »Sie haben dich nicht gesehen. Warum also unnötig Blut vergießen? Wenn sie morgen befragt werden, werden sie aussagen, dass sie von einem Gesichtslosen niedergeschlagen wurden. Die Wachen an den Gemächern werden sich allerdings nicht so einfach überrumpeln lassen.«

Mit schnellen Bewegungen entwendet er einem der niedergeschlagenen Männer den Schlüssel und öffnet die Tür.

Das Innere der Kammer ist stockfinster, weshalb ich nach einer Fackel greife, bevor ich eintrete.

Der Unbekannte steht bereits vor einem Schrank und öffnet ihn. Scheinbar kennt er sich hier aus. In diesem Chaos von achtlos gestapelten Waffen hätte ich eine halbe Ewigkeit gebraucht, um etwas Passendes zu finden.

Unsicher lasse ich meinen Blick von den Schwertern zu den Morgensternen wandern und gehe ein paar Schritte auf die gegenüberliegende Raumseite zu. Dort sind einige Stäbe an die Wand gelehnt. Alle sind aber sehr kurz und zu dick, um gut in meinen Händen zu liegen. Ich lasse meinen Blick über das Sammelsurium schweifen und entdecke auch einige Waffenarten, die ich noch nie zuvor gesehen habe.

Mein Retter macht ein pfeifendes Geräusch und ich drehe mich in seine Richtung. Er wirft mir eine Waffe zu, die ich mit der freien Hand in der Luft auffange. Sie erinnert mich an einen Speer, jedoch ist an der Spitze eine Art gebogene Klinge eingearbeitet. Die Waffe liegt leicht und griffig in meinen Händen, trotz ihrer beachtlichen Größe.

59

»Schlag damit zu wie mit einem Stab«, erklärt er, als er meinen fragenden Gesichtsausdruck sieht. Ich stecke die Fackel in eine Halterung an der Wand und versuche, die Waffe zu schwingen.

Der massive Holzstab reicht mir etwa bis zur Nase, die Schneide an der Spitze ist gut zwei Ellen lang und ragt mir weit über den Kopf. Unter der Schneide befinden sich Bänder und am unteren Ende hängt ein kleines Gewicht zum Ausbalancieren.

Zweifelnd taxiere ich die Waffe von oben bis unten. Mit so großen Speeren habe ich noch nie trainiert.

»Das ist eine Schwertlanze. Eine Waffe aus einem entfernten Land. Ihren wirklichen Namen kann hier niemand aussprechen.« Er lacht leise über diese Bemerkung und sieht mich abwartend an.

Ich greife versetzt an den Holzstab, hole aus und lasse die scharfe Klinge am oberen Ende durch die Luft sausen. Und noch mal. Dann führe ich eine Drehung aus und ziehe mit der Waffe nach. Ein Sirren erfüllt die Luft. Anders als gedacht, ist die Waffe leicht zu führen und nicht zu sperrig, trotz ihrer Länge.

»Schaut gut aus«, lobt er meine Versuche und nickt anerkennend.

Tatsächlich ist diese Waffe wie geschaffen für mich. Die Klinge ist zwar einschneidig, jedoch sehr scharf und ich kann mir bildlich ihren durchschlagenden Erfolg vorstellen. Durch ihre Länge würde niemand nahe genug an mich herankommen.

Ich verknote die Bänder zu einer Schlaufe und hänge mir die Schwertlanze quer über den Rücken, um nirgends anzustoßen.

Der Vermummte ist wieder aus der Waffenkammer herausgetreten und hält die Fackel in der Hand.

»Wir müssen diesen Gang entlang und zwei Stockwerke nach oben. Danach müssen wir ein kurzes Stück über den Innenhof und dann einen weiteren Stock hinauf.« Er deutet mit der Fackel den dunklen Korridor entlang. »Je weniger Lärm wir machen, umso unbehelligter werden wir das Ziel erreichen.«

Ich nicke stumm. Wenn es darum geht, mich lautlos zu verhalten, bin ich Expertin. Ich husche hinter ihm durch die Gänge; ein leises Echo unserer Schritte lässt sich in den dunklen, mit Steinen gemauerten Korridoren aber nicht vermeiden. Keiner von uns spricht mehr ein Wort, jedoch ist es kein unangenehmes Schweigen. Ich nutze die

60

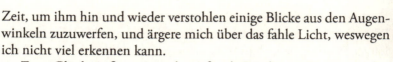

Zeit, um ihm hin und wieder verstohlen einige Blicke aus den Augenwinkeln zuzuwerfen, und ärgere mich über das fahle Licht, weswegen ich nicht viel erkennen kann.

Zum Glück stoßen wir nicht auf viele Wachen. Mein Retter hat recht mit seiner Annahme, dass alle für die Bewachung der Stadtmauern und des Palastes abgezogen wurden.

Den wenigen Soldaten, denen wir begegnen, gehen wir großräumig aus dem Weg. Die meisten schlafen, trinken oder spielen Würfelspiele. Keiner scheint sich über eine Halbelfe und weiteres Gesindel im Kerker Gedanken zu machen.

Als wir die Treppe zum Innenhof erklimmen, bleibt der Vermummte vor mir stehen und späht vorsichtig um die Ecken. Nachdem er sicher ist, dass keine Gefahr droht, winkt er mir zu. An die Mauer gedrückt laufe ich durch die Schatten nahe der Wände entlang.

Als wir den nächsten Gebäudekomplex betreten, bin ich im ersten Moment geblendet von all der Helligkeit – denn hier *gibt* es Fenster und genügend Fackeln – und dem Prunk um mich herum. Die Wände sind mit edlen Vorhängen dekoriert und auf dem Boden liegen dicke Teppiche, die die Geräusche unserer Füße komplett dämpfen.

Der Vermummte bleibt vor mir stehen und betrachtet mich stumm. Als meine Augen sich an die Helligkeit gewöhnt haben, deutet er mit einer Kopfbewegung den Gang hinunter.

Ich nicke und folge ihm.

In diesem Licht kann ich ihn zumindest von hinten betrachten. Sein Umhang ist aus feinem dunkelvioletten Tuch, das in der Dunkelheit des Kerkers tiefschwarz gewirkt hat. Seine Stiefel sind sauber und aus weichem schwarzen Leder.

Wieder weht ein schwacher Duft von Lavendel zu mir.

Nein, hier kann es sich nicht um einen Dieb von der Straße handeln. Doch wer sonst könnte ein Interesse daran haben, eine Halbelfe vor der sicheren Hinrichtung zu bewahren? Und vor allem warum?

Als ob ich laut gesprochen hätte, bleibt der Unbekannte stehen und dreht sich zu mir um. Zum ersten Mal kann ich sein Gesicht zumindest zum Teil erkennen. Seine Augen sind bernsteinfarben und leuchten fast wie flüssiges Gold im Licht, eingerahmt von dunklen Wimpern und ausdrucksstarken Augenbrauen. Solche Augen habe ich noch nie gesehen und ich schnappe unwillkürlich nach Luft. Sein musternder Blick geht mir durch und durch. Er scheint jünger zu sein, als ich anfangs dachte. Seine Haut, jedenfalls der Teil, den ich sehen kann, ist makellos, ohne Anzeichen von Verletzungen oder Entbehrungen.

Er weist mit der Hand auf eine Wand gegenüber von uns.

»Hinter dieser Wand ist die Kammer«, sagt er. »Ich werde sie jetzt öffnen und du wirst dort drin bleiben, bis ich dich morgen früh hole.«

Es klingt wie ein Befehl und ich versteife mich innerlich, wage aber nicht zu widersprechen.

Ich sehe zu, wie er am Kerzenleuchter zieht und sich die Wand wie durch Zauberei mit einem leisen Grollen öffnet. Aufgrund des Geräusches ziehe ich sofort den Kopf ein. Auch der Unbekannte greift zu seinen Waffen und späht nach allen Seiten.

Doch niemand scheint uns bemerkt zu haben.

Überhaupt ist es merklich still in diesem Teil des Palastes. Sollte es hier nicht von Wachen wimmeln, die das Leben der königlichen Familie schützen? Nicht ein einziger Wachposten hat unseren Weg gekreuzt, seit wir diesen Teil des Komplexes betreten haben.

Der Vermummte entspannt sich und tritt, mit einem Kerzenleuchter in der Hand, in die Kammer hinter der Mauer. Ich folge ihm, wende mich jedoch nochmals um. Kurz hinter mir verschließt sich die Wand genauso geräuschvoll wieder.

Wir stehen in einer kleinen Kammer, nicht mehr als ein Abstellraum. An der Wand lehnen ein paar alte Schränke, gefüllt mit allerlei Plunder, der aus den Schubladen quillt.

»Sicherlich findest du darin etwas, um eine Bettstatt für die Nacht zu bauen.« Er deutet auf die Schränke. »Im Morgengrauen werde ich die Wand erneut öffnen und dir den Weg nach draußen zeigen.« Er stellt den Leuchter auf einen Schemel in der Ecke und wendet sich zum Gehen.

»Wartet«, rufe ich ihm nach. Er verharrt mit der Hand an einem Stein. Wahrscheinlich öffnet dieser die Wand aus dem Inneren. »Warum helft Ihr mir? Warum riskiert Ihr so viel für mich?«

»Ich sagte doch bereits«, er drückt den Stein herunter und die Wand öffnet sich erneut, »dass dich das nicht zu kümmern braucht. Ich wünsche eine angenehme Nacht.« Er deutet eine Verbeugung an, tritt aus der Kammer und die Wand schließt sich knirschend hinter ihm.

5

Mit einem Kopf voller unbeantworteter Fragen mache ich mich daran, die Schränke nach Decken oder Ähnlichem zu durchsuchen. In der dritten Schublade werde ich fündig. Darin liegen alte Stoffreste, die ich auf dem Boden ausbreite. Sie riechen zwar modrig, aber sind allemal besser, als auf dem bloßen Boden zu liegen.

Ich setze mich auf mein improvisiertes Lager und blicke mich in der Kammer um. Der Leuchter brennt langsam herunter, ich würde es also nicht mehr lange hell haben. Zu sehen gibt es hier nicht viel. Ich kann kaum zwei Schritte machen und habe die gesamte Kammer gesehen, deshalb beschließe ich zu schlafen.

Müde lege ich mich auf die Decken. Meinen Umhang habe ich abgenommen und zusammengerollt unter meinen Kopf geschoben. Nicht das schlechteste Lager, denke ich. Ich friere zwar, aber zumindest ist es trocken und ruhig. Meine neue Waffe liegt griffbereit neben mir, für den Fall, dass ich mich verteidigen muss. Vorfreude überkommt mich, wenn ich daran denke, dass ich die Schwertlanze in einem echten Kampf benutze, denn so eine edle Waffe habe ich noch nie mein Eigen genannt.

Gerade als ich mit einem kleinen Feuerzauber versuchen will, den kläglichen Rest der Kerze neu zu entfachen, bemerke ich, dass hinter einem der Vorhänge an der Wand Licht durchscheint. Ich stehe auf und schiebe den dunkelgrünen Vorhang langsam beiseite.

Vor mir liegt eine enge Treppe, viel mehr eine Stiege, an deren oberen Ende Licht flackert.

Vorsichtig setze ich einen Fuß vor den anderen, immer darauf bedacht, so wenig Lärm wie möglich zu machen, doch die Dielen knarren unter meinem Gewicht. Die Stiege ist nicht lang, es sind vielleicht elf oder zwölf Stufen, die ich seitlich erklimmen muss, dann stehe ich oben vor einer weiteren Wand. In dieser fehlt auf Kopfhöhe ein kleiner Stein. Dadurch ist also das Licht gefallen!

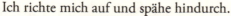

Ich richte mich auf und spähe hindurch.

Ich schaue direkt in ein großes, reich verziertes Zimmer. Wandteppiche hängen an allen Wänden, auf dem Boden verläuft ein Teppich aus rotem Samt mit goldenen Verzierungen. Überall stehen Kerzenleuchter, die das gesamte Zimmer in einen goldenen Schein tauchen. In meinem Leben habe ich noch nie so viel Reichtum auf einem Haufen gesehen und starre mit offenem Mund auf diesen Prunk. Nur ein einziger dieser goldenen Kerzenleuchter könnte wahrscheinlich ein ganzes Dorf für ein Jahr mit Nahrung versorgen. Direkt an der Wand gegenüber steht ein riesengroßes Himmelbett mit vielen Kissen und weißen, dicken Laken. Daneben befindet sich ein weißer Schrank, ebenfalls mit Goldverzierungen.

Ich bewege mich an meinem Beobachtungspunkt, um den Rest des Gemachs in Augenschein zu nehmen. Ich sehe große Gemälde, auf denen Menschen mit Kronen und kostbarer Kleidung abgebildet sind, die den Betrachter ernst und gelangweilt anblicken. Ich sehe weitere Schränkchen, goldene Schatullen, Trophäen,...

Und dann sehe ich ihn.

Er steht links an einem großen geöffneten Fenster. Die Nacht ist bereits hereingebrochen und der Mond scheint hell herein, während ein Wind die weißen durchscheinenden Vorhänge umspielt.

Er steht völlig reglos mit dem Rücken zu mir und blickt in die Nacht hinaus. Sein roter Umhang bläht sich leicht durch den Wind, der auch seine goldbraunen Haare zerzaust. Er ist groß, hat breite Schultern und trägt anscheinend eine Rüstung. Ich kann es nicht genau erkennen ... Ich drücke mein Gesicht näher an die Wandspalte.

In diesem Moment fliegt die Tür zum Gemach des Mannes auf. Er dreht nur leicht den Kopf zur Seite, als wüsste er, wer da unangekündigt eindringt. Forschen Schrittes läuft eine junge Frau durch das Zimmer. Sie trägt ein weites, weißes Kleid, dessen Saum mit Gold verziert ist, der sich bei ihrem schnellen Schritt bauscht, und ebenfalls einen roten Umhang. Ihr goldgelbes Haar wird von einem silbernen Diadem aus dem Gesicht gehalten und wallt ungebändigt bis zu ihrer Hüfte. Jedoch ist sie eine zierliche Person und muss viele kleine Schritte machen, um die Distanz zwischen sich und ihm zu überbrücken. Ich kann das ungeduldige Tippeln ihrer Schritte bis zu mir hören.

Energisch legt sie die gut zwanzig Schritte bis zu dem jungen Mann zurück, bleibt hinter ihm stehen und verschränkt die Arme vor der Brust. Ich höre, wie ihr Fuß abwartend auf den Teppich klopft. Das Geräusch nervt mich.

»Wo warst du heute Abend?«, fragt sie mit einer hohen Stimme, nachdem sie nicht beachtet wird. »Wir haben dich vermisst.«

»*Wir?*«, fragt der Mann. Seine Stimme kommt mir vage bekannt vor.

»Natürlich wir!« Die junge Frau stemmt nun ihre Hände in die Hüften. »Was denkst du dir eigentlich dabei? Erst verschwindest du tagelang und nun versäumst du schon wieder ein Bankett!«

Der junge Mann dreht sich zu ihr um und nun kann ich sein Gesicht sehen und ich muss kurz blinzeln, weil ich denke, einer der Götter stünde vor mir. Ich schätze ihn auf Mitte oder Ende Zwanzig. Sein Gesicht ist ebenso fein geschnitten wie das der jungen Frau und trägt ähnliche Züge, die bei ihm jedoch herber und männlicher wirken. Er trägt eine silbern glänzende Rüstung mit einem goldenen Wappen an der Brust – ist das ein Wolf? – und überragt die Frau um fast zwei Köpfe.

Er beugt sich zu ihr herab. »Ich denke nicht, dass ich dir irgendeine Rechenschaft schuldig bin, liebste Schwester.« Sein Gesicht ist direkt vor ihrem. »Und ich wäre dir sehr verbunden, wenn du nun aus meinem Gemach verschwinden würdest.«

Die junge Frau reckt den Hals und versucht, größer zu erscheinen. »Und ob du mir Rechenschaft schuldig bist, *liebster Bruder!*« Die letzten Worte speit sie förmlich aus und sieht ihm fest in die Augen. »Du weißt genau, um was es hier geht!«

Er richtet sich auf und deutet mit der Hand zur Tür. »Verschwinde, Giselle. Geh schlafen und verschone mich mit deinem Gekeife.«

Die Frau zuckt zurück, als hätte er sie geschlagen, fasst sich jedoch schnell wieder. »Du weißt, was sie gefunden haben, oder, Vaan?«

Vaan? Etwa wie in *Prinz Vaan?* Natürlich, diese Stimme! Ich habe sie bereits im Gasthaus gehört. Schaue ich hier etwa direkt in das königliche Gemach des Prinzen?

»Sie haben sie gefangen und eingekerkert. Sicher hast du davon gehört.« Giselle schnurrt und beginnt ihren Bruder wie eine Katze zu umkreisen. Dabei streicht sie langsam mit ihrer Hand an seinen

66

Schultern entlang. Irgendwie wird mir bei diesem Anblick schlecht. Das hat nichts Geschwisterliches an sich. »Ich weiß, was du vorhast. Aber lass dir eins gesagt sein: Es wird nicht funktionieren!« Sie bleibt vor ihm stehen, deutet mit dem Finger auf ihn und stellt sich auf die Zehenspitzen. »Du bist nicht der Einzige, der in der Sache mit drin hängt, vergiss das nicht! Also wage es ja nicht, irgendwelche Dummheiten zu machen!«

»Ich habe keine Ahnung, wovon du sprichst, Schwester«, erwidert Vaan ruhig. »Aber ich wäre dir sehr verbunden, wenn du nun gehen und jemand anderen mit deinen Wahnvorstellungen nerven würdest. Denn ich habe einen langen und anstrengenden Tag hinter mir.«

Giselle lacht laut auf. »Natürlich, natürlich. Deine Reise in dieses schäbige kleine Dorf am Rande der Grenze. Sehr anstrengend.« Sie wendet sich um. »Ich wollte dir nur einen gut gemeinten Rat geben, lieber Bruder.« Mit diesen Worten stolziert sie durch den Raum und wirft die Tür hinter sich geräuschvoll zu.

»Miststück«, höre ich Vaan murmeln. Seufzend fasst er sich an die Stirn und schüttelt den Kopf. Dann sieht er direkt in meine Richtung und unsere Blicke treffen sich für einen Moment. Mit einem leisen Aufschrei weiche ich zurück. Er kann unmöglich wissen, dass ich hier bin! Hat er mich gesehen? Nein, es ist ausgeschlossen, dass er mich hinter der Wand sehen kann. Dennoch scheint es mir, als würde er mich direkt mit diesem traurigen – nein, resignierten – Blick ansehen.

Unsicher stolpere ich die Stufen zu der kleinen Kammer wieder hinunter, was im Dunkeln eindeutig schwerer ist als vorher. Ich wickele mich in meine Bettstatt und umfasse mit einem mulmigen Gefühl die Schwertlanze.

Irgendwann muss ich eingeschlafen sein, denn ich erwache schlagartig, als ich das Knirschen der versteckten Wandtür höre, die zu meinem Versteck führt. Ich springe auf und halte die Schwertlanze vor mich, bemerke jedoch, wie meine Hände zittern.

»Ist schon gut, ich bin's doch nur.« Erleichtert vernehme ich die durch Stoff gedämpfte Stimme und senke meine Waffe. »Du musst dich beeilen. Die Feier beginnt gleich. Danach wird es für dich nahezu unmöglich sein, ungesehen aus der Stadt zu entkommen.« Er trägt einen Kerzenleuchter in der Hand, um mir Licht zu machen. »Hier.« Mit der anderen Hand reicht er mir ein Bündel, in das ich fragend hineinspähe. Darin befindet sich ein neuer Umhang mit Kapuze, nahezu in derselben Farbe wie der alte, nur das Tuch ist viel feiner und kostbarer. Und es riecht nach Lavendel.

Ich lächele dankbar, werfe mir den Umhang über und befestige ihn vorne mit meiner Schließe. Sorgsam ziehe ich die Kapuze über den Kopf und bis tief ins Gesicht hinein.

»Am besten wäre, wenn du deine Waffe auch in einige Bahnen Stoff wickelst. Nicht, dass du Probleme mit den Wachen bekommst.«

Ich tue wie geheißen. Nach kurzer Zeit habe ich alles verpackt und weggeräumt. Alles sieht so aus, als wäre nie jemand hier gewesen. Der Vermummte nickt stumm und ich folge ihm nach draußen in den Korridor.

»Geh' diesen Flur entlang, am Ende rechts, dann wieder links, und du wirst direkt im Thronsaal landen.«

Ich ziehe scharf die Luft ein und sehe ihn panisch an. Meint er das ernst? Ich soll mitten durch den Thronsaal marschieren? Ist er nicht mehr ganz bei Trost?

»Keine Angst«, beruhigt er mich. »Der Thronsaal ist voller Menschen. Niemand wird dich behelligen. Aber sei schnell und halte dich im Hintergrund.«

Ich nicke. Das kann ich. Trotzdem ist mir bei dem Gedanken an Menschenmassen nicht wohl.

Er macht den Weg frei und wendet sich in die entgegengesetzte Richtung.

»Wartet!«, rufe ich. Er dreht sich halb zu mir um. »Ich danke Euch«, murmele ich. Wie blöd war das denn? Etwas Lahmeres ist mir wohl nicht eingefallen, deshalb schiebe ich noch schnell ein: »Ihr habt mir das Leben gerettet und ich weiß nicht, warum oder wer Ihr seid« nach.

Er winkt ab. »Unwichtig. Sieh zu, dass du dich nicht wieder schnappen lässt. Noch mal kann ich dieses Wunder vielleicht nicht vollbringen.« Er zwinkert mir zu und verschwindet dann mit schnellen Schritten und wehendem Umhang.

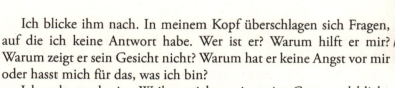

Ich blicke ihm nach. In meinem Kopf überschlagen sich Fragen, auf die ich keine Antwort habe. Wer ist er? Warum hilft er mir? Warum zeigt er sein Gesicht nicht? Warum hat er keine Angst vor mir oder hasst mich für das, was ich bin?

Ich stehe noch eine Weile unsicher mitten im Gang und blicke ihm nach, während widersprüchliche Gefühle in mir toben. Von Angst über Misstrauen bis hin zu purer Dankbarkeit ist alles vertreten und ich versuche, Herrin über dieses Chaos zu werden.

Dann fasse ich meine eingepackte Waffe fester und husche schließlich durch die Gänge. Tatsächlich vernehme ich bald viele Stimmen, die durcheinanderreden. Die Tür vor mir steht offen und führt direkt in den überfüllten Thronsaal. Leise, aber flink laufe ich an der äußeren Wand entlang und vermeide jeglichen Körperkontakt mit der Menschenansammlung. Meine Waffe halte ich gesenkt, damit niemand direkt darauf aufmerksam wird. Zur Not tarne ich sie als Gehstock. Aber ich sorge mich umsonst: Die alleinige Aufmerksamkeit aller gilt den vier Menschen auf dem reich verzierten Podium.

Neugierig erlaube ich mir einen Blick nach vorne. Dort sitzt auf einem prächtigen Thron der König, links neben ihm seine Frau. Zu seiner Rechten kann ich Prinz Vaan erkennen und Giselle, das Mädchen, das gestern Nacht in Prinz Vaans Gemach war, sitzt neben der Königin.

Hinter der Königsfamilie stehen Ritter in schwarzen Rüstungen. Nur zwei tragen keinen Helm. Einer postiert sich direkt hinter dem Prinzen. Er ist jung, etwa so alt wie Prinz Vaan, hat langes, leuchtend rotes Haar und aristokratische Gesichtszüge. Stumm und grimmig starrt er in die Menge, eine Hand liegt jederzeit bereit am Schwertgriff.

Als ich auf den zweiten Ritter ohne Helm blicke, stutze ich. Es ist eine Frau! Ungläubig sehe ich etwas genauer hin. Anstatt einer schweren Eisenrüstung trägt sie eine leichtere Rüstung aus schwarzem Leder. Ihr dunkles Haar fällt ihr den Rücken hinunter und schimmert im Schein der Fackeln und Leuchter violett. Sie ist schmal, aber groß, und steht ausdruckslos direkt hinter Prinzessin Giselle.

Ich reiße mich von diesem Anblick los und husche weiter zum Ausgang. Bisher hat noch niemand von mir Notiz genommen. Alle Anwesenden blicken zum Podest hinauf und warten anscheinend darauf, dass der König das Wort ergreift. Ich nutze diese Gelegenheit und schlüpfe durch das große Tor, das nach draußen auf den Burgplatz führt. Die beiden Wachen, die am Tor stehen, nehmen mich kaum wahr und versuchen angestrengt, über die Köpfe der Masse zu schauen.

Dass mich die Blicke der Königsfamilie auf dem Podium verfolgen, bemerke ich nicht.

Der Burgplatz ist verwaist. Nur ein paar Vögel picken zwischen den Pflastersteinen herum. Die Sonne steht bereits ziemlich hoch und das Wetter ist angenehm mild. Ich blicke mich suchend nach einem Ausgang aus den Burgmauern um und finde ein großes Tor, dessen Gatter hochgezogen ist. Ich steuere darauf zu und überquere die breite Brücke über den Wassergraben, der um die Burgmauern verläuft. Der Weg führt direkt außerhalb der Stadtmauern entlang und nur wenige Meilen vor mir sehe ich einen kleinen Wald.

Erleichtert atme ich auf. Dass ich direkt vor den Mauern nach draußen komme, erspart mir eine Menge Ärger. Ich habe zwar noch keine Ahnung, in welche Richtung ich mich wenden muss, um endlich wieder nach Hause zu kommen, aber auch das wird sich finden.

Während meines Transports im abgedunkelten Karren habe ich jedwedes Zeitgefühl verloren. Ich weiß nicht, wie weit genau sie mich gefahren haben. Da ich praktisch mein ganzes Leben auf meiner Lichtung gelebt und nur in Notfällen die angrenzenden Dörfer betreten habe, weiß ich auch nicht, wie weit entfernt der Königssitz von meinem Zuhause liegt.

Aber all das ist bedeutungslos. Ich bin frei und atme gierig den holzigen, frischen Waldgeruch ein.

Entschlossen werfe ich meine Waffe über die Schulter, befestige sie und laufe in Richtung Wald. Als ich durch die ersten Baumreihen trete, schließe ich die Augen und atme erneut tief den erdigen Duft ein.

Zu Hause.

Mit einem Lächeln auf den Lippen renne ich tiefer in den Wald hinein und verschmelze mit den Schatten.

6

Ich halte mich immer in der Nähe der Straßen, jedoch ohne einen Fuß auf sie setzen. Alles ist ruhig und ich begegne nur ein paar Händlerkutschen, vor denen ich mich im Unterholz verstecke. Sicher ist sicher. Die Nacht verbringe ich auf Bäumen, klettere so hoch ich nur kann, und ernähre mich von allem, was der Wald mir gibt.

Nach zwei Tagen sehe ich am Wegesrand ein Schild, das zum Dorf Thiras weist, in dem ich meine Vorräte kaufen wollte, und warme Erleichterung breitet sich in meinem Körper aus. Vor Freude seufzend lasse ich mich am nächsten Baumstamm hinabgleiten.

Ich bin nur noch einen Tagesmarsch von meiner Lichtung entfernt. In meinem Bauch kribbelt es vor Vorfreude, endlich wieder meine Hütte zu sehen, und ich lächele den ganzen restlichen Weg. Zuhause! Ich habe es fast nicht mehr für möglich gehalten, wieder in meinem eigenen Bett zu schlafen und morgens von den ersten Sonnenstrahlen geweckt zu werden.

Um das Dorf selbst mache ich vorsichtshalber einen großen Bogen. Sicherlich würden mich die Menschen wiedererkennen und erneut melden. Das Risiko, wieder gefangen und eingekerkert zu werden, ist mir einfach zu groß.

Das einzige, was mir immer noch Kopfzerbrechen bereitet, ist der bevorstehende Winter. Durch meine Gefangennahme konnte ich das dringend benötigte Saatgut nicht kaufen und stehe quasi wieder bei Null. Ich muss mir in einer ruhigen Minute einen Plan zurechtlegen, wie ich ohne diese wichtigen Lebensmittel überleben kann. Darüber will ich mir jedoch jetzt keine Gedanken machen, denn die Freude, dem sicheren Tod entgangen zu sein, ist einfach viel zu überwältigend, als dass ich mir den Kopf darüber zerbrechen kann.

Die letzten Kilometer über erkenne ich die Umgebung und lege nochmals an Tempo zu. Es ist finstere Nacht als ich endlich die

Lichtung mit meiner Hütte betrete und ein zunehmender Mond erhellt die Umgebung. Ich bleibe stehen, atme tief ein und inhaliere alle Eindrücke; den Geruch des Waldes, das Rauschen der Blätter im Nachtwind, das penetrante Zirpen der Grillen und das entfernte Rufen eines Uhus. Ja, ich bin endlich wieder Daheim.

Gerade als ich aus dem Schatten der Bäume treten will, höre ich ein Geräusch und halte abrupt inne. Schnell ducke ich mich hinter eine Hecke und sehe plötzlich in meinem Garten etwas aufblitzen. Und direkt daneben noch etwas! Nun höre ich wieder das Geräusch. Es ist kein Geräusch des Waldes, sondern aneinander reibendes Metall und mir stellen sich die Nackenhaare auf. Ich kenne dieses metallische Scheppern. Es klingt

Wie eine Rüstung!

Panisch drehe ich mich um und will gerade im Schutz der Bäume verschwinden, als jemand aus meiner Hütte tritt. Wieder scheppert es metallisch. Die Gestalt trägt eine Fackel und ich sehe, dass tatsächlich vier Soldaten um meine Hütte stehen und vor der Person, die in der Tür steht, salutieren.

Diese Person, die da hoch aufgerichtet vor meiner Hütte postiert, ist eine Frau in einer schwarzen Lederrüstung, die nun die drei Stufen hinunter in meinen Garten schreitet. Ich habe diese Frau erst vor kurzem gesehen, doch ich brauche einen Moment, bis ich sie zuordnen kann, aber dann fällt es mir wieder ein: Sie stand bei meiner Flucht aus dem Schloss hinter Prinzessin Giselle auf diesem Podium.

Als die Frau um meine Hütte herumgeht und so aus meinem Sichtfeld verschwindet ohne ein Wort gesprochen zu haben, entspannen sich die vier anderen Soldaten etwas.

»Die Kommandantin macht mir echt Angst«, wispert einer und beugt seinen Oberkörper leicht zu seinem Gesprächspartner.

»Psst, sei bloß ruhig! Die trennt dir den Kopf von den Schultern, ohne mit der Wimper zu zucken!«, mahnt ein anderer.

»Warum hat sie uns eigentlich hier ans Ende der Welt zu dieser baufälligen und verlassenen Hütte geschleppt?«, fragt der erste etwas lauter.

»Pssst, verdammt noch mal! Keine Ahnung. Aber du tust gut daran, ihre Befehle nicht in Frage zu stellen. Sie hat Leute schon wegen weniger einen Kopf kürzer gemacht ...«

Einer der Soldaten spuckt geräuschvoll auf den Boden. »Ts. Als ob ich von einem Weibsbild Befehle annehme! Noch dazu von einer –«

Leise wie ein Schatten ist die Kommandantin hinter den Soldaten getreten und hat ihm ein langes dünnes Schwert in den Hals gerammt. Gurgelnd sackt er zu Boden. Die anderen drei weichen zurück, während die Kommandantin betont ruhig ihre Klinge vom Blut reinigt und die drei restlichen Männer ausdruckslos fixiert.

»Möchte sonst noch jemand seine Meinung äußern?«, fragt sie ruhig, aber lauernd, und blickt jedem nacheinander in die Augen. Niemand wagt es zurückzublicken oder das Wort zu erheben. Alle sind plötzlich damit beschäftigt, eingehend ihre Schuhspitzen zu inspizieren und dabei die Luft anzuhalten, um ja nicht ihre Aufmerksamkeit zu erregen.

Nur ich starre das von der Fackel erhellte Gesicht der Kommandantin an und vergesse ebenfalls fast zu atmen.

Unmöglich!

Sie kann einfach keine …

Und dann sehe ich sie: zwei spitze Ohren, die zwischen ihren langen schwarzen Haaren hindurch lugen, doch sie sind nicht so kurz wie meine. Bei der Kommandantin handelt es sich eindeutig um eine reine Elfe; ihre Ohrenspitzen enden erst gut eine Handbreit hinter ihrem Kopf.

Wieso kommandiert eine Elfe menschliche Soldaten und steht noch dazu im Dienst einer Menschenprinzessin? Hier ist irgendwas faul …

»Du da!« Sie weißt auf einen der Soldaten, der zusammenzuckt, als sie ihr Schwert auf ihn richtet. »Die Anomalie ist noch nicht hier.« Meint sie mit *Anomalie* etwa mich?! »Du wirst sie hier erwarten und dann schnellstmöglich zurück zum Schloss bringen, sobald sie auftaucht.«

»Aber ich …«, stammelt der Angesprochene. »I-Ich soll hier bleiben? Ganz allein?« Panik lässt seine Stimme hoch und piepsig wirken wie bei einem Kind.

Lässig wirft sich die Kommandantin ihr Haar über die Schulter zurück. »Selbstverständlich. Oder möchtest du einen direkten Befehl verweigern?«

»N-Nein, natürlich nicht, Kommandantin.« Eilig bezieht der Soldat Stellung vor dem Eingang meiner Hütte und steht stramm. »Ich werde hier nicht eher weggehen, bis die Anomalie zurückgekehrt ist.«

Na, unter diesen Umständen kann er lange darauf warten! Ich überschlage schnell, welche wichtigen Habseligkeiten ich in meiner Hütte habe und komme zu dem Schluss, dass es über ein paar Andenken an Bryande und einige Kleidung zum Wechseln nicht hinausreicht. Also nichts, weswegen ich mein Leben aufs Spiel setzen würde.

Zum Glück haben die Soldaten, die mich gefangen genommen haben, nicht die kleine Lederbörse bemerkt, die ich unter meiner Kleidung an der Hüfte trage. Darin befindet sich das Geld, mit dem ich das Saatgut aus Dorf Thiras hätte bezahlen wollen. Bis auf die Kosten für die Unterkunft im Gasthaus und die Anzahlung für den Kutscher ist noch alles vorhanden. Es ist zwar kein Vermögen, aber damit kann ich mich einige Zeit durchschlagen. Solange es nicht anfängt zu schneien, habe ich auch gute Chancen, mich weiter selbst im Wald zu verpflegen und kann dadurch die Dörfer meiden.

Da ich den Willen des Soldaten nicht sonderlich hoch einschätze, würde er mit Sicherheit bereits verschwunden sein, wenn ich in zwei oder drei Wochen zurückkehre.

Ich beobachte, wie die Kommandantin mit den Soldaten abzieht. Nur einer bleibt zurück, der sich zitternd an die Hüttenwand lehnt und wütend gegen ein paar Steine mit seiner Schuhspitze kickt.

Sicherlich hätte ich eine gute Chance, ihn zu überrumpeln, entscheide mich jedoch dagegen. Ich bin mit meiner neuen Waffe noch nicht so geübt und werde außerdem das Gefühl nicht los, dass noch mehr Soldaten im Wald herumlaufen. Außerdem will ich auch nicht riskieren, dass er die anderen wieder alarmiert und dadurch eine Suchaktion nach mir beginnt.

Sollen sie doch denken, dass ich noch nicht da bin und warten, bis sie schwarz werden!

Es ärgert mich zwar, so kurz vor meiner Hütte zu stehen und nicht hinein gehen zu können, um friedlich mein altes Leben zu leben, aber ich bin nicht so wahnsinnig, um mich deshalb wieder einfangen zu lassen. Einmal Todesangst im Kerker reicht mir durchaus, vielen Dank.

Ich schultere also meine Waffe, werfe einen vorerst letzten Blick auf meine Hütte und verschwinde wieder im Dickicht.

Diesmal schlage ich die entgegengesetzte Richtung zum Dorf ein und laufe zwischen den dichten Baumreihen entlang. Wenn mich nicht alles täuscht, gibt es in dieser Richtung zwei Dörfer und eine größere Stadt, die ich zwar meiden würde, in deren Nähe ich aber besser überleben kann. Vielleicht gibt es außerhalb ein paar Felder, von denen ich Nahrung bekommen könnte, wenn ich im Wald nichts mehr finde.

Ich bin etwa zwei Stunden unterwegs, als ich das Gefühl habe, verfolgt zu werden. Deshalb beschleunige ich meine Schritte, schlage Haken und halte meine Waffe immer griffbereit.

Ich kann es nicht genau ausmachen, woher ich dieses Gefühl habe, verkrampfe mich jedoch bei jedem Geräusch, das ich höre. *Langsam bekommst du Wahnvorstellungen, Fye*, denke ich. Die Soldaten sind mit ihrer Kommandantin in die entgegengesetzte Richtung marschiert, also kein Grund, in Panik auszubrechen. Es ist ganz natürlich, dass es im Wald Geräusche gibt.

Etwa eine halbe Stunde später muss ich eine kleine Schlucht durchqueren. Die steilen Wände stehen ungefähr drei Meter auseinander und sind genauso hoch. Das mulmige Gefühl verstärkt sich. Zögernd betrete ich die Schlucht, nicht ohne ängstlich in alle Richtungen zu spähen.

Ich habe keine zwanzig Schritte zurückgelegt, als ich über mir das Spannen eines Bogens höre. Ruckartig schaue ich in die Richtung, aus der das Geräusch kommt, doch es ist zu spät. Kurz sehe ich die Spitze des Pfeiles in der Dunkelheit aufblitzen, angelegt und kurz vorm Abschuss, und dann schießt der Pfeil auch schon durch Luft, direkt auf mich zu.

»Pass auf!« Völlig erstarrt stehe ich da, spüre, wie ich von etwas Großem zur Seite gestoßen werde und pralle hart auf den Steinboden auf. Ein stechender Schmerz durchfährt meine linke Schulter und ich stöhne auf. Kurz höre ich das Sirren eines Pfeiles, spüre den Luftzug, als er mich nur knapp verfehlt, und vernehme dann einen gedämpften Schrei. Ich wende mich um, so gut es geht – meine Schulter schmerzt höllisch – und sehe einen großen Schatten über mir. Etwas

75

wird vom Mond angestrahlt und blitzt auf. Ein Messer? Nein, zwei. Der Schatten wirft die beiden Messer die Schlucht hinauf, wo sich der Schütze befinden muss. Ich höre einen unterdrückten Aufschrei, dann ein Rascheln im Gebüsch und eine leise gemurmelte Zauberformel. Kurz flammt ein Licht an der Klippe auf, dann herrscht Stille. Wie gebannt starre ich die Felswände empor, erwarte einen erneuten Angriff, doch der bleibt aus.

Ich erwache aus meiner Starre, als der Schatten mit einem leisen Stöhnen auf mich fällt und unter sich begräbt. Panik ergreift wieder Besitz von mir, während es mir nicht gleich gelingt, den schweren Körper mit Händen und Füßen von mir herunter zu wuchten. Nach mehreren Anläufen schaffe ich es, krabble hervor und schiebe die leblose Gestalt ein Stück weit mit meinen Beinen weg. Mein Herz klopft mir bis zum Hals und ich schnaufe vor Anstrengung. Trotz der rüden Behandlung bewegt er sich noch immer nicht und gibt auch kein Lebenszeichen von sich. Im fahlen Mondlicht erkenne ich einen dunklen Umhang mit Kapuze und rieche den süßen Duft nach Lavendel.

Ach du heilige Göttin, ist das etwa mein Retter aus dem Verlies?

Ohne lange zu überlegen packe ich den reglosen Körper unter den Armen und ziehe ihn die zwanzig Schritte aus der Schlucht heraus. In einem Gebüsch taste ich nach seinem Herzschlag, der schwach, aber regelmäßig ist. Was mache ich jetzt mit ihm? Ratlos laufe ich ein paar Schritte auf und ab. Ich sollte schleunigst verschwinden. Vielleicht sind hier noch mehr Soldaten, die nach mir suchen. Aber … Ich kann ihn doch nicht einfach hier liegen lassen! Nicht, nachdem er mich wieder gerettet hat. Verdammt! Ich ringe nach Luft, während ich ihn beobachte. In seinem jetzigen Zustand kann ich ihn nur kurze Strecken transportieren, aber hierlassen kann ich ihn auch nicht. Erneut taste ich nach seinem Puls, ziehe dann das Geäst um ihn etwas zusammen und sehe mich um.

Zum Glück kenne ich mich in dieser Gegend etwas aus; hier habe ich einige Fallen für Wildtiere aufgestellt. Nicht weit entfernt weiß ich von einer verlassenen Bärenhöhle, in der ich vor Jahren einmal übernachtet habe.

Ich finde die Höhle hinter Gestrüpp, geschützt vor neugierigen Blicken und groß genug für mehrere Personen. So sanft ich kann ziehe ich den noch immer bewusstlosen Körper etwa hundert Meter durch den Wald und schiebe ihn in die Höhle. Ich schwitze – wahre Sturzbäche haben sich an meinem Rücken gebildet –, als wir endlich dort ankommen, fühle aber erneut seinen Puls, der noch immer gleichmäßig schlägt.

Ich beschließe, ihn für eine kurze Zeit allein lassen zu können und krieche aus der Höhle heraus. Rund herum vor dem Höhleneingang sammele ich etwas Holz und entzünde anschließend in der Höhle ein kleines Feuer mittels eines Zauberspruches.

Da ich nun etwas Licht habe, betrachte ich die Gestalt genauer. Sie ist männlich und trägt dieselbe Kleidung wie bei meiner Flucht vor drei Tagen. Das Gesicht ist genauso vermummt, die freien Augen sind zugekniffen, zwischen den Augenbrauen hat sich eine tiefe Falte gebildet und auf der Stirn treten erste Schweißperlen aus.

Während ich meinen Blick nach unten wandern lasse, sehe ich den Schaft des abgeschossenen Pfeiles aus seiner Seite ragen, und ziehe scharf die Luft zwischen den Zähnen ein. Wie konnte ich das nur übersehen? Der Pfeil scheint zwischen Rippen und Beckenknochen ins weiche Fleisch eingedrungen zu sein und wahrscheinlich habe ich ihn wegen des Umhangs vorher nicht bemerkt. Oder aufgrund meiner Panik. Oder wegen beidem. Rund herum sickert bereits Blut aus der Wunde und tränkt die umliegende Kleidung, die schon an der Haut klebt.

Ich vergewissere mich, dass er noch immer bewusstlos ist, wackele kurz am Schaft und ziehe den Pfeil dann mit einem Ruck heraus. Der Mann stöhnt dumpf auf, seine Lider flattern kurz. Dann dämmert er wieder weg; die Falte zwischen seinen Augenbrauen bleibt jedoch. Zum Glück ist der Pfeil nicht mit Widerhaken oder ähnlichem besetzt, steckt nicht tief und lässt sich einfach aus dem Fleisch ziehen, ohne weitere Verletzungen zu verursachen.

Ein Schwall Blut folgt. Ohne nachzudenken reiße ich ein Stück Stoff aus seinem Umhang und presse es auf die Wunde. Ich spüre, wie der Atem des Mannes nun stoßweise geht. Sein kalkweißes Gesicht und der Schweiß, der ihm nun in Strömen die Schläfen hinunter läuft, bereiten mir zunehmend Sorgen. Das kann doch nicht nur wegen dieser Verletzung sein … Dafür ist sie nicht tief genug und

Organe scheinen auch nicht verletzt zu sein, soweit ich das beurteilen kann. Nicht, dass ich jemals eine Pfeilverletzung behandeln musste ... Meine Heilkenntnisse beschränken sich auf kleinere Wunden durch Messer oder die Behandlung eines Sonnenstichs.

Ich werde um die Säuberung der Wunde und das Anlegen eines richtigen Verbandes nicht herumkommen. Unschlüssig beiße ich mir auf die Unterlippe. Absehen davon, dass ich noch nie eine solche Wunde behandelt habe, liegt da ein Mann vor mir, ein Menschenmann, womit ich genauso wenig Erfahrung habe – nämlich Null. Doch ich kann ihn nicht so liegen lassen, immerhin hat er auch keine Sekunde gezögert, mich vor diesem Pfeil zu retten. Also beginne ich, meinen zweimaligen Retter auszuziehen, wobei meine Finger verräterisch zittern. Mit einem kleinen Knurren balle ich meine Hände zu Fäusten, öffne und schließe sie erneut, bis meine Finger mir wieder gehorchen.

Als erstes öffne ich die verzierte Schließe, die seinen Umhang zusammenhält. Die Kapuze rutscht ihm vom Kopf und gibt den Blick auf seine Haare frei, die im Schein des Feuers kupferfarben glänzen und ihm an den Schläfen kleben. Vorsichtig streiche ich sein Haar aus seinem Gesicht, spreche einen kleinen Kältezauber auf meine Hand und lege sie ihm dann auf die Stirn. Die steile Falte zwischen seinen Augenbrauen glättet sich daraufhin etwas.

Mit der anderen Hand löse ich die Maske. Meine Neugier ist nun kaum noch zu bändigen. Wem verdanke ich mein Leben, zweimal?

Sofort ziehe ich die Hand zurück, als hätte ich sie mir verbrannt. Das muss ein verdammter Irrtum sein!

Vor mir liegt niemand anderes als Prinz Vaan.

Ich sitze da, wie vom Donner gerührt, zu perplex, um mich zu bewegen. Zu allem Überfluss vergesse ich sogar zu atmen und starre nur auf die Person, die vor mir liegt.

Da mein Zauber sein Gesicht nicht mehr kühlt, verzieht es sich gleich wieder vor Schmerzen. Nun erwache ich aus meiner Starre, rutsche wieder näher heran, lege meine kühlende Hand an seine Stirn und ziehe ihm mit der anderen vorsichtig Wams und Hemd über den Kopf, um die Verletzung freizulegen.

An seinen Oberarmen fallen mir silbrige Narben auf, die rundherum etwa eine Handbreit unter der Schulter verlaufen. Einige der Narben scheinen neuer zu sein, andere sind schon so verblasst, dass man sie kaum noch erkennen kann. Vorsichtig streiche ich mit einem Finger darüber und spüre den leichten Wulst. Was immer es war, das diese Narben verursacht hat, es muss scharf gewesen sein und tief im Fleisch gesteckt haben.

Seine keuchende Atmung erinnert mich wieder daran, was ich eigentlich tun will. Nachdem Wams und Hemd ausgezogen sind, kann ich die Pfeilwunde betrachten. Wie durch ein Wunder ist sie nicht tief und hat alle Organe verfehlt. Der Pfeil selbst steckte nur ein paar Zentimeter tief, wahrscheinlich nur in den Muskeln, aber noch immer sickert Blut heraus. Zum Glück nicht stoßweise, jedoch genug, dass ich mir Sorgen mache.

Ich drehe mich um und will weitere Stoffstreifen aus seinem Umhang reißen, der ohnehin nicht mehr zu retten ist, doch der restliche Umhang liegt unter ihm und ich will ihn nicht unnötig weiter bewegen. Also greife ich kurzerhand nach meinem Umhang und reiße mehrere Stoffbahnen heraus. Danach wirke ich einen leichten Wasser- und Heilzauber, mit dem ich die Wunde notdürftig reinige und desinfiziere. Zu mehr reichen meine Zauberkünste leider nicht aus und wieder einmal verfluche ich mein mangelndes Talent.

Anschließend wickele ich die Stoffstreifen fest um seine Taille, um so hoffentlich den Blutfluss zu stoppen. Er stöhnt kurz auf vor Schmerzen, öffnet aber noch immer nicht die Augen. Langsam mache ich mir Sorgen. Soll ich ihn aufwecken? Hat der Pfeil doch etwas anderes verletzt? Oder – noch schlimmer! – wurde der Pfeil vielleicht vorher in Gift getränkt? Das würde zumindest seine Ohnmacht und das starke Schwitzen erklären. Natürlich, so eine Wunde ist schmerzhaft, aber soweit ich es sehen kann, hat der Pfeil nur Haut- und Fettgewebe durchdrungen. Kein Grund für einen jungen gesunden Mann, deswegen solch starke Symptome zu zeigen …

Hin- und hergerissen beschließe ich, noch ein wenig abzuwarten. Vielleicht wacht er ja nach kurzer Zeit auf. Das, was von meinem

Umhang noch übrig ist, rolle ich zusammen und lege das improvisierte Kissen unter seinen Kopf.

Erschöpft rutsche ich zwei Meter zurück, lehne mich an die kühle Höhlenwand und betrachte ihn. Im Schein des Feuers wirken seine Züge weich und ich habe das seltsame Verlangen, seine Gesichtspartie mit den Fingern nachzufahren. Er ist verschwitzt und dreckig und sieht überhaupt nicht königlich aus, wie er da zusammengekauert auf dem Höhlenboden liegt, und wieder einmal frage ich mich, warum er hier ist. Während ich seine feuchten Haare betrachte, erinnere ich mich daran, wie sie in einem hellen Kupferton geleuchtet haben, als ich durch die große Halle im Schloss geflüchtet bin und ihm einen kurzen Blick auf dem Podest zugeworfen habe. Nun ist es nass und dunkel und klebt an seinen Schläfen.

Mit spitzen Fingern inspiziere ich die Kleidung, die ich ihm ausgezogen habe. Das Wams könnte ich hinstellen und es würde von alleine stehen bleiben, so dreckig ist es, als wäre er zu Fuß durch Morast gerannt. Vielleicht ist er das auch

Viel wichtiger ist jedoch, warum er hier ist. Warum verlässt ein Prinz seinen sicheren Palast, noch dazu verkleidet?

Und warum hilft er *mir?*

Warum setzt er alles aufs Spiel, um mich – zweimal! – zu retten?

Und wie konnte er so schnell bei mir sein? Kein Mensch kann sich so schnell durch den Wald bewegen wie ich. Ich bin Tag und Nacht gelaufen, stellenweise auch gerannt, als ich mich sicher fühlte. Nur zum Schlafen und Essen habe ich kurze Rast gemacht. Kein normaler Mensch hätte dabei mithalten können.

Mein Blick gleitet weiter an ihm herunter. Seine Schultern, Arme und Brust sind kräftig und sehnig, jedoch nicht übertrieben muskulös. Sicherlich zählt er im Kampf eher auf seine Geschwindigkeit und Wendigkeit als auf rohe Gewalt. Durchaus ein Körper, der für schnelle und ausdauernde Läufe gemacht ist. Dennoch hätte er mein Tempo nicht halten können!

Sein Bauch ist flach und fest und ich kann die einzelnen Muskelpartien erkennen, die nicht vom Verband verdeckt sind. Als ich mich vorhin um die Wunde gekümmert habe, ist mir das gar nicht aufgefallen. Welch ein Jammer Wie gebannt betrachte ich das V aus

Muskeln, das an seinen Lenden beginnt und weiter hinabläuft, um schließlich unter seinen Hosen zu verschwinden.

Entschlossen kneife ich die Augen zusammen, schüttele den Kopf und ziehe meine Hand zurück, die schon auf halbem Weg war, um seine Bauchmuskeln nachzufahren. Was mache ich denn da? Ich begaffe doch keine Menschenmänner, auch wenn sie noch so gut aussehend sind und mir schon zweimal das Leben gerettet haben und …

Stopp!

Bei der Göttin, es fehlt nicht mehr viel und ich sitze hier und fange an zu sabbern! Ich klatsche mir beide Hände energisch an die Wangen. Das bin doch nicht ich! Ich rette ihn, weil er mich gerettet hat, aber das wäre es dann auch gewesen! Solche Gedanken sind doch sonst nicht meine Art …

Und dann wird mir wieder bewusst, dass ich mich hier zusammen mit einem halbnackten Mann befinde. Mit einem äußerst gut aussehenden Mann, dem ich zweimal mein Leben verdanke. In einer Höhle, ganz allein und mitten in der Nacht.

Bei allen Göttern, Fye, reiß' dich zusammen!

Ich murmele erneut einen schwachen Eiszauber und sende ihn in seine Richtung. Sogleich entspannen sich seine Züge etwas und er seufzt leise.

Müde schließe ich die Augen und lehne mich zurück an die Felswand. Es bringt nichts, sich den Kopf zu zerbrechen. Ich werde Antworten von ihm bekommen, doch zuerst muss er wieder bei Bewusstsein sein.

Ich muss weggedämmert sein, denn ich erwache, als Vaan sich zu meinen Füßen abrupt aufsetzt. Ich höre noch im Halbschlaf, wie Stahl über Stein schrammt und bin sofort in Alarmbereitschaft und greife instinktiv nach meiner Waffe neben mir.

Das Feuer ist nahezu heruntergebrannt. Vaan kauert mit einem seiner Schwerter am Höhleneingang und späht in die Dunkelheit.

Angestrengt lausche ich und sehe mich um, kann aber nichts entdecken, das diese Reaktion auslösen würde.

Gerade als ich ihn fragen will, was denn los sei, hebt er die Hand ohne in meine Richtung zu sehen, und gebietet mir zu schweigen.

Also klappe ich meinen Mund wieder zu.

Die Zeit vergeht. Noch immer höre ich nichts, außer meinen eigenen Herzschlag in den Ohren, und Vaan regt sich nicht mehr. Noch immer starrt er stur nach draußen, die Muskeln angespannt und jederzeit bereit zuzuschlagen, ansonsten jedoch völlig reglos.

Ich sehe sie, bevor ich sie höre. Gelbe Augen blicken aus dem Dickicht in unsere Höhle und dann dringt ein leises Knurren zu mir herüber.

Nein, kein Knurren. Kein Wolf oder Bär lauert da zwischen den Bäumen. Es ist ein schwarzes Tier mit Pranken so groß wie mein Gesicht, das leise wie eine Katze auf uns zukommt. Langsam und bedächtig setzt es seine Tatzen auf den Boden, ohne ein Geräusch zu verursachen. Aus seiner Kehle kommt dieser Ton, zwischen Knurren und Fauchen, den ich nicht genau bestimmen kann, denn ich habe vorher noch nie so etwas gehört. Ein eiskalter Schauer läuft mir bei diesem Geräusch den Rücken hinunter.

Seine goldenen Augen sind starr auf mich gerichtet und es bleckt die weißen Zähne, die länger sind als meine Hand. Ich ziehe scharf die Luft ein und versuche, die aufkommende Panik niederzukämpfen – was mir natürlich nicht gelingt, angesichts dieser Bestie. Ängstlich blicke ich mich um und suche nach einem Fluchtweg. In dieser Höhle kann ich mich weder verstecken noch mit meiner langen Waffe angemessen verteidigen. Und das Wesen vor mir weiß das, ich kann es in seinen Augen sehen – ein genüssliches Aufblitzen von Vorfreude. Ein Abendmahl auf dem Silbertablett. *Großartig.*

Neben mir umfasst Vaan seine Waffen fester und postiert sich zwischen mir und dem Tier. Komisch, er scheint nicht wie ich in einer Schockstarre zu sein, sondern ist vielmehr genervt.

Etwa zwei Meter vor Vaan bleibt es stehen. Von Nahem sieht es sogar noch furchterregender aus und ich schlucke heftig, um diesen Kloß in meinem Hals zu beseitigen. Das Biest ist hüfthoch, kräftig und nahezu kohlschwarz, perfekt getarnt in der dunklen Nacht. Nur auf der Brust prangt ein schneeweißer Fleck. Entfernt erinnert es mich an einen zu großgeratenen Puma in Schwarz und mit mehr Muskeln.

Nein, das trifft es nicht. Angestrengt überlege ich, dann fällt es mir wie Schuppen von den Augen. Ein Löwe! Ein kohlschwarzer, riesiger Löwe.

Wieder höre ich das katzenhafte Knurren und blicke an Vaan vorbei, in die goldenen Augen des Wesens. Ein Fehler, denn die eben niedergekämpfte Panik ist mit einem Schlag wieder da, und ich verstecke mich mit einem leisen Schrei hinter Vaans breitem Rücken.

Zur Warnung hält er sein Schwert vor den Körper und am Rande bewundere ich das Muskelspiel seiner Schultern, an die ich mich klammere. »Verschwinde«, murmelt er. Das Tier faucht zur Antwort, als würde es ihn verstehen. »Hau ab!«

Es zögert kurz und fixiert Vaan mit seinen goldenen Augen. Ich bin fest davon überzeugt, dass es ihn jeden Moment anspringen wird, und will ihn weg vom Höhleneingang ziehen, doch Vaan bleibt erstaunlich gelassen, während mir die Begegnung das Blut in den Adern gefrieren lässt. Tatsächlich dreht sich das schwarze Tier um – nicht ohne noch einen warnenden Blick in meine Richtung zu werfen und sich dabei genüsslich über die Zähne zu lecken – und trabt zurück ins Dickicht.

Auch nach einiger Zeit werde ich das Gefühl nicht los, noch immer von den goldenen Augen beobachtet zu werden.

Keuchend stützt Vaan sich an der Höhlenwand ab. In meiner Angst und Aufregung habe ich seine Verletzung ganz vergessen.

Sofort lasse ich meine Waffe auf den Boden fallen und stütze ihn, sodass er sich wieder hinlegen kann. Schnell lege ich ihm eine Hand auf die Stirn – keine Temperatur – und werfe einen Blick auf den Verband. Alles ist noch fest und kein Blut sickert hervor. Ein Lichtblick! Doch gerade das erhärtet meinen Verdacht, dass der Pfeil in irgendeiner Weise vergiftet gewesen sein muss.

Als ich einen weiteren Kühlungszauber wirken will, greift er nach meiner Hand und hält sie fest. Ernst sieht er mich mit seinen bernsteinfarbenen Augen an und verzieht keine Miene dabei. Diesem forschenden Blick kann ich nicht standhalten und schlage die Augen nieder, nicht ohne das Kribbeln zu verfluchen, das in meinem Bauch tobt.

Oje, wahrscheinlich will er nicht von mir berührt werden. Das muss es sein, denn ich erinnere mich noch sehr gut an das, was die

Soldaten über mich und meine Gattung glaubten. Und ich Idiotin fasse ihn die ganze Zeit an Kein Wunder, dass er wütend ist.

Auf einmal komme ich mir blöd vor. Also rutsche ich von ihm ab, soweit es mir möglich ist, und versuche, das Feuer wieder anzufachen. Irgendetwas, um meine Hand, die ihn immer noch berühren will, abzulenken und den peinlichen Moment zu überspielen.

»Tut mir leid.«

Verdutzt höre ich kurz auf, sinnlos in der Glut herumzustochern, drehe mich jedoch nicht um. Vielleicht habe ich mich ja auch verhört? Ich warte, aber er sagt nichts mehr, also zucke ich nur mit den Schultern.

Nachdem ich genug Holz aufgelegt habe, werfe ich einen kleinen Feuerzauber darauf und das Feuer fängt sofort an zu prasseln und verbreitet eine gemütliche Wärme.

Nun habe ich nichts mehr zu tun. Das eisige Schweigen macht mich verlegen und ich weiß nicht mehr, wo ich noch hinschauen soll. Diese ganze Situation ist einfach unwirklich. Ich spüre, wie Vaan mich noch immer ansieht, drehe ihm aber den Rücken zu und tue so, als wäre ich weiterhin mit dem Feuer beschäftigt. Es macht mich nervös, hier allein mit einem Menschen – noch dazu einem Mann – zu sein. Das Auftauchen des schwarzen Löwen hat auch nicht wirklich zu meiner Entspannung beigetragen. Hin und wieder werfe ich einen prüfenden Blick aus der Höhle heraus, sehe aber nichts als Finsternis.

Mit einem tiefen Seufzen stemmt Vaan sich etwas nach oben, sodass sein Oberkörper an der Höhlenwand lehnt.

»Ich habe mich noch gar nicht bei dir bedankt«, versucht er es erneut. Ich antworte nicht, nicke nur knapp und schaue noch immer in die entgegengesetzte Richtung. Er seufzt wieder. »Du machst es einem aber auch nicht leicht.«

Wieder bleibe ich eine Antwort schuldig. Was soll ich auch darauf sagen? *Du bist selbst schuld, wenn du dich in die Flugbahn eines Pfeils wirfst?* Das kommt sicherlich nicht so gut an.

Also beschließe ich, lieber den Mund zu halten. Am besten wäre es, wenn ich einfach gehen würde. Das, was ich eigentlich vorgehabt habe. Weg von hier. Weg von den Soldaten, weg von dem seltsamen Katzenwesen, weg von Bogenschützen, weg von … *ihm!*

Seine Anwesenheit lenkt mich ab, macht mich nervös und es wird von Sekunde zu Sekunde schwerer für mich, einen klaren Gedanken zu fassen. Es war einfacher, als er noch bewusstlos am Boden gelegen hat. Vielleicht macht mich auch der Rauch in der kleinen Höhle benommen. Oder die Angst, dass dieses Katzenwesen doch noch Appetit auf Halbelfe hat. Ich weiß es nicht und das verwirrt mich noch mehr.

»Bist du neuerdings stumm? Du hast doch im Kerker mit mir gesprochen.«

Ich mache den Fehler, ihn anzusehen. Im Schein des Feuers haben seine Augen diesen Glanz von flüssigem Gold, den ich bereits bei meiner Flucht bewundert habe. Eine solch einzigartige Augenfarbe habe ich noch nie bei einem Lebewesen gesehen. Wunderschön wurde dem noch nicht gerecht, es zieht mich in seinen Bann und ich kann meinen Blick nicht mehr davon abwenden.

»Sag doch bitte irgendwas.«

Ich schüttele den Kopf, um wieder zur Besinnung zu kommen, klappe meinen Mund zu – stand der etwa die ganze Zeit offen? – und schaue wieder ins Feuer. Bei der Göttin, ich muss ausgesehen haben, als sei ich komplett gestört. »Schon gut«, nuschle ich und stochere mit einem Zweig im Feuer.

»Ah, du kannst also doch sprechen! Ich hatte schon Angst, sie hätten dir in der Zwischenzeit die Zunge rausgeschnitten.«

Ich zucke kurz bei der bloßen Vorstellung zusammen. Wenn man bedenkt, dass das vor drei Tagen noch sehr wahrscheinlich gewesen wäre »Was machst du hier draußen, so weit weg von deinem Schloss?« Nun gebe ich mir doch Mühe, ein Gespräch in Gang zu bringen. Immerhin ist das besser als dieses peinliche Schweigen.

»Nun, genau genommen ist es ja nicht *mein* Schloss, aber nett, dass du fragst.« Bei so viel Enthusiasmus in seiner Stimme rolle ich unweigerlich mit den Augen. »Ich habe dich verfolgt, doch das weißt du ja sicherlich.«

Ich bin zu perplex ob dieser Antwort und schaue ihn nur an. Was hat er gerade gesagt? Er hat mich verfolgt? Wollte er mich etwa wieder gefangen nehmen? Aber warum hätte er mir dann erst zur Flucht verhelfen sollen?

»Kurz vor dieser Lichtung mit der Hütte habe ich dich aus den Augen verloren und als ich dort ankam warst du fort, aber ich sah die Soldaten. Und Layla und Alystair. Und da wusste ich, dass da was faul ist.«

»Layla und Alystair? Meinst du die Elfe mit den schwarzen Haaren?«

Vaan nickt. »Layla untersteht direkt meiner Schwester. Sie ist die Anführerin ihrer Leibgarde. Und Alystair ist ihr erster Offizier und ein hervorragender Bogenschütze. Wie man sehen kann.« Er deutet auf die Seite, in der vor Kurzem noch der Pfeil steckte, und verzieht das Gesicht. »Er ist ein Hochelf, allerdings ein wenig magiebegabter, was uns wahrscheinlich vorhin das Leben gerettet hat.«

Er hätte uns nur fast mit Pfeilen durchbohrt, denke ich bissig. Andererseits will ich mir lieber nicht ausmalen, was ein Hochelf, der sämtliche Angriffsmagien beherrscht, hätte anrichten können.

Da Vaan sich nun so gesprächig gibt, beschließe ich, meine Neugier nach den wichtigsten Fragen zu klären und frage: »Was wollen sie? Warum waren sie an meiner Hütte?«

»Das fragst du noch? Dich natürlich. Als sie mitbekommen hat, dass du fliehen konntest, hat meine Schwester sofort ihre besten Leute hinter dir hergeschickt. Die haben dann ziemlich schnell deine Hütte gefunden und wollten dich dort abfangen. Zum Glück warst du vorsichtig und bist nicht einfach drauflosgerannt.«

Irgendwas stimmt nicht an seiner Aussage und ich überlege kurz.

»Moment, du sagst, deine Schwester hat diese Truppe Soldaten hinter mir her gejagt? Aber warum? Was hat die Prinzessin damit zu tun?« Ich habe Prinzessin Giselle bereits in seinem Gemach gesehen, kann mir aber nicht vorstellen, dass diese schmächtige Person so nach Blut gieren könnte.

Vaan schweigt und sieht an mir vorbei ins Feuer. Ich warte eine Weile auf eine Antwort, doch er bleibt stumm.

»Was hast du jetzt vor?«, fragt er nach einer Weile und wechselt so das Thema. »Wo willst du hin?«

Ich zucke mit den Schultern. »Weg. Ich werde mir irgendwo anders eine neue Hütte bauen und hoffen, dass sie mich nicht finden. Oder so lange abwarten, bis sie die Lust verlieren, auf mich zu warten, und dann kann ich zurückkehren.«

Vaan lacht kurz auf, verzieht aber das Gesicht und hält sich seine verletzte Seite. »Kein sonderlich ausgereifter Plan, findest du nicht?«

»Hast du vielleicht eine bessere Idee?«, frage ich bissig. Was bildet sich dieser Prinz eigentlich ein? Dankbarkeit hin oder her, ich will definitiv nicht, dass er sich in mein Leben einmischt. Soll er sich doch um seinen eigenen Kram kümmern! Welche Vorhänge besser an seinem Himmelbett aussehen oder so. »Ich gehe auf keinen Fall in diesen Kerker zurück und warte darauf, getötet zu werden!«

Vaan hebt beschwichtigend die Hände und zieht einen Mundwinkel zu einem einseitigen Grinsen nach oben. Und wieder muss ich ihn anstarren, denn einseitig lächelnd sieht er noch zehnmal besser aus als vorher. In meinem Bauch kribbelt es eigenartig, ein Gefühl, das ich nicht zuordnen kann.

»Beruhige dich. Niemand wird dir etwas tun. Aber wenn du jetzt überstürzt davonrennst, werden sie dich früher oder später zu fassen kriegen.«

»Ich kann ganz gut auf mich alleine aufpassen. Das tue ich schon fast mein ganzes Leben.« Stolz schwingt in meiner Stimme mit. Schließlich habe ich kein großes Schloss, viel Prunk und Wachen, um sorglos und behütet aufzuwachsen.

»Ja, das hat man gesehen«, sagt Vaan mit einem spöttischen Lächeln.

Trotzig starre ich ihn an, ohne mich wieder von seinem Grinsen ablenken zu lassen. Ich weiß, dass er auf den Zwischenfall im Dorf anspielt, als man mich geschnappt hat. Als ob das meine Schuld gewesen wäre! Dieser blöde, eingebildete, überhebliche … *Prinz!*

»Sei nicht wütend. Ich denke, ich habe so etwas wie einen Plan.«

Ich verschränke die Arme und sehe ihn abwartend an. Na, da bin ich jetzt aber gespannt. Anhören kann ich mir seinen grandiosen Plan ja mal, denn – zugegeben – meiner war nicht wirklich ausgereift und eher aus der Not heraus geboren.

»Nicht weit von hier, etwa zwei Tagesreisen nach Westen, liegt eine Stadt namens Eisenfels. Meine Familie hat dort einen kleinen Wohnsitz. Dort machen wir Halt und überdenken unser weiteres Vorgehen.« Als ich nicht antworte, fügt er hinzu: »Es ist immerhin besser, als in dieser Höhle festzusitzen oder blindlings durch einen Wald zu laufen, oder?«

Widerstrebend muss ich ihm Recht geben. »Ich kenne den Ort. Ich war vor vielen Jahren einmal mit meiner Ziehmutter dort. Sie sagte, sie wurde dort geboren. Es war so ziemlich das einzige Mal, dass ich den Wald verlassen habe, wenn man von meinen notwendigen Besuchen im Dorf einmal absieht.« Die Erinnerung an die damalige Zeit, als ich zusammen mit Bryande lebte, versetzt mir einen Stich.

»Ja, Eisenfels liegt direkt am Waldrand an einem kleinen Fluss. Es ist ein sehr beschaulicher Ort, aus dem viele Hochelfen stammen. War deine Ziehmutter eine Hochelfe?«

Ich nicke, möchte aber nicht weiter darauf eingehen.

»Was ist mit deinen Eltern?«

Ich schweige einen Moment, dann schüttele ich den Kopf. »Ich weiß es nicht genau. Meine Mutter starb wohl bei meiner Geburt oder kurz danach und Bryande zog mich groß. Wer mein Vater war, weiß ich nicht.«

Vaan ist klug genug, nichts zu meinen Familienverhältnissen zu sagen. Auch ohne dass ich es aussprechen muss, ist klar, dass mein Vater wohl ein Mensch gewesen sein muss. Ich kann mir jedenfalls nicht vorstellen, dass zwei Halbelfen, die ihr Leben lang verfolgt und gehasst werden, weitere Halbelfen in diese Welt setzen.

Ich könnte es nicht.

Mühsam richtet Vaan sich auf und hält sich mit schmerzverzerrtem Gesicht seine verletzte Seite. Er blickt an sich hinunter. »Ich glaube, wir müssen unterwegs noch ein paar Sachen für uns zum Anziehen finden. In den Fetzen kann ich mich nirgends sehen lassen.« Er beäugt mich kritisch. »Und dein Aufzug ist auch nicht gerade unauffällig.«

Ich schnaube. »Was ist an Braun und Grün denn auffällig?«

»Zuerst natürlich deine Waffe.« Er deutet auf die Schwertlanze, die an der Höhlenwand lehnt. »Und dann ist es natürlich auffällig, wenn du am helllichten Tag mit einer Kapuze umherläufst.«

»Falls du es noch nicht bemerkt hast, aber die hier«, ich deute mit beiden Händen auf meine spitz zulaufenden Ohren, »sind doch recht auffällig!«

Er legt den Kopf schräg und beäugte meine Ohren. Ich schaudere unter seinem Blick und dieses verräterische Kribbeln ist wieder da. Noch nie hat jemand – und schon gar kein Mann – meine Ohren so

88

angesehen wie er. Es ist kein abwertender oder verächtlicher Blick, der mich dazu veranlasst hätte, die Hände über sie zu schlagen und sie zu verstecken; sein Blick hat etwas Sanftes und Prüfendes.

Und genau das bringt mich total aus der Fassung.

»Wir werden etwas anderes versuchen. Einen Hut vielleicht. Oder eine andere Frisur. Etwas, das so wenig wie möglich von deinem restlichen Kopf verdeckt. Mit dieser Kapuze siehst du aus wie eine Schwerverbrecherin und machst die Wachen auf uns aufmerksam.« Mit einem frechen Grinsen, das mir gut gefällt, fügt er hinzu: »Erst recht, wenn du dich ständig so panisch nach allen Seiten umdrehst wie ein eingekreistes Reh.«

Ich will protestieren, doch er kommt mir zuvor, indem er sich vorbeugt und eine Strähne meines Haares zwischen die Finger nimmt. Überrascht schnappe ich nach Luft und halte dann den Atem an, unfähig mich zu bewegen oder gar zu sprechen. »Außerdem ist dein Umhang sowieso hinüber.«

Irgendwie scheint er meine Unsicherheit nicht zu bemerken, denn mit einem verschmitzten einseitigen Lächeln meint er noch: »Mein erstes Geschenk an dich und du zerstörst es innerhalb von drei Tagen. Das ist eigentlich ganz schön unhöflich, weißt du das?«

Wenn mein Herz jetzt stehenbleiben würde, es würde mich nicht wundern. Es hämmert so stark, dass ich Angst habe, es sprengt mir mit dem nächsten Schlag meinen Brustkorb.

Doch dann ist der Moment vorbei. Vaan lässt meine Haare wieder los, lehnt sich zurück und beäugt mich mit einem neutralen Blick. Ohne das Lächeln, das mich an den Rand des Wahnsinns bringt.

Über was haben wir zuletzt gesprochen? Ich brauche ein paar Sekunden, um mich zu erinnern, und schaue dann erst sehr dümmlich zu unseren beiden Umhängen, ehe es in meinem Kopf Klick macht.

Unsere Umhänge, ja, das war es. Beide haben gelitten, wurden vollgeblutet oder als improvisierte Verbände genutzt. Anziehen kann ich meinen Umhang nicht mehr. Und er kann nicht so mit entblößtem Oberkörper umherlaufen. Einerseits weil dann jeder seine Verletzung sehen würde, und andererseits, weil mein Blick die ganze Zeit an ihm kleben würde.

89

Irgendwie gelingt es mir, die ganze Spucke aus meinem Mund zu verbannen und meine Stimme wiederzufinden. »Und woher sollen wir etwas anderes zum Anziehen bekommen? Sicherlich hast du auch daran schon bei deinem ausgeklügelten Plan gedacht.« Es sollte herablassend klingen, schließlich bin ich bisher von seinem Plan alles andere als überzeugt, doch Vaan grinst mich nur verschmitzt an.

Kann er das bitte sein lassen? Ich halte das auf Dauer nicht aus!

»Aber natürlich, holde Maid.« Er deutet eine Verbeugung an, so gut es mit seiner Verletzung geht. Dann streckt er mir seine Hand entgegen. »Können wir los?«

Ich blicke ihn verwirrt an. »Was? Jetzt sofort? Aber ich …«

»Möchtest du hier warten, bis die Wachen, Layla oder das schwarze Biest dich finden?«, fragt er mit hochgezogenen Augenbrauen.

»Nein, aber deine …«

Er winkt ungeduldig ab. »Ich komme schon zurecht. Ich musste schon mit weitaus schlimmeren Verletzungen marschieren.« Wie um seine Worte zu untermauern, macht er zwei unsichere Schritte aus der Höhle heraus. Ich sehe, wie es unter seinem Auge zuckt und wie er die Zähne zusammenbeißt. »Und nun mach das Feuer aus, nimm deine Sachen und komm mit.«

Verdattert über diesen Befehl greife ich tatsächlich nach meiner Waffe und den Fetzen, die von meinem Umhang noch übrig sind, stehe auf und folge ihm aus der Höhle heraus.

Draußen sieht Vaan nach oben. Der Mond steht direkt über uns. »Wir sollten bei Nacht reisen und am Tag die Straßen meiden, bis wir andere Kleidung gefunden haben. Sicherlich sucht man bereits nach uns.«

Ich nicke. Den Weg abseits aller Wege zu gehen, bin ich gewohnt.

»Wahrscheinlich werden wir daher etwas länger nach Eisenfels brauchen als zwei Tage.«

»Schon allein wegen deiner Verletzung werden wir länger brauchen.« Ich trete zu ihm und lege ihm die Reste meines Umhangs um die Schultern, achte aber darauf, ihn nicht direkt zu berühren. Zu schmerzhaft ist mir seine Reaktion von vorhin noch in Erinnerung. »Du darfst dich nicht überanstrengen. Wenn du Fieber bekommst oder die Wunde sich wieder öffnet …«

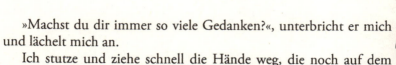

»Machst du dir immer so viele Gedanken?«, unterbricht er mich und lächelt mich an.

Ich stutze und ziehe schnell die Hände weg, die noch auf dem Umhang und somit auf seiner Schulter liegen. Was mache ich hier eigentlich? »Ich bin nur vorsichtig. So habe ich bisher überlebt.«

Er schweigt und sieht mich mit geneigtem Kopf an, und das macht mich wütend. Ich brauche weder sein Mitleid noch seinen Schutz. Ich brauche niemanden. »Ich habe nun mal nicht mein ganzes Leben behütet und bewacht in einem Schloss verbracht!«

Vaan zuckt zusammen und packt mich am Arm, als ich gerade so stolz wie irgend möglich an ihm vorbeilaufen will. Selbst durch mein Hemd spüre ich die Wärme seiner Hand und das Kribbeln in meinem Bauch kehrt bei dieser Berührung mit aller Macht zurück. Er zieht mich an sich heran, sodass unsere Gesichter nur wenige Zentimeter voneinander entfernt sind.

Und irgendwie habe ich vergessen, wie man atmet.

»Wenn du denkst, dass ich glücklich und behütet aufgewachsen bin, dann hast du keine Ahnung!«, stößt er zwischen zusammengebissenen Zähnen hervor, lässt mich so abrupt los, wie er mich gepackt hat und stapft in Richtung Wald davon, ohne mich noch einmal anzusehen.

Verwirrt blicke ich ihm nach, unschlüssig, wie ich diese plötzliche Stimmungswandlung einordnen soll. In seinen Augen habe ich eindeutig Hass, Wut und Verzweiflung gesehen. Aber auf wen? Wie kann das Leben als Prinz nicht frei von Sorgen und Ängsten sein? Verlassen stehe ich vor der Höhle, eingehüllt in einem schwachen Lavendelduft und sehe auf seinen blanken Rücken.

Als ich ihn kaum noch sehen kann, werfe ich mir die Schwertlanze über die Schulter und laufe ihm eilig nach.

7

VAAN

Ich habe gemerkt, wie sie mich beobachtet hat, als sie dachte, ich sei ohnmächtig. Ihr Blick brannte förmlich auf meiner Haut. Ich habe gespürt, wie sie mich ausgezogen hat und dann meine Brust mit ihren Händen entlangfuhr. Und es hat mich einige Überwindung gekostet, weiter so zu tun, als würde ich nichts davon mitkriegen. Auch spürte ich das kleine Zittern, bevor sie unsicher ihre Finger wieder von mir nahm. Die Kälte, die ihre fehlende Berührung zurückließ, verursachte in mir widersprüchliche Gefühle, aber ihre kühlende Hand, die sie mir auf die Stirn legte, und ihr Duft nach Wald und Kräutern waren die beste Heilung, die ich mir in diesem Moment vorstellen konnte.

Nun höre ich ihre leisen Schritte, die mir durch den Wald folgen. Sie läuft leiser und bedachter als ich, vermeidet es, auf trockene Äste zu treten. Für sie muss ich mich bewegen wie ein Bär auf einem Bankett.

Ihre Nähe beruhigt mich. Jetzt zumindest. Sie umfängt mich wie ein Kokon und lindert die Schmerzen meiner Wunde und in meiner Brust.

Vorher war es jedoch anders. Und das ist noch gar nicht so lange her, auch wenn sich die Erinnerung daran anfühlt, als wäre es schon vor Jahren gewesen.

Ihre Nähe habe ich bereits im Gasthaus des kleinen Dorfes gespürt, in dem wir Halt gemacht hatten. Bereits dort hatte ich zum ersten Mal diesen Geruch nach Kräutern in der Nase, der mich noch mehr verunsicherte, weil ich nicht wusste, woher er kam. Er war einfach da, wie aus dem Nichts, und verfolgte mich, ließ mich nicht mehr los.

Es war, als hätte ich gespürt, dass jemand den Raum betrat, ohne ihn zu sehen, wie eine Präsenz, die ich nicht beschreiben konnte. Dieses Gefühl machte mich verrückt und dünnhäutig. Ich fühlte

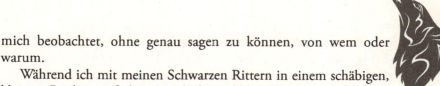

mich beobachtet, ohne genau sagen zu können, von wem oder warum.

Während ich mit meinen Schwarzen Rittern in einem schäbigen, kleinen Gasthaus saß, konnte ich ihren derben Späßen nicht folgen, die mich sonst immer so erheiterten. Ich wusste, dass sie die Dorfmädchen beobachteten, die sich kreischend draußen im Raum drängten, um unsere Aufmerksamkeit bettelten, und bereits die hübschesten unter sich aufteilten.

Normalerweise hätte ich mir auch eine oder zwei für die Nacht ausgesucht und dann meinen Rittern die Wahl überlassen, doch heute stand mir nicht der Sinn nach Zerstreuung, was mich noch mehr verwunderte, denn das war absolut untypisch für mich.

Das Gefühl verstärkte sich und ich ließ den Gastwirt die Tür zu unserem Quartier schließen, was mir zwar ein paar verstimmte Brummer meiner Ritter einbrachte, aber mir ging es danach etwas besser.

Dieses dumpfe Ziehen in der Brust blieb jedoch. Wie ein Faden, der mich zu seinem anderen Ende ziehen wollte, und je mehr ich mich weigerte, desto stärker zerrte er an mir und schnürte mein Herz ab.

Nach einer Nacht, in der ich kein Auge zubekommen und mich ständig gefragt hatte, was denn nur mit mir nicht stimmte, ließ ich mein Gefolge noch vor Sonnenaufgang aufbrechen. Ich wollte nur weg von diesem Ort und diesem seltsamen Gefühl, das mich nicht schlafen und keinen klaren Gedanken fassen ließ, und trieb meine Ritter zu einem ungewohnt scharfen Tempo an.

Und mit der Zeit und der Entfernung, die wir zurücklegten, verblasste das Ziehen und ebbte schließlich ab, bis nur noch ein leichtes, dumpfes Pochen übrig war. Ich konnte endlich aufatmen und mich entspannen.

Als ich mir erleichtert durch die Haare streichen wollte, erstarrte ich. Ein vertrautes Gewicht fehlte an meinem Finger. In meiner Eile hatte ich einen Ring meines Vaters in der Herberge vergessen. Vater würde mich steinigen oder zumindest enterben, wenn dieses Familienerbstück in die Hände eines schmierigen Dörflers fallen würde. Also schickte ich einen meiner Schwarzen Ritter zurück, um ihn zu holen.

Was er jedoch stattdessen mitbrachte, ließ mein Leben auf einen Schlag aus den Fugen geraten. Nicht, dass ich schon genug eigene Probleme hätte, die mir den Verstand raubten.

Ich wusste es, noch bevor ich sie sah. Seit Stunden hatte sich das Ziehen wieder verstärkt, Stückchen für Stückchen, und seit ein paar Minuten konnte ich dem Gespräch mit meinem Lehrmeister, der vor mir stand und mir irgendwas erklären wollte, nicht mehr folgen. Vom Turm aus, in dem ich gerade stand, blickte ich hinunter. Ich sah, wie sie über den Schlossplatz geführt wurde, flankiert von mehreren Wachen, gefesselt und … Eigentlich hätte sie zu Tode verängstigt sein müssen, so wie all die anderen armen Seelen, die über den Hof geschleift wurden, doch ihr Rücken war kerzengerade, ihr Kinn gereckt – stoisch und nach außen hin furchtlos blickte sie ihrem Schicksal entgegen. Sofort war das Ziehen in seiner vollen Stärke wieder da und meine Welt stand für ein paar Augenblicke still.

Verdammt, was war das denn?

Ich griff mir an die Brust und umklammerte verbissen mit der anderen Hand die Steine des Fensters, von wo aus ich nach unten in den Burghof sah, bis meine Knöchel weiß hervortraten, und bemühte mich, ruhig und gleichmäßig zu atmen, um mich daran zu hindern, sofort nach unten zu rennen und jedem, der seine dreckigen Hände an sie legte, selbige abzuhacken. Alles in mir sehnte sich danach, sie zu beruhigen und ihr zu sagen, dass alles gut werden würde und sie keine Angst zu haben bräuchte. Ich wollte ihr über den Rücken streicheln, sie in die Arme schließen und ihr alles ins Ohr flüstern, um sie lächeln zu sehen.

Ich kniff die Augen zusammen und knirschte mit den Zähnen. Verdammt noch mal, wo kamen denn bloß diese Gedanken her? Die Götter wussten, dass ich nie eine Möglichkeit ausschlug und den Damen sehr zugewandt war, aber dass ich nicht wollte, dass irgendwer sie ansah oder gar berührte, erschütterte mich.

Dieses Mädchen war mir unbekannt. Wie konnte sie also diese Gefühle in mir auslösen?

Ich drehte mich um und verließ fluchtartig meinen Aussichtspunkt. Mein Lehrer rief mir etwas hinterher, doch ich hörte es nicht. Es war mir auch egal. Ich musste den Schwarzen Ritter finden, der sie hergebracht hatte. Mehr als alles andere wollte ich ihn schütteln und fragen, ob er von allen guten Göttern verlassen wäre oder mich so sehr hasste, dass er mir das antun musste. Ich war so froh, wieder klar denken zu können, nachdem das Ziehen nahezu verschwunden war. Nun ließ es meine Brust wieder erzittern und die Gedanken zu dem Mädchen, das ich auf dem Burghof gesehen hatte, verwirrten mich zusätzlich.

Meine Gefühle ignorierend, suchte ich sofort meinen Untergebenen auf und stellte ihn zur Rede. Stolz berichtete mein Ritter, wie er eigenhändig eine Halbelfe gefasst hatte. Breit grinsend sah er mich an und erwartete wohl seine Belohnung. Mir jedoch drehte sich der Magen um und ich brauchte ein paar Minuten, um das Ausmaß dieser Botschaft zu verstehen.

Eine *Halbelfe?* Die Götter hassten mich. Eindeutig. Es musste so sein.

Bis eben hatte ich sie für ein etwas abgerissenes Mädchen aus dem Dorf gehalten, ohne Rang und Namen, aber selbst diese kleine Güte blieb mir anscheinend verwehrt.

Sofort schickte ich meinen Ritter los, um dafür zu sorgen, dass die Gefangene es einigermaßen behaglich hatte, ehe ich meine Mutter aufsuchte. Sie war die Einzige, mit der ich darüber reden konnte, denn wir teilten ein Schicksal. Nur sie würde mich verstehen und mir sagen können, was all das zu bedeuten hatte. Ich rannte durch die dunklen Burggänge, ohne nach rechts oder links zu sehen, bis ich ihr Gemach erreichte.

Königin Miranda lächelte mir wissend entgegen, als ich ihre Gemächer betrat, vor ihr kniete und ihre Hände küsste. Sie sah die Verwirrung in meinen Augen und streichelte durch mein Haar, wie sie es schon so oft getan hatte.

Ich hatte schon immer ein innigeres Verhältnis zu meiner Mutter als zu meinem Vater. Vielleicht weil wir den Fluch teilten. Oder, weil wir uns einfach ähnlicher waren.

»Du hast sie also gefunden.«

Keine Frage, eine Feststellung, und das verunsicherte mich noch mehr.

Sie schaute aus dem Fenster, hinunter auf den Schlossplatz. Wusste sie etwas? Sah sie einen Zusammenhang zwischen dem Ziehen in meiner Brust und dem Mädchen, das eben über den Platz geführt wurde?

Dann fiel es mir wie Schuppen von den Augen und mir wurde schlagartig schlecht.

Mutter hatte gesagt, ich hätte *sie* gefunden.

Nein, auf gar keinen Fall! Das *durfte* einfach nicht sein!

»Das ist unmöglich, Mutter. Sie ist eine *Halbelfe!*« Das letzte Wort spie ich aus. Warum, um alles in der Welt, musste es ausgerechnet eine Halbelfe sein? War ich nicht schon genug gestraft durch meinen Fluch? Ich hatte nie eine sittsame Prinzessin erwartet und wäre auch mit einem drallen Bauersmädchen zufrieden gewesen. Aber eine *Halbelfe* bedeutete meinen sicheren Untergang.

Meine Mutter drehte sich wieder zu mir um und lächelte mich an. »Du weißt, dass es möglich ist.« Sie tippte mit ihrem Zeigefinger auf meine Brust. »Du spürst es da drin. Wir können es uns nicht aussuchen. Es ist vorherbestimmt.«

Ich wollte diesen Mist nicht hören. Kein Wort davon. Wütend ballte ich die Hände zu Fäusten. »Und was soll ich nun tun?«, knurrte ich zwischen zusammengebissenen Zähnen. »Sie soll morgen zu den Feierlichkeiten hingerichtet werden.«

Mutter legte den Kopf schräg. »Dann solltest du dich beeilen.«

Ich schluckte hart. Ihre pragmatische Art hasste ich manchmal, doch sie brachte mich auf den Boden der Tatsachen zurück.

»Du weißt, was ihr Tod für dich bedeutet, nachdem du das Band gespürt hast.«

Ja, das Band. Ich kannte diese dämliche Geschichte aus den Erzählungen meiner Eltern. Mutter meinte, es sei die Erlösung unseres Fluchs und etwas ganz Wundervolles. Na ja, sie hatte ja auch einen zukünftigen König bekommen. Mein Band musste sich ja unbedingt um eine *Halbelfe* verfangen, verdammt noch mal!

Ich hatte diesen Blödsinn von wegen Vorherbestimmung und Flucherlösung nie geglaubt, bis ich vor einem Tag selbst dieses Gefühl hatte, mein Herz würde zu etwas hingezogen werden. Doch ich wollte das alles nicht. Ich hatte nie darum gebeten, hatte den Fluch mein Leben lang klaglos ertragen. Stöhnend vergrub ich das Gesicht in den Händen.

Warum musste das alles mir passieren?

»Was stehst du noch hier herum, Junge? Geh` und schau sie dir an und sieh zu, dass du sie lebend aus dem Schloss bekommst.« Mutter zwinkerte mir zu, nahm mein Gesicht zwischen ihre Hände und zog meinen Kopf zu sich hinunter, um mir einen Kuss auf die Stirn zu geben.

Ich musste lächeln. Ich liebte meine Mutter dafür, dass sie immer die richtigen Worte für mich fand, und meine Ängste zerstreute. Als Dank umarmte ich sie kurz und eilte dann zurück in mein Gemach.

Mutter hatte recht, wie eigentlich immer. Ich würde jetzt hinunter in den Kerker gehen und mir das Mädchen – nein, die Halbelfe, verbesserte ich mich – ansehen. Vielleicht war es auch nur eine Einbildung und ich hatte mir die ganze Zeit über grundlos Sorgen gemacht. Ich stellte mir vor, wie ich vor ihr stehen und gar nichts spüren würde. Ja, genau. Schließlich hatte ich mein Leben lang nicht an dieses blöde Band gedacht und würde mir auch jetzt, als Mann, nicht davon mein Leben zerstören lassen.

In Windeseile zog ich mir unauffällige Kleidung an, legte meinen violetten Umhang mit Kapuze um und befestigte eine Stoffmaske in derselben Farbe unter meinen Augen. Das Letzte, was ich gebrauchen konnte, waren dumme Fragen von Menschen, die mich allein die Zelle einer Halbelfe betreten sahen. Anschließend legte ich noch meine Schwerter um – man wusste ja schließlich nie – und blickte aus dem Fenster. Die Sonne ging gerade unter.

Als Prinz kannte ich die Wachposten und ihre Eigenheiten. Es war ein Kinderspiel, den Schlüsselbund von George zu stibitzen, der ihn immer unbeaufsichtigt auf einem Stuhl neben der Tür zum Gefängnis liegen ließ. Einigen abgelenkten Wachen mischte ich ein leichtes Schlafmittel in ihre Humpen, als ich mich an ihnen vorbeischlich. Bei anderen wartete ich einfach wenige Minuten auf die Wachablösung.

Auch ohne genau zu wissen, wo sie sich befand, musste ich niemanden nach dem Weg fragen. Ich folgte einfach dem Ziehen in meiner Brust. Näherte ich mich ihr, wurde es stärker; bog ich falsch ab, wurde es schwächer.

Kurz vor der Zelle, in der ich die Halbelfe vermutete, sah ich einen meiner Schwarzen Ritter stehen. Was machte denn James hier? Er hatte keinen Befehl, das Mädchen zu bewachen. Sein Grinsen verhieß nichts Gutes. James war nicht unbedingt dafür bekannt, die Dinge sanft anzugehen.

Auf einmal spürte ich Galle in meinem Hals aufsteigen. Hatte er ihr etwas angetan? Sie verletzt? Ich presste mich an die kühle Steinmauer und versuchte, ruhig zu atmen und den Drang niederzukämpfen, James anzuknurren und ihm sein dämliches Grinsen aus dem Gesicht zu schlagen.

Verdammter Mist, ich musste schleunigst diese Gefühle unter Kontrolle bringen, ehe ich jemanden ernsthaft verletzte.

Ein paar Augenblicke wartete ich, dann hörte ich seine Schritte, die sich entfernten. Ich schlich zur Tür und lauschte. Alles war ruhig. Zu ruhig? Gleich beim ersten Versuch erwischte ich den richtigen Schlüssel, drehte ihn herum und ließ die Tür quietschend aufgleiten.

Vor mir standen plötzlich zwei bewaffnete Soldaten, mit denen ich nicht gerechnet hatte. Ohne groß nachzudenken, zog ich eines meiner Schwerter und stieß einem den Griff gegen die Schläfe, der andere bekam kurz darauf meine Faust in seinen Bauch. Mit einem dumpfen Stöhnen gingen beide zu Boden und ich trat in den Raum.

Meine Augen brauchten ein paar Sekunden, bis sie sich an das schummrige Licht gewöhnt hatten. Ich schaute nach links und sah sie dort stehen. Wie ein verängstigtes Reh presste sie sich an die Mauer hinter sich und starrte mich aus riesigen Augen an.

In meiner Brust explodierte etwas und plötzlich fühlte sich alles richtig an.

Ich hatte sie gefunden. Ich hatte sie *endlich* gefunden.

Meine Erlöserin.

8

FYE

Die Zeit vergeht quälend langsam und durch Vaans Verletzung kommen wir genauso langsam voran. Das nervt mich, jedoch will ich ihn auch nicht alleine zurücklassen. Irgendwie fühle ich mich für ihn verantwortlich oder will meine Schuld begleichen – keine Ahnung! Fakt ist, dass ich es nicht über mich bringe, einfach in eine andere Richtung zu laufen und ihn seinem Schicksal zu überlassen.

Etwa jede halbe Stunde legen wir eine kurze Pause ein, da er immer weiter zurückfällt und sich die schmerzende Seite hält. Hin und wieder werfe ich ihm einen prüfenden Blick zu und bemerke mit Besorgnis die Schweißperlen auf seiner Stirn. Doch immer, wenn er meinen Blick bemerkt, setzt er entschlossen seinen Weg fort.

Unbewusst halte ich weiter Ausschau nach neuen Vergiftungserscheinungen, denn das ist noch immer meine größte Angst. Gegen eine Vergiftung bin ich machtlos.

Die kühle Nachtluft umweht uns und er hat den Umhang nur notdürftig um die Schultern gelegt. Schwitzen durch Wärme ist also ausgeschlossen.

Wir sprechen nicht miteinander. Nicht ein einziges Wort. Ich weiß nicht, was ich sagen soll, und er scheint kein Bedürfnis nach Konversation zu haben. Das Schweigen dehnt sich aus und lässt mir das Herz schwer werden und ich weiß nicht warum.

Kurz vor Sonnenaufgang – wir sind seitdem etwa vier Stunden durch den Wald gelaufen – kommen wir an einen kleinen Weiler, um den drei einfache Hütten stehen. Ich höre Kühe und Schafe. Ein Mann tritt aus einer der Hütten und läuft zum Wasser. Instinktiv ducke ich mich tiefer ins Dickicht hinein.

Vaan jedoch steht auf und will direkt auf die Hütten zulaufen. Panisch greife ich nach seinem Arm, um ihn zurückzuhalten.

»Was machst du da?«, wispere ich. »Wir wollten doch unerkannt reisen!«

Er deutet auf meinen Kopf. »Unerkannt können wir nur reisen, wenn wir Kleidung haben, die nicht so auffällig ist. Du musst deine Ohren verstecken und ich brauche dringend etwas, das zumindest entfernte Ähnlichkeit mit einem Hemd hat.« Er befreit seinen Arm mit einem Ruck. »Also werde ich jetzt zu diesen braven Bürgern gehen und ihnen ein paar Münzen gegen etwas Kleidung anbieten.« Er geht los, dreht sich dann aber noch mal um und sagt: »Du wartest so lange hier.«

Als ob ich das nicht selbst gewusst hätte. Ich knirsche mit den Zähnen und schlucke eine bissige Bemerkung hinunter.

Dann warte ich zusammengekauert im Gebüsch und verfolge wachsam jeden seiner Schritte, jederzeit bereit zur Flucht. Trotz meines guten Gehörs kann ich nicht verstehen, über was sie reden. Bald erscheint eine Frau mit einem Stapel Wäsche, die sie Vaan in die Hand drückt, während er sich bis auf die Brouche auszieht und dann schnell in eines der Gewänder schlüpft. Wenn das Bauernpaar verwundert über den Verband an seinem Bauch ist, so zeigen sie es nicht. Er hebt die Hand, bedankt sich bei ihnen und kommt mit dem anderen Gewand wieder Richtung Wald gelaufen.

Bei mir angekommen, überreicht er mir ohne ein Wort meine neue Kleidung: ein abgetragenes Kleid mit verblichener Schürze und eine kleine Haube, wie sie verheiratete Frauen tragen. Ein wollenes Unterkleid findet sich ebenso wie ein brauner Leinenumhang, der fürchterlich zu kratzen scheint.

Seufzend nehme ich den Kleidungsstapel und verschwinde hinter einem Baum, um mich umzuziehen. Ich spähe zwischen den Zweigen hindurch, aber Vaan schaut nicht in meine Richtung.

Aus meinem alten Umhang reiße ich ein weiteres Stück heraus, mit dem ich mir die Haare zurückbinde, nachdem ich sie zu einem dicken Zopf geflochten habe. Den restlichen Umhang forme ich zu einem Beutel, in den ich meine alte Kleidung lege.

Unter- und Überkleid sind vorne zu schnüren und reichen mir bis zur Mitte meiner Waden, sodass meine Lederstiefel zu sehen sind.

Danach lege ich die Haube an, die perfekt über meine Ohren verläuft und sie verdeckt. Den kratzigen Umhang fasse ich vorne mit meiner silbernen Schließe zusammen. Er riecht nach Schaf und Stall, und ich muss mich beherrschen, ihn nicht sofort wieder auszuziehen.

Fertig umgezogen trete ich hinter dem Baum hervor. Vaan betrachtet mich kritisch, läuft einmal um mich herum und zieht kurz an der Haube. Sie lässt sich jedoch nicht verrücken und würde meine Ohren auch bei Wind sicher verdecken.

Als er wieder vor mir steht, nickt er zufrieden. »Nun können wir weiter«, verkündet er.

Seine Kleidung ist nicht besser als meine, besteht ebenfalls aus einfacher Wolle und sieht abgetragen aus. Eine Kappe verdeckt seine leuchtenden Haare. Wie ich hat er nur die Umhangschließe als einzig wertvollen Gegenstand anbehalten. Seine Schwerter hängen an einem einfachen Ledergürtel und werden durch den Umhang verdeckt.

Ich will gerade ebenfalls nicken – schließlich hat er Recht und diese »Verkleidung« ist deutlich unauffälliger, als wie wir bisher umhergelaufen sind –, als ich bemerke, wie blass er im Gesicht ist. Ich trete auf ihn zu und will ihm die Hand auf die Stirn legen, um zu sehen, ob er Fieber bekommen hat, als er vor mir zurückweicht. Sofort ziehe ich auch meine Hand zurück und ein trauriges Gefühl breitet sich in meiner Brust aus.

Was ist nur los mit mir? Meine Finger kribbeln, so sehr möchten sie ihn berühren, doch er weicht vor jeder Berührung zurück, stößt mich weg. Und das verletzt mich zutiefst.

»Es geht mir gut«, sagt er, ohne mich anzusehen. »Wir müssen weiter. In ein paar Stunden, wenn die Sonne aufgegangen ist, suchen wir uns einen Platz zum Rasten.«

Ich bezweifele insgeheim, dass er weitere Stunden ohne Pause durchhält, sage aber nichts und folge ihm wieder in den Wald hinein.

Vaan orientiert sich an der langsam aufgehenden Sonne und meidet die Straßen, sodass unser Weg für ihn beschwerlich sein muss. Ich bin nichts anderes gewohnt, doch ich bemerke, wie er mehrfach stolpert und sich gerade noch an einem Baumstamm auffangen kann. Ohne ihn wäre ich schneller vorangekommen, dennoch halte ich mich hinter ihm.

Nachdem der Weg uns einen Hang hinaufführt, geht Vaans Atem rasselnd. Als er kurz an einem Stamm gelehnt nach Luft ringt, sehe ich, dass sein Hemd vorne schweißgetränkt ist. Stöhnend presst er sich eine Hand an die Wunde, bevor er weitergeht, doch schon nach wenigen Metern bleibt er erneut stehen, um zu Atem zu kommen.

»Wir sollten Rast machen«, sage ich, während ich zu ihm gehe.

Vaan jedoch schüttelt den Kopf. »Wir müssen weiter.«

»Lass uns einen geschützten Platz suchen. Du kannst nicht mehr weitergehen.«

Ich wende mich um, um einen Rastplatz zu suchen, doch Vaan hält mich zurück. »Du weißt, was letzte Nacht passiert ist.« Seine goldenen Augen wirken glasig, als er mich ansieht.

»Du meinst das schwarze Tier, das uns angefallen hat? Mittlerweile wird es längst woanders sein.«

Vaan schüttelt den Kopf. »Nein … Sie ist sicherlich noch da. Und sie kommt wieder.«

»*Sie?*«, frage ich. Allein der Gedanke an das schwarze Monster bereitet mir eine Gänsehaut und ich habe keine Lust, weitere Bekanntschaft mit ihm zu machen. Allerdings kann ich mir nicht vorstellen, dass es uns einen ganzen Tag verfolgt haben soll. Der Wald ist groß und es gibt sicherlich leichter zu erlegende Beute als uns.

Vaan zuckt vage mit den Schultern. »Sah mir eben aus wie eine Sie. Wir sollten wirklich weiter.«

Ich schaue mich kurz um. Wir stehen gut sichtbar auf einem Hügel, nur mit ein paar einzelnen Bäumen um uns herum. Am Fuße des Hügels beginnt dichter Wald, auf der anderen Seite fällt der Hügel in eine tiefe Schlucht ab.

Hier oben können wir nicht bleiben. Einerseits komme ich mir vor wie auf einem Präsentierteller, andererseits haben wir keine Möglichkeit zur Flucht, wenn Verfolger vom Wald aus kommen.

Ich stemme die Hände in die Hüften, beuge mich leicht zu Vaan vor und sehe ihn eindringlich an. »Nein, wir werden jetzt rasten. Du kannst dich kaum noch auf den Beinen halten und bist schweißgebadet. Ich werde mir erst mal die Wunde ansehen, nachdem wir einen Platz zum Rasten gefunden haben.«

Vaan rutscht an dem Baumstamm herunter, an den er sich gelehnt hat, und legt erschöpft den Kopf auf die Knie. Bei dem Anblick, wie zerbrechlich und resigniert er vor mir kauert, zieht mein Herz sich zusammen.

»Ich werde nachher Wache halten«, sage ich, »und du wirst dich ausruhen. Es nützt uns beiden nichts, wenn die Wunde wieder und wieder aufreißt, weil du dich bis zum Äußersten antreibst. Uns wird nichts passieren.«

Ich berühre ihn kurz an der Schulter, ziehe meine Hand aber schnell wieder zurück. Er hat mehrmals klar zu verstehen gegeben, dass er nicht von mir berührt werden will; das habe ich zu respektieren.

Doch er überrascht mich, indem er nach meiner Hand greift und sie kurz drückt. Über seiner Handfläche spüre ich seine Körperhitze und mache mir nun ernsthaft Sorgen, dass er hohes Fieber hat. Aber ich traue mich nicht, erneut meine Hand zu heben und seine Stirn zu fühlen, und wende mich ab.

Ich steige den Hügel hinunter und gehe dann ein Stück tiefer in den Wald, um nach einer geschützten Stelle für den Tag zu suchen. Am Waldrand drehe ich mich noch einmal um und schaue den Hügel hinauf. Vaan sitzt noch immer mit den Kopf auf den Knien da. Sicherlich ist er eingeschlafen.

Der Wald ist dicht und nirgends hätte ich einen Feuerzauber sprechen können, ohne Gefahr zu laufen, die Umgebung mit in Brand zu setzen. Ich beschleunige meine Schritte, um so schnell wie möglich nach Vaans Verletzung sehen zu können.

Nach ein paar Stunden ist klar: egal, wie lange ich suche, ich finde keinen Unterschlupf für uns. Die Sonne steht bereits am Himmel, als ich meine Suche abbreche und mich auf den Rückweg mache. Ich habe vollkommen die Zeit vergessen. Vaans Verletzung muss dringend behandelt und neu verbunden werden.

Der Hügel, auf dem ich Vaan zurückgelassen habe, kostet auch mich meine letzten Kraftreserven, und oben angekommen schnappe ich nach Luft.

Mit ausreichend Sauerstoff in meinen Lungen lege ich die restlichen Meter bis zu dem Dickicht zurück, in dem Vaan vorhin an einem Baumstamm gelehnt hat.

»Ich glaube, wir müssen hierbleiben«, murmele ich entschuldigend, als ich hinter den dicken Stamm trete. »Ich konnte nichts finden, das uns –«

Ich ziehe scharf die Luft ein. Vaan ist verschwunden. An der Stelle, an der er vorhin noch gesessen hat, liegen nur noch sein Umhang und seine Schwerter. Dazwischen kann ich auch die grünen Streifen des improvisierten Verbandes sehen, den ich aus meinem alten Umhang gerissen habe. Hat er den Verband abgenommen, während ich weg war?

Panisch sehe ich mich nach allen Richtungen um und überlege, nach ihm zu rufen. Doch würde das nicht auch alles andere auf mich aufmerksam machen? Egal, ich werde nicht hier rumstehen und warten, dass er von alleine wieder auftaucht. In seinem Zustand konnte ihm wer weiß was passiert sein!

Ich öffne meinen Mund, um seinen Namen zu rufen, als ich hinter mir Zweige knacken höre. Erleichtert atme ich aus.

»Da bist du ja. Ich dachte schon, du wärst –«

Doch es ist nicht Vaan, der aus den Büschen vor mir tritt, und mein Herz setzt einen Schlag aus, nur um dann viel schneller zu schlagen. Vor mir steht die Elfe mit den schwarzen Haaren, die mir vor meiner Hütte aufgelauert hat, und fixiert mich aus ihren violetten Augen.

Ohne groß nachzudenken, stürze ich davon. Alles in mir schreit danach, mich in Sicherheit zu bringen, und meine Beine bewegen sich von ganz allein. Doch anstatt mich zu verfolgen, bleibt die Elfe – Layla hat Vaan sie genannt – wo sie ist. Ein kurzer Jubel überkommt mich. Vielleicht ist sie gar nicht hinter mir her, sondern hinter Vaan? Hat sie ihn geschnappt, während er verwundet ist und schläft? Liegen deshalb seine Waffen und sein zerfetzter Umhang am Baum, wo ich ihn zurückgelassen habe? Was haben sie ihm angetan? Meine Gedanken schlagen Purzelbäume, während ich auf den Wald zurenne und noch immer nicht verfolgt werde.

Meine Freude darüber währt nur kurz, als zwei Soldaten aus dem Gebüsch vor mir treten und mir den Weg versperren. Ihre Speere auf mich gerichtet, treiben sie mich mit ausdruckslosen Mienen dorthin zurück, woher ich gekommen bin. Zurück zu Layla, die mit einem eiskalten Lächeln ihr langes, dünnes Schwert zieht. Das metallische

104

Geräusch, das dabei entsteht, lässt mir einen Schauer den Rücken hinunterlaufen.

Ängstlich blicke ich mich um. Mein Herz hämmert wie wild, als ich meine Möglichkeiten schnell im Kopf überschlage. Vor mir steht Layla mit gezücktem Schwert und berechnendem Blick, eine Kämpferin durch und durch. Rechts und hinter mir schieben mich die Soldaten mit ihren Speeren vorwärts. Links klafft der Abhang einer Schlucht, dessen Ende von Schwärze verschlungen wird. Ich kann nicht auf den Grund sehen und auch nicht abschätzen, wie weit es von hier aus nach unten geht. Während ich in den Abgrund blicke und widerwillig einen kleinen Schritt vor den anderen setze, kommt mein Atem keuchend.

Mit Höhen habe ich es nicht so.

Aufspießen, aufschlitzen oder zerschmettern, was darf es heute sein?, sind die letzten Gedanken, die mir durch den Kopf schießen. Vielleicht ist alles besser als Feuer, das meinen Körper unter Qualen zu Asche verbrennt. Ein Schicksal, das mich mit Sicherheit erwartet, wenn man mich wieder einfängt.

So kurz vor meinem sicheren Ende fühle ich mich plötzlich leer, spüre weder Angst oder Furcht noch Trauer. Einfach nichts, als ich meine Entscheidung treffe. Entschlossen ramme ich meine Füße in den Boden und blicke möglichst ausdruckslos auf Layla, die ihre Waffe locker in der Hand hält. Kurz piksen mir die Soldaten von hinten ihre Speere in den Rücken, doch ich rühre mich nicht von der Stelle. Ich habe mich entschieden. Wenigstens die Art meines Todes würde ich mir nicht nehmen lassen. Ich will auch nicht riskieren, wieder gefangen und zum Vergnügen aller hingerichtet zu werden.

Nein, es endet heute an diesem sonnigen Spätsommertag, aber zu meinen Bedingungen. Und meine Wahl fällt ausgerechnet auf eine meiner größten Ängste.

Ich drehe den Rücken zur Schlucht und behalte die drei Angreifer im Auge, während ich trotzig das Kinn recke. Layla begreift als Erste, was ich vorhabe, und macht einen Schritt nach vorne, um mich aufzuhalten.

Meine letzten Gedanken gelten Vaan. Ich danke ihm stumm für seine Rettungen und entschuldige mich dafür, dass letztendlich doch alles umsonst war. Verbissen klammere ich mich an den Gedanken, dass die Soldaten ihm nichts angetan haben – schließlich ist er ein Prinz! – und dass zumindest er sicher nach Hause kommt und dort behandelt werden kann.

Starr zwinge ich meine Augen nach oben und fixiere das helle Blau des Himmels, meine Lieblingsfarbe. Ja, dies soll das Letzte sein, was ich in meinem Leben sehe, und irgendwie beruhigt mich dieser Gedanke.

Danach passieren mehrere Dinge gleichzeitig. Nur noch ein Schritt trennt mich von dem klaffenden Abgrund hinter mir, doch ich bleibe wie erstarrt stehen. Goldene Augen funkeln mich aus dem Wald an und ein tiefes, animalisches Knurren dringt aus dem Dickicht zu uns herüber.

Bei den Göttern, dieses schwarze Katzenwesen ist wieder da!, schießt es mir sofort durch den Kopf, und meine Knie werden vor Angst weich. Der Abgrund lächelt mich geradezu an und ich mache einen halben Schritt weiter nach hinten. Ich spüre, wie sich kleine Gesteinsbrocken unter meinen Stiefeln lösen und scheppernd den Hang hinunterfallen.

Doch keine Katze tritt aus dem Wald.

Sondern ein riesiger schwarzer Wolf.

Die blitzend weißen Zähne hat er gebleckt, den Kopf gesenkt und die spitzen Ohren angelegt. Tief aus seiner Kehle steigt ein Knurren, während seine goldenen Augen auf uns gerichtet sind. Das dichte, aufgestellte Nackenfell schimmert in der Sonne.

Langsam, nahezu anmutig, setzt er eine Pfote vor die andere. Jede hat die Größe meiner eigenen Füße und selbst geduckt reicht das schwarze Monster mir bis zur Brust. Noch nie habe ich einen so großen Wolf gesehen, noch dazu einen kohlrabenschwarzen und am helllichten Tag.

Sind Wölfe nicht nachtaktiv? Wenn dieses Exemplar nachts seine Beute verfolgt, würde man es nicht sehen können. Nicht ein einziges helles Haar kann ich in seinem Fell ausmachen und das seidige Schimmern seines Pelzes zieht mich in seinen Bann.

Verdutzt schüttele ich den Kopf. Ich starre gerade einem riesigen Wolf in die Augen und denke darüber nach, wann er am besten jagen kann? Bei den Göttern, ich sollte mich wirklich in den Abgrund stürzen, denn um mein Gehirn steht es nicht zum Besten.

106

Der Wolf hält kurz vor mir inne und ich höre auf zu atmen. Seelenruhig stellt er die spitzen Ohren auf – jedes ist größer als meine Hand – und legt den Kopf schief.

Überlegt er gerade, ob er mich auf einmal schafft oder die Überreste lieber vergraben soll?

Jetzt, wo er nur wenige Schritte vor mir steht, kann ich ihm bequem in die Augen sehen, die sich beinahe auf einer Höhe mit meinen befinden. Ich weiß nicht, was ich darin sehe, aber ich habe keine Angst mehr. Langsam hebe ich meine Hand und strecke sie zögernd aus. Sein schwarzes Fell schimmert so einladend im Sonnenlicht, dass ich es anfassen und seine Weichheit unter meinen Fingern spüren will; meine Fingerspitzen kribbeln förmlich bei der bloßen Vorstellung. Zwischen dem Wolf und mir spüre ich eine Verbundenheit, die ich nicht in Worte fassen kann. Es fühlt sich richtig an, ihn berühren zu wollen.

Ganz tief in meinem Kopf fragt eine Stimme, ob er mir den ganzen Arm auf einmal abreißen könnte oder nur bis zum Ellenbogen. Doch ein Blick in diese blitzenden Augen vor mir lässt die Stimme verstummen.

»Nein!« Mit einem Aufschrei stürzt sich Layla, die bisher alles still verfolgt hat, auf den Wolf, fliegt regelrecht durch die Luft. Ihr dunkles langes Haar weht hinter ihr her wie ein Schleier, während sie ihr Schwert hebt und direkt auf ihn zielt.

Knurrend dreht sich der Wolf zu Layla um und reißt sein Maul auf. Speichelfäden verlaufen zwischen den Ober- und Unterzähnen, die in der Sonne glänzen, und für einen Moment durchzuckt mich Angst.

Ich will dazwischengehen, ihn wegstoßen, weg von Laylas Schwert, das ihn durchbohren würde. Ich will ihn retten, Layla kann von mir aus zerfleischt werden und ich würde noch applaudierend danebenstehen.

Entschlossen mache ich einen Schritt nach vorne, um mich gegen seine Schulter zu werfen. Doch unter mir bröckelt plötzlich der Fels, ich rutsche aus.

Und ich falle.

VAAN

Verdammter Mist.

Es ist schon wieder passiert. Ich hasse es, wenn es passiert. Jeder einzelne Muskel in meinem Körper schmerzt und lässt meine Bewegungen steif und unkontrolliert wirken.

Würgend stütze ich mich am nächstbesten Baum ab, bis ich nur noch Galle spucke. Wieder habe ich zu lange gewartet, habe es mit aller Macht hinausgezögert, und muss nun die Konsequenzen dafür tragen.

Mit dem Handrücken wische ich mir den Mund ab und sehe dann an mir herunter.

Ich bin nackt und stehe mitten in diesem verdammten Wald, ohne jegliche Orientierung. Die Sonne geht langsam unter und in diesem Dickicht kann ich kaum noch die Hand vor Augen sehen. Blutige Schrammen verlaufen über meine Hände und Füße, und jeder Schritt quält mich mehr und mehr. Doch ich muss vorwärts. Ich muss die Stelle finden, an der es passiert ist.

Umgeben von Dunkelheit weiß ich nicht, wo ich mich gerade befinde, ob ich lieber mit oder gegen die untergehende Sonne laufen soll, oder wie weit der Weg ist, der noch vor mir liegt. Ich weiß nur, dass ich mich beeilen muss.

Der Anblick, wie sie rückwärts den Abhang hinunterfällt, verfolgt mich. Ihre Augen, panisch aufgerissen, und ihr Mund, der einen stummen Schrei formt, ehe der Boden unter ihr nachgibt, die Hände suchend nach Halt ausgestreckt.

Und plötzlich fällt mir auf, dass ich nicht einmal weiß, wie sie heißt! Dauernd denke ich nur als *sie* an das Wesen, das mich vielleicht von diesem verfluchten Dasein befreien kann. Verdammt noch mal, ich bin wirklich unverbesserlich. Normalerweise interessiert es mich einen feuchten Dreck, wie die Frauen heißen, die in meinem Leben ein- und ausgehen, mit Ausnahme meiner Mutter und meiner Schwester. Aber bei *ihr*? Was bin ich doch für ein verdammter Idiot!

Verbissen setze ich wieder einen Fuß vor den anderen und konzentriere mich auf jeden Schritt, um dieses schreckliche Bild aus meinem Kopf zu verbannen.

Das Ziehen in meiner Brust pulsiert nur noch sehr schwach, kann mir jedoch die ungefähre Richtung weisen, doch egal, wie weit ich gehe, es verstärkt sich einfach nicht.

Unruhe überkommt mich und obwohl jede Faser meines Körpers protestiert, stolpere ich schneller durch das dichte Unterholz. Dornen zerkratzen meine Haut oder verfangen sich in meinen Haaren, doch ich beiße die Zähne zusammen und ignoriere es. Ich muss weiter, egal was es mich kostet.

Als der Mond aufgeht, erreiche ich endlich den Hügel, auf dem sie mich zurückgelassen hat. Und tatsächlich finde ich unter dem Baum meine Kleidung und meine Schwerter. Schnell ziehe ich mich an und wickele die grünen Stoffstreifen um meine verletzten Hände und Füße. Wenigstens schmerzt mich die Pfeilwunde nicht mehr, immerhin eine positive Nebenwirkung des ganzen Dilemmas.

Fertig angezogen gehe ich zum Abgrund und spähe nach unten. Alles liegt in Schwärze vor mir. Ich kann das Ende der gähnenden Schlucht nicht sehen, obwohl der Mond hell leuchtet, doch das Ziehen weist mir eindeutig den Weg nach unten.

Also mache ich mich an den Abstieg.

9

FYE

Die letzten Tage kommen mir vor wie ein Traum. Ganz, ganz weit weg, als hätte ich mich selbst durch gefrorenes Eis betrachtet: undeutlich und verschwommen. Und doch weiß ich, dass es mir geschehen ist, auch wenn es sich unwirklich anfühlt.

Ich erwache in einem weichen, warmen Bett. Kurz bleibe ich liegen und nehme dieses wunderbare Gefühl in mir auf. So sehr ich es auch versuche, ich kann mich nicht daran erinnern, je in einem solchen Bett gelegen und so gut geschlafen zu haben. Hier drin hätten mindestens fünf von meiner Sorte bequem Platz, ohne sich zu berühren.

Der dezente Geruch nach den Rosen, die neben dem Bett stehen, und die weichen Daunenkissen unter meinem Kopf, zaubern mir ein Lächeln auf die Lippen.

Sofort zucke ich zusammen. Meine Lippe schmerzt noch immer, ebenso wie mein Schädel, in dem sich ein Specht eingenistet haben muss. Immerhin hämmert es so stark darin, dass ich nicht weiß, wo oben und unten ist.

Schnell lege ich mich wieder zurück, kneife die Augen zusammen, bis ich helle Punkte sehe, und drücke die Hände an die Schläfen, um den Schmerz zu betäuben. Allerdings mit mäßigem Erfolg.

Nach ein paar Minuten setze ich mich langsam auf, greife mit beiden Händen nach dem Wasserglas, das auf der Kommode neben mir steht, und trinke einen kräftigen Schluck. Danach schwinge ich vorsichtig ein Bein nach dem anderen aus dem großen Bett und bleibe ruhig sitzen, bis das leichte Schwindelgefühl nachlässt. Mein Hintern versinkt tief in der weichen Matratze unter mir und meine nackten Füße baumeln ein paar Zentimeter über dem Boden.

Ich muss kichern, als ich an mir herabsehe. An den Anblick des weißen Seidenhemdes mit Spitzenkragen, das ich nun schon die zweite Nacht trage und das mir bis zu den Knien reicht, werde ich mich nicht gewöhnen. Oder vielleicht doch? Kurz runzle ich über diese Gedanken die Stirn, weil sie mir so fremd erscheinen, doch mein Misstrauen ist von einer Sekunde auf die andere wieder verschwunden.

Nachdem ich getestet habe, ob meine Beine mich tragen, tapse ich vorsichtig durch das große Zimmer, fühle den weichen Teppich unter meinen Füßen und stelle mich vor den zwei Meter großen Spiegel.

Der Sturz hat Spuren hinterlassen. Ich habe noch immer ein blaues Auge, eine aufgeplatzte Lippe und mehrere Schürfwunden im Gesicht. Ich blicke an mir hinab, doch da wird es auch nicht besser, also setze ich meine Bestandsaufnahme fort. Meine Arme und Beine sind übersät mit Prellungen, die in allen Farben des Regenbogens schimmern, und weiteren Kratzern.

Selbst die kleinste Bewegung bereitet mir noch Schmerzen. Ich habe zwar keine Brüche mehr, jedoch weigern sich meine geprellten Muskeln, ihren Dienst zu tun. Sie sind hart und verspannt und ich sehne mich nach einem warmen Bad, um sie wieder zu lockern. Zum Glück hat diese schreckliche Übelkeit nachgelassen, die mich am ersten Tag danach geschüttelt hat.

Da ich schon Tage vor meinem Sturz von der Klippe nichts gegessen hatte – erst mein Weg ins Dorf, dann meine Festnahme und zuletzt meine Flucht –, erbrach ich nur noch Schleim und Galle und mein Magen fühlte sich an, als würde er nach außen gestülpt. Der Geschmack in meinem Mund feuerte die Übelkeit nur noch mehr an. Jedes Mal, wenn ich mich über die Schüssel neben meinem Bett gebeugt habe, standen mir Schweißperlen auf der Stirn und meine Muskeln zitterten am ganzen Körper. Doch zum Glück habe ich diese Phase überstanden.

Vorsichtig streiche ich mit der Hand über den Schorf an meinen Armen. Ich spüre noch den samtig-feuchten Rückstand der Salbe, die ich mir gestern Abend zur Linderung aufgetragen habe.

War gestern noch diese schreckliche Übelkeit meine schlimmste Sorge, so leide ich heute unter hämmernden Kopfschmerzen. Hinzu kommen die Muskelschmerzen, die jede Bewegung zu einer Qual machen. Am liebsten wäre ich den ganzen Tag in diesem weichen

111

Himmelbett geblieben und hätte mich unter den dicken Daunende-
cken vergraben, aber ich weiß, dass das nicht möglich ist.

Seufzend gehe ich wackelig zu dem Tisch, der neben dem Spiegel steht, und tauche die Hände in die Wasserschüssel, die man für
mich bereitgestellt hat. Rote Rosenblätter schwimmen im Wasser und
erfüllen es mit dem typischen Duft.

Dem Duft nach *ihm*.

Ich muss lächeln, als ich an ihn denke. Diesmal jedoch vorsich-
tiger als vorhin, damit meine geplatzte Lippe nicht wieder aufreißt.

Sicherlich wartet er bereits unten auf mich. Jedenfalls hat er mir
das vorgestern Abend gesagt, als er für mein Zimmer in diesem Gasthaus bezahlt und mich nach oben geführt hat. Auch gestern hat er
schnell bei mir vorbeigeschaut und mir diese Wundsalbe gebracht,
die noch neben der Wasserschüssel steht, doch ich konnte aufgrund
meiner starken Schmerzen und dem ständigen Übergeben seinen
Besuch nicht genießen, und schickte ihn schnell wieder nach draußen. Es reicht mir, dass er mich zertrümmert am Abgrund gefunden
hat. Das Letzte, was ich will, ist, dass er mich speiend über irgendeiner Schüssel in Erinnerung behält.

Nachdem ich mir das Gesicht gewaschen habe, streife ich das
Nachthemd ab und öffne den Schrank. Darin hängen mehrere Kleider, eines schöner als das andere. Ich greife nach einem grünen mit
langen Ärmeln und weitem Rock, das meine Blessuren weitestgehend
verstecken würde, ohne zu eng anzuliegen und an meinen Wunden
zu scheuern. Es dauert eine Weile, bis ich hineingestiegen bin und es
geschlossen habe. Der glänzende Stoff erinnert mich an eine Som-
merwiese. Ansonsten ist das Kleid eher schlicht, aber dennoch das
schönste, was ich jemals am Leib getragen habe. Die geschlitzten
Ärmel fallen fast bis auf den Boden, wenn ich die Arme hängen lasse.
Es ist bis oben geschlossen, unter der Brust befindet sich eine raffi-
nierte Raffung und an der Hüfte ist es etwas ausgestellt. Es fällt aus-
ladend nach unten, bis es fast den Boden erreicht. Das Kleid passt
perfekt, als wäre es für mich gemacht worden.

Schnell kämme ich meine langen braunen Haare und stecke mit
kleinen Spangen einige Strähnen an der Schläfe zurück. Ein paar weitere klemme ich hinter meine Ohren.

Sofort lege ich schützend meine Hände über sie. Auch wenn mein Aufenthalt hier mein bisheriges Leben in den Schatten stellt, darf ich nicht vergessen, was ich bin. Ich kann mir keine weiteren Fehler leisten. Sicherlich würde ich diesmal nicht mit einem – buchstäblichen – blauen Auge davonkommen.

Er weiß, was ich bin. Und *er* gibt mir das Gefühl, dass es ihn nicht im Geringsten interessiert. *Er* spricht mich nicht darauf an, starrt nicht auf meine Ohren und behandelt mich wie eine ganz normale junge Frau. Und das lässt ihm mein Herz zufliegen.

Andererseits fand ich Vaans Blick, der meine spitz zulaufenden Ohren musterte, auch nicht unangenehm, als wir zusammen in dieser Höhle saßen. Wie es ihm wohl geht? Ob er den Soldaten entkommen ist? Sicherlich ist er das, immerhin ist er der Prinz! Ich sollte mir also lieber Gedanken über mich machen, und wie es mit mir weitergehen soll. Entschlossen schiebe ich jeden Erinnerungsfetzen an Vaan und aufkeimende Schuldgefühle ihm gegenüber beiseite.

Nur eine kleine Stimme ganz hinten in meinem Kopf fragt mich, was ich eigentlich hier mache, warum ich dieses Kleid trage und vor mich hin grinse wie ein verliebtes Mädchen, doch ich achte nicht auf ihre gemeinen Worte. Alles ist schließlich so, wie es sein sollte. Warum soll ich mir also Sorgen machen?

Bevor ich das Zimmer verlasse, werfe ich noch einen kurzen Blick in den Spiegel. Scharf ziehe ich die Luft zwischen den Zähnen ein. Ich habe die Frau, die mir entgegenblickt, noch nie in meinem Leben gesehen. Trotz des blauen Flecks, der sich in ihrem Gesicht bildet, leuchten ihre grünen Augen mit dem Farbton des Kleides um die Wette.

Ob es ihm genauso gefallen würde wie mir? Mag er grün oder ist das eher nicht so seine Farbe?

Das Kleid umschmeichelt perfekt meinen Körper, betont jede Kurve, ohne übertrieben zu wirken. Meine braunen Haare fließen mir offen bis zur Hüfte hinunter und harmonieren perfekt mit dem satten Grün des Kleides.

Noch nie in meinem Leben kam ich mir so schön vor. So fraulich. So begehrenswert. Würde er das genauso sehen? Würde er mich als die Frau sehen, die ich bin, oder nur als das Mädchen, nein, die Halbelfe, die er am Fuße der Schlucht aufgelesen und die er nun am Hals hat?

113

Ehe mich die Unsicherheit übermannen kann, laufe ich zu dem Stuhl neben dem Bett, schnappe mir einen Umhang, der dort extra für mich bereitliegt, und werfe ihn mir über die Schulter. Nachdem ich vorne die silberne Schließe befestigt habe, die ich aus dem Bündel meiner Habseligkeiten gekramt habe, streife ich mir die Kapuze über und verlasse voller Vorfreude das Zimmer. Sicherlich wird er sich freuen, mich zu sehen. Warum sollte er das auch nicht?
Denn alles ist genauso, wie es sein sollte.

Die Kapuze tief ins Gesicht gezogen, steige ich die schmale Treppe hinunter und frage die ältere Frau im Schankraum nach meinem Begleiter. Ich muss nur zwei Fakten erwähnen und sie weiß sofort, wen ich meine. Na ja, wenn sie diese beiden Dinge übersehen hätte, wäre sie auch blind gewesen, schließlich kommt mein Begleiter einer Erscheinung gleich.

Da sie gerade zwei große Humpen Bier schleppt, deutet sie mit einem Hüftschwung in die Gaststube. Ich bedanke mich und betrete den Raum.

Die Gaststube ist überfüllt und laut. Und voller Männer. Es stinkt nach ungewaschenen Körpern, Essen und Tabak. Unter der Decke hängt dichter Qualm, der aus der angrenzenden Küche herüberzieht. Ich rümpfe die Nase, als all diese Gerüche in meine Richtung wehen. Beinahe hätte mein Magen doch wieder rebelliert.

Unsicher luge ich unter der Kapuze hervor und suche den Raum nach ihm ab. Ich spüre, wie die alte Angst von mir Besitz ergreift und kalt in meine Glieder kriecht. In einem solchen Gasthaus, umgeben von so vielen Menschen, hat das Unglück seinen Lauf genommen, als die Kapuze von meinem Kopf rutschte. Unsicher umfasse ich die Schließe meines Umhangs und ziehe mit der anderen Hand die Kapuze noch etwas tiefer. Ich muss meine Beine zwingen, einen Schritt nach dem anderen nach vorne zu machen, und nicht in heilloser Panik zum Ausgang zu rennen.

Endlich entdecke ich sein leuchtend rotes Haar am anderen Ende und bahne mir einen Weg durch die Masse. Ich weiche grabschenden

Händen aus und lasse sämtliche Kommentare und obszönen Rufe an mir abprallen.

Ich will nur zu ihm.

Ich raffe das schöne Kleid, als ich über undefinierbare Flüssigkeiten auf dem Boden steige. Alle Angst ist verflogen und hat einem Glücksgefühl Platz gemacht, dessen Ursprung ich nicht erklären kann und das ... *eigentlich gar nicht da sein sollte*, flüstert die Stimme in meinem Kopf, aber wieder ignoriere ich sie.

Sein rotes Haar würde ich überall erkennen. Es ist nicht dieses Karottenrot, wie es die meisten Rothaarigen haben. Nein, sein Haar leuchtet glühend wie Blut und fällt ihm lang und glatt bis über die Schultern. Er sitzt an einem geöffneten Fenster und schaut hinaus. Uns trennen noch ein paar Meter, doch er sieht mich nicht kommen, denn er hat mir den Rücken zugewandt.

Zum ersten Mal registriere ich seine ganze Erscheinung, wenn auch nur von hinten: Er trägt einen schneeweißen Überwurf mit goldenen Rändern über einer Rüstung, deren Schulterpolster sich darunter abzeichnen. Ansonsten sehe ich nicht viel von ihm, denn der Überwurf reicht ihm bis hinunter zur Hüfte. Auf dem schlichten weißen Untergrund leuchtet seine Haarfarbe durch den ganzen Saal und zieht mich magisch an. Vielleicht nutzt er wirklich Magie, denn die nächsten unverkennbaren Merkmale lugen lang und spitz zwischen seiner Mähne hervor.

Das Rot seiner Haare und das strahlende Blau seiner Augen sind die ersten Erinnerungen, die ich nach dem Sturz habe. Das, und der sanfte Duft nach Rosen.

Ich weiß nicht genau, was nach dem Sturz mit mir passiert ist. Unscharf erinnere mich, wie ich kurz zu mir komme. Ich rieche Erde, ich habe Schmerzen und kann mich nicht rühren. Kälte kriecht mir in die Glieder und lässt mich unkontrolliert zittern. Ich flehe jeden Himmelsgott, der mir einfällt, darum an, endlich sterben zu dürfen, denn die Schmerzen sind nahezu übermächtig und rauben mir immer wieder die Sinne. Ich spüre meine zerschmetterten Knochen und bemerke den unnatürlichen Winkel, in dem ich auf der kalten Erde liege und mich nicht rühren kann. Jedes Zittern und jeder Atemzug verschlimmert meine Schmerzen ins Unermessliche und als ich schon denke, dass es nicht mehr weitergehen kann, umfängt mich gnädige Dunkelheit.

Danach muss ich wieder ohnmächtig geworden sein, denn das Nächste, was ich sehe, sind blaue Augen, die auf mich hinabblicken, die dichten Augenbrauen besorgt gewölbt und die Lippen zu einem Strich zusammengepresst. Schweiß perlt an diesem unbekannten Gesicht herunter und sammelt sich am Kinn, auf das ich starre. Dieses Grübchen in der Mitte fesselt plötzlich meine ganze Aufmerksamkeit und lässt mich für eine Sekunde meinen zerschmetterten Körper vergessen. Ich weiß, dass es sehr hell ist, denn meine Augen schmerzen und ich muss blinzeln. Dabei durchzuckt mich noch größerer Schmerz in meinem Gesicht.

Eine hell leuchtende Hand legt sich an meine Wange und ich öffne wieder die Augen und schaue in dieses Gesicht, das mich besorgt anschaut. Die Berührung tut so gut, lindert meine Schmerzen und ich verdrehe wohlig die Augen, als die Pein nachlässt. Irgendwo im Hinterkopf registriere ich, dass der Mann vor mir gerade Heilmagie anwendet, und unwillkürlich wandern meine Augen wieder zu seinem Kopf. Und da sehe ich sie: zwei lange Ohren, die etwa eine Handbreit hinter seinem Kopf spitz zusammenlaufen. Plötzlich fühle ich mich wie in weichen Stoff gepackt, der mich polstert und abschirmt.

Als Nächstes wache ich in diesem bequemen Himmelbett auf, werde von fürchterlichen Krämpfen geschüttelt und wundere mich in einem lichten Moment, dass ich noch lebe und alle meine Gliedmaßen bewegen kann.

Und nun stehe ich wieder vor ihm und tippe ihm unsicher auf die Schulter, weil er mich noch immer nicht bemerkt hat. Sofort dreht sich sein Kopf zu mir. Erst mustert er verwirrt diese Gestalt mit der Kapuze vor sich, zwischen seinen Augenbrauen bilden sich zwei steile Falten, als er angestrengt nachdenkt. Dann hebe ich mein Kinn leicht an und er kann mir ins Gesicht schauen.

Ein Lächeln umspielt seine Lippen, als er mich erkennt, und sofort fällt auch alle Unsicherheit von mir ab, als ich vorsichtig zurücklächle.

»Komm, setz dich«, sagt er und klopft einladend mit der Hand auf den Platz neben ihm.

Ohne den Blick von ihm zu nehmen – wieder fesselt mich dieses Grübchen an seinem Kinn – streiche ich das Kleid glatt und setze mich auf den Stuhl.

»Möchtest du etwas essen?« Gerade als ich antworten will, übernimmt das mein Magen für mich, indem er ein ohrenbetäubendes Knurren von sich gibt. Der Elf vor mir gluckst und ich werde rot.

Warum muss auch immer mir so etwas passieren? Kann ich in seiner Gegenwart nicht einmal erwachsen und … na ja … wenigstens ein bisschen verführerisch sein? Nein, ich muss mich ja benehmen wie ein Bauerntrampel …

Er hebt die Hand, bestellt für uns beide das hoffentlich genießbare Tagesgericht und wendet sich mir wieder zu. Dabei ignoriert er die schmachtenden Blicke, die die Bedienung ihm zuwirft, ehe sie verschwindet.

Schaue ich ihn etwa auch an wie ein verliebtes Schaf? Götter, ist das peinlich!

Um mich nicht noch mehr zu blamieren, senke ich also den Blick auf den verlebten Holztisch vor mir und warte auf mein Essen.

»Ich glaube, ich habe mich noch nicht vorgestellt. Mein Name ist Gylbert.« Als ich ihn wieder nur aus großen Augen anstarre, – diese samtene Stimme schlägt mich einfach in ihren Bann – fragt er: »Und wie heißt du?«

»Ich bin Fye«, quietsche ich viel zu hoch und räuspere mich. Könnte sich der Boden jetzt bitte endlich auftun und mich verschlingen? Das ist ja nicht mehr zum Aushalten!

»Also, Fye«, ein warmer Schauer überkommt mich, als er meinen Namen ausspricht, »ich glaube, meine dringendste Frage ist: Was hast du an dieser Schlucht gemacht? Warst du klettern?«

Ich pumpe Luft in meine Lungen – habe ich etwa wieder vergessen zu atmen? – und öffne meinen Mund, schließe ihn aber sogleich wieder. Was soll ich ihm erzählen? Darüber habe ich noch gar nicht nachgedacht! Auf keinen Fall werde ich ihm die Wahrheit sagen: dass ich eine gesuchte Halbelfe auf der Flucht bin, zusammen mit dem Menschenprinzen, und von riesigen schwarzen Wesen verfolgt werde. Schönling hin oder her, ich kenne diesen Elf vor mir nicht und werde ihm nicht blind vertrauen.

117

Fieberhaft suche ich also nach einer Ausrede, einer möglichst glaubhaften Geschichte, und während die Sekunden verstreichen, in denen ich schweige und verbissen auf meiner Unterlippe kaue, bilden sich wieder diese zwei Falten zwischen seinen Augenbrauen. Ja, mein Verhalten ist verdächtig und ich muss jetzt dringend irgendetwas sagen.

»Du bist vor etwas davongelaufen, nicht wahr?«, kommt er mir zuvor und ich nicke mit offenem Mund. »Wurdest du ... für dein Dasein verfolgt?« Ich weiß natürlich, auf was er anspielt, und nicke wieder, diesmal mit geschlossenem Mund.

»Das habe ich mir gedacht.« Er lehnt sich zurück und betrachtet mein Gesicht, das er zur Hälfte unter der Kapuze sehen kann.

Und dann passiert etwas, das mich in Schnappatmung verfallen lässt: Er hebt seine große Hand mit den langen Fingern und streicht vorsichtig meine Wange hinab bis zu meinem Kinn. Die Wärme, die er dabei hinterlässt, prickelt auf meiner Haut. Ich bin gefangen in diesen azurblauen Augen, die konzentriert dem Pfad seiner Hand folgen. Dieses intensive Blau mit den dunkleren Sprenkeln um die Iriden, genau wie der Himmel an Sonnentagen, fasziniert und fesselt mich. Wenigstens werde ich diesmal nicht beim Starren ertappt, denn er schaut mir nicht in die Augen.

Etwas in mir warnt mich, schreit, dass das, was gerade passiert, nicht richtig ist, doch das interessiert mich nicht. Viel zu sehr sehne ich mich nach diesen Berührungen, auf die ich schon mein ganzes Leben lang verzichtet habe.

Viel zu schnell zieht er seine Hand zurück, als sein Blick etwas weiter unten auf meine silberne Schließe fällt. Er zieht zischend die Luft ein und greift mit beiden Händen danach. Erschrocken über diesen Sinneswandel weiche ich ein Stück auf meinem Stuhl zurück und starre ihn aus großen Augen an, doch er ignoriert mich. Mein Herz droht zu explodieren, denn seine Hände befinden sich gefährlich nah an Zonen, die bisher niemand berührt hat, und irgendwo tief in mir drin wünsche ich mir, dass er das tut.

Doch sein Blick klebt auf dem filigranen Muster meiner Schließe, tastet es wieder und wieder von oben bis unten mit den Daumen ab. Leicht steht sein Mund ein Stück offen, als könnte er nicht glauben, was er da sieht. Was findet er nur an dieser alten Schließe, dessen

Silber bereits angelaufen ist? Für mich hat sie einen ideellen Wert, schließlich habe ich sie von meiner Ziehmutter Bryande geschenkt bekommen. Seitdem ist sie mein ständiger Begleiter und beruhigt mich in stressigen Situationen.

»Woher hast du die?« Seine Stimme ist ein Krächzen, der samtene Unterton, den ich vorhin so bewundert habe, ist komplett verschwunden. Noch immer haftet sein Blick an der Schließe, die er mit seinen beiden großen Händen wie ein rohes Ei umschließt, und mich dabei so gut wie nicht berührt.

»Sie war ein Geschenk. Von der Elfe, die mich aufgezogen hat. Ich habe sie schon mein ganzes Leben«, versuche ich leise zu erklären und wünsche mir noch immer, dass er seine Aufmerksamkeit lieber mir zuwendet als dieser alten Schließe. Langsam, immer darauf bedacht, dass er mich nicht mehr berührt, als er möchte, richte ich mich in meinem Stuhl auf und greife mit einer Hand nach der Schließe.

Doch er schlägt sie weg, sanft zwar, aber doch so, dass ich die Stirn runzle.

»Das ist unmöglich «, murmelt er.

Ich räuspere mich. Die Situation wird mir unangenehm. Gerade als ich ihn bitten möchte, seine Hände von der Schließe – nicht von mir! – zu nehmen, bringt die Bedienung mit wiegenden Hüften zwei Holzschalen mit Essen und stellt sie vor uns hin.

Der Duft von gestampften Kartoffeln und Fleisch in Soße vernebelt mir die Sinne. Mein Mund läuft vor Speichel fast über und mein Magen steht kurz vor der Rebellion. Also drehe ich mich langsam zur Seite, sodass Gylbert die Schließe loslassen muss, greife nach einem Löffel und beginne, das Essen in mich hineinzuschaufeln. Auf Etikette oder Bryandes eingebläute gute Tischmanieren kann ich keinen Wert legen, ich will einfach nur essen. Ich registriere weder die Hitze noch den Geschmack des Gerichts, alles ist mir egal, Hauptsache es füllt meinen Magen, der knurrend sein Recht fordert.

Gylbert sitzt mit verdatterter Miene neben mir und schaut mir zu, wie ich ohne zu Kauen das Essen im Eiltempo hinunterschlinge. Mit einem Schmunzeln greift auch er sich einen Löffel und widmet sich seiner Schüssel, allerdings in einer viel gemächlicheren Geschwindigkeit als ich.

119

Nach nur wenigen Minuten ist auch der letzte Rest aufgegessen und ich lehne mich mit einem zufriedenen Seufzer zurück und streiche über meinen gefüllten Bauch.

Aus den Augenwinkeln sehe ich, wie Gylbert mich amüsiert mustert. Vergessen ist der seltsame Moment von vorhin.

»Also, was hast du jetzt vor?«, fragt er, nachdem auch er seine Mahlzeit beendet hat.

Gierig schaue ich in seine Schale, in der noch ein paar Reste sind. Er bemerkt meinen Blick, schiebt mir kommentarlos die Holzschüssel zu, und ich mache mich gleich darüber her. Noch nie in meinem Leben war ich so hungrig und ich habe nun wirklich schon einige schwere Zeiten hinter mir.

Schmunzelnd betrachtet er mich, seinen Kopf auf seine Hände gestützt, und wartet auf eine Antwort von mir.

Als ich fertig bin, zucke ich mit den Schultern. Über das Morgen oder gar Übermorgen habe ich mir noch keine Gedanken gemacht. Vorgestern lag ich noch so gut wie tot und zerschmettert in einer Schlucht, davor war ich auf der Flucht, vertrieben aus meinem Zuhause. Ich bin heilfroh, noch in einem Stück zu sein, und habe bisher keine Minute damit verschwendet, über die Zukunft nachzudenken.

»Hast du niemanden, zu dem du gehen kannst?«

Spöttisch ziehe ich eine Augenbraue hoch. »Wohl kaum. Ich lebe allein und das ist auch gut so.« Einerseits möchte ich ihm von der Gefangennahme und meiner Flucht erzählen, möchte mir die Angst, die ich ausgestanden habe, von der Seele reden, andererseits kommen die Worte nicht über meine Lippen.

Er mustert mich nachdenklich. »Keine Familie?«

Ich schüttle den Kopf. »Meine Ziehmutter starb vor zehn Jahren, seitdem bin ich auf mich allein gestellt.« Ich sage es ohne Trauer oder Schmerz, denn das ist mein Leben und ich habe mich damit abgefunden.

Nachdenklich tippt Gylbert sich mit einem Zeigefinger an das Grübchen seines Kinns, während er überlegt. Mein Blick klebt an seinem Finger und ich wünsche mir, dass ich es wäre, die diese Einbuchtung, die mich von Anfang an so gefesselt hat, berührt.

120

»Ich habe eine Idee«, sagt er dann unvermittelt und reißt mich aus meinen Gedanken. »Ich habe Verwandte in Eisenfels, einer Stadt, die etwa eine Tagesreise von hier entfernt liegt. Bei denen könntest du sicherlich für eine Weile unterkommen.«

Skeptisch schaue ich ihn an und lege den Kopf schief. »Das wird nicht so einfach sein.«

Gylbert winkt ab. »Ach was. Du hilfst dort einfach für die Zeit etwas im Haushalt mit. Und wenn du denkst, dass du nach Hause gehen kannst, dann gehst du. Niemand wird dir dort Schwierigkeiten machen, weil du ... bist, was du bist.«

Für einen kurzen Moment gebe ich mich dieser Hoffnung hin. Irgendwo zu sein, mit einem Dach über dem Kopf, regelmäßigem Essen, Kleidung, Wärme und ohne Angst vor Entdeckung, Gefangennahme und Tod. Ja, das klingt wunderbar. Doch das Leben hat mich gelehrt, dass solche Dinge oft zu schön sind, um wahr zu sein.

Gylbert bemerkt mein Zögern und nimmt meine Hände, die in meinem Schoß liegen, in seine. »Komm mit und schau es dir zumindest an. Dann kannst du es dir immer noch anders überlegen.«

Ich erinnere mich, dass auch Prinz Vaan mit mir nach Eisenfels wollte. In einer großen Stadt zwischen Menschen und Elfen, Einwohnern und fahrenden Händlern unterzutauchen ist sicherlich einfacher, als auf mich allein gestellt im Wald zu hausen. Alles klingt so einfach, so plausibel, dass ich gar nicht anders kann, als zuzustimmen. Warum sollte ich auch Zweifel haben?

Nach kurzem Überlegen nicke ich. »Ich komme mit.«

Mein Magen sackt herab wie nach einem Sprung aus großer Höhe und ich fühle mich, als hätte ich einen riesigen Fehler begangen. Aber wieso? Unsicher und mit gerunzelter Stirn schaue ich zu Gylbert.

Er strahlt über das ganze Gesicht und mir wird schwindlig. »Dann geh nach oben und packe deine Sachen zusammen. Nimm auch ein paar der Kleider mit, die dir gefallen. Ich besorge dir derweil ein Pferd.«

Er steht auf, legt ein paar Münzen auf den Tisch, schiebt sich an mir vorbei und verlässt den Raum. Ich bleibe alleine inmitten lauter Gestalten zurück, die ich bisher ausgeblendet habe. Schnell erhebe auch ich mich und haste die Treppe hinauf in mein Zimmer. Erst dort erlaube ich mir wieder zu atmen und packe in Windeseile meine paar Habseligkeiten zusammen.

Ein Lächeln stiehlt sich auf meine Lippen. Ich habe eine Perspektive, eine Chance, eine Möglichkeit. Etwas, das mir eine ungeheure Last von den Schultern nimmt. Nach einiger Zeit werde ich seine Verwandten verlassen und wieder in meine Hütte ziehen. Sobald ich mich sicher genug fühle.

Und alles wird wieder sein wie früher.

10

Ich brauche nicht lange, um meine Sachen zu packen. Im Grunde habe ich nur die zerfetzte Kleidung von meinem Sturz, das, was ich am Leib trage und die neuen Sachen, die in meinem Schrank hängen.

Ich entscheide mich für zwei weitere Kleider, ein blaues und ein braunes, die ich in einen improvisierten Sack stopfe. Meine Handgriffe sind schnell und fahrig und ich zähle bereits die Sekunden, die ich hier zubringe. Ich will wieder nach unten, zu Gylbert, und in mein neues Leben aufbrechen. Will für ein paar Monate Angst und Überlebenskampf vergessen und einfach nur leben.

Glücklich sein.

Glücklich?, fragt die Stimme in meinem Kopf ungläubig. *Es wird dein Untergang sein!*

Was meint diese nervige Stimme damit? Ich schüttle den Kopf und bringe sie so zum Schweigen, als wäre sie nie da gewesen.

Nachdem ich meinen Umhang zurechtgerückt und die Kapuze aufgesetzt habe, schultere ich mein Bündel und fliege die Stufen nach unten.

Ich finde Gylbert vor dem Gasthaus. Neben ihm stehen zwei Pferde, ein stämmiges schwarzes und ein kleineres braunes. Auf seinem Arm sitzt ein Greifvogel, an dessen Fuß er etwas anbringt.

Als er mich sieht, hebt er seinen Arm und der Vogel fliegt kreischend davon.

»Was war das?«, frage ich.

»Ich habe meinem Verwandten nur mitgeteilt, dass du kommst«, erwidert er lächelnd, doch ich werde das Gefühl nicht los, dass das nicht die ganze Wahrheit ist. Er dreht sich um und klopft dem braunen Pferd aufmunternd auf den Hals. »Das ist deins. Es wird dich ruhig und gemütlich nach Eisenfels bringen. Wir reiten gleich los, rasten in der Nacht, und sind dann morgen Nachmittag dort.«

Scheu nähere ich mich dem Pferd. Ich bin noch nie geritten und habe keine Ahnung, wie ich mich verhalten soll. Zögernd strecke ich eine Hand aus, die von warmen Nüstern ausgiebig beschnuppert wird.

Gylbert ruft mich zu sich und hilft mir aufzusitzen. Mein Bündel befestigt er am Sattel, damit es mich beim Reiten nicht behindert.

Dann springt er behände auf das große schwarze Tier, das bereits aufgeregt mit den stämmigen Hufen scharrt, und lässt es antraben. Ohne einen Befehl von mir folgt mein Pferd ihm willig und ich entspanne mich etwas.

Die Zeit vergeht langsam. Da er vor mir reitet, können wir uns kaum unterhalten, also begnüge ich mich damit, mir die Landschaft und seinen Rücken anzusehen. Und das spektakuläre Farbspiel seiner leuchtenden Haare, die im leichten Wind wehen und von der Sonne in tausend verschiedene Rotnuancen getaucht werden. Es ist, als sähe ich einem prasselnden Feuer zu.

Ich stelle mir vor, wie das Leben bei seiner Verwandtschaft sein wird, wünsche mir, dass sie mich genauso herzlich und ohne Vorurteile aufnehmen wie er. Denn nach all meinen Lebensjahren wünsche ich mir Familie und Geborgenheit, vor allem nach Bryandes Tod. Und natürlich wünsche ich mir, dass er mich regelmäßig besucht, mit mir redet, mein Gesicht mit seinen warmen Fingern berührt.

Und mich fragt, ob ich für immer dortbleiben möchte. Mit ihm.

Die bloße Vorstellung daran zaubert ein seliges Grinsen in mein Gesicht, das einfach nicht mehr verschwinden will.

Als die Sonne langsam am Horizont versinkt, sind wir zwar noch immer mitten in einem Wald, jedoch nahe der Straßen, eine sehr ungewohnte Erfahrung für mich, und ich werde unruhig. Gylbert gibt mir ein Zeichen, dass ich absitzen soll.

Ich gleite wenig elegant aus dem Sattel, vertrete mir etwas die Beine, die vollkommen gefühllos sind, und reibe mir meine schmerzende Kehrseite. Wie kann man den ganzen Tag in diesem Sattel sitzen, ohne vor Schmerzen zu sterben? Mit Wehmut denke ich an die weiche Matratze und die flauschige Daunendecke in der Herberge zurück und werfe einen abschätzenden Blick auf die Matten, die Gylbert gerade auf dem Waldboden ausrollt. Morgen werde ich jeden Knochen spüren und Schmerzen in Muskeln haben, von deren Existenz ich nicht einmal etwas geahnt habe Noch zusätzlich zu meinen sowieso schon lädierten Muskeln und Knochen.

Langsam setze ich mich auf die Matte, ziehe meinen Umhang enger um mich und beobachte Gylbert, wie er mit einer einfachen Handbewegung ein prasselndes Lagerfeuer entfacht. Seine schlanken Finger weben den Feuerzauber so geschickt, dass mich ein kurzer Anflug von Neid durchflutet. Wie gern würde ich so etwas auch können! Meine Zauber sind kleiner und umständlicher, ja, beinahe stümperhaft im Vergleich zu den seinen.

»Hast du Hunger? Möchtest du etwas essen?«

Ich habe seine Stimme den halben Tag nicht gehört und bin im ersten Moment wie vor den Kopf gestoßen. Dieser melodische Klang lässt mich mit einem Schlag meine Schmerzen und den aufkeimenden Neid vergessen und legt sich wie ein Schleier über mich, sodass ich alles um mich herum kaum noch wahrnehme. Wie eine Geisteskranke starre ich ihn aus großen Augen und mit offenem Mund an.

Doch er überspielt meine zeitweilige geistige Abstinenz gekonnt. »Ich habe etwas Brot in der Satteltasche. Bleib nur sitzen, ich hole es.«

Er steht auf und geht zu unseren Pferden, die ein paar Meter weiter friedlich am Wegesrand grasen.

Wehmütig beobachte ich den weißen Überwurf, der hinter ihm im Wind weht, und seine anmutigen Bewegungen, als er seinem Pferd liebevoll den Hals tätschelt.

Ich weiß so wenig über ihn und doch bin ich ihm mit Haut und Haaren verfallen. Ein Gefühl, das ich nicht kenne und das mir Angst macht. Diese Sehnsucht in meiner Brust treibt mich in den Wahnsinn und ich verwandle mich in seiner Gegenwart in eines dieser hirnlosen Mädchen, die ich im Dorf Thiras so abwertend belächelt habe.

Mehr als alles andere wünsche ich mir, dass er genauso für mich empfindet. Mich nicht als die kleine Halbelfe sieht, die er am Fuße der Schlucht aufgelesen hat, sondern als die Frau, die ich bin. Ich wünsche mir, dass er über meine Herkunft hinweg sieht und mich als das Wesen liebt, das ich bin, mit allen Ecken und Kanten. Dass er mein einsames und ausgegrenztes Herz in seine Hände nimmt und es wärmt und ihm zuflüstert, dass ab jetzt alles gut werden wird.

125

Doch was, wenn er das nicht kann? Wenn er keine Gefühle für mich hat? Wenn er vielleicht sogar verheiratet ist und Kinder hat? Wenn zu Hause eine wunderschöne Hochelfe auf seine Rückkehr wartet?

Ängstlich blicke ich nach oben in den fast vollen Mond, der sich über den Baumwipfeln erhebt, und tue etwas, das ich noch nie getan habe.

Ich bete.

Mondgöttin, erhöre mein Flehen. Ich habe dich mein Leben lang um nichts gebeten, habe mein Dasein klaglos ertragen und versucht, das Beste daraus zu machen. Aber bitte – bitte! – lass ihn auch etwas für mich empfinden!

Ich komme mir einerseits blöd vor, wie ich stumme Zwiesprache mit diesem Himmelsgestirn halte, andererseits denke ich mir: schaden kann es nicht. Und hinterher will ich wenigstens sagen können, dass ich alles versucht habe.

In diesem Moment kommt Gylbert zurück, in jeder Hand ein Brot. Ich setze mich aufrecht hin und drapiere mein Kleid um mich herum in der Hoffnung, etwas ansprechender auszusehen. Von neuem Mut gepackt, ziehe ich auch meine Kapuze herunter und werfe meine langen Haare über die Schulter zurück.

Für einen Moment mustert er mich mit leicht geöffnetem Mund und einem Blick, den ich nicht deuten kann, fängt sich jedoch schnell wieder, setzt sich neben mich und reicht mir eines der Brote.

Na schön, anscheinend muss ich noch etwas weiter aus mir herausgehen Ich greife nach dem Laib und achte darauf, dass meine Finger die seinen dabei wie zufällig berühren. Schüchtern lächle ich ihn an, als er zu mir blickt.

Und irgendwie ist dann dieser Moment da, von dem ich dachte, dass ich ihn niemals erleben werde. Die Zeit scheint stillzustehen, ich blende alles um mich herum aus und tauche in diese strahlenden Augen ein, die meinen Blick gefangen halten. Das Kribbeln in meinem Bauch sendet einen wohligen Schauer durch meinen ganzen Körper und ich halte die Luft an, um diesen Moment ewig in mir aufzunehmen.

Er lehnt sich zu mir vor und legt eine Hand an meine Wange. Tief atme ich seinen berauschenden Duft nach Rosen ein. Uns trennen nur noch wenige Zentimeter und ich habe Angst, dass mein Herz gleich aus meinem Brustkorb springt.

Auch ich hebe eine Hand, kralle mich damit in seinen weißen Überwurf und ziehe ihn dadurch noch ein wenig näher an mich heran. Die andere Hand verflechte ich mit seiner. Im Grunde will ich nur das Zittern verbergen, das meinen Körper gepackt hat. Jeder Nerv, jeder Muskel ist zum Zerreißen gespannt und ich weiß nicht, wie lange ich das noch aushalte.

Falsch, falsch, falsch!, schreit die Stimme in meinem Kopf.

Gylbert ist so nah, dass ich seinen Atem auf meinem Gesicht spüre. Unter meiner Hand meine ich sein Herz zu spüren, das gegen den kalten Stahl seiner Rüstung hämmert. Mein Blick wandert zwischen seinen Augen und seinen leicht geöffneten Lippen hin und her, doch ich traue mich nicht, den letzten Schritt zu gehen. Also knie ich hier auf dem Waldboden an ihn gelehnt und bete darum, dass er sich endlich das letzte Stück nach vorne lehnt und mich von diesem Prickeln auf meinen Lippen erlöst.

Mein Verstand hat sich schon in dem Moment verabschiedet, als sich unsere Hände berührt haben. Ebenso wie sämtliche andere Schutzmechanismen, die ich normalerweise immer aufrechterhalte.

Weder höre noch sehe ich den Grund, warum Gylbert, dessen rosige Lippen nur noch Millimeter von meinen entfernt sind, mich plötzlich von sich stößt und nach hinten umkippt. Seine schreckgeweiteten Augen sind auf etwas hinter mir gerichtet, aber das registriere ich im ersten Augenblick gar nicht.

Es dauert einen Moment, bis mein Gehirn seine Tätigkeit wieder aufnimmt. Ich kann ihn nur verletzt und traurig ansehen und versuche, sein Verhalten irgendwie einzuordnen. Als er meine Hände von sich weggestoßen hat, ist etwas tief in mir zerbrochen, und ich fühle mich zurückgewiesen und ungewollt. So wie immer.

Dann spüre ich es.

Einen heißen Atem in meinem Nacken, der meine Haare ein Stück nach vorne pustet. Der sämtliche Härchen in meinem Nacken dazu bringt, sich aufzurichten, und eine Gänsehaut auf meine Arme zaubert. Der mir einen eiskalten Schauer über den Rücken jagt und mich erstarren lässt.

Und dann höre ich ein tiefes, kehliges Knurren hinter mir und schlucke hart.

Gylbert versucht hastig ein paar Schritte zurückzukriechen. Unsere Pferde wiehern panisch und versuchen sich loszureißen und zu fliehen.

Ich nehme allen Mut zusammen, den ich habe, und drehe ganz langsam, Stück für Stück, meinen Kopf.

Das Erste, was ich sehe, ist eine nasse schwarze Nase. Mein Blick huscht nach oben und verfängt sich in Augen aus flüssigem Gold.

Hinter mir steht der riesige Wolf, der mich ruhig mit seinen leuchtenden Augen mustert. Sein Blick tastet mein Gesicht ab, registriert die Prellungen und blaue Flecken, und seine Lefzen heben sich an und entblößen spitze Fangzähne.

In diesem Moment kommt Gylbert auf die Beine. Sofort springen die Wolfsaugen zu ihm, werden zu schmalen Schlitzen und ich höre wieder dieses tiefe Knurren.

Jetzt passiert es, denke ich. Gylbert wird den Wolf angreifen! Von einem merkwürdigen Beschützerinstinkt gepackt, will ich mich dazwischen werfen, doch Gylbert hebt nur begütigend die Hände und macht ein paar weitere Schritte rückwärts, während der Wolf zähnefletschend auf ihn zu geht.

Die ganze Situation wirkt merkwürdig auf mich, aber ich kann mein Gehirn nicht dazu zwingen, sich darauf zu konzentrieren. Stattdessen stehe ich auf und werfe mich ohne weiter darüber nachzudenken dem Wolf um den Hals, um ihn von Gylbert fernzuhalten.

Aus großen Augen blickt der Wolf seitlich zu mir und erst jetzt bemerke ich, dass er einen Ast im Maul trägt.

Nein, Moment, das ist kein Ast. Ich kenne diese Bänder. Mit zittrigen Händen greife ich danach und der Wolf öffnet sein Maul und lässt das, was ich für einen Ast gehalten habe, hineinfallen.

Ich hole keuchend Luft. Ich halte meine Schwertlanze in Händen, völlig unversehrt. Nach dem Sturz habe ich sie nicht mehr gesehen.

Noch während ich mich frage, wie und vor allem warum der Wolf an meine Waffe gekommen ist, schiebt das Tier sich an mir vorbei, macht einen Satz und steht direkt vor Gylbert, der vor Angst schlottert.

Nachdenklich beobachte ich die Szene vor mir. Der Hochelf, der den riesigen Wolf mit einer einzigen Handbewegung in Flammen aufgehen lassen könnte, steht zitternd mit dem Rücken an einen Baum gelehnt und versucht, den Wolf mit Gesten und Worten zu beschwichtigen. Und den Wolf, der knurrend und zähnefletschend um ihn herumläuft und ihn anstarrt, während sein Schwanz wütend hin und her peitscht.

Die ganze Situation ist einfach nur grotesk.

»Es ist nicht so, wie es aussieht!« Das war vermutlich die falsche Antwort, denn die Augen des Wolfs verengen sich zu Schlitzen und mit einem erneuten kehligen Knurren stellt er das Nackenfell auf und legt seine Ohren flach an den Kopf.

Ich mache einen Schritt nach vorne und strecke die Hände aus. »Nein, nicht!«, rufe ich und der Wolf dreht sich zu mir um. »Bitte tu' ihm nichts! Er hat mich gerettet. Weißt du noch?« *Rede ich hier gerade wirklich mit einem riesengroßen Wolf?* »Als ich von der Klippe gefallen bin, da warst du doch auch da.«

Vorsichtig nähere ich mich den beiden, will die Aufmerksamkeit des Wolfs auf mich ziehen, damit Gylbert fliehen kann.

Für einen kurzen Moment meine ich einen Anflug von Schmerz durch die Goldaugen des Wolfs huschen zu sehen, als ich meinen Sturz erwähne. »Er«, ich deute auf Gylbert, »hat mich gefunden und geheilt, als ich dachte, ich müsse sterben.«

Der Blick des Wolfs huscht zwischen mir und Gylbert hin und her und ich beschließe, diese Unsicherheit zu nutzen. »Er hat mir das Leben gerettet. Nur durch ihn bin ich heute noch da.«

Sein Goldblick ruht auf mir, wandert von meinem lädierten Gesicht auf meine geprellten Arme, die ich flehend nach ihm ausgestreckt habe. Er darf Gylbert nichts tun! »Er ist mein Ritter«, schiebe ich noch nach, obwohl ich keine Ahnung habe, warum.

Und plötzlich kippt die Stimmung. Die Augen, die mich vorher an flüssigen Honig erinnerten, erstarren plötzlich. Gylbert bedeckt sein Gesicht niedergeschlagen mit der Hand, der Kopf des Wolfs ruckt wieder zu ihm hinüber. Er macht einen Satz und öffnet sein großes Maul.

Ein Schrei entweicht mir. Jetzt passiert es, denke ich, er wird ihm den Kopf abbeißen. Doch Gylbert steht nur da, rührt sich keinen Zentimeter. Von Angst gepackt will ich zu ihm rennen, doch da hat der Wolf bereits den weißen Überwurf gepackt und reißt einmal daran, sodass ein Ratschen zu hören ist und der Überwurf nach unten fällt.

Im Schein des Feuers und des Mondes glänzt Gylberts Rüstung, die ich bisher noch nicht gesehen habe. Doch ich kann diese Schönheit nicht würdigen, denn ich starre mit Schrecken auf die Farbe. Im Augenwinkel registriere ich, wie der Wolf mich abwartend taxiert. Gylberts Kopf ist noch immer in seine Hand gestützt.

Ich kann mit offenem Mund nur auf die Rüstung starren und spüre, wie mein Herz in tausend kleine Teile zerspringt. Danach ringe ich die Panik nieder, die mich befällt, als die Bilder meiner Ergreifung und Einkerkerung wieder in mir hochkommen, und ich sacke auf die Knie. Mit der Hand drücke ich an meine Brust, um den Schmerz in meinem Herzen zu betäuben, doch es gelingt mir nicht.

Er ist einer von *ihnen*. Gylbert ist ein Schwarzer Ritter.

Ich weiß im Nachhinein nicht, wie lange ich auf dem Waldboden gekniet und Gylbert angestarrt habe. Auf irgendeine Reaktion von ihm gewartet habe.

Doch nichts passierte. Er schaut stur an mir vorbei, drehte sich dann um, stieg auf sein Pferd und ritt in die Nacht hinein.

Ohne ein Wort. Ohne eine Entschuldigung. Ohne eine Erklärung.

Meine Welt zerbrach in klitzekleine Stücke und ich konnte das Zerschmettern meines Herzens regelrecht hören. Dann legte sich ein Schleier über mich, der mich nichts mehr fühlen ließ.

Ich komme wieder zu mir, als ich die nasse kalte Nase des Wolfs an meiner Wange spüre. Er sitzt neben mir und betrachtet mich mit schiefgelegtem Kopf. Schniefend hebe ich die Hand und will die Nässe wegwischen, bemerke aber, dass mein ganzes Gesicht von Tränen überflutet ist.

Ein heftiges Schluchzen schüttelt meinen Körper und ich schlinge die Arme um mich, um mir selbst Halt zu geben. Doch es nützt nichts, die Tränen fließen ungehindert weiter und ich lasse es geschehen.

Nach einer Weile legt der Wolf sich hinter mich und dirigiert mich mit der Schnauze nach hinten, sodass ich meinen Rücken an seiner Flanke anlegen kann.

Sein weiches Fell und das gleichmäßige Heben und Senken seines Bauches beruhigen mich allmählich. Nach einiger Zeit versiegen die Tränen und ich starre mit geröteten Augen ins Feuer.

»Was soll ich jetzt nur tun?«, flüstere ich zu mir selbst. »Ich habe mich so auf ihn verlassen. Nun weiß er, wo ich bin. Sicherlich erzählt er es den anderen Rittern. Und dann jagen sie mich wieder.«

Ich ernte ein Schnauben, dann stupst der Wolf mich mit der Schnauze an der Schulter an und ich schaue zu ihm auf.

Seine Ohren hat er etwas seitlich abgeknickt und seine goldenen Augen ruhen auf meinem Gesicht. Irgendwie nimmt dieser Blick eine unglaubliche Last von meinen Schultern und ich lehne den Kopf zurück an seine Flanken, starre hinauf in den Sternenhimmel über uns und frage mich zum hundertsten Mal, warum ich keine Angst vor diesem riesigen Tier verspüre oder warum er mich nicht schon längst gefressen hat.

Ich spüre eine Verbindung zwischen uns, die ich nicht erklären kann. Fühle mich sicher und geborgen. Und akzeptiert, so wie ich bin.

In einem Anflug von Sentimentalität beginne ich zu erzählen. Von meinem Leben, von Bryande, meinem Training, meiner Trauer, als sie starb, meiner Einsamkeit und meiner Angst. Von meinem Entschluss, mein Leben zu beenden, weil ich diese Angst und die Verfolgung nicht mehr ertragen habe. Von meiner Rettung durch Gylbert, meiner Hoffnung auf ein besseres Leben und meinen dämlichen Gefühlen, die ich für ihn, meinen vermeintlich strahlenden Ritter, entwickelt habe. Von meinem zerschmetterten Herzen, das nur noch mit Ach und Krach in meiner Brust schlägt und seinen Dienst verrichtet.

Ich erzähle von meinen Geheimnissen, meinen Wünschen, meinen Bedürfnissen. Dinge, die ich nie jemandem anvertraut habe, nicht einmal Bryande. Dinge, die ich nicht einmal selbst gewusst habe, bevor ich sie ausspreche.

Ich schäme mich nicht für die Tränen, die dabei wieder meine Wangen hinabfließen, und auch nicht für das Zittern, das meinen Körper hin und wieder packt.

Der Wolf hört zu und legt nach einer Weile seinen großen Kopf auf meinen Schoß. Gedankenverloren kraule ich ihn hinter seinen Ohren, während die Worte weiter aus mir heraussprudeln. Er lässt ein wohliges Brummen ertönen und ich lächle seit Stunden zum ersten Mal.

Abwechselnd betrachte ich das schlafende Tier in meinem Schoß und den Sternenhimmel, beobachte, wie der Mond immer weiter über uns wandert, und irgendwann fallen auch mir die Augen zu und ich kuschle mich tiefer in das weiche Fell meines schwarzen Wolfs.

Mein Schlaf ist traumlos, eine Wohltat, und ich hätte ewig weiterschlafen können. Ich fühle mich entspannt und ausgeruht am nächsten Morgen.

Doch irgendetwas stimmt nicht.

Es ist nicht der Qualm des erloschenen Lagerfeuers, der in meiner Nase krabbelt und mich weckt. Auch nicht die Sonnenstrahlen, die direkt durch meine geschlossenen Lider scheinen.

Etwas liegt auf mir. Schwer. Nimmt die mir Luft zum Atmen, erdrückt mich. Und mir ist so warm. Meine eine Körperhälfte kribbelt, weil Arm und Bein eingeschlafen sind.

Ich blinzle mit verkniffenen Augen, weil die Helligkeit mir weh tut, und taste an mir hinunter, um herauszufinden, was da so schwer auf mir liegt und mein Blut abschneidet.

Ich erwarte, warmes Fell zu spüren. Sicher habe ich mich im Schlaf bewegt und der Kopf des Wolfs liegt nun seitlich auf mir.

Doch ich erstarre, als meine Fingerspitzen glattes, weiches Fleisch ertasten.

Mit einem Schlag bin ich hellwach, reiße die Augen auf und drehe meinen Kopf, nur um mit der Nase an eine andere Nase zu stoßen.

Ich kann nur aus weit aufgerissenen Augen starren, wage nicht Luft zu holen, bin zu keiner anderen Handlung fähig. Ich spüre warmen Atem in meinem Gesicht und sehe geschlossene Lider und leicht gewölbte Augenbrauen.

Über meinem Körper liegt ein kräftiger, eindeutig männlicher Arm und ein Bein, verschlungen mit meinen Gliedmaßen in einer intimen Stellung.

Der Geruch von Lavendel kitzelt in meiner Nase, als ich tief Luft hole, um zu schreien.

Ich erwache in den Armen von Prinz Vaan.

Und er ist splitterfasernackt.

11

Ich schreie so laut ich nur kann, bis ich glaube, meine Lungen würden jeden Moment zerbersten, kneife dabei die Augen zu und öffne den Mund sperrangelweit.

Mit einem Satz springt der Mann neben mir hoch und sieht sich gehetzt nach allen Seiten um, als erwarte er einen Angriff. Ich verstumme schlagartig und starre ihn an, wie er nackt nur eine Armeslänge von mir entfernt hockt.

Als meine Augen – ungewollt, *wirklich!* – zwischen seine Beine wandern, schlage ich mir beide Hände vors Gesicht. »Um der Göttin Willen, zieh dir etwas an!«, schreie ich, spitze aber zwischen meinen Fingern hindurch. Mein Herz hämmert bis zum Hals. Ich habe noch nie einen nackten Mann gesehen, geschweige denn neben einem gelegen. Im Grunde lag er ja halb auf mir

Es dauert eine Weile, bis er seine Stimme findet. »Ich ... whoa!« Er blickt an sich hinab und ich sehe, wie er zu meinem Pferd rennt, das noch immer in der Nähe angebunden ist und friedlich das vom Morgentau benetzte Gras frisst. Er wühlt in meinem Beutel, findet meinen alten Umhang, den er sich provisorisch um die Hüften bindet.

Götter im Himmel, macht, dass ich träume! Das kann einfach nicht real sein!

Dann fährt er sich mit der Hand seufzend durch sein Gesicht und die Haare und dreht sich wieder zu mir um. Ich lasse meine Hände langsam Stück für Stück sinken und starre ihn an, weil meine Zunge an meinem Gaumen klebt. Mein Gesicht hat garantiert die Farbe einer Tomate angenommen und die Spannung zwischen uns ist nahezu mit den Händen greifbar.

»Was ... Wie ...?«, stammle ich, ernte jedoch nur einen resignierten Blick. Ich räuspere mich und versuche es erneut. »Was machst du hier? Wie kommst du hierher? Und warum um alles in der Welt *liegst du nackt auf mir?*« Die letzte Frage schreie ich regelrecht, weil der Gedanke daran mich wahnsinnig macht. In zweierlei Hinsicht, auch wenn ich es nicht gern zugebe.

Vaan jedoch ignoriert mich, schlendert halbnackt zur erkalteten Feuerstelle und versucht, sie wieder in Gang zu bringen.

Meine Nerven sind zum Zerreißen gespannt. Ich will Antworten, verdammt noch mal! Einige Momente sehe ich seinen erfolglosen Versuchen zu, das Feuer neu zu entfachen, verliere dann aber die Geduld und lasse einen Feuerzauber auf das Holz niedergehen.

»Pass doch auf!«, ruft er, als er vor den hochschlagenden Flammen zurückweicht.

Ich sehe ihn herausfordernd an. »Das Feuer ist an. Nun rede!«

Seufzend lässt er sich im Schneidersitz neben dem Lagerfeuer nieder, in sicherem Abstand zu mir. Seine Züge wirken resigniert, beinahe traurig, doch ich empfinde kein Mitleid. An diesem Morgen bin ich durch diesen Schock um geschätzte fünfzig Jahre gealtert! Da kann er unmöglich Mitleid oder auch nur Entgegenkommen von mir erwarten.

»Es tut mir leid, in Ordnung?« Zum ersten Mal sieht er mich direkt an und ich muss schlucken.

Ich habe seine Wirkung auf mich vollkommen vergessen. Meine Augen wandern an seinem markanten Kinn hinab über seine glatte Brust und die breiten Schultern, zu dem Arm mit den silbrigen Narben, über seinen definierten Bauch, das V, das unter meinem grünen Umhang verschwindet. Nun weiß ich, was sich dort befindet. Ehe ich diesen Gedanken weiterspinnen kann, zwinge ich meine Augen in weniger verfänglichere Gefilde, mustere seine Haare, deren Spitzen im Sonnenlicht kupfern glänzen und vollkommen zerzaust sind.

Ich fahre mir mit den Fingern durch meine eigenen Haare, die nach einer Nacht auf dem Boden – verschlungen mit einem Mann – sicherlich auch mehr Ähnlichkeit mit einem Vogelnest haben, und richte mein Kleid. Irgendwie muss ich schließlich meine Hände davon abhalten zu zittern.

Abwartend schaue ich ihm dann direkt in die Augen, die im Schein des Feuers wie Honig leuchten.

»Das war alles nicht so geplant.« Er weicht meinem Blick aus und fixiert irgendetwas im Wald.

»Vaan«, beim Klang seines Namens zuckt er zusammen, »was tust du hier?« Ich beschließe, eine Frage nach der anderen zu klären, und das möglichst in einem ruhigen Ton, um auch meine eigenen Nerven zu schonen, die sowieso schon kurz davor sind, ihren Dienst einzustellen.

Eine Weile mustert er mich. »Wie heißt du?«, fragt er dann schließlich und bringt mich damit aus dem Konzept. All die Fragen, die ich mir nach und nach zurechtgelegt habe, sind mit seiner Gegenfrage in den Hintergrund gerückt.

Er will meinen Namen wissen? Warum das denn? Habe ich ihm den nicht genannt? Ich spule im Kopf unsere gemeinsame Zeit ab, finde aber tatsächlich keine Gelegenheit, bei dem ich ihm meinen Namen genannt habe.

»Fye«, antworte ich dann. »Mein Name ist Fye.«

Er schenkt mir ein Lächeln. »Fye«, wiederholt er dann und der Klang meines Namens aus seinem Mund schickt mir einen wohligen Schauer über den Rücken. »Ein schöner Name.«

Auch ich lächle, werde jedoch sofort wieder ernst. »Vaan, bitte beantworte meine Fragen. Was machst du hier?«

Er zieht einen Mundwinkel nach oben zu einem schiefen Grinsen, das mich nun vollends um den Verstand bringt. »Ich habe dich gesucht.«

»Warum?«

»Du hast mich zurückgelassen. Bist gefallen. Und ich musste sichergehen, dass es dir gut geht.«

Ich blinzle. Zu viele Informationen kann mein Gehirn nicht verarbeiten, also beschließe ich, diese Aussage auseinanderzunehmen. »Ich wurde angegriffen. Und du warst nicht da, als ich zurückkam. Wie kannst du also wissen, dass ich in die Schlucht gefallen bin?«

Ich kann förmlich die Rädchen sehen, die in seinem Kopf rattern. Das überhebliche Grinsen ist aus seinem Gesicht verschwunden, während er krampfhaft nach einer logischen Erklärung sucht.

Er schließt resigniert die Augen und lässt den Atem entweichen. »Kennst du die Geschichte der Götter, Fye?«, fragt er dann schließlich.

»Natürlich.« Jeder kennt diese Legende. Nur weil ich in einer Hütte im Wald lebe, heißt das nicht, dass ich die Göttergeschichten nicht kenne.

»Weißt du, was das *Kind des Mondes* ist?«

Ich gehe kurz die Geschichte im Kopf durch und nicke dann. »Das Kind der Mondgöttin und des Sonnengottes.«

»Und weiter?«

Wie, *und weiter?* Was gibt es dem noch hinzuzufügen?

»Kennst du auch die Geschichte um dieses Kind?«

Ich schüttle den Kopf. Ich kenne zwar dessen Schöpfungslegende und die jeweilige der einzelnen Götter, aber ins Detail geht mein Wissen nicht.

Vaan nickt, schaut ins Feuer und beginnt zu erzählen.

Vor tausenden von Jahren verliebte sich die Mondgöttin in den Sonnengott und er sich in sie. Sie verließen ihren Platz am Firmament, liefen fort, um ein gemeinsames Leben zu führen, fern von ihren täglichen Pflichten und Bindungen.

Über diese Pflichtvergessenheit waren die Erdenmutter und der Himmelsvater sehr erbost, denn sie mussten hilflos zusehen, wie die Welt, die sie erschaffen hatten, im Chaos versank. Keine Sonne erhellte den Himmel und der Mond regelte keine Gezeiten mehr. Der Rhythmus aller Lebewesen geriet aus dem Takt, Ernten verkümmerten auf den Feldern und auch die Tiere fanden keine Nahrung mehr, da ohne das Licht der Sonne nichts wachsen konnte. Fluten überspülten die Küsten und rissen alles Leben mit sich fort.

Mit großem Kummer betrachtete die Erdenmutter ihre sterbende Welt und weinte über den Verlust ihrer einzigen und geliebten Tochter, der Mondgöttin. Hilflos musste sie zusehen, wie alles um sie herum auseinanderbrach, ohne dass sie etwas dagegen tun konnte. Zwar konnte sie Leben aus der Erde erschaffen, aber was für einen Sinn machte neues Leben, wenn es kurz darauf verkümmerte, weil es nicht gedeihen konnte?

Über ein Jahr suchte der Himmelsvater nach seinem einzigen Sohn, dem Sonnengott, um ihn wieder an seinen Platz zu bringen und das Chaos, das auf der Welt herrschte, zu beenden. Als oberster Wächter war es die Aufgabe des Himmelsvaters, die Welt und das Leben auf ihr zu schützen und es zu bewahren. Nun musste er, genau wie die Erdenmutter, hilflos dabei zusehen, wie er bei seiner Aufgabe versagte.

Als die Erdenmutter und der Himmelsvater ihre Hoffnung, die Welt, die sie so liebten, doch noch retten zu können, schon fast aufgegeben hatten, fanden sie ihre geflohenen Kinder versteckt im hintersten Winkel der Welt, wo sie sich vor dem Zorn und der Suche der Eltern verborgen hatten.

Doch sie fanden nicht nur die Mondgöttin und den Sonnengott in diesem Versteck vor, denn in der Zwischenzeit hatten sie ein Kind bekommen, ein kleines Mädchen.

Der Himmelsvater war über die beiden Firmamentgötter so erzürnt, da sie die Welt, die sie zu beschützen und zu leiten geschworen hatten, um ihrer selbst willen vernachlässigt hatten, dass er das Kind in seinem Zorn verfluchte. Es sollte noch vor seinem fünften Lebensjahr eines schrecklichen Todes sterben. Ebenso entschied er, dass sich die Mondgöttin und der Sonnengott nur noch zu Mond- oder Sonnenfinsternissen sehen durften und ansonsten einsam am Himmel zu stehen hatten, ohne sich jemals nahe sein zu können. Die Mondgöttin weinte bitterlich, als der Himmelsvater sie zurück an ihren Platz zerrte, fort von ihrem Geliebten und fort von ihrer gemeinsamen Tochter, die sie vor ihrem verfluchten Tod niemals wiedersehen sollte.

Die Erdenmutter jedoch hatte Mitleid mit dem unschuldigen Mädchen, ihrer Enkelin, die nichts für die Situation konnte. Als Urmutter aller Lebewesen konnte sie zwar den Fluch des Himmelsvaters nicht ganz aufheben, milderte ihn jedoch ab. Das Kind sollte sich, sobald der Mond am Himmel erscheint, in ein Tier verwandeln und so für den Himmelsvater und dessen Zorn unsichtbar sein.

Seitdem ziehen Mond und Sonne einsam ihre Bahnen am Himmel, ohne sich je erreichen zu können. Nur zu seltenen Mond- oder Sonnenfinsternissen können sie wenige Stunden bei ihrer großen Liebe sein.

Das Kind wuchs bei der Erdenmutter auf, geliebt und behütet und im Stillen beobachtet von seinen Eltern am Himmel. Im Mondschein, unter dem liebevollen Blick seiner Mutter, verwandelte sich das Mädchen in ein schwarzes Reh und entging so dem Blick des Himmelsvaters.

Vaan endet mit seiner Geschichte und sieht mich abwartend an. Dieser Teil der Legende ist mir tatsächlich neu. Ich kenne zwar die Liebesgeschichte der schönen Mondgöttin mit dem strahlenden Sonnengott, jedoch wusste ich bisher nicht, was mit dem Kind, das aus dieser Beziehung hervorging, geschehen sein soll.

Nichtsdestotrotz habe ich keine Ahnung, was er mir mit dieser Geschichte sagen will. Es ist eine traurige Legende, beantwortet jedoch keine meiner Fragen.

Als ich nicht reagiere, schnaubt Vaan genervt. »Ich bin ein Nachfahre des Kinds des Mondes.«

Ich muss ausgesehen haben wie ein Schaf, denn Vaan rutscht näher heran, streckt lächelnd den Arm nach mir aus und nimmt meine Hand in seine. Diese plötzliche Berührung überrascht mich so sehr, dass ich für einen Moment vergesse, über was wir eben gesprochen haben, und schaue hinab auf meine Hand.

»Dieses Mädchen, dieses Kind der Götter, war meine Ahnin.«

»Und was bedeutet das?«, frage ich schwach und kann mich nur auf das Prickeln meiner Fingerspitzen konzentrieren, die mit seinen verschlungen sind.

Mit der anderen Hand hebt er mein zitterndes Kinn an, sodass ich ihm direkt in die Augen sehen muss. In Augen wie flüssiges Gold. Und ich schnappe nach Luft.

»Das bedeutet, dass ich mich zu gewissen Zeiten und zu bestimmten Umständen in ein Tier verwandle. Und du weißt, in welches.«

Nun glotze ich wirklich. Das kann nicht sein! Das ist unmöglich! Er kann doch nicht

Mein Blick gleitet nach rechts, wo noch immer meine Schwertlanze liegt, die mir der schwarze Wolf gestern Nacht gebracht hat. Eine Waffe, von deren Existenz nur Vaan, Layla und zwei ihrer Soldaten wissen. Eine Waffe, die ich nach meinem Sturz für verloren glaubte.

Unsicher huscht mein Blick zu ihm zurück. »Aber das ist doch nur eine Legende!« Mein Gehirn weigert sich einfach, diese Tatsache anzuerkennen.

Vaan lächelt und der warme Goldton seiner Augen nimmt mich gefangen. Seine Hand wandert von meinem Kinn an meine Wange und sein Daumen streicht sanft über mein Jochbein, während ich

139

stocksteif dasitze und nicht einmal wage, den kleinen Finger zu rühren.

Mein Herzschlag gerät vollends aus dem Takt, als er sich vorlehnt, vorsichtig seine Stirn an meine legt und tief einatmet. »Du riechst so gut«, flüstert er, sodass ich ihn kaum verstehen kann. »Nach Wald und Kräutern und Frische. Ich würde deinen Geruch überall finden.«

»Du bist der schwarze Wolf?«, flüstere ich ebenso leise.

Vaan nickt leicht an meiner Stirn. »Nachts verwandle ich mich in ein Tier.«

»Aber ich habe den Wolf ... dich ... am Tag gesehen. Als ich in die Schlucht gefallen bin, stand die Sonne am Himmel.«

Seine Augen sind so nah, als er mich anblickt, und ich möchte mich in ihnen versenken. »Es gibt Ausnahmen«, sagt er nur.

Nun kann ich meine Neugier nicht mehr länger bändigen. Ich runzle die Stirn. »Was für Ausnahmen? Erklär` es mir.«

Genervt dreht Vaan den Kopf weg und unterbricht diesen intimen Moment. Meine Wange fühlt sich seltsam kühl an, nun wo seine Hand nicht mehr auf ihr liegt. »Ich wurde angeschossen, erinnerst du dich? Der Pfeil war vergiftet und ich wurde immer schwächer. In solchen Situationen übernimmt das Tier in uns die Kontrolle.« Er deutet auf seine Taille, an der der Pfeil eingedrungen war. Ich kann nur noch einen blassen rosa Fleck erkennen. »Wir heilen schneller. Ein netter Nebeneffekt, wenn man von Göttern abstammt.«

»*Wir?*«

Er nickt. »Meine Familie gehört zu den Nachkommen des Mondes. Obwohl das auch so nicht mehr stimmt. Wir verwandeln uns nicht mehr nur nach dem Mond. Es fällt uns leichter und unsere erste Verwandlung ist fast immer bei Vollmond. Danach jedoch können wir uns immer verwandeln, wenn wir es für nötig erachten. Mir fällt es nachts im Mondschein am leichtesten. Tagsüber geht es nur in Notsituationen.«

Ich stutze, als ich an die Nacht in der Höhle und ein anderes schwarzes Tier denke. »Das Katzenwesen?«

Vaan blickt mich an und nickt. »Meine Schwester Giselle. Sie wird zu einer Löwin.«

Alles passt plötzlich zusammen. »Deswegen hattest du in der Höhle auch keine Angst vor ihr und hast sie nicht angegriffen.«

»Richtig. Wir zwei sind Nachtwandler, was eigentlich die Regel ist. Meine Mutter, Königin Miranda, ist die einzige bekannte Tagwandlerin.«

»Und in was verwandelt sie sich?«, frage ich neugierig.

»In einen schwarzen Falken.« Plötzlich lacht er. »Ich kenne es auch nur aus Erzählungen, aber du hättest das Gesicht des Falkners sehen sollen, als abends plötzlich eine junge, nackte Frau in seinem Gehege zwischen all den Greifvögeln saß.«

Bei der Vorstellung muss auch ich lächeln, auch wenn ich es mir in dem Moment schrecklich vorstelle. »Was geschah dann?«

»Mein Vater, der König, verliebte sich augenblicklich in diese schöne Frau und heiratete sie. Es war ihm egal, ob sie sich tagsüber in einen schwarzen Vogel verwandelte.«

»Tut sie das jetzt immer noch? Sich verwandeln, meine ich. Das ist sicher … unpraktisch … als Königin.«

Vaan wirkt plötzlich unsicher und um eine Antwort verlegen. »Nein. Sie kann es nun bewusst steuern und verwandelt sich nur noch ganz selten und nur, wenn sie es will.«

»Aber du sagtest doch, dass du es auch steuern kannst? Dass du dich nachts nur noch verwandelst, wenn es nötig ist?«

Er schüttelt den Kopf. »Bei mir ist es fast jede Nacht nötig, genau wie bei meiner Schwester. Dieser alte Fluch ergreift fast jede Nacht Besitz von uns und zwingt uns in diese andere Gestalt.«

»Du wirst jede Nacht zum Wolf?«

»In letzter Zeit schon.« Sein Blick wandert unsicher zu mir und wieder auf einen Punkt am Waldboden zurück.

Ich möchte die Frage eigentlich nicht stellen, um die Stimmung zwischen uns nicht noch weiter kippen zu lassen, doch sie brennt mir unter den Nägeln. Also hole ich tief Luft und frage: »Warum hast du gestern den Hochelf angegriffen, der bei mir war?«

Vaan vergräbt das Gesicht in den Händen und es dauert lange, bis er mir antwortet. »Er kam dir zu nah.«

Wie bitte? Wie kommt er darauf, dass er zu entscheiden hat, wie nah mir jemand kommen darf? »Vielleicht wollte ich, dass er mir so nah ist«, erwidere ich trotzig und verschränke die Arme vor der Brust.

141

Sofort ist er bei mir, entwirrt meine Arme und verflechtet seine Hände wieder mit meinen. »Du hast es gesehen. Er gehört zu denen, die dich gefangen und eingekerkert haben.«

Ich schlucke hart meine Enttäuschung und Trauer hinunter. »Das ist richtig«, erwidere ich schwach. »Aber er wollte mir *helfen*. Er hat mich vor dem sicheren Tod gerettet. Er wollte mir ein neues Leben ermöglichen …«

Er lässt meine Hände los und umfasst mein Gesicht. Mit dem Daumen fängt er die Tränen ab, die aus meinen Augen rollen, noch ehe sie meine Wange erreichen.

»Das kann ich auch«, murmelt er. »Ich kann dir helfen. Ich *werde* dir helfen.«

In meinem Bauch findet ein Aufruhr statt, so sehr flattert es darin. Wenn es wirklich Schmetterlinge sind, drehen sie gerade durch. Vaan fixiert jede meiner Regungen mit seinen Goldaugen und streicht beruhigend über meine Wange. Seine Worte gehen mir so nah, geben mir alles, wonach ich mich sehne, und ich bin kurz davor, mich darauf einzulassen.

Sein Gesicht ist nur wenige Zentimeter von mir entfernt und ich atme den blumigen Geruch nach Lavendel ein, der ihn umströmt und mich an mein Zuhause erinnert. Ein Zuhause, das ich nicht mehr habe und womöglich auch nie wieder haben werde.

Ich muss nach vorne blicken, aber es ist so viel einfacher, sich in seiner Trauer zu suhlen.

Langsam gleiten Vaans Hände an meinem Kopf nach hinten durch mein Haar. Dabei lässt er mich nicht aus den Augen. Sanft und ganz vorsichtig bewegen sich zwei seiner Finger zu meinen Ohren und streichen langsam bis zur Spitze.

Ich stöhne auf und schließe die Augen. In mir explodiert ein Gefühl, das ich noch nie gespürt habe, und überrollt meinen gesamten Körper. Instinktiv lehne ich mich seinen Händen entgegen, um dieses Gefühl weiter auskosten zu können. Niemand außer mir hat bisher meine Ohren berührt. Nie hätte ich gedacht, dass es sich so wunderschön anfühlen könnte.

Langsam öffne ich ein Auge einen Spalt breit, um Vaan zu beobachten. Ist er angeekelt von meinen Ohren? Will er sie gar nicht berühren?

Er schaut mich aus trägen, halb geschlossenen Augen an. Sein Mund ist leicht geöffnet und ich sehe, wie sein Adamsapfel hüpft.

Er legt beide Hände sanft über meine Ohren, als wären sie etwas Kostbares, das er schützen muss, und fährt dann mit einem Finger an den äußeren Kanten vom Ohrläppchen bis zur Spitze und wieder zurück. Wieder stöhne ich auf und glaube mich in diesem neuen Gefühl gänzlich zu verlieren. Er behandelt meine Ohren wie etwas Wundervolles, Einzigartiges, und mein Herz zerspringt fast bei dem Glücksgefühl, das ich empfinde.

Schwer atmend lehne ich mich vor und lege meine Stirn an seine. Sanft streichen seine Daumen über meine Ohrmuscheln und ich lasse meine Hände federleicht seine definierte Brust hinaufwandern bis zu seinem Herzen, das schnell und hart unter meiner Hand schlägt. Seine Muskeln zittern unter meiner Berührung und aus seiner Kehle kommt ein Brummen.

Alle Zweifel über Bord werfend hebe ich mein Kinn und presse meine Lippen auf seine.

VAAN

Für einen Moment vergesse ich das Atmen, als ich ihre weichen Lippen auf meinen spüre. Ich hatte schon fast Angst, dass es nie geschehen würde. Dann kralle ich mich in ihren Hinterkopf und ziehe sie näher an mich, will jeden Zentimeter von ihr an mir fühlen, ihren unbeschreiblichen Duft einatmen, der meinen Verstand benebelt.

Schon als ich sie gestern Abend mit diesem Verräter Gylbert in ähnlicher Pose überrascht habe, wollte ich nichts anderes, als sie besinnungslos küssen. Ihr klarmachen, dass sie zu mir gehört und zu keinem anderen.

Das ging aber in Wolfsgestalt schlecht, aus ganz offensichtlichen Gründen.

Und ich musste erst noch mit diesem hinterhältigen Hochelf abrechnen. Was bildete er sich ein, Hand an *mein Mädchen* zu legen? Am liebsten hätte ich sie ihm abgebissen. Doch das hätte Fye – endlich kenne ich ihren Namen! – abgeschreckt. Also tat ich das einzig Mögliche: Ich riss ihm seinen Umhang runter und zeigte ihr, zu wem er gehörte.

Na ja, zu mir eigentlich, denn ich bin der Befehlshaber der Schwarzen Ritter. Doch das darf Fye nicht erfahren.

Niemals!

Jedoch handelte Gylbert eindeutig gegen meinen Befehl. Er kannte sie, hat sie auf dem Burghof gesehen, als man sie brachte. Ich hielt den Kerl lange Zeit für meinen besten Freund, bis er seine dreckigen Finger an sie legte.

Bei den Göttern, ich will mir gar nicht vorstellen, wie viel er von diesem wundervollen Körper gesehen hat, als er sie heilte!

Klar, ich bin ihm dankbar, dass er sie gerettet hat, aber alles andere ging zu weit! Er wollte sie verführen, mit sich locken, und ich weiß auch ganz genau, *warum*. Aber da mache ich ihm einen Strich durch die Rechnung, wenn er es noch mal wagen sollte, mir oder meinem Mädchen zu nahe zu kommen!

Meine Hände wandern wieder zu ihren Ohren, umfahren sie sanft, und ich schlucke die kleinen Seufzer, die ihr bei der Berührung entfahren, mit meinem Mund.

Schon als ich sie in diesem Kerker sah, wie sie sich an die Wand presste und mich aus ihren Smaragdaugen anfunkelte, wollte ich diese wunderschönen Ohren berühren.

Doch irgendwie habe ich mir das Ganze anders vorgestellt …

Ich knie hier auf hartem Waldboden, mit nichts als einem abgenutzten Umhang um meine Hüften geschlungen. Fye sitzt halb auf meinem Schoß, die Finger krallt sie in meine Brust, als wolle sie sich festhalten. Das ist … weder die Art noch das Umfeld, wie ich sonst … Nein, es ist egal, denn sie kann ich sowieso nicht mit irgendeiner anderen Frau vergleichen.

Für meinen Geschmack beendet sie den Kuss viel zu schnell, lehnte ihre Stirn an meine und atmet schwer. Ich lege meine Hände schützend über ihre Ohren, hebe ihren Kopf ein Stück an und schaue ihr dabei tief in die Augen.

Sie soll verstehen, dass es mir nichts ausmacht, was sie ist. Dass ich sie immer vor Gefahr beschützen werde, egal, wer auch immer versucht, ihr etwas anzutun. Ich will, dass sie versteht, dass sie ab jetzt zu mir gehört und sich ohne Zweifel auf mich verlassen kann.

Mit wackeligen Beinen steht sie auf und hinterlässt eine Leere in mir. Schnell dreht sie sich um, zieht ihre Kapuze über den Kopf und verschwindet ein paar Schritte im Wald.

Ich will ihr nachrufen, sie aufhalten. Sie bitten, nicht zu gehen. Habe ich etwas falsch gemacht? Habe ich es übereilt oder war es der Fluch, der sie nun abschreckt?

Dann höre ich es, das Rumpeln eines Karrens, und drehe mich in die Richtung, aus der das Geräusch kommt.

Ein fahrender Händler fährt mit seinem Gespann am Wegesrand entlang und mustert meine leicht bekleidete Erscheinung – um nicht zu sagen *Nacktheit* – mit hochgezogenen Augenbrauen. Ich zucke nur grinsend mit den Schultern und er scheint sich irgendwas darauf zusammenzureimen.

Soll mir egal sein.

Er lächelt mir wissend zu, überlässt mir dann ein abgetragenes Hemd und eine zu kurze Hose mit Löchern, aber im Moment bin ich nicht wählerisch und bedanke mich artig, während er schon wieder seine Zugtiere antraben lässt und seinen Weg fortsetzt.

Nachdem ich in die Klamotten geschlüpft bin und der Karren außer Sichtweite ist, tritt auch Fye wieder aus dem Wald heraus.

Ich spüre ihre Unsicherheit, ihr Zögern, als sie zu mir herüberblickt und langsam auf mich zukommt. Daher lächle ich sie an und strecke die Hand nach ihr aus.

Sie fliegt in meine Arme. Ich streife ihre Kapuze hinunter und hauche ihr einen Kuss auf die Stirn. Gern hätte ich sie auf den Scheitel geküsst, aber sie ist nur einen halben Kopf kleiner als ich. Auch ansonsten ist sie nicht zierlich, doch gerade das gefällt mir. Ich habe die Nase voll von kleinen Frauen, deren Taille ich fast mit einer Hand umfassen kann und deren weibliche Rundungen nicht existent sind. Fye schmiegt sich perfekt an meinen Körper an, wie zwei Teile eines Ganzen.

»Was machen wir jetzt?«, flüstert sie.

Tja, das ist eine gute Frage. So weit bin ich mit meinen Überlegungen und Planungen leider nicht gekommen. Das hier, sie in meinen Armen, ist schon mehr, als ich *überhaupt* geplant habe. Also seufze ich nur und fahre mir mit einer Hand durchs Haar.

»Du stinkst nach Stall«, nuschelt sie an meine Brust und ich muss grinsen.

»Ich kann mich auch gerne wieder ausziehen«, schlage ich vor und sofort werden ihre Wangen rot. Götter, ist das schön!

Ich erinnere mich, wie sie mir gestern Nacht all ihre Erlebnisse, Geheimnisse und Ängste erzählt hat, als sie dachte, ich wäre nur ein Wolf. So gern möchte ich ihr die Angst vor der Zukunft nehmen, weiß aber auch, dass es ab jetzt nicht unbedingt leichter wird.

Zu allererst sollten wir zu meiner Mutter. Sie hat am ehesten Verständnis für uns und immer eine Lösung parat. Auch weiß sie bereits von Fye.

Ich blicke auf das Mädchen in meinen Armen, das mich mit gerunzelter Stirn mustert. »Wir gehen nach Eisenfels. Meine Familie ist zurzeit dort.«

»Du willst mich mit zu deiner Familie nehmen?« Ihre Stimme springt ein paar Tonlagen nach oben. »*Zum König?*«

Ich schüttle schnell den Kopf. »Nein, nicht zu ihm. Er würde dich sicher wieder fangen und einsperren für das, was du bist.« Meine freie Hand lege ich an ihre Wange, um sie zu beruhigen. »Wir gehen zu meiner Mutter. Sie weiß bereits von dir und wird uns helfen können.«

Ich sehe, wie es in ihrem Kopf arbeitet, und muss schmunzeln.

»Du hast deiner Mutter von mir erzählt? Wann?«

»Das ist eine längere Geschichte Das war, als man dich brachte, nachdem du gefangen wurdest.« Ich will ihr die Details nicht erzählen, nicht jetzt. Die ganze Bindungssache wäre wahrscheinlich zu viel für sie und käme zu schnell. Immerhin kann sie noch nicht einmal in meinen Armen entspannen, da sollte ich ihr die genauen Informationen, was auf sie zukommt, vorerst ersparen.

Ich führe sie zu dem braunen Pferd, das noch immer in der Nähe angebunden ist, und helfe ihr in den Sattel. Unsicher sieht sie zu mir hinunter.

»Eisenfels ist nicht weit entfernt. In einem halben Tag sollten wir da sein«, beruhige ich sie.

»Du hast keine Schuhe. Du kannst nicht den ganzen Weg laufen.«

146

Verdammt, das habe ich ganz vergessen. Ich deute auf das Bündel, das am Sattel befestigt ist. »Ist da etwas drin, das ich mir um die Füße binden kann? Bis nach Eisenfels wird es reichen.«

Fye nickt und öffnet den Beutel. In ihm sind ein paar Kleider und ein alter Umhang von ihr. Da er sowieso schon zerfetzt ist, zerreiße ich ihn kurzerhand noch mehr und wickle mir die Stoffstreifen um die Füße.

Neben mir gleitet ein abgerissener Zettel zu Boden, der anscheinend im Beutel war. Fye bemerkt ihn auch und ihr stockt der Atem.

Es steht nur eine kurze Botschaft darauf.

Ich weiß, wer deine Mutter ist
– Gylbert

12

FYE

Wieder und wieder lese ich den Zettel, den ich Vaan aus der Hand gerissen habe.

Das ist ein Trick, ist das Erste, was mir durch den Kopf schießt. *Woher soll er etwas über meine Mutter wissen?*

Nicht einmal Bryande wusste etwas über sie.

Oder sie wollte es dir nicht sagen, flüstert eine andere Stimme.

Diese Stimmen in meinem Kopf treiben mich noch in den Wahnsinn! Ich weiß mittlerweile überhaupt nicht mehr, was ich denken oder fühlen soll oder wem ich noch vertrauen kann. Aber was, wenn das, was auf dem Zettel steht, doch wahr ist?

Ich blicke zu Vaan, der neben meinem Pferd steht, auf das er mich gehoben hat, und mich mit gerunzelter Stirn mustert. Sanft legt er eine Hand auf mein Knie, ehe er fragt: »Ist es möglich, dass er etwas weiß?«

Ich kann nur mit den Schultern zucken. »Keine Ahnung. Ich wüsste nicht, woher er etwas wissen kann.«

Wie von selbst legt sich meine Hand an die silberne Schließe an meinem Umhang und es durchzuckt mich siedend heiß. Die Schließe! Im Gasthaus hatte er sie in der Hand und so komisch angesehen. Ist das der Grund, warum er denkt, er wüsste etwas? Aber wie kann dieses alte, abgenutzte Schmuckstück ihm einen Hinweis gegeben haben?

Ich muss ihn finden und fragen. Ich brauche Gewissheit, komme, was wolle. Ohne dieses Wissen würde ich keine Nacht mehr ruhig schlafen können und mich immer wieder fragen »Was, wenn doch?«.

Insofern spielt es mir in die Hände, dass auch Vaan vorgeschlagen hat, nach Eisenfels zu gehen. Vielleicht finde ich auch Gylbert dort, schließlich wollte er dort seine Familie besuchen. Wie ich ihm jedoch nach allem gegenübertreten soll, ist mir schleierhaft. Und ob ich ihm überhaupt gegenübertreten will, weiß ich auch nicht. Was, wenn er mich einsperrt? Immerhin ist er … einer von ihnen.

Das wird mir alles zu viel. Wild und ungezügelt wirbeln die Gefühle, Gedanken, Ängste und Hoffnungen der letzten paar Tage in mir herum und lassen mich den Blick für das große Ganze verlieren.

Erst meine Gefühle für Gylbert, um deren Erwiderung ich mit jeder Faser meines Körpers gebetet habe. Ich hatte geglaubt, auch seine Gefühle für mich in seinen Augen gesehen zu haben. Und dann der Moment, als ich ihn in seiner Rüstung sah und er mir nicht ins Gesicht blicken konnte. Als er sich einfach umdrehte und ging, ohne ein Wort.

Ich erinnere mich noch sehr genau an das Geräusch, das mein Herz machte, als es in tausend Teile zersplitterte.

Mein Blick fällt wieder auf Vaan, der mir ein kleines Lächeln schenkt, das mein Herz aus dem Takt bringt. Das Herz, das noch wenige Stunden zuvor ein Scherbenhaufen war, und ich habe keine Ahnung, was ich davon halten soll. War das, was ich glaubte für Gylbert zu empfinden, vielleicht doch nicht so stark, wie ich dachte? Anders kann ich mir das Kribbeln in meinem Bauch, das sofort entsteht, sobald ich Vaan ansehe, nicht erklären.

Ich weiß nicht, wie ich zu ihm stehen soll. Seine Nähe verunsichert mich. Er hat mir zwar diese wunderschönen Momente geschenkt, dennoch bin ich auf der Hut, fühle mich unwohl in seinen Armen. Vielleicht bin ich auch nur zu ängstlich und will mein Herz nicht wieder vorsätzlich in Stücke reißen lassen.

Denn dass Vaan etwas vor mir verbirgt, ist mir durchaus bewusst. Ich hoffe, von seiner Mutter mehr zu erfahren, auch wenn mich der bloße Gedanke an dieses Treffen nervös macht.

»Wollen wir los?«, fragt er und reißt mich damit aus meinen Gedanken.

Ich nicke abwesend und will mein Pferd antraben lassen, doch nichts passiert. Ich ruckle auf dem Sattel herum und mache schnalzende Geräusche, aber außer eines verdrehten Ohres ernte ich keine Resonanz. *Blödes Vieh! Warum bewegst du dich nicht?*

Vaan bricht neben mir in schallendes Gelächter aus. »Du bist eine schreckliche Reiterin!«

Ich strecke ihm die Zunge heraus. »Ich musste ja auch noch nie auf einem Pferd sitzen. Zu Fuß bin ich mindestens genauso schnell.«

»Das weiß ich.« Wieder lächelt er und lässt mich dadurch meinen Ärger vergessen.

»Woher?«, frage ich, nachdem ich mich kurz gesammelt habe.

»Weißt du noch, als ich dich in dieser Schlucht vor Alystair gerettet und mir diesen Pfeil eingefangen habe?«

Ich nicke.

»Ich war dir tagelang als Wolf gefolgt und konnte kaum Schritt halten, so schnell warst du unterwegs.«

Deshalb war er also so schnell bei mir. Es kam mir damals schon seltsam vor, nun ergibt es einen Sinn.

»Ich habe dich gesehen, wie du in diese Schlucht gegangen bist, habe mich zurückverwandelt und mir die mitgebrachte Kleidung angezogen. Ich hatte dich endlich eingeholt und wollte mit dir reden, also bin ich dir gefolgt und konnte Alystair gerade noch aufhalten. Na ja, mehr oder weniger.«

Wieder dieses schiefe, einseitige Grinsen, das meinen Bauch Purzelbäume schlagen und meine Gedanken stocken lässt.

»Rutsch ein Stück nach vorne«, weist er mich dann lachend an und springt leichtfüßig hinter mir in den Sattel.

Er beugt sich vor, um die Zügel zu greifen, und sein Körper drückt sich warm gegen meinen. Sofort reagiere ich darauf: Mein Herz beginnt zu hämmern und wohlige Schauer rieseln mir den Rücken hinab. Wie ging das noch mal mit dem Atmen? Irgendwie scheine ich das von einer Sekunde auf die andere vergessen zu haben.

»Mal sehen, wie lange diese Mähre uns beide tragen kann.« Sein Mund ist direkt neben meinem Ohr und ich kann mir ein leises Stöhnen nicht verkneifen, obwohl ich mir vehement auf die Lippen beiße.

Er grinst und legt einen Arm vorsichtig um meinen Bauch, um mich festzuhalten. Vielleicht kann er das Kribbeln darin zum Verstummen bringen, wenn er ein bisschen fester drückt?

Mit einem leichten Fersendruck bringt er das Pferd dazu, anzutraben und lenkt es auf den Weg.

Eine ganze Weile schweigen wir. Vaan hat sein Kinn auf meine Schulter gelegt und kann so auf den Weg vor uns schauen, während ich krampfhaft versuche mich am Sattelknauf festzuhalten. Durch den schaukelnden Gang des Pferdes wird sein Körper ständig gegen meinen Rücken gepresst und sein sehniger Arm um meine Mitte wandert hoch und runter.

Während ich mich auf dem Sattel winde, scheint Vaan die Situation zu genießen. Nicht, dass er sie ausnutzen würde, aber ich spüre regelmäßig, wie seine Mundwinkel neben meinem Gesicht nach oben wandern.

»Hast du dich daran gewöhnt?«, flüstert er mir ins Ohr und ich erschaudere. Noch ehe ich antworten kann, drückt er dem Pferd wieder seine Fersen in die Flanken und lässt es in ein schnelleres Trab fallen. »So sehr ich es auch genieße, dich im Arm zu halten, möchte ich gerne heute noch in Eisenfels ankommen.«

Wo sind bitte all die treffenden Erwiderungen, wenn man sie mal braucht? Mein Kopf ist schon seit dem Morgen wie leer gefegt, also beschränke ich mich aufs Nicken, was Vaan wieder grinsen lässt. Die ganze Zeit über benebelt mir sein Lavendelduft, gepaart mit dem Stallgeruch der Kleidung und dem Pferdegeruch, die Sinne.

Gerade als die Sonne ihren Zenit überschritten hat, lässt er das Pferd an einer kleinen Hügelkuppe anhalten. Von hier aus haben wir einen wundervollen Blick auf die Stadt Eisenfels, die sich malerisch entlang der Hügel schlängelt.

Vaan greift nach meiner Kapuze und zieht sie mir mit einer Hand über. »Halt den Kopf unten. Wir reiten gleich durch die Stadtmauern und dann direkt zu unserem Sommersitz.« Er deutet auf ein Anwesen auf einem Hügel rechts von uns. »Sieh immer nach unten und bleibe dicht bei mir, dann wird dir nichts geschehen.«

Eine Ernsthaftigkeit liegt in seinen Worten, die meine Angst beinahe ausradiert. Ich will ihm glauben, will mich seinem Schutz ausliefern.

»Sobald wir dort sind, werde ich dich in meine Gemächer schmuggeln. Dort kannst du dich dann umziehen und frisch machen. Ich werde derweil meine Mutter suchen und ihr alles erzählen.«

Der Gedanke, dass er mich inmitten all dieser Menschen und in einem fremden Gemäuer allein lässt, beunruhigt mich. Was, wenn jemand reinkommt und mich findet? Was, wenn ich etwas tue, das mich verrät? Ich greife mit beiden Händen an den Arm, den er noch immer um mich geschlungen hat, und fahre die Sehnen und Muskeln mit den Fingerspitzen entlang.

»Lass mich bitte nicht allein«, flüstere ich dann.

Er zieht mich fester an sich heran und vergräbt das Gesicht an meinem Hals. »Dann bleibe ich«, ist alles, was er sagt, bevor er das Pferd wieder antraben lässt. Aber mehr muss er auch nicht sagen, um eine gewaltige Last von meinen Schultern zu nehmen.

Nach einer weiteren Stunde zu Pferd passieren wir die Stadtmauern von Eisenfels. Die Wachen erkennen Vaan trotz seines Aufzugs und salutieren vor ihm. Ganz so, als würde ihr zukünftiger König öfters mit abgerissener Kleidung und einem fremden Mädchen im Arm durch das Tor reiten. Der Gedanke versetzt mir einen seltsamen Stich und meine Laune verschlechtert sich augenblicklich.

Durch die Stadt selbst kommen wir nur sehr langsam voran. Menschen und Elfen laufen geschäftig durch die Straßen. Es herrscht Gedränge und Lärm, jedoch ist es für eine Stadt dieser Größe auffallend sauber. Hin und wieder werfe ich Blicke nach links und rechts, entdecke Händler mit exotischen Waren und glänzenden Stoffballen, Kinder, die durch die Gassen rennen und andere Reiter, die sich durch das Gedränge schlängeln.

Ich spüre, wie Vaan manchmal die Hand hebt oder jemandem zunickt, der ihn erkennt, doch niemand stellt Fragen nach seinem Aussehen oder zu mir. Und das ungute Gefühl in meinem Magen verschlimmert sich mit jeder Minute.

Vor dem Anwesen kommt sofort ein Stallbursche angerannt, um mein Pferd in Empfang zu nehmen. Hinter mir gleitet Vaan gekonnt herunter und greift meine Hände, um auch mir aus dem Sattel zu helfen. Als ich noch mit meinen Röcken kämpfe, die sich zum Teil um den Sattelknauf verfangen haben, packt er mich kurzerhand an der Taille und hebt mich herunter, als würde ich nichts wiegen.

Er nimmt meine Hand, verflechtet seine Finger mit meinen, als wäre es das Natürlichste auf der Welt, und zieht mich hinter sich über den Hof. Ich stolpere mehr, als dass ich gehe und halte den

Blick nach unten gesenkt, während mein Herz aufgeregt in meiner Brust flattert.

Vor dem Eingang ruft er einen der Diener herbei und weist ihn an, Wasser, Kleidung und den Beutel von meinem Sattel zu Vaans Zimmer zu bringen und es dort vor die Tür zu stellen.

Dann führt er mich in eine große Halle und eine gewundene Steintreppe hinauf.

Um uns herum herrscht überall geschäftiges Treiben wie in einem Bienenstock. Während Vaan hin und wieder stehen bleibt, um ein paar freundliche Worte mit den Bediensteten zu wechseln, würdigt mich niemand eines Blickes. Das bin ich zwar gewohnt und vor noch nicht allzu langer Zeit war das auch die Reaktion, die ich mir erhofft habe, doch momentan befremdet es mich.

Für was halten sie mich? Was denken sie über mich?

Ich blicke an mir hinab auf meinen staubigen Rock und Umhang und presse die Lippen zu einem schmalen Strich zusammen.

Bringt er etwa öfter Frauen mit, die er dann an der Hand durch Schlösser oder Anwesen führt?

Vor einem Zimmer mit einer schweren Holztür hält er an, öffnet sie und schiebt mich hinein.

»Ich bin gleich wieder da. Bleib so lange hier drin und öffne niemandem, hörst du? Ich will nur kurz meine Mutter aufsuchen.«

Mit diesen Worten schließt er die Tür, bevor ich widersprechen kann, und ich stehe allein in einem dunklen Raum. Großartig, genau das, wovor ich mich gefürchtet habe, ist nun eingetreten: Ich bin allein in einer Stadt voller Menschen. Unsicher laufe ich zu den Fenstern und ziehe die Vorhänge ein Stück zur Seite, um etwas Licht hineinzulassen.

Ich spitze an den Stoffbahnen vorbei und kann direkt in den weitläufigen Hof blicken, auf dem noch immer Diener geschäftig hin und her eilen. Dann drehe ich mich um und nehme das Zimmer bei Licht in Augenschein.

Es ist groß und gemütlich. Den Mittelpunkt bildet ein Tisch mit mehreren Stühlen und Liegen, die mit bunten Stoffen bezogen sind. Ein großes Himmelbett, in dem locker fünf Menschen Platz hätten, steht an einer Wand, daneben ein Waschtisch mit Spiegel und mehrere Schränke.

Die Wände sind mit bunten Wandteppichen verkleidet und auf den jeweiligen Bettseiten liegen rote Läufer. Ein goldgerahmtes Bild der Königsfamilie in Lebensgröße hängt gegenüber der Tür. Ich gehe näher darauf zu, um es mir anzusehen.

Hinter mir höre ich das Klacken des Türgriffs und wirbele herum. Doch es ist nur Vaan, der hereinkommt, und ich atme erleichtert auf. Mit einem Tritt schließt er die Tür und balanciert eine Wasserschüssel, Kleidungsstapel und mein Bündel ins Zimmer, was er alles auf dem Waschtisch ablegt. Ohne ein Wort zu sagen, geht er zurück zur Tür und schiebt den Riegel vor.

Das dumpfe Geräusch hat etwas Endgültiges. Ich muss schlucken und fühle mich trotz seiner Anwesenheit auf einmal unwohl.

Er kommt auf mich zu und mein Herz flattert wie ein kleiner Vogel vor Nervosität. Mit beiden Händen greift er nach meiner Kapuze und lässt sie nach hinten von meinem Kopf gleiten. Danach öffnet er die Schließe und der Umhang fällt zu Boden. Die ganze Zeit über bin ich unfähig, mich zu bewegen oder auch nur zu atmen.

Nachdem er einen Schritt zurückgetreten ist, betrachtet er mich abschätzend von oben bis unten, wobei ich mich fühle, als stünde ich splitternackt vor ihm, obwohl ich noch meine gesamte Kleidung trage, und ich winde mich vor Verlegenheit.

Als er meine Unsicherheit bemerkt, lächelt Vaan, nimmt meine Hand und führt mich zum Waschtisch. »Ich habe dir neben deinem Bündel auch andere Kleidung bringen lassen. Mach dich frisch, meine Mutter empfängt uns, sobald wir fertig sind.«

Ich greife nach meinem Bündel und hole die beiden Kleider heraus, die ich im Gasthaus noch eingepackt habe. Das, was ich trage, ist am Rock vollkommen verdreckt. So trete ich definitiv nicht einer Königin gegenüber.

Auch Vaan mustert die beiden Kleider, die ich auf dem Boden ausgebreitet habe, und deutet auf das braune. »Das blaue passt nicht zu dir«, meint er nur. Meine Wahl wäre auch auf das braune Kleid gefallen, also nicke ich.

Im Kleiderstapel finde ich ein Unterkleid, das ich mir herausnehme. Abwartend blicke ich zu Vaan, doch er zieht nur eine Augenbraue nach oben.

»Na gut«, gibt er nach einer Weile genervt nach. »Ich drehe mich ja schon um.«

Gegen meinen Willen muss ich schmunzeln, wenn er sich so jungenhaft verhält. Nachdem er mir seinen Rücken zugewandt hat, beginne ich flink, die Schnüre meines Kleides zu öffnen und lasse es zu Boden fallen.

Als ich nur in meinem alten Unterkleid dastehe, bemerke ich, dass auch Vaan sich auszieht. Das Hemd hat er sich bereits über den Kopf gestreift und wirft es achtlos beiseite. Mit offenem Mund beobachte ich das Spiel seiner Rückenmuskeln. Dann greift er nach dem Bund der Hose und mir wird schlagartig heiß, als ich daran denke, was er darunter trägt – nämlich nichts.

Während die Hose ein Stück nach unten wandert und Grübchen an seinem unteren Rücken enthüllt, hämmert mein Herz bedrohlich schnell und meine Atmung hat sich bereits bei seiner Rückansicht verselbstständigt.

Wahrscheinlich hat er mein Keuchen bis zu sich gehört, denn seine Schultern zucken plötzlich unter einem Lachanfall. Er dreht sich zu mir um und lacht noch lauter. »Deinen Gesichtsausdruck sollte man malen.«

»Was ist bitte so komisch?«, frage ich, nachdem ich wieder im Hier und Jetzt gelandet bin.

»Du, Fye.« Er macht einen Schritt auf mich zu und ich mache denselben Schritt nach hinten, pralle aber sofort gegen die Wand. Das spitzbübische Grinsen in seinem Gesicht verrät mir, dass er genau das geplant hat. Seine Hände gleiten federleicht meine nackten Arme hinauf und ich erschaudere. Seine Nase streift meinen Hals und er atmet tief ein. »Dein Gesicht verrät jeden deiner Gedanken, als würdest du ihn laut aussprechen«, flüstert er.

Ich stöhne laut auf, als seine Zunge vorsichtig an meiner Ohrenspitze entlangfährt, und eine seltsame Hitze breitet sich zwischen meinen Beinen aus.

Vaan löst eine meiner Hände, die ich an die Wand gepresst habe, und legt sie auf seine nackte Brust, direkt über sein Herz, das ebenso unregelmäßig hämmert wie meines.

Während er sanft an meinem Ohr knabbert, geben meine Knie unter mir nach und ich gleite an der Wand nach unten. Ach du heilige

155

Göttin, was passiert denn mit mir? Die Vielzahl meiner Gefühle variiert zwischen Vaan näher an mich heranziehen und ihn wegstoßen, um aus diesem Zimmer zu fliehen.

Noch während ich das Für und Wider beider Optionen abwäge, wandert sein Mund an meinem Kiefer entlang. »Sei nicht so verkrampft«, flüstert er, bevor er seine Lippen fordernd auf meine drückt.

Dieser Kuss ist nicht so sanft wie der im Wald, das merke ich sofort. Aber nach dem, was er eben mit mir gemacht hat, steht auch mir nicht der Sinn nach etwas Zartem, Unschuldigen.

Wie von selbst wandern meine Hände nach oben und krallen sich in seine Haare, ziehen ihn noch näher an mich heran. Immer weiter presst mich sein Körper an die unangenehm kühle Wand hinter mir und mir werden die dünnen Lagen Stoff, die uns trennen, schlagartig bewusst, als er seine Hüfte an meine drückt.

Dabei stöhnt er an meinen Lippen auf und dieser kleine Laut berauscht mich derart, wie ich es noch nie gefühlt habe. Mutig lasse ich meine Zunge an seiner Unterlippe entlangwandern und es dauert nicht lang, bis er seinen Mund öffnet und auch seine Zunge an meiner reibt.

Meine Brust, die an seine gepresst ist, vibriert unter dem tiefen Knurren, das ihm entfährt. Im nächsten Moment stößt er mich von sich und ich pralle unsanft gegen die Wand.

Mit schreckgeweiteten Augen starre ich ihn an, als er von mir wegrutscht und aufsteht. Er atmet ein paar Mal tief durch und fährt sich mit der Hand durch die Haare. »Zieh' dich an«, befiehlt er mir mit kalter Stimme, ohne mich anzusehen.

Das schlagende Ding in meiner Brust, das ich mit Müh und Not zusammengesetzt habe, zerspringt erneut in winzig kleine Splitter.

Tränen brennen in meinen Augen und es kostet mich meine gesamte Willenskraft, sie zurückzuhalten, als ich mich aufrapple und in das neue Unterkleid schlüpfe. Nachdem ich nach einer gefühlten Ewigkeit alle Schnüre des braunen Kleids geschlossen habe, wasche ich mein Gesicht und kämme meine Haare.

Vielleicht hat er das Zittern meiner Hände gemerkt, die einfach den Zopf nicht flechten wollen und ich ständig von vorne beginnen muss.

»Fye, es …«

»Nein«, unterbreche ich ihn. »Sag nichts.«

Das Letzte, was ich hören will, sind seine Ausreden. Oder ein erneutes »*Tut mir leid*«.

Wie konnte ich nur so dumm sein? Er ist der verdammte Menschenprinz und ich bin nur eine unter vielen seiner Eroberungen. Eine Kuriosität, etwas Besonderes, zumindest für eine Zeit lang. Wie konnte ich nur denken, dass da *mehr* wäre?

Sobald ich meine Gesichtszüge einigermaßen unter Kontrolle habe, gehe ich zu ihm. Auch er ist mittlerweile angezogen und sieht nun wahrlich aus wie ein Prinz in seinen feinen Gewändern. Möglichst ausdruckslos blicke ich ihn an. »Wir können gehen.«

Ein Anflug von Bedauern huscht über sein Gesicht, doch er nickt, hebt den Umhang auf und legt ihn mir um die Schultern, ohne mich direkt zu berühren.

Nachdem ich die Schließe befestigt und die Kapuze hochgeschlagen habe, treten wir hinaus in den Korridor.

13

Schweigend folge ich Vaan und versuche, seinen Rücken mit meinen Blicken zu erdolchen. Wie kann er mich in einem Moment so leidenschaftlich küssen und im anderen von sich stoßen und eiskalt von oben herab betrachten? Mir monoton Befehle erteilen, als wäre ich eine Dienstmagd?

Wie *kann* er es *wagen?*

Wieder verströmt er diesen betörenden Duft nach frischem Lavendel und ich will mein Gesicht an seine Brust schmiegen und meine Lungen damit füllen.

Nein, das steht gar nicht zur Diskussion!

Fast wäre ich in ihn hineingelaufen, als er plötzlich stehen bleibt und eine Tür öffnet. Er bedeutet mir mit einer Handbewegung, einzutreten und zaghaft setze ich einen Schritt in das Zimmer.

Es ist hell und nahezu genauso eingerichtet wie Vaans Gemach vorhin. Am Fenster mit dem Rücken zu uns steht eine zierliche Frau mit langen blonden Haaren.

Vaan hinter mir schließt die Tür und räuspert sich. »Mutter, darf ich dir Fye vorstellen?«

Die zierliche Frau dreht sich zu uns um und lächelt warmherzig. Sofort fällt mir auf, dass sie ungewöhnlich jung aussieht. Nur um die Augen hat sie feine Lachfältchen, ansonsten würde ich sie nicht älter als dreißig Menschenjahre schätzen. Zu jung, um einen erwachsenen Sohn zu haben ...

Flink kommt sie auf mich zu und packt meinen Umhang, um mich zu sich hinunterzuziehen. Da sie mir nur bis zur Nasenspitze reicht, beuge ich mich ein Stück hinab, versteife mich jedoch, als sie versucht, meine Kapuze abzustreifen.

Ich spüre Vaans Hand an meinem Rücken. »Es ist in Ordnung.«

Die Frau lächelt wieder und schlägt meine Kapuze zurück. »Willkommen, Fye.« Ihre Stimme ist angenehm und ein warmes Gefühl breitet sich in meinem Innern aus. »Ich hoffe, ihr hattet eine gute Reise. Ich bin Miranda, Vaans Mutter und Königin des Landes.«

Sie muss meinen fragenden Gesichtsausdruck richtig gedeutet haben, denn sie fährt fort: »Wundere dich nicht über mein jugendliches Aussehen, er ist wirklich mein Sohn. Auch wenn es nicht so scheint, bin ich doch über einhundert Jahre alt.«

Ich schnappe nach Luft. »Aber Ihr seid ein Mensch!«

Ihr Lachen ist hell und freundlich. »Äußerlich vielleicht, meine Liebe, aber ich bin ein Kind des Mondes, eine Nachfahrin der Götter selbst. Für uns gelten andere Regeln.« Sie deutet auf die Stühle, die um einen Tisch gruppiert sind, und wir setzen uns. »Also, was hat dir Vaan alles erzählt?«

Unsicher blicke ich von ihm zu seiner Mutter. »Nicht sehr viel. Ich weiß, dass er sich in einen schwarzen Wolf verwandelt und Ihr euch in einen Falken. Und dass ihr die Kinder des Mondes seid.«

»Weißt du, warum du hier bist?«

Bei dieser Frage runzle ich die Stirn. Ja, warum bin ich eigentlich hier? »Nicht wirklich«, gebe ich zu. »Vaan hat mich mehrmals gerettet.«

»Ich weiß. Er kam zu mir, als man dich über den Burghof geführt und in den Kerker geworfen hat.« Sie sieht ihren Sohn an, dann wieder mich. »Was weißt du über uns Kinder des Mondes?«

»Ihr seid die Nachfahren der Tochter der Mondgöttin und des Sonnengottes, die vom Himmelsvater verflucht wurde. Ihr verwandelt euch in verschiedene Tiere«, stammle ich und versuche, die Geschichte richtig wiederzugeben.

Die Königin sieht ihren Sohn missbilligend an. »Mehr hast du dem armen Mädchen nicht erzählt?«

Vaan stützt das Gesicht in die Hände, ehe er antwortet: »Die Umstände waren nicht gegeben, um ihr alles zu sagen. Es ist kompliziert.«

Ich weiß nicht, auf was er anspielt, aber *kompliziert* ist das richtige Wort für diese Situation. Mir ist klar, dass Vaan etwas vor mir verbirgt, aber anscheinend handelt es sich dabei um mehr, als ich bisher angenommen habe.

Die Königin greift nach meinen Händen und hält sie fest. Ihre sind klein und warm, und ich mag das Gefühl. »Du hast recht, wir können uns verwandeln. Meist geschieht es zum ersten Mal, wenn wir fünf Jahre alt sind. Jedes Kind des Mondes verwandelt sich in ein anderes Tier. Je nachdem, in welches Tier es sich wandelt, wird auch festgelegt, wann diese Wandlung meistens stattfindet. Vaan kann am einfachsten nachts Wolfsgestalt annehmen, während ich mich eher tagsüber in einen Falken verwandle.«

Ich sehe an ihr vorbei nach draußen. Die Sonne steht hoch am Himmel. »Aber es *ist* Tag und Ihr sitzt als Mensch vor mir.«

Sie schenkt mir ein strahlendes Lachen, schaut dann aber ihren Sohn an. »Schlau ist sie ja. Und hübsch noch dazu.«

Vaan schnaubt und versetzt mir mit diesem Geräusch einen eiskalten Stich ins Herz.

»Wie du richtig bemerkt hast, ist es helllichter Tag und trotzdem sitze ich hier und kann deine Hand halten. Die Erdenmutter konnte damals den Fluch des Himmelsvaters nicht aufheben, jedoch abmildern. Anstatt zu sterben, verwandelte sich die Tochter der Himmelsgötter in ein schwarzes Reh und konnte so bei der Erdenmutter leben. Doch das war noch nicht alles, was die Erdenmutter für ihre Enkelin tun konnte. Sie entschied außerdem, dass der Fluch gebrochen sei, wenn das Kind ihren Gefährten finden würde.«

»Gefährten? Ich verstehe nicht «

»Nenne ihn von mir aus auch Seelenverwandten. Der, der für uns bestimmt ist. Eines Morgens, das Mädchen hatte gerade ihr Rehfell abgestreift und badete im Fluss, begegnete sie einem jungen Mann, verliebte sich augenblicklich in ihn und er sich in sie.«

Ich runzle die Stirn. *Liebe* ... Etwas, das ich nicht kenne und auch nie kennen werde.

»Die Erdenmutter ließ die beiden das uralte Bindungsritual vollziehen und der Fluch war gebrochen. Das Mädchen konnte sich zwar noch immer in ein schwarzes Reh verwandeln, konnte es ab diesem Zeitpunkt jedoch steuern. Wenn sie wollte, musste sie nie mehr in ihren Rehkörper zurück.«

»Dann habt Ihr also ...«

»Ja. Ich habe meinen Gefährten gefunden und mich an ihn gebunden. Seitdem kann ich auch am Tag als Mensch vor dir sitzen.«

In meinem Kopf dreht sich alles vor lauter Fragen. »Aber ... Vaan ... Ich habe ihn sowohl am Tag als auch nachts als Wolf gesehen.«

»Wann hatte er tagsüber seine Wolfsgestalt?«

»Als er verwundet wurde. Angeschossen von einem Pfeil.«

»Und vergiftet«, fügt Vaan grummelnd hinzu.

Wissend nickt die Königin. »Unsere Tiergestalt ist robuster als die menschliche. Nebenbei besitzen wir auch einige nette Fähigkeiten, beispielsweise schnellere Heilung. In bestimmten Situationen, wie bei einer Vergiftung oder schweren Verletzung, übernimmt der Instinkt in uns die Oberhand und zwingt uns in unseren Tierkörper, um besser zu heilen oder sich zu verteidigen.«

Ich sehe zu Vaan. »Aber in der Schlucht als du angeschossen wurdest. Da warst du ein Mensch und es war Nacht.«

»Warst du davor ein Wolf?«, fragt seine Mutter.

Vaan nickt. »Ich bin ihr mehrere Tage in Wolfsgestalt gefolgt, weil ich sonst nicht hätte mithalten können.«

Wieder wendet sich die Königin mir zu. »Du musst dir diese Verwandlung wie ein Glas Wasser vorstellen. Normalerweise verwandelt Vaan sich nachts, das Glas ist dann voll. Tagsüber ist er ein Mensch und zehrt immer mehr des Wassers auf, bis es nachts wieder leer ist und gefüllt werden muss. Als er aber mehrere Tage als Wolf unterwegs war, war das Glas auch nachts gefüllt und er konnte sich dazu entscheiden, seinen Wolfskörper zu verlassen.«

Ich nicke. »Aber was hat das alles mit mir zu tun?«, stelle ich die wohl für mich wichtigste Frage. »Warum bin ich hier?«

Angespannt sieht die Königin zu ihrem Sohn und wartet mehrere Augenblicke. »Willst du es ihr nicht sagen?« Doch Vaan presst nur die Lippen zu einem schmalen Strich zusammen und schüttelt den Kopf, während ich seinen Kiefermuskel mahlen sehe.

Seufzend drückt die Königin meine Hände. »Es tut mir leid, Fye, aber es ist nicht meine Aufgabe, dir das zu erklären. Das muss mein Sohn tun. Ich kann dir aber noch etwas über Gefährten erzählen, wenn du möchtest.«

Wieder nicke ich. Alles ist besser, als Vaans abweisendes Gesicht anzusehen.

»Unsere Ahnin war ein Resultat reinster Liebe zwischen zwei Göttern. Daher ist die Liebe auch für uns noch immer etwas Besonderes. Für uns gibt es nur einen einzigen Gefährten, an den wir uns binden, den wir mit jeder Faser unseres Körpers lieben. Indem er sich an uns bindet, wird auch unserem Gefährten ein langes Leben zuteil. Er lebt so lange, wie wir leben – und das kann eine ganze Weile sein. Doch wie finden wir nun den einzigen Menschen oder Elf, der für uns bestimmt ist? Wir nennen es das Band.«

»Band?«

»Stelle es dir wie eine Schnur vor, die sich von deinem Herzen um das Herz deines Gefährten legt. Ist er bei dir, ist die Schnur, das Band, locker, dein Herz kann ungehindert schlagen. Ist er jedoch weg, von dir entfernt, spannt sich diese Schnur und wickelt sich um die Herzen, bis beide es nicht mehr aushalten und wieder die Nähe des anderen suchen. Ich könnte meinen Mann überall finden, indem ich einfach nur dem Ziehen in meiner Brust folge, egal wo er ist.«

Irgendwie klingt es sehr romantisch, was Königin Miranda erzählt, wie in einem Märchen.

Aber ich glaube nicht an Märchen.

»Und was ist, wenn der andere – der Gefährte, wie Ihr ihn nanntet – nicht dasselbe empfindet?«

Vaan neben mir zuckt zusammen und starrt mich an, zum ersten Mal, seit wir hier bei seiner Mutter sind. Die Königin wirft ihm einen mitfühlenden Blick zu, ehe sie mir antwortet: »Nun, es gibt Überlieferungen, dass das Band auch auf platonischen Beziehungen beruhen kann, beispielsweise zwischen einem Lehrer und dessen Schüler. Aber in den allermeisten Fällen wissen wir aus den Schriften, dass es sich bei den Bindungen um Liebesbeziehungen gehandelt hat, die beiderseits erwidert wurden.«

Ich lehne mich auf dem Stuhl zurück und verschränke die Arme. Mir entgeht nicht, dass sie meiner Frage ausgewichen ist. Mehr werde ich nicht aus ihr herausbekommen.

»Möchtest du sonst noch etwas wissen?«, fragt sie dann, aber ich schüttle den Kopf. »Ich bitte dich, das alles für dich zu behalten. Du bist in etwas hineingestolpert und verdienst Antworten. Ich habe mich bemüht, dir vieles zu erklären. Für alles andere ist mein Sohn zuständig.«

Mit diesen Worten erhebt sie sich und geleitet uns zur Tür. »Sei nicht so streng mit ihm«, flüstert sie mir zu, während ich meine

163

Kapuze hochschlage, und ich nicke mechanisch, auch wenn ich nicht wirklich weiß, was sie meint.

Vaan läuft wieder vor mir her, schaut und spricht mich aber nicht an. Seine Zurückweisung steckt mir noch in den Knochen, allerdings kanalisiere ich es mittlerweile in Wut.

Ich bin wütend darüber, dass er mich hierhergeschleppt hat. Ich bin wütend darüber, dass er diese Gefühle in mir geweckt und mich dann von sich gestoßen hat. Dass er mich belogen ... nein, dass er mir zumindest die Wahrheit *verschwiegen* hat und ich nun wie eine nichtswissende Idiotin hinter ihm hertappe und keine Ahnung habe, was ich tun soll.

Während ich ihn still und leise auf alle erdenklichen Arten mit Blicken ermorde, fällt mir nicht auf, dass sich uns zwei Personen nähern. Erst als sie fast direkt vor uns stehen, bemerke ich sie.

Und könnte auf der Stelle in Ohnmacht fallen. Wirklich, wenn mein Herz jetzt aufhören würde zu schlagen, es würde mich nicht wundern.

Beinahe spüre ich die sengende Hitze, die an meinem Fleisch leckt, und höre die gellenden Schreie der Sterbenden, ebenso wie das schmatzende Geräusch des Schlamms, durch den sie versuchen zu fliehen.

Vor mir steht der Menschenkönig aus meinem Traum! Neben ihm klammert sich die wunderschöne Elfenhexe an seinen Arm.

Unfähig mich zu bewegen, starre ich die beiden an, doch keiner der beiden würdigt mich eines Blickes.

»Vaan«, tönt die volle, tiefe Stimme des Mannes vor mir.

»Vater«, murmelt Vaan hinter mir.

Und ich möchte am liebsten schreien.

Nachdem Vaan mich zurück ins Zimmer geschoben hat – meine Beine haben einfach ihren Dienst versagt –, verabschiedet er sich knapp und lässt mich allein zurück.

Na großartig.

Unsicher tappe ich im Zimmer umher und nestele an meiner Schließe. Ich kann mich nicht dazu durchringen, den Umhang abzulegen. Was, wenn jemand reinkommt und mich sieht? Ich bin hier völlig schutzlos.

Verdammter Vaan! Erst zerrt er mich hierher, stößt mich von sich und lässt mich nun auch noch allein. Am liebsten würde ich ihm die Augen auskratzen!

Und dann noch diese Begegnung eben auf dem Korridor! Der Schreck sitzt mir noch immer in den Knochen. Ich hätte nie damit gerechnet, jemals jemandem aus meinen Träumen zu begegnen und nun treffe ich auch noch die beiden schlimmsten Albträume. Und das allerschlimmste: Beide befinden sich unter dem selben Dach wie ich.

Zum Glück schienen sie mich nicht erkannt zu haben. Wie auch? Aber das muss nichts heißen. Ich bin mir sicher, dass sie mir alles andere als wohlgesonnen sind. Schon allein die Art, wie sich diese Elfe an den Arm des Königs geklammert hat, ließ mich misstrauisch werden. Noch nie habe ich von einem solchen Abhängigkeitsverhältnis gehört, normalerweise ist es eher andersherum.

Gefrustet sinke ich auf einen der Stühle nieder und starre die Wand vor mir an. Als mein Blick höher wandert, sehe ich das überdimensionierte Bild der Königsfamilie und ich trete näher, um es genauer zu betrachten.

Sowohl die Königin als auch der König sehen unwahrscheinlich jung aus. Wenn ich es nicht besser wüsste, würde ich niemals auf die Idee kommen, dass Vaan und die Prinzessin die Kinder der beiden sind.

Ich werfe einen Blick durch die halboffenen Vorhänge nach draußen. Die Sonne versinkt langsam hinter den Hügeln, dennoch herrscht im Hof rege Betriebsamkeit, der ich eine Weile zusehe.

Als ich mich gerade abwenden will, bleibt mein Blick an einer feuerroten Haarmähne hängen und ich muss schlucken. Das ist er! Da, neben den Ställen, steht Gylbert. Mein Herz macht einen Satz und augenblicklich legt sich ein beruhigender Nebel über mich.

Was soll ich tun? Zu ihm gehen und fragen, warum er so ein Idiot ist? Ich glaube nicht, dass ich ein zivilisiertes Gespräch mit ihm führen könnte. Ich würde ihn entweder anschreien oder unter Tränen und auf Knien rutschend um eine Erklärung bitten. Dieser Mann ruft nur extreme Gefühle in mir hervor und ich weiß nicht wieso. Selbst jetzt kribbeln meine Finger vor Verlangen, durch sein glänzendes langes Haar zu fahren, und ich balle meine Hände schnell zu Fäusten, um das Zittern einzudämmen.

Ohne lange nachzudenken, durchwühle ich die Schubladen und finde nach kurzer Zeit Feder, Papier und Tinte. Die Worte fließen aus mir heraus, aber ich schalte bewusst mein Herz aus. Danach falte ich den kurzen Brief und versiegle ihn mit Wachs.

Ein kurzer Griff in mein Bündel und ich trete hinaus in den Korridor. Ich muss nicht lange warten, bis mir eine Magd entgegenkommt, die mich übersieht, bis ich ihr direkt in den Weg trete.

Während sie mich noch mit zusammengezogenen Augenbrauen mustert, hole ich tief Luft und hoffe auf die Macht meiner Stimme. »Kennst du den Ritter Gylbert?«

Unsicher nickt das Mädchen, doch ich sehe bereits, dass ihr Misstrauen schwindet. »Ja, Mylady.«

Bei dieser Anrede muss ich grinsen, konzentriere mich jedoch gleich wieder auf mein Vorhaben. Meine Stimme vibriert vor Kraft. »Ich will, dass du ihm diesen Brief bringst.«

Ohne ein Wort mustert sie den zusammengefalteten Zettel. An ihren Augen erkenne ich aber, wie sie im Innern mit sich ringt. Meine Magie zeigt Wirkung, aber ich muss noch etwas Überzeugungsarbeit leisten. Also öffne ich die andere Hand, in der eine silberne Münze glitzert.

»Du gibst ihm diesen Brief und wartest auf seine Antwort, die du mir sofort überbringst. Du redest mit niemandem darüber. Die Antwort bringst du nur zu mir, zu niemandem sonst. Wenn du die Aufgabe zu meiner Zufriedenheit gelöst hast, bekommst du diese Münze.«

Sie reißt mir den Brief förmlich aus den Händen, knickst mit einem weiteren »Mylady« und stürmt davon.

Wie ein Tier im Käfig laufe ich durchs Zimmer, während ich auf die Antwort warte. Ich bete, dass Vaan nicht in der Zwischenzeit zurückkommt und Fragen stellt. Aber wahrscheinlich wird er die ganze Nacht als Wolf irgendwo umherstreunen und sich Flöhe oder so was einfangen.

166

Soll mir doch egal sein.

Als ich schon denke, dass ich wahnsinnig werde, klopft es schüchtern an die Tür. »M-Mylady? Ich bringe die Antwort.«

Ich reiße die Tür auf, nehme den Brief an mich und lasse die Münze in ihre Hand fallen, wodurch ich mit einem strahlenden Lächeln belohnt werde. Mit einer Handbewegung entlasse ich das Mädchen und schließe die Tür.

Noch bevor ich am Tisch angekommen bin, habe ich das Siegel aufgebrochen und das Papier entfaltet. Es steht nur eine kurze Nachricht darauf.

Morgen um Mitternacht an der Lichtung hinter den Ställen
– G.

Ich weiß nicht, was ich erwartet habe. Natürlich hat sich mein Herz nach einer seitenlangen Entschuldigung oder irgendeiner Rechtfertigung gesehnt, doch diese eine Zeile ist sehr ernüchternd.

Aber vielleicht will er mir ja alles von Angesicht zu Angesicht erklären? Vielleicht hat er beim Anblick des Wolfs auch einfach nur die Nerven verloren. Ob er weiß, dass dieser schwarze Wolf der Prinz ist? Egal, ich muss ihn einfach sehen. Außerdem muss ich unbedingt wissen, was er über meine Mutter zu sagen hat.

Es ist mittlerweile Nacht und ich beschließe zu schlafen. Nachdem ich mich bis aufs Unterkleid ausgezogen habe, krabble ich in das riesengroße Bett und versinke in den unzähligen Kissen.

Durch Gylberts Anblick habe ich meinen Fast-Zusammenstoß auf dem Korridor beinahe vergessen, doch in meinen Träumen suchen mich der lachende König und seine Elfenhexe wieder heim.

Sie stehen auf diesem Hügel und das schrille Lachen der Elfe echot zwischen den brennenden Häusern. Ich knie im Schlamm und sehe, wie um mich herum Halbelfen von Schwarzen Rittern niedergemetzelt werden, doch egal, wie laut ich schreie, niemand nimmt mich zur Kenntnis.

»Fye!« Lavendelduft umhüllt mich. Ich schrecke aus diesem Albtraum hoch und finde mich in Vaans Armen wieder, die mich an seine nackte Brust drücken.

167

Mit einer Hand fährt er über meinen Rücken. »Entschuldige«, murmelt er dabei. »Du hast im Schlaf geschrien. Ich wollte nicht …«

Im ersten Moment bin ich unfähig, mich zu bewegen. Zu sehr steckt mir der Albtraum noch in den Knochen. Dann sehe ich an seinem Arm vorbei und entdecke zwei Kissen und eine Decke auf dem Boden liegen. »Wie lange bist du zurück?«

»Eine Weile. Du hast bereits geschlafen und ich wollte dich nicht wecken. Dann hast du angefangen zu schreien.«

»Nur ein Albtraum.« Ich schiebe ihn sanft, aber bestimmt von mir, darauf bedacht, so wenig von ihm wie möglich zu berühren, und richte mich auf. Seine Nähe ist mir zu viel. Vor allem, wenn er halbnackt ist und mein Gehirn nicht richtig funktioniert.

»Kann ich etwas für dich tun?«

Seine Sorge ist ehrlich, doch ich schüttle mit einem müden Lächeln den Kopf.

»Dann … lasse ich dich mal weiterschlafen.« Umständlich klettert er aus dem großen Bett und legt sich auf den Boden.

Obwohl ich weiß, dass ich es im Nachhinein bereuen werde, sage ich: »Bleib. Es ist in Ordnung. Das Bett ist groß genug für zwei.« Ich rutsche zur anderen Bettseite und hoffe, dass er es nicht falsch versteht. Ich will ihm nicht nahe sein, aber ich vermute, dass seine bloße Anwesenheit meine Albträume fernhält, wie schon in den Nächten zuvor.

Auch Vaan liegt am äußeren Bettrand, sodass mindestens noch drei Erwachsene zwischen uns Platz hätten, und ich spüre, dass er sich genauso unwohl fühlt wie ich mich. Seufzend rutsche ich ein Stück näher und er tut es mir gleich, spiegelt jede meiner Bewegungen. Als wir eine Armlänge entfernt liegen, nimmt er fast schüchtern meine Hand.

»Was hast du geträumt?«

Ich schüttle den Kopf.

»Böse Träume verschwinden, wenn man über sie spricht. Das nimmt ihnen die Macht.«

Irgendwie finde ich es schön, dass er mich beruhigen möchte. Also springe ich über meinen Schatten und erzähle ihm so viel wie möglich von meinem Traum, ohne seinen Vater oder die Elfenhexe genauer zu beschreiben. Er hört mir schweigend zu, ist einfach da, und streicht mit seinem Daumen federleicht über meinen Handrücken.

Als ich fertig bin, sagt er mit einem Lächeln: »Schlaf jetzt, Fye. Ich verjage die bösen Träume. Niemand kommt am schwarzen Wolf vorbei.«

Nun muss auch ich lachen und drehe mich ihm zu, meine Hand noch immer in seiner. Das Letzte, was ich sehe, sind seine leuchtenden Augen, bevor ich in einen tiefen, traumlosen Schlaf sinke.

14

Als ich am nächsten Morgen aufwache, ist Vaan bereits weg. Auf dem Waschtisch finde ich ein üppiges Frühstück und eine kleine Notiz von ihm.

Bin heute den ganzen Tag unterwegs. Sehen uns morgen. Essen wird dir gebracht. Beschäftige dich bitte im Zimmer. Träum gut!
– Vaan

Auch wenn diese Nachricht ebenfalls nicht sonderlich lang ist, vermittelt sie mir jedoch so viele Emotionen – viel mehr als dieser nichtssagende Einzeiler von Gylbert – und lässt meine Wut auf Vaan etwas verrauchen.

Nach dem Frühstück schlüpfe ich wieder in das braune Kleid und flechte meine Haare zu einem dicken Zopf. Während ich noch überlege, wie ich den ganzen Tag alleine hinter mich bringen soll, klopft es an der Tür.

Erschrocken springe ich auf. »W-Wer ist da?«

»Ich bin es, Fye. Miranda.«

Ich öffne die Tür einen Spalt und die zierliche Gestalt der Königin schiebt sich ins Zimmer. Unter einem Arm hat sie ein paar Bücher, in der anderen Hand hält sie Nähsachen.

»Vaan ist heute mit seinem Vater unterwegs und da dachte ich, ich leiste dir etwas Gesellschaft. Auf was hast du Lust? Lesen oder sticken?«

Die Wahl fällt mir leicht und ich nehme ihr lächelnd die Bücher ab, während sie sich über ihre Stickarbeit beugt.

Hin und wieder reden wir über Belanglosigkeiten. Niemals über den Fluch. Niemals über Vaan. Niemals über mich. Und ich genieße diese fast schon traute Zweisamkeit mit der Königin. Seit Bryandes Tod war ich immer allein, ohne eine weibliche Bezugsperson. Schon bei unserer ersten Begegnung habe ich die Königin und ihre unkomplizierte Art ins Herz geschlossen.

Nach dem Abendbrot verabschiedet sie sich mit einer festen Umarmung und für einen kurzen Moment fühle ich mich geborgen.

Doch ich vergesse für keine Sekunde, was ich heute noch vorhabe.

Unruhig laufe ich durchs Zimmer und beobachte, wie der Mond langsam immer höher klettert. Ich überlege hin und her, ob ich meine Schwertlanze zu dem Treffen mit Gylbert mitnehmen soll, entscheide mich dann aber dagegen. Wozu? Es würde mich nur verdächtig machen, wenn ich mit einer Waffe durch die Burg laufe.

Mein Magen flattert vor Aufregung, als ich den dunklen Korridor entlanghusche, und ich mache mir wirklich Sorgen, dass ich gleich das Abendessen wieder hochwürge. Diese Ungewissheit setzt mir zu und als ich bei den Ställen ankomme, bin ich ein nervliches Wrack.

Was soll ich ihm sagen? *Wie geht es dir? Danke, dass du mein Herz gebrochen hast und auf meinen Gefühlen herumgetrampelt bist! Und damit nicht genug! Dann kommst du auch noch daher und behauptest, etwas über meine Mutter zu wissen!*

Und doch freue ich mich auf unser Treffen. Irgendwie kommt mir das, was er mir angetan hat, mit einem Mal nicht mehr so schlimm vor.

Nervös kaue ich meine Nägel bis aufs Fleisch herunter, während ich unbemerkt über die Weide laufe, die direkt hinter den Ställen liegt. Dort hinten, zwischen ein paar Bäumen, kann ich den Schein einiger Fackeln sehen und gehe direkt darauf zu.

Mein Herz klopft mir mittlerweile bis zum Hals und ich rechne jede Sekunde damit, mich zu übergeben. Warum macht mich allein der Gedanke, dass ich gleich Gylbert gegenüberstehen werde, so zappelig?

Ich atme tief durch, bevor ich zwischen den Bäumen hindurch auf die Lichtung trete, wo Gylbert mich bereits erwartet. Locker lehnt er an einem Baumstamm, die Arme vor der breiten Brust gekreuzt. Er trägt keine schwarze Rüstung, was mich erleichtert. Stattdessen spannt sich ein hellblaues Wams über seinen Muskeln und seine langen roten Haare hat er im Nacken zu einem Zopf gebunden.

Lächelnd kommt er auf mich zu, als er mich im Schatten entdeckt. »Ich hatte schon Angst, dass du nicht kommst. Ich wusste nicht, wie ich deinen Brief deuten soll «

Ich sehe nur noch ihn, nehme nichts anderes um mich herum mehr wahr. Diese Unsicherheit in seiner Stimme versetzt mir einen Stich. Kann es sein, dass er vielleicht genauso gelitten hat wie ich? Dass er nicht gehen wollte, sondern *musste?* Ich will nichts anderes, als mich an diese Möglichkeit klammern, während ich einfach nur seine blauen Augen und das markante Gesicht mit dem Grübchen im Kinn anstarren kann.

Vorsichtig setzt er einen Fuß vor den anderen, so als wolle er mich nicht erschrecken. Als wäre ich ein scheues Reh, das bei der kleinsten schnellen Bewegung die Flucht ergreift.

Dabei wünsche ich mir doch nichts mehr, als dass er endlich die Kluft zwischen uns überbrückt, mich an sich drückt und mir sagt, dass er all das nicht wollte.

Dass er mich liebt.

Ich weiß nicht, ob ich ihn liebe, kenne dieses Gefühl nicht, bedingt durch meine lebenslange Einsamkeit. Aber als ich ihn dort im Schein der Fackeln stehen sehe, groß und anmutig, mit seinen glitzernden Augen, die meinen Körper von oben bis unten abtasten, füllt sich mein Herz mit Wärme und Verlangen.

Er zieht mich in seine Arme und ich inhaliere den Duft nach frischen Rosen, der ihn umgibt. In diesem Moment könnte die Welt um mich herum auseinanderfallen und ich würde es nicht bemerken.

Doch einen kurzen Moment später zwinge ich mich wieder ins Hier und Jetzt, auch wenn es mir schwerfällt und ich mich fühle, als müsste ich gegen eine unsichtbare Macht ankämpfen.

»Du hast mir eine Nachricht geschrieben, als du … gegangen bist.« Die Erinnerung daran, wie er sein Pferd bestieg und einfach davonritt, ohne sich umzudrehen, schneidet mir erneut ins Herz und es kostet mich einige Überwindung, diesen Zeitpunkt offen anzusprechen.

Er hält mich auf Armeslänge von sich, lässt jedoch seine Hände an meinen Schultern. »Richtig. Ich habe im Gasthaus deine Schließe gesehen und bin mir sicher zu wissen, wer deine Mutter ist.«

Wieder redet er von meiner Mutter, als sei sie noch am Leben. Wieder verwendet er *ist* anstatt *war,* was mein Herz nochmals ein

172

paar Takte schneller schlagen lässt. Meine Mutter ist tot, deshalb hat mich Bryande aufgezogen. Deshalb war sie meine Ziehmutter, weil sie meine echte Mutter ersetzen musste.

Oder?

»Komm, ich möchte dir etwas zeigen.« Mit einer Hand an meinem Rücken dirigiert er mich aus der Lichtung hinaus und tiefer in den Wald hinein.

Ich sträube mich kurz dagegen und bleibe stehen. Was soll ich im Wald? Ich will es *jetzt* von ihm hören! Ich will wissen, wer meine Mutter ist, war, was auch immer. Und ich will hören, dass es ihm leidtut.

»Gylbert, ich …«

Sanft legt er zwei Finger an meine Lippen und bringt mich zum Schweigen. »Hab keine Angst. Vertraust du mir, Fye?«

Während sich mein Blick in seinen himmelblauen Augen verhakt, nicke ich.

»Gut, dann folge mir!«

Mühelos halte ich mit ihm Schritt, während wir eine Zeit lang durch die Dunkelheit laufen. Ich schätze, dass wir fast zwei Stunden unterwegs sind, als wir an einer Höhle halten, deren Eingang mit Fackeln gesäumt ist.

Unsicher schaue ich mich um. Fackeln mitten in der Nacht und im Wald? Ein ungutes Gefühl kriecht meinen Rücken hinauf, doch Gylbert schiebt mich in die Höhle hinein. Seine Berührung und seine Nähe scheint meine Furcht auszulöschen.

»Hab keine Angst«, flüstert er in mein Ohr und jagt damit ein Prickeln durch meinen Körper. »Es wird dir gefallen.«

An dieser Stelle werfe ich jegliche Vorbehalte über Bord, denn mein Gehirn befindet sich nun auf seiner ganz eigenen Reise.

Die Höhle führt tief in den Berg hinein. Die von Fackeln beleuchteten Wände glänzen feucht und ein muffiger Geruch beißt in meiner Nase.

Doch alles, was ich wahrnehme, ist Gylberts warme Hand auf meinem Rücken und seine Nähe. Egal, was uns in dieser Höhle erwartet, er ist hier, bei mir. Er würde mich niemals einer Gefahr aussetzen. Das, was damals geschehen ist, ist Vergangenheit.

Jetzt sind wir zusammen.

Der schmale Gang mündet in einen großen Raum, der ebenfalls von Fackeln erhellt ist. In der Mitte hat sich ein kleiner See angesammelt, worüber ein großer Kristall schwebt, der aussieht, als bestünde er aus purem Eis.

Gylberts Hand verstärkt den Druck an meinem Rücken, während er mit der anderen auf den Kristall deutet. »Geh und sieh ihn dir an.«

Vorsichtig setze ich einen Fuß ins Wasser, das mir bis zum Knöchel reicht, und nach nur wenigen Schritten bin ich am Kristall angelangt.

Was ich sehe, verschlägt mir die Sprache.

Der Kristall ist etwa so groß wie ich und im Innern befindet sich eine Gestalt, eingeschlossen wie in einem Gefängnis. Ich strecke die Hand aus, um ihn zu berühren und schrecke zurück. Der Kristall ist kalt, als wäre er tatsächlich aus Eis.

Was soll das? Warum ist da jemand drin? Und was hat das mit mir zu tun? Soll das etwa die Überraschung sein, von der Gylbert gesprochen hat?

Verwirrt drehe mich zu ihm um und erstarre vor Schreck. Eine kleine Hand hat sich um seine Taille gelegt und kurz darauf tritt eine zierliche Person hinter seinem breiten Rücken hervor.

Sie kichert, als sie meinen Gesichtsausdruck bemerkt, und ich brauche einen Moment, um sie einzuordnen. Irgendwo habe ich diese blonde Haarflut und diesen zierlichen Körper doch schon mal gesehen … Doch erst, als ich in ihre Augen blicke, wird es mir klar.

Vor mir steht Prinzessin Giselle, Vaans Schwester, die besitzergreifend eine Hand um Gylberts Mitte gelegt hat.

Ihr Lachen schwillt an, als mein Blick ungläubig zwischen den beiden hin und her huscht.

Was soll das, Gylbert? Warum lässt du dich von ihr anfassen? Und was um alles in der Welt macht sie hier?

Als auch er seinen Arm um ihre Schultern legt und sie an sich zieht, geben meine Beine nach und ich sacke mit den Knien ins Wasser.

Das kann nicht wahr sein! Das *darf* nicht wahr sein!

»Endlich begegnen wir uns«, säuselt Giselle und kommt mit ihren kleinen nackten Füßen auf mich zu. Mehr sehe ich nicht, denn mein Blick ist starr auf den Boden gerichtet. »Du ahnst gar nicht, wie sehr ich mich darauf gefreut habe.«

Ein diabolischer Unterton in ihrer Stimme lässt mich zusammenfahren. Sie steht nun am Rande des kleinen Sees und sieht auf mich hinab.

Irgendwann schaffe ich es auch meinen Blick zu heben, doch es ist nicht sie, die ich anschaue. Mit verschränkten Armen steht Gylbert am Eingang und grinst. Einst hat mich sein Lächeln verzaubert, doch nun jagt mir dieses fiese Grinsen einen eiskalten Schauer über den Rücken.

Ich flehe ihn mit Blicken an, mir zu sagen, was hier los ist, was die Prinzessin hier macht und warum er mir das antut – schon wieder. Doch kein einziger Laut kommt über meine Lippen und nach einer Weile wendet er sich von mir ab.

Ich kann das Knacken meines Herzens hören, als es erneut in tausend Splitter zerspringt und nur noch dumpf in meiner Brust pumpt.

Ich erwache aus meiner Starre, als etwas meine Kapuze herunterreißt und meinen Zopf packt. Unsanft ruckt mein Kopf zurück und ich starre in Giselles Goldaugen, die mich auf groteske Art und Weise an Vaans erinnern.

»War er nicht wundervoll? Hat er dir das Gefühl gegeben, dass er dich mag? Vielleicht sogar liebt?« Ihre Lippen verziehen sich zu einem gehässigen Grinsen und ich muss schlucken. »Sieh ihn dir gut an!« Mit Wucht stößt sie meinen Kopf nach vorne, sodass ich das Gleichgewicht verliere und mit den Händen im Wasser lande.

Sie tänzelt zu Gylbert zurück, legt eine Hand in seinen Nacken und zieht ihn weit zu sich hinunter, presst ihren Körper an seinen, während ihr Mund seinen geradezu verschlingt.

Mir wird schlecht, ich will schreien, ich will weglaufen, am besten alles gleichzeitig. Doch ich bleibe ruhig, versuche, mein Gesicht in eine gleichgültige Maske zu verwandeln.

Als seine Hände ihren Körper hinunterwandern und sie an ihrem Hintern hochheben, kneife ich die Augen zu und presse die Lippen zusammen, um nicht doch noch zu schreien.

»Ich glaube, sie hat genug. Du kannst den Zauber jetzt von ihr nehmen, Gylbert-Schätzchen.«

Ihre Worte dringen gar nicht zu mir durch, so gefangen bin ich in meinem Kopf. Erst nach einer Weile frage ich mich, von welchem verdammten Zauber sie da spricht.

175

Und dann dämmert es mir. Die Stimme, die ich immer wieder gehört habe und die mich warnen wollte. Der Nebel, der sich über meine Gefühle gelegt hat. Er hat mich bezirzt! Er hat den einen Zauber, den ich selbst beherrsche, gegen mich angewendet – und ich habe es nicht gemerkt! Ich stand die ganze Zeit unter seinem Einfluss! Alles … Alles, was ich dachte zu fühlen, war nichts weiter als eine Lüge!

Ich schaue erst wieder auf, als ich das Plätschern neben mir vernehme. »So, nachdem das geklärt wäre, kommen wir nun zum spaßigen Teil!« Freudig klatscht sie in die Hände.

»Was wollt Ihr?«, würge ich hervor. »Ich habe keinerlei Nutzen für Euch!«

»Oh, da irrst du dich aber gewaltig, kleine Fye.« Wieder packt sie mich an den Haaren und zerrt mich aus dem See hinaus. Ihre Kraft ist überwältigend und bei ihrem kleinen Körper war ich darauf nicht vorbereitet. Grob wirft sie mich zu Gylberts Füßen auf den Boden.

»Eigentlich wollte ich dich ja im Wald schon töten. Erinnerst du dich an mich?«

Oh, ja, ich erinnere mich gut an die schwarze Löwin, die vor der Höhle umhergeschlichen ist, während ich Vaans Wunden versorgte, also nicke ich.

»Du hättest sicherlich ganz wundervoll geschmeckt. Dummerweise war Vaan noch bei Bewusstsein …«

Er hatte das Wesen verjagt und mich beschützt. »Was wollt Ihr von mir?«

Ihr Grinsen wird breiter. »Was hat dir Vaan über uns erzählt?«

Kurz gebe ich wider, was ich über die Kinder des Mondes und ihre Verwandlungen weiß.

»Und über die Gefährten?«

Stockend berichte ich, was die Königin mir erzählt hat. Noch immer weiß ich nicht, worauf sie eigentlich hinaus will, und wähle daher meine Worte mit Bedacht.

»Jeder von uns bindet sich in seinem Leben an einen einzigen Gefährten, mit dem er seine Lebensenergie teilt, nachdem das Ritual vollzogen wurde. Unser Herz schlägt nur für diese eine Person. Dumm nur, wenn derjenige nicht so empfindet …«

Verwirrt schaue ich zu ihr auf und begegne ihrem eiskalten Blick. »Ich verstehe nicht «

»Hast du sie gesehen?«

Wieder kann ich sie nur fragend ansehen. Was gesehen? Wovon redet sie die ganze Zeit?

»Vaans Narben.«

Ich nicke, verstehe den Zusammenhang aber immer noch nicht. Ich hatte die silbrigen Narben auf seinem Oberarm gesehen, als ich seine Pfeilwunde verbunden habe.

»Die sind von mir. Ich habe ihn während unserer Bindungszeremonie gebissen.«

Nachdem all diese Informationen auf mich eingeprasselt sind, brauche ich eine Weile, um sie zu verarbeiten. Sie hat ihren eigenen Bruder gebissen? Bei ihrer Bindungszeremonie? Aber die Kinder des Mondes binden sich doch nur an eine Person.

Ihren Gefährten.

»Richtig«, sagt Giselle, als sie die Erkenntnis in meinen Augen sieht. »Ich liebe meinen Bruder. Er ist mein einzig wahrer Gefährte.«

Wieder schießt mein Blick zu Gylbert, der teilnahmslos an der Wand lehnt.

»Mach dir um ihn keine Sorgen. Er hat so viele Frauen an einer Hand, dass es ihm nichts ausmacht, auch für mich den Lückenbüßer zu spielen.«

O Götter, die ganze Sache wird immer grotesker.

»Ihr liebt also Euren Bruder. Nun, das ist Eure Sache. Was wollt Ihr dann von mir?« Ich bin stolz darauf, wie fest meine Stimme klingt, obwohl ich mich am liebsten zusammenrollen und verkriechen würde.

»Du weißt es also noch nicht? Ach ja, mein Brüderchen war schon immer so dumm Blöderweise bin ich nicht seine Gefährtin – zumindest behauptet er das hartnäckig – und er flüchtete, bevor wir die Bindungszeremonie vollenden konnten.«

Sie wollte ihn zu einer Bindung *zwingen?* Und hat ihn deshalb in den Arm *gebissen?*

Diese Frau ist doch eindeutig krank im Kopf!

Ich kratze all meinen Mut zusammen und stehe auf. Das Zittern in meinen Knien versuche ich zu ignorieren und mache ein paar unsichere

Schritte von Giselle weg. Ich muss hier verschwinden! Wer weiß, was sie mir in ihrem Wahn antun will. Doch der einzige Ausgang wird von Gylbert bewacht, der uns mit gelangweiltem Blick beobachtet.

»Oh, du willst schon gehen?« Wieder hallt ihr gehässiges Lachen durch die Höhle. »Zu schade!« Sie greift hinter sich und holt eine dicke Lederschnur hervor, die sie mit einem lauten Klatschen aufrollt.

Im nächsten Moment liegt die Schnur bereits schmerzhaft um meinen Hals und drückt zu. Während ich mit beiden Händen versuche, den Druck zu lockern und panisch nach Luft schnappe, erkenne ich, mit welcher Waffe Giselle kämpft: einer Lederpeitsche. Wie passend.

Sie zerrt an ihrem Ende und ich fürchte, dass mein Kehlkopf jeden Moment zerdrückt wird. Wimmernd sacke ich zurück auf die Knie, wobei sie den Druck etwas lockert.

»Na, siehst du? Ist doch gar nicht so schwer.« Noch einmal zerrt sie an der Peitsche, zieht mich ein Stück zu sich und ich falle bäuchlings nach vorne ins Wasser, wodurch sich die Schlinge um meinen Hals löst. Keuchend ringe ich nach Luft, während ich vor Kälte zittere. »Es ist so unhöflich zu gehen, wenn noch jemand spricht.«

Sie rollt die Peitsche wieder ein und tänzelt an den Rand des Sees. »Wo war ich stehengeblieben? Ach ja, richtig! Ich habe davon geschwärmt, wie lecker du geschmeckt hättest. Na ja, dann kam ja mein Brüderchen dazwischen und musste dich retten. Mal wieder. Aber egal, nun haben wir uns ja hier ganz zufällig wiedergetroffen.«

»Was wollt Ihr von mir?«, würge ich durch meine malträtierte Kehle hervor.

Wieder zeigt sie ihr diabolisches Grinsen und fährt mit der Zunge an ihren Zähnen entlang, ehe sie mir antwortet: »Du wirst dafür bezahlen, dass du mir meinen Gefährten weggenommen hast! Dafür wirst du sterben!«

»Was? Ich habe gar nichts getan!«

Dafür handle ich mir einen schmerzhaften Peitschenschlag ein, der direkt zwischen Schulter und Hals hineinschneidet, und ich schreie vor Schmerzen auf.

»Du hast ihm schöne Augen gemacht! Doch ich lasse mir nichts wegnehmen, was mir gehört. Besonders nicht von so einem niederen Halbblut wie dir!«

Wieder saust die Peitsche auf mich herab und ich sacke auf die Hände.

»Das stimmt nicht! Ich habe überhaupt nichts gemacht!«

Ich schreie auf, als das Leder meine Kleidung zerfetzt und auf das bloße Fleisch meines Oberarmes niederfährt. Der Schmerz zieht sich meine komplette Wirbelsäule hinauf und hinunter.

»Ich schickte also meine besten Leute, um dich zu finden und zu töten, nachdem unser edler Prinz dich aus dem Schloss schmuggeln musste. Layla und Alystair kamen mit leeren Händen zurück, zweimal. Nun, dafür haben sie ihre entsprechende Strafe erhalten.« Ihr Blick wirkt entrückt und ein feines Lächeln umspielt ihre Lippen, während ich blutend, zitternd und durchnässt im See knie und meinen schmerzenden Arm umklammere.

»Diese Versager! Also schickte ich dann meinen allerbesten Mann.« Sie dreht sich zu Gylbert um und lächelt ihm zu. »Er fand dich an dieser Klippe und wollte die Sache gerade beenden, als ihm etwas an dir auffiel.«

Sie überbrückt die drei Schritte zu mir und reißt mir die silberne Schließe vom Umhang, der daraufhin meine Schultern hinuntergleitet.

»Weißt du, was das ist?« Sie dreht die Schließe im Schein der Fackel und sieht mich dann erwartungsvoll an.

Ich will gerade zu einer beißenden Erwiderung ansetzen. *Natürlich weiß ich, was das ist. Eine Schließe. Man nimmt sie, um Dinge zusammenzuhalten.* Jedoch beschließe ich, lieber den Mund zu halten.

»Das Symbol auf dieser Schließe – die verwobenen Ranken um einen Halbmond – ist das Zeichen der königlichen Familie der Elfen. Also, wie kommt ein Halbblut wie du zu so einem Schmuckstück?«

Abwartend sieht sie auf mich herab. »Ich habe diese Schließe, seit ich denken kann. Sie ist nicht gestohlen, falls Ihr das meint.« Ich bemühe mich, ruhig und sachlich zu sprechen. Durch nichts möchte ich sie unnötig reizen, damit sie mich noch mehr verletzt.

»Wer sind deine Eltern, Fye?«

»Ich weiß es nicht. Ich wurde von einer Elfe großgezogen. Meine Eltern habe ich nie kennengelernt.«

»So, so. Wurdest du meinem Vater schon vorgestellt?«

Dieser plötzliche Themenwechsel verwirrt mich, also nicke ich nur.

»Dann hast du bestimmt auch die Elfe gesehen, die immer bei ihm ist, nicht wahr? Alys ist eine Erscheinung und nicht wirklich zu übersehen.«

Das stimmt, bis sie sich in eine rachsüchtige Hexe verwandelt, wie in meinen Träumen, wo sie zusammen mit dem König ganze Dörfer in Schutt und Asche legt.

»Sie war es, die diese Person hinter dir in diesen Kristall eingesperrt hat. Weißt du, wer da drin ist?«

»Woher sollte ich das wissen?« Ich habe die Nase gestrichen voll von ihrem Frage-Antwort-Spielchen. »Sagt mir doch einfach, worauf Ihr hinauswollt und macht es kurz. Ich erfriere hier.«

Kurz starrt sie mich verdutzt aus ihren Goldaugen an, bevor sie in ein schallendes Lachen ausbricht. »Du magst also keine Kälte? Nun, dann wirst du sicher nicht mit der Elfe hinter dir in ihrem Eisgefängnis tauschen wollen.«

Sie deutet auf den schwebenden Kristall und ich drehe mich um.

»Berühre den Kristall mit beiden Händen«, weist sie mich an. Als ich nicht gleich reagiere, lässt sie ihre Peitsche auf meinen Rücken niedersausen. »Sofort!«

Ich taumle eher, als dass ich gehe, doch nach ein paar unsicheren Schritten stehe ich vor dem Kristall. Tief einatmend lege ich vorsichtig beide Hände an die glatte, eiskalte Außenseite.

Der Schmerz durchfährt mich mit einer solchen Wucht, dass mir sämtliche Luft aus den Lungen entweicht. Eine eisige Kälte frisst sich durch meine Haut und lässt das Blut in meinen Adern gefrieren. Der Schrei, den ich ausstoßen will, bleibt mir im Halse stecken, doch so sehr ich es auch versuche, ich kann die Hände nicht von dem Kristall nehmen. Meine Beine sacken unter mir weg, doch meine Hände sind noch immer fest verbunden mit dem pulsierenden Eis.

Gerade als ich denke, dass ich diese Schmerzen keine Sekunde länger aushalten kann, pulsiert der Kristall stärker und zerbirst mit einem ohrenbetäubenden Knall. Scharfe Splitter schneiden sich in meine Haut und mein Gesicht und ich falle zurück ins Wasser, ehe alles um mich herum schwarz wird.

15

Mein Körper brennt vor Kälte und zittert unkontrolliert. Es fühlt sich so an wie damals, als ich als Kind auf dem Eis laufen wollte. Doch das Eis auf dem See war zu dünn und ich brach ein. Minutenlang versuchte ich, wieder auf die rettende Eisfläche zu klettern, rutschte jedoch immer wieder ab. Das Wasser und der Wind waren so eisig, dass ich dachte, meine Haut würde gleich vom Körper abpellen.

Dann ist da plötzlich etwas Warmes auf meiner Stirn und meine Augenlider flattern. Ich will aus diesem eiskalten Albtraum aufwachen. Beinahe wünsche ich mir meine üblichen Träume des verbrannten Dorfes herbei, einfach nur um die Hitze des Feuers zu spüren und diese Kälte zu vertreiben.

Nach kurzem verschwindet das Warme, wird jedoch gleich wieder ersetzt und ich seufze zufrieden.

»Kannst du mich hören, Fye?«

Ich kenne diese Stimme und drehe mein Gesicht leicht in die Richtung, aus der sie kommt. Doch meine Augen weigern sich noch immer, sich zu öffnen, also versuche ich, die Hand zu heben. Sofort wird sie von warmen Händen umschlossen.

»Du bist immer noch eiskalt …«

Ich höre ein Rascheln, dann wird die dicke Decke zurückgeschlagen und ich will sofort protestieren, denn die Kälte dringt mir durch und durch.

Etwas Heißes presst sich an mich, erfüllt auch mich mit Wärme und ich verliere mich in der Dunkelheit.

Ich spüre, wie Hände meinen nackten Rücken und meine Arme hinauf und hinab fahren. Jede Berührung zieht eine wundervolle Hitze hinter sich her und ich seufze wohlig, während ich mich näher an meine persönliche Heizquelle kuschle.

Dann rieche ich es.

Ein Hauch von Lavendel umgibt mich.

Zitternd tasten sich meine Finger vorwärts und spüren weiches, warmes Fleisch und einen sich hebenden und senkenden Brustkorb, in dem ein schnelles Herz schlägt.

Vaan.

Mit starken Händen dreht er mich um, sodass mein Rücken an seiner Brust liegt, zieht mich ganz dicht an sich und vergräbt sein Gesicht in meiner Halsbeuge.

Sofort breitet sich eine unbekannte Hitze in meinem ganzen Körper aus und das unkontrollierte Zittern und Zähneklappern ebbt langsam ab.

Als mein Gehirn aus seinem Frostzustand auftaut, registriere ich, dass ich vollkommen nackt bin. Und wenn mein Tastsinn nicht komplett in Mitleidenschaft gezogen wurde, ist das, was ich an meinem Rücken und meinen Beinen spüre, ebenfalls nackte Haut auf meiner.

»Wie fühlst du dich?«, flüstert er an meinem Ohr und ich erschaudere. Daran werde ich mich nie gewöhnen.

»Richtig mies«, krächze ich. Und das ist noch geschmeichelt. Abgesehen von der Kälte, die meinen Körper geschüttelt hat, habe ich Schmerzen an Arm und Rücken, wo sich die lederne Peitsche in mein Fleisch geschnitten hat. Auch meine Kehle, die von der Peitsche nahezu zerdrückt wurde, brennt noch wie Feuer.

Vaans Hand wandert über einen Verband an meinem Arm. »Dafür werde ich sie eigenhändig umbringen.« Seine Stimme ist ein dunkles Knurren, das an meinem Rücken vibriert.

Ich greife nach seiner Hand und halte sie fest. »Was ist passiert?«

Es dauert eine Weile, bis er mir antwortet. »Du lagst in diesem Wasser, zwischen Eissplittern und hast geblutet. Ich habe dich zurück ins Schloss getragen, wo Mutter sich um deine Verletzungen gekümmert hat.«

»Was ist mit Giselle und Gylbert?« Seinen Namen zu erwähnen, versetzt mir einen Stich.

»Die sind verschwunden, als ich als Wolf in diese Höhle gestürzt bin. Ich habe dich dort liegen sehen und bin sofort zu dir gerannt, während sie abgehauen sind. Aber keine Sorge, ich werde sie finden.«

183

Der drohende Unterton in seiner Stimme entgeht mir nicht und beruhigt mich irgendwie. »Wie hast du mich gefunden?«

Statt zu antworten, zieht er mich näher an sich und hält mich fest in den Armen, sodass ich kaum Luft bekomme. »Ich habe sie gespürt, deine Angst. Ich habe gespürt, dass etwas mit dir nicht stimmt, also bin ich gerannt als wären alle Teufel hinter mir her.«

Seine Antwort macht mich stutzig. Unbeholfen drehe ich mich in seinen Armen um, sodass ich ihn ansehen kann. Meine Arme habe ich vor meiner Brust verschränkt, während ich die Augen aufschlage. Das Zimmer um mich ist dunkel, nur eine Kerze flackert hinter Vaan, wahrscheinlich auf dem Waschtisch. Wie flüssiger Honig tasten seine Augen mein Gesicht ab und suchen nach einer Regung.

»Vaan, woher wusstest du, wo ich bin? Ich war in dieser Höhle, tief im Berg und niemand wusste davon.«

Er legt seine Stirn an meine und atmet tief ein. »Ich habe es dir schon einmal gesagt. Ich finde dich überall.«

»Warum?«, flüstere ich.

»Weil es so ist.«

»Das ist doch keine Antwort.«

»Doch. Es ist die einzige Antwort, die zählt.«

Ich merke, dass ich so nicht weiterkomme und beschließe, meine Taktik zu ändern. »Giselle sprach von etwas, das du mir noch nicht erzählt hast. Etwas, das es wert ist, mich umzubringen. Zumindest in ihrem kranken Hirn.«

Ich spüre, wie er sich versteift und sich verschließt. Er presst seine Lippen zu einem schmalen Strich zusammen und kneift gequält die Augen zusammen.

»Ich kann es dir nicht sagen, Fye«, sagt er nach einer gefühlten Ewigkeit des Schweigens.

»Warum nicht?«

»Weil ich mir nicht sicher bin.«

Wieder legt sich Schweigen über uns. Jetzt, da ich halbwegs aufgetaut bin, wird mir die Situation bewusst, dass wir nahezu nackt im selben Bett liegen, doch komischerweise macht mir das nichts aus und ich frage mich warum.

»Warum warst du dort?« Sein Blick sucht den meinen. Ich habe mich vor dieser Frage gefürchtet, denn im Grunde bin ich selbst an dieser Misere schuld. Ich allein habe mein Herz einem Schurken geschenkt, der einer durchgeknallten Prinzessin in die Hände gespielt hat. Und das alles nur wegen dieses blöden Zaubers! Es hätte mir schon viel früher auffallen müssen, dass ich gegen sämtliche Instinkte verstoße, die ich mir über all die Jahre antrainiert habe, und doch war ich blind.

Da Vaan es sowieso weiß, sage ich ihm die Wahrheit. »Ich war bei Gylbert.«

Er stößt den Atem aus. Ich weiß, dass er es wusste, aber es aus meinem Mund zu hören, scheint ihn zu treffen. »Er hat dich verlassen. Dich verraten. Und du gehst freiwillig zu ihm, sobald ich dich aus den Augen lasse?«

Die Verletzlichkeit in seiner Stimme schneidet mir direkt ins Herz, ohne dass ich darauf vorbereitet bin. »Er weiß etwas über meine Mutter. Ich musste zu ihm«, versuche ich mich zu rechtfertigen, obwohl ich weiß, dass es nur ein Teil der Wahrheit ist.

Ich wollte zu ihm. Wollte ihm die Gelegenheit geben, seinen Fehler einzuräumen und sich bei mir zu entschuldigen. Mein dummes Herz hat sich an diese Möglichkeit geklammert wie ein Ertrinkender an einen treibenden Baumstamm. Und doch ist es kläglich ertrunken und pocht nur noch dumpf in meiner Brust, ein nutzloser Muskel, der nur noch träge seiner Arbeit nachgeht. Dass ich unter dem Einfluss eines Zaubers gehandelt habe, macht die Sache nur noch schlimmer.

Doch unter meiner Hand spüre ich Vaans gleichmäßigen und kräftigen Herzschlag, während er mein Gesicht studiert. Ich frage mich, was er dort zu finden hofft, schließlich kennt er die Wahrheit.

Und ich kenne sie nun auch. Liebe ist etwas für Dummköpfe.

VAAN

Mein Herz setzte aus, als ich als Wolf in diese Höhle stürmte und sie blutend und zitternd im Wasser liegen sah. Um sie herum lagen Splitter aus Eis.

Alles, was ich sah, war sie, und ich stürzte auf sie zu, ohne nach links und rechts zu blicken. Wodurch es diesem Miststück von Schwester und meinem angeblich besten Freund möglich war zu fliehen, bevor ich sie in ihre Einzelteile zerlegen konnte.

Vorsichtig wuchtete ich ihren leblosen Körper auf meinen Rücken und rannte aus der Höhle. Ich hatte keine Ahnung, wo genau ich war, sondern war nur dem Band gefolgt, das mein Herz vor Angst zerquetschte. Ich konnte ihre Gefühle ganz deutlich spüren, obwohl ich fast drei Stunden entfernt mit dem Gefolge meines Vaters rastete.

Der Wolf in mir übernahm wie von selbst das Kommando und preschte in halsbrecherischem Tempo durch den Wald. Kurz vor der Höhle nahm ich ihren frischen Geruch wahr. Und noch zwei andere Gerüche, die ich sehr gut kannte, und ich wusste sofort, dass etwas ganz und gar nicht stimmte.

Nachdem ich mit ihr aus der Höhle war, rannte ich zurück zur Burg, wo meine Mutter bereits im Morgenmantel vor dem Tor stand, als hätte sie auf uns gewartet. Ich frage mich immer, woher meine Mutter diesen sechsten Sinn hat.

Mithilfe eines Dieners brachte sie Fye in mein Gemach und sobald ich mich zurückverwandelt und angezogen hatte, stürmte ich die Treppen hinauf ins Zimmer. Meine Mutter behandelte ihre oberflächlichen Wunden und schürte das Feuer, bis die Hitze im Zimmer kaum noch auszuhalten war. Doch Fye zitterte noch immer und ihr Zähneklappern war das einzige Geräusch neben dem Prasseln des Feuers.

Nach einiger Zeit schickte ich meine Mutter hinaus und legte Fye warme Lappen auf die Stirn, aber auch das schien sie nicht zu wärmen. Ihre Lider flatterten immerzu, aber sie kam nicht zu Bewusstsein.

Also ging ich einen Schritt weiter, legte meine Kleidung ab und wärmte sie mit meinem Körper. Endlich zeigte sie eine Reaktion und mir fiel ein Stein vom Herzen.

Auf das Gespräch, das wir nun führen, da sie wach und ansprechbar ist, könnte ich jedoch sehr gut verzichten. Sie war bei *ihm*. Aus freien Stücken. Sie erzählt mir zwar, dass sie es nur getan hat, um Informationen über ihre Mutter zu bekommen, aber ich weiß genau, dass das nur die halbe Wahrheit ist. Ich sehe es in ihren Augen, die unsicher umherhuschen.

Ich will sie schütteln und anschreien, was sie sich dabei gedacht hat. Warum sie absichtlich auf meinen Gefühlen herumtrampelt und mich verletzt.

Doch dann fällt mir ein, dass sie es ja nicht weiß. Dass sie es womöglich nicht spürt.

Unsere Verbindung.

In der Vergangenheit dachte ich oft, dass auch sie dieses Knistern spürte, wenn sie mich berührte oder ansah. Doch heute bin ich mir da nicht so sicher, während sie mit kaltem Körper und dumpfen Blick in meinen Armen liegt.

Ich verbiete mir selbst, ihren Körper, nach dem ich mich so verzehre, mit den Augen zu verschlingen. Das Letzte, was ich will, ist, dass sie sich noch weiter von mir entfernt, als sie es schon getan hat.

Als wir hier in Eisenfels ankamen, war ich glücklich. Ich hatte sie bei mir, konnte sie berühren und küssen und sie tat dasselbe mit mir.

Doch irgendwas hat uns auseinanderdriften lassen und ich bin mir nicht sicher, was das war. Ich spüre, dass es zwischen uns steht und ich tue mein Möglichstes, um dagegen anzukämpfen, doch Fye macht es mir nicht gerade leicht.

Nachdem diese Hexe, die sich meine Schwester schimpft, Fye auch noch Flöhe ins Ohr gesetzt hat, kann ich kaum noch schweigen.

Aber ich weiß, dass sie die Wahrheit nicht verkraften kann. Dass es uns noch weiter voneinander entfernen wird.

Ich spüre, dass sie nicht dasselbe für mich empfindet wie ich für sie. Und diese Erkenntnis lässt mein Herz bluten. Denn ohne sie bin ich nichts.

Der Schaden, den meine Schwester angerichtet hat, ist beträchtlich. In nur wenigen Stunden hat sie Fye sowohl körperlich als auch geistig nahezu gebrochen. Mithilfe dieses Bastards Gylbert.

Ich schwöre bei allen Göttern, dass ich ihnen jeden verdammten Knochen einzeln brechen werde, wenn sie mir je wieder über den Weg laufen.

Fyes Körper wird heilen, doch ihre Seele ist erschüttert. Ich weiß nicht, wie der Mistkerl es geschafft hat, sie so in den Bann zu ziehen.

Doch eines weiß ich: Ihr Herz liegt in Trümmern und sie wird es nicht von mir heilen lassen. Ich sehe es in ihren trüben Augen und der Art, wie sich ihr Körper unter meinen Händen anfühlt: kraft- und antriebslos.

Es ist ihr egal, dass sie hier nackt mit mir liegt und ich sie berühre. Es bedeutet ihr nichts. Und das lässt auch mein Herz brechen.

Meine Hände fahren nach oben an ihr Gesicht und ich streiche mit den Daumen über ihre Wangen. Wo sie noch vor einem Tag unter dieser kleinen Berührung gebebt hätte, ist nun gar nichts mehr. Sanft lege ich meine Lippen auf ihre, fahre vorsichtig mit der Zunge über ihre Unterlippe und endlich – endlich! – regt sie sich, und öffnet ihren Mund ein Stück.

Ich möchte vor Freude jauchzen, halte mich jedoch zurück, um sie nicht zu erschrecken und um diese zarte Verbindung zwischen uns nicht wieder zu kappen.

Federleicht fährt meine Hand an ihrem Rücken entlang, spart die Stellen aus, die verletzt sind, liebkost nur die gesunde, zarte Haut. Mit einem Arm bedeckt sie ihre Brüste, ihre andere Hand liegt auf meiner Brust, direkt über meinem Herzen.

Ich ziehe sie näher, immer darauf bedacht, ihre Verletzung nicht zu berühren oder ihr anderweitig wehzutun. Ich will sie einfach nur spüren, jetzt, wo ihr Körper reagiert und mich nicht mehr komplett abweist.

»Fye«, hauche ich zwischen unseren Küssen, die längst nicht mehr sanft und spielerisch sind. Ich bin kurz davor, es ihr zu sagen, doch die Angst siegt.

Sie verschließt meinen Mund mit ihrem und vergräbt beide Hände in meinen Haaren, während sie ihre nackten Brüste fest an mich presst.

Ach du heilige Göttin!

Ich habe nun wirklich nicht wie ein Mönch gelebt, doch das, was diese Frau gerade mit mir macht, grenzt an pure Folter.

Während ich krampfhaft versuche, mir meine uralte Amme nackt vorzustellen, um hier nicht gleich zu explodieren oder etwas ganz, *ganz* Dummes zu tun, legt sie ihr Bein über meine Hüfte.

Ich ziehe scharf die Luft ein, kann aber ein Stöhnen trotzdem nicht unterdrücken, als sich ihre Hitze an mir reibt.

Sofort schiebe ich sie ein Stück von mir weg. »Wir sollten das nicht tun.« Meine Stimme klingt rau und wenig überzeugend, also räuspere ich mich und versuche es noch mal. »Du bist verletzt und brauchst Ruhe. Ich denke nicht, dass wir ...«

Mit einem hungrigen Kuss bringt sie mich zum Schweigen und umklammert meine Hüfte mit ihrem Bein.

Meine Hände halten ihr Gesicht und ich zwinge sie, mich anzusehen. Ihre Augen glänzen fiebrig und wild.

»Fye, hör auf damit!« Ich sollte sofort aus diesem Bett steigen und das Zimmer verlassen und am besten draußen im eiskalten Brunnen baden, um wieder zu Verstand zu kommen. Ja, das klingt gut. Ich sollte jetzt sofort ...

»Bitte«, haucht sie und lehnt ihre Stirn an meine.

Bei diesem einen Wort krampft sich mein Herz zusammen. *Nein, will ich schreien, das ist nicht richtig*, doch kein einziges Wort kommt über meine Lippen.

»Lass mich vergessen.« Ihre flehenden Augen verhaken sich in meinen und ich muss schlucken. So viel Leid und Angst sehe ich darin. Ich würde alles tun, um diesen Blick nie wieder sehen zu müssen, denn er lässt meine Seele bluten.

Doch ich weiß, dass dieser Schritt nicht rückgängig gemacht werden kann. Was er bedeutet, vor allem für mich. Denn sie ist die Eine, meine Gefährtin, meine Seelenverwandte.

Und ich will das verdammt noch mal nicht vermasseln!

Also beschließe ich, einen Mittelweg zu gehen.

»Fye, ich ...« Meine verdammte Stimme versagt schon wieder und ich hole tief Luft. »Bitte verstehe das nicht falsch. Ich will dich, bei den Göttern, und wie ich das will! Aber ich will das zwischen uns nicht zerstören. Ich will nicht, dass du es morgen bereuen könntest.«

Ihre grünen Augen sind aufgerissen und starren mich an. Ich meine Unglauben und Zweifel darin zu erkennen. Sie denkt wirklich, dass ich sie abweise, und weiß nicht, warum.

»Du bist es, Fye«, flüstere ich und bete, dass sie mich nicht versteht. Doch die Art, wie sie nach Luft schnappt, zerstört diese Illusion.

»Was bin ich?«

Meinen ganzen Mut zusammenkratzend flüstere ich an ihren Lippen: »Die Eine für mich. Meine Gefährtin.«

Ihr versteifter Körper entspannt sich unter meinen Händen, und während ich ängstlich in ihre Augen schaue, sehe ich darin wieder ein Funkeln.

»Ich lasse nicht zu, dass dir jemand wehtut. Nie wieder. Es ist meine Pflicht, dich vor allem Übel zu schützen. Nur durch dich bin ich komplett.« Ich nehme ihre Hand und lege sie direkt auf mein hämmerndes Herz.

Sag was, flehe ich stumm, *irgendetwas!* Doch sie sieht mich nur an und in ihren Augen glitzern Tränen.

Mist! Ich habe es vermasselt. Mein Herzschlag setzt für ein paar Takte aus. Sie wird mich von sich stoßen. Wer will schon einen verfluchten Prinzen?

Ich hätte es wissen müssen.

Ich bin verloren.

16

FYE

Was hat er da gerade zu mir gesagt? Ich muss mich verhört haben. Aber es hörte sich fast so an, als sei ich …

Seine Lippen sind zu einem schmalen Strich zusammengepresst und in seinen Augen tobt ein Strudel aus flüssigem Gold. Ich könnte den ganzen Tag hier liegen und diesem Treiben zusehen.

Ich kann nicht verhindern, dass Tränen meine Wange hinunterlaufen. Wenn er es *wirklich* gesagt hat, was bedeutet das dann für mich? Für uns? Gibt es ein *Uns?* Ich habe keine Ahnung, was nun von mir erwartet wird, was ich tun oder wie ich mich verhalten soll.

Ich sehe den Schmerz und die Angst in seiner starren Miene und bemerke erst jetzt, dass er auf eine Antwort von mir wartet. Doch ich weiß nicht, was ich sagen soll, sondern lasse einfach meine Tränen fließen, die er mit den Daumen wegstreicht.

Dann setzt er sich auf und bricht den Körperkontakt ab. Sofort spüre ich wieder die Kälte, die nach meinen Gliedern greift, und hülle mich fester in die Decke.

Seufzend fährt er sich mit beiden Händen durch die Haare, sagt aber noch immer nichts. Genau wie ich. Ich kann ihn nur anstarren, diesen wunderschönen, aber gebrochenen Mann. Sein ganzes Leben musste er zur Hälfte als Wolf verbringen und nun hat er auch noch mich am Hals.

Sofort kippt meine Stimmung. Ich bin eine Belastung für ihn. Auch wenn er verflucht ist, ist er doch der Nachkomme der Götter und noch dazu der Prinz der Menschen. Was sollte so jemand mit einer Halbelfe anfangen?

Ich bin nichts. Ich bin niemand. Nichts, was an der Seite eines so strahlenden Prinzen bestehen könnte. Niemand, den er auf öffentlichen

Banketten zeigen könnte. Ich müsste versteckt leben in irgendeinem dunklen Zimmer. Allein. Und voller Angst.

Im Grunde also nicht anders als bisher auch, flüstert eine hoffnungsvolle Stimme in mir. *Du wärst nur nicht immer allein.*

Warum zögere ich dann also?

Ich löse meine Hand aus der Decke, um die sie sich verkrampft hat, und lege sie auf seine. Sofort verflechtet er seine Finger mit meinen und eine wohlige Wärme fließt meinen Arm hinauf.

Fragend sieht er auf mich herab und ich versuche, ein zaghaftes Lächeln zustande zu bringen. Er belohnt mich mit dem schiefen Grinsen, das die Schmetterlinge in meinem Bauch in helle Aufregung versetzt.

Mit der freien Hand zieht er mein Gesicht näher an seines. »Wir sind schon ein seltsames Gespann«, flüstert er, bevor er seine Lippen sanft auf meine drückt. »Der verfluchte Prinz und die Halbelfe.«

Ich muss kichern, weil er genau die gleichen Gedanken hat wie ich. Das gefällt mir. Vaan gefällt mir. Schon immer. Jetzt, nachdem die letzten Nachwirkungen des Bezirz-Zaubers von mir genommen sind, spüre ich es sogar noch viel deutlicher als zuvor.

Mein Retter. Mein Prinz. Mein *Gefährte.*

Mit einem lauten Krachen fliegt die Tür auf und schlägt gegen die Wand. Noch bevor ich reagieren kann, steht ein Mann im Zimmer und ich schnappe nach Luft.

Die dunkelblonden Haare sind von silbernen Strähnen durchzogen, doch ich erkenne ihn sofort. Auch ohne Krone und feine Gewänder.

Seine blauen Augen fliegen zwischen Vaan und mir hin und her. Dann bleiben sie auf meinen Ohren hängen und sein Gesicht verzieht sich zu einer Fratze.

»Wie kannst du es wagen?«, donnert der König und Vaan erwacht aus seiner Starre. »Wie kannst du es nur wagen, so was«, er fuchtelt mit der Hand in meine Richtung, »hierherzubringen? Bist du von allen Göttern verlassen, Sohn?«

Angelockt durch den Lärm schlüpft auch die Königin ins Zimmer und postiert ihren zierlichen Körper zwischen ihrem Mann und ihrem Sohn, der mittlerweile aus dem Bett gesprungen ist.

Mirandas Blick bleibt an Vaans spärlich bekleidetem Körper hängen – er trägt nur eine kurze Unterhose – und wandert dann zu mir, während ich krampfhaft versuche, mit der Decke meine Brust und mit einer Hand meine Ohren zu bedecken.

»Ich will sofort, dass diese Missgeburt hier verschwindet!«

Seine Worte graben sich tief in mein Herz und eiskalte Angst packt nach mir.

Vaan macht zwei Schritte auf seinen Vater zu und baut sich vor ihm auf, während Miranda krampfhaft versucht, die beiden auseinanderzuhalten.

»Du wirst augenblicklich mein Gemach verlassen, Vater.« Vaans Stimme ist ruhig, aber ich höre das Brodeln, das in ihm tobt. Es kostet ihn seine gesamte Selbstbeherrschung, so ruhig mit ihm zu reden.

»Als ob du nicht genug andere Mädchen bekommen könntest! Musst du nun das da für deine Kuriositätensammlung haben? Sieh zu, dass dieses *Ding* hier verschwindet oder ich lasse die Ritter rufen!«

Ich schluchze bei seinen Worten auf, denn sie treffen mich bis ins Mark. Die Schwarzen Ritter, die mich von hier wegbringen, wahrscheinlich sogar töten.

Gehetzt schaut Vaan kurz zu mir, dann wieder zu seinem Vater. Ein tiefes Knurren entrinnt seiner Kehle und sofort schlingt seine Mutter die Arme um ihn.

»Beruhige dich! Nicht hier! Reiß dich zusammen!«, beschwört sie ihn, doch ich sehe, dass Vaans Körper bereits unkontrolliert zittert.

»Du wirst nie wieder so mit meiner Gefährtin sprechen«, presst er zwischen zusammengebissenen Zähnen hervor und ich habe Angst, dass die Augen des Königs gleich aus ihren Höhlen fallen, als er wieder zu mir blickt. Auch sein Mund steht sehr unvorteilhaft offen, doch ich straffe die Schultern und begegne seinem Blick.

Mirandas große Goldaugen schauen freundlich zu mir und sie schenkt mir ein aufmunterndes Lächeln. War ja klar, dass sie es schon weiß.

»Mein Lieber«, beginnt sie mit weicher Stimme und umfasst einen Arm des Königs. »Lass uns gehen. Du musst dich beruhigen und wir haben viel zu besprechen.«

Für einen Moment denke ich, dass er sich fügen und seiner Frau aus dem Zimmer folgen wird, doch dann fällt sein Blick wieder auf meine Ohren. »Nein«, schreit er und ich zucke zusammen. »Ich werde nicht dulden, dass das passiert! Du wirst dich nicht an eine Halbelfe binden!«

Vaan steht kurz davor, sich am helllichten Tag zu verwandeln. Ich spüre, dass er sich nur noch mit Mühe kontrollieren kann, deshalb klettere ich umständlich aus dem Bett, weil sich meine Beine im Laken verfangen haben, hülle die Decke um mich und trete hinter Vaan. Sein Körper bebt unter meiner Hand, die ich ihm beruhigend auf den nackten Rücken lege, aber ich merke, dass sein Atem gleichmäßiger geht.

Mit gestrafften Schultern und erhobenem Kopf starre ich dem König in die Augen. Innerlich möchte ich mich zusammenrollen und vor Angst verkriechen, doch das zeige ich nicht. Miranda nickt mir anerkennend zu und versucht erneut, ihren Mann mit schmeichelnden Worten aus dem Zimmer zu locken, ehe eine Katastrophe geschieht.

»Ich dachte, ich hätte euch ausgeräuchert«, murmelt er zu mir, ohne auf seine Frau oder seinen Sohn zu achten.

Ich weiß genau, was er meint, doch mein Gesicht ist eine gleichgültige Maske, während ich seinem lodernden Blick standhalte. Er wird mich nicht brechen. Nicht hier, nicht vor Vaan.

»Doch dann musst du hier auftauchen und meinem Thronerben den Kopf verdrehen!«

Ich verzichte, ihn darauf hinzuweisen, dass das so nicht stimmt, und beiße vorsorglich die Zähne aufeinander, damit nicht doch noch eine dumme Bemerkung entschlüpfen kann.

»Ich sage es nur noch ein einziges Mal: raus!« Vaans Stimme bebt wie sein Körper und ich trete noch näher an ihn, um ihm Halt zu geben. Ich hoffe, dass niemand meine zitternde Hand bemerkt, die die Decke um meinen Körper zusammenhält.

»Lass uns gehen, mein Lieber«, versucht es Miranda erneut, doch ihr kleiner Körper hat keine Chance, den König mit Gewalt aus dem Zimmer zu schieben.

»Weißt du, was sie getan hat?«, wendet er sich nun aufgebracht an seinen Sohn. »Sie hat sie befreit!«

194

Ich verstehe kein Wort und halte sein Gefasel nur wieder für wirres Zeug.

Doch Vaan scheint zu verstehen und seine Augen huschen zu mir. »Die Höhle … Hattest du sie dort versteckt?«

Der König schnaubt. »Natürlich. Irgendwohin musste ich sie ja schaffen. Niemals hätte sie aus ihrem Gefängnis entkommen dürfen! Dafür habe ich gesorgt. Aber die da ist mir durch die Finger geschlüpft.«

Vaan schiebt mich weiter hinter seinen Rücken. »Wenn das stimmt, was du sagst …«

»Natürlich stimmt das!«, blafft er seinen Sohn an. »Sie ist weg!«

Mirandas Stirn runzelt sich besorgt und ich spüre, wie die Stimmung sich schlagartig ändert.

»Fye, Liebes«, flüstert Miranda und streckt ihre Hände nach mir aus, doch Vaan stellt sich vor seine Mutter und hält sie davon ab, mich zu berühren. »Was hast du in dieser Höhle gemacht?«

Stockend berichte ich von Gylbert, der mich dorthin lockte, und Giselle, die mich töten wollte.

»Der Kristall«, unterbricht mich der König unwirsch. »Hast du den Kristall berührt?«

Als ich nicke, schnappen alle drei nach Luft.

»Das wird Konsequenzen haben!«, zischt er. »Du wirst besonders langsam brennen, dafür sorge ich!«

Mit einem Reißen entschlüpft Vaan seiner menschlichen Haut und steht innerhalb von Sekunden als schwarzer Wolf neben mir. Nur seine Mutter erkennt den Ernst der Lage, während der König noch immer versucht, mich mit seinen puren Blicken zu töten.

Ich kralle meine Hand in Vaans weiches Fell, das er im Nacken gesträubt hat, und spüre die Vibrationen, die sein Knurren durch seinen Körper schickt.

Mit gebleckten Zähnen schiebt er den König aus dem Zimmer hinaus und Miranda schließt schnell die Tür. Von innen schiebe ich den Riegel vor und gestatte mir endlich wieder zu atmen, während ich kraftlos an der Tür hinunterrutsche.

Aufgebracht läuft Vaan durch das Zimmer und sein Schweif peitscht hin und her. Seine Unruhe überträgt sich auf mich und ich

195

bin sowieso schon ein nervliches Wrack. Also strecke ich die Hände nach ihm aus und nach ein paar Sekunden, in denen er zögert, kommt er auf mich zugetrottet und legt sich neben mich, den Kopf auf meinem Schoß gebettet.

Ich streichle ihm über den Kopf und kraule seine Ohren, während ich ihm ein kleines »*Danke*« zuflüstere.

»Was war in dem Kristall?«, frage ich, obwohl ich weiß, dass er mir nicht antworten kann. »Ich habe jemanden darin gesehen, eine Gestalt. Der Kristall war so kalt wie Eis, und es tat weh, ihn zu berühren. Doch Giselle hat mich dazu gezwungen … Ich wollte nichts tun, das dir oder deiner Mutter schadet.«

Beim König bin ich mir nicht so sicher.

Vaan presst seinen Kopf fester an mich und winselt leise.

»Es tut mir leid«, flüstere ich.

Irgendwann muss ich eingeschlafen sein, denn als ich wieder die Augen öffne, liegt Vaan als Mensch vor mir, den Kopf noch immer in meinem Schoß. Ich fahre ihm durchs Haar und hoffe, dass er aufwacht. Meine Beine kribbeln und mein Rücken tut weh. Ich will aufstehen und mich strecken, doch Vaan schläft tief und fest, wie mir sein gleichmäßiger Atem verrät.

Also versuche ich, seinen Kopf anzuheben und unter ihm hervorzukrabbeln. Nach einigen Versuchen habe ich es endlich geschafft, lasse die Decke fallen und drücke den schmerzenden Rücken durch.

Hinter mir höre ich ein Kichern und wirbele herum. Vaan sitzt an die Tür gelehnt, mit der Decke über dem Schoß und mustert mich. Seine Haare sind ein einziges Chaos und seine Augen leuchten spitzbübisch.

Siedend heiß fällt mir ein, dass ich hier vollkommen nackt stehe und versuche, meine Blöße zu bedecken.

»Etwas spät, findest du nicht?«, sagt er grinsend, steht auf und reicht mir die Decke, bevor er zum Schrank geht und sich einige Klamotten zurechtlegt.

Ich kaue auf meiner Unterlippe, während mein Blick über seinen breiten Rücken und seinen Hintern schweift.

»Fertig?«, fragt er, ohne sich umzudrehen, und ich werde rot, weil er mich schon wieder beim Starren ertappt hat. Doch er grinst wieder sein einseitiges Lächeln und ich weiß, dass er es mir nicht übel nimmt. »Zieh dir was an, wir müssen zu meiner Mutter.«

Während er sein Wams überzieht, schlüpfe ich schnell in ein einfaches Unterkleid und ziehe ein grünes Kleid aus dem Stapel, den er für mich hingelegt hat.

Meine Haare sind nach der Nacht im eiskalten Wasser und im Bett mit Vaan eine einzige Katastrophe und ich brauche lange, bis ich die ganzen Knoten entwirrt und einen neuen Zopf geflochten habe.

Während ich mir etwas kaltes Wasser ins Gesicht spritze, zieht mir Vaan eine kleine Spitzenhaube in passendem Grün über den Kopf, die meine Ohren verdeckt.

»Dein Umhang war leider nicht mehr zu retten«, murmelt er entschuldigend.

Um den Umhang tut es mir nicht leid, wohl aber um meine silberne Schließe, die nun zusammen mit Giselle und Gylbert über alle Berge ist.

Vaan reicht mir die Hand, zieht mich hoch und haucht mir einen Kuss auf die Stirn. Ich möchte ihn so vieles fragen, doch ich spüre, dass er ebenso verwirrt ist wie ich.

Wie immer verflechtet er seine Finger mit meinen und zieht mich hinter sich durch die Korridore, zum Zimmer seiner Mutter. Die Bediensteten, denen wir begegnen, werfen mir seltsame Blicke zu, und ich werde unruhig.

Aus Mirandas Zimmer kommt ein himmlischer Duft und ich merke erst jetzt, wie hungrig ich bin. Sie öffnet uns, bevor Vaan klopft, und weist uns lächelnd zwei Stühle, ehe sie uns auffordert, ordentlich zuzugreifen. Bei diesem Festmahl lasse ich mir das nicht zweimal sagen und schöpfe meinen Teller voll.

»Stimmt es?«, fragt Vaan zwischen zwei Bissen. »Hat Vater sie tatsächlich in dieser Höhle eingesperrt?«

Miranda nickt traurig.

»Wer ist sie?«, frage ich. Diese Frage brennt mir schon unter den Nägeln, seit ich mit Giselle in dieser Höhle war. Wieso wird jemand in einem Kristall eingeschlossen und in einer Höhle mitten im Nirgendwo versteckt?

197

Mitfühlend legt mir Miranda eine Hand auf den Arm. Ich wundere mich immer wieder darüber, wie klein ihre Hände sind, fast wie die eines Kindes. »Sie ist eine sehr wichtige Person. Zu wichtig, um sie zu beseitigen, aber zu mächtig, um sie laufen zu lassen. Daher hat mein Mann zusammen mit seiner … Elfe beschlossen, sie einzuschließen.«

Alys, so hatte Giselle die Elfenhexe genannt. Ich habe mich schon gewundert, dass sie vor einigen Stunden nicht mit ihm ins Zimmer geplatzt ist.

»Hast du mit ihr gesprochen?«, fragt Vaan, ehe ich dazu komme, weitere Fragen zu stellen.

Ich weiß nicht, wen er meint, doch Miranda nickt, woraufhin sich Vaans Miene verhärtet.

»Sie ist mein Kind«, erklärt Miranda kühl. »Genau wie du. Ich liebe euch beide, egal, was in der Vergangenheit passiert ist.«

Ah, sie spricht von ihrer verrückten Tochter Giselle, die mich am liebsten in diesem Wasser mit ihrer Peitsche zerfetzt hätte. Ich bewundere Mirandas Loyalität, doch andererseits stößt mich das auch ab. Und Vaan scheint es ebenso zu gehen.

»Sie hat mich gebissen! Wollte sich gegen meinen Willen an sich binden!«

»Das war vor über einem Jahr«, versucht Miranda ihren Sohn zu beschwichtigen.

»Du hast gesehen, was sie Fye angetan hat«, weist er seine Mutter zurecht. »Und das war erst gestern.«

Seufzend stützt Miranda den Kopf in die Hände. Es macht mich traurig, diese sonst so quirlige Person so gebrochen zu sehen.

»Wer war in dem Kristall eingesperrt?«, frage ich erneut, um von Giselle abzulenken. Ich will einerseits nicht an die Nacht in der Höhle erinnert werden, andererseits möchte ich Miranda nicht so niedergeschlagen sehen.

Mutter und Sohn wechseln einen Blick, den ich nicht deuten kann. »Die Königin der Elfen, Jocelyn.«

Verwirrt runzle ich die Stirn. »Der König hat in diesem Eiskristall die Elfenkönigin eingesperrt?«

Miranda nickt, sieht dabei aber nicht glücklich aus. »Als die Menschen, angeführt von meinem Mann, vor hundert Jahren den Krieg gegen die Elfen gewannen, nahm er Jocelyn, die schöne und stolze Königin, die sich nicht unterwerfen wollte, gefangen. Aus Angst vor ihrer Macht ließ er von seiner eigenen Elfenzauberin Alys ein Gefängnis für Jocelyn errichten. Weder Mensch noch Elf sollten es jemals öffnen können.«

Und nun dämmert es mir. »Aber ich bin weder Mensch noch Elf.«

Vaan ergreift meine Hand. »Richtig. Ich weiß bis heute nicht, ob es von Alys beabsichtigt oder einfach Dummheit war, dass sie den Zauber so gesprochen hat. Es lebten noch nie viele Halbelfen auf der Welt, doch ein paar gab es immer. Und mein Vater sah sie als potentielle Gefahr, die beseitigt werden musste.«

»Wäre Jocelyn aus ihrem Gefängnis befreit worden, wäre ihre Rache fürchterlich gewesen«, murmelt Miranda. »Mein Mann konnte nicht riskieren, dass der Sieg, für den er viele Jahre gekämpft hat, umsonst war. Also gab er den Befehl, alle Halbelfen zusammenzutreiben.«

»Anfangs ließ er sie in Dörfern am Rande der Welt leben, bewacht zwar, aber trotzdem leben. Irgendwann gab es jedoch einen Aufstand. Die Halbelfen wehrten sich gegen ihre Isolation und begannen, die angrenzenden Menschensiedlungen zu überfallen.« Vaan blickt mitfühlend zu mir, ehe er weiter berichtet: »Vater ließ die Rädelsführer hinrichten, jedoch war ihr Wille ungebrochen. Irgendwie erfuhren sie von der eingesperrten Elfenkönigin und begannen, sie zu suchen und zu befreien. Daraufhin beschloss Vater, die Halbelfen vernichten zu lassen.«

»Er hat ihre Dörfer zusammen mit der Elfenhexe Alys und den Schwarzen Rittern überfallen, nicht wahr?« Die Schreie gellen mir in den Ohren und das Feuer versengt meine Haut.

»Ja. Du hast mir vor ein paar Tagen von deinem Traum erzählt.«

»Aber was will Giselle mit der Elfenkönigin? Warum hat sie mich dazu gezwungen, sie zu befreien?«

»Genau wissen wir das nicht, Fye«, meint Miranda. »Giselle leidet ihr ganzes Leben bereits unter dem Fluch und hat sich in der Annahme verrannt, dass ausgerechnet ihr Bruder ihr Gefährte ist. Sie hat also keine Chance, den Fluch zu lösen, indem sie sich an ihren Gefährten bindet.«

»Und müsste sich für immer in eine schwarze Löwin verwandeln«, schlussfolgere ich.

»Vielleicht denkt sie, dass die Magie der Elfenkönigin ihren Fluch lösen kann. Aber genau kann ich es nicht sagen. Was Giselle getan hat, war so dumm, selbst für sie. Jeder von uns wird die Folgen zu spüren bekommen«, sagt Miranda düster. »Jocelyns Rache wird fürchterlich sein.«

Ich greife an meinen Hals, wo sonst meine silberne Schließe befestigt wäre, fasse aber ins Leere. Ihr Verlust schmerzt mich. »Giselle meinte in der Höhle, dass auf der Schließe, die ich immer getragen habe, das Emblem der elfischen Königsfamilie zu sehen gewesen wäre. Deshalb haben sie mich ausgewählt, um das Kristallgefängnis zu öffnen.«

Alarmiert starren mich Miranda und Vaan an. »Was?«, fragen sie dann beinahe gleichzeitig.

»Alys' Worte Der Zauber, der nie einen Sinn ergeben hat«, murmelt Vaan.

»Was für ein Zauber?«

»Der, mit dem sie Jocelyn in den Kristall gebannt hat.« Und dann rezitiert Vaan die Bannformel.

Weder Mensch noch Elf wird brechen den Kristall,
weder Zauber noch Schwert kann zerschmettern den Wall.
Nur wer des Blutes gleich und rein,
wird der Königin Befreier sein.

»Das soll ein Zauber sein?«, frage ich. »Aber Zauber sind doch immer in elfischer Sprache.«

»Nicht bei Alys. Frag mich nicht, wie sie es macht, aber sie spricht ihre Formeln immer verständlich«, erklärt Miranda.

»Der letzte Teil ergab für uns nie einen Sinn. Dass kein Schwert oder Zauber die Hülle zerbrechen konnte, war uns klar. Auch kein Mensch oder Elf vermochte den Kristall zu brechen. Also kamen für uns nur die Halbelfen in Betracht.«

»Doch anscheinend musste auch das spezifiziert sein«, murmelt Vaan. »Aber das kann nicht sein! Jocelyn hatte keine Kinder.«

»Und auch keine lebenden Geschwister, die sie befreien würden«, ergänzt die Königin. »Aber ich habe einst ein Gerücht gehört «

»Was für ein Gerücht?«, frage ich neugierig.

»Unfug, wie alle Gerüchte. Angeblich soll Jocelyn sich in einen Menschen verliebt und ein Kind von ihm bekommen haben.«

»Ein uneheliches Kind, das in keinen Schriften auftauchte … Noch dazu ein Halbling.«

Miranda nickt, doch ihr Blick weicht sowohl mir als auch Vaan aus. »Das wäre Jocelyns Ende gewesen. Die Elfen hätten sich von ihr abgewandt, da sie mitten im Krieg mit dem Feind eine Beziehung einging. Jocelyn war eine stolze Herrscherin. Ich halte es für ausgeschlossen, dass sie so dumm war.«

»Doch was machen wir jetzt wegen Jocelyn? Sie ist befreit. Der Kristall war zerstört, als ich Fye aus der Höhle geholt habe. Doch von ihr war keine Spur zu finden.«

»Glaube mir, mein Sohn, wir werden es noch früh genug erfahren. Ich hoffe nur, dass sie nicht bei Giselle ist. Mit Jocelyns Macht und Giselles Wissen könnte das ein böses Ende nehmen.«

Wir schweigen einige Augenblicke, ehe die Königin in die Hände klatscht.

»Genug davon«, verkündet sie. »Lasst uns von etwas anderem reden.« Sie fixiert mich mit ihren Goldaugen und ich rutsche unruhig auf dem Stuhl hin und her.

»Dein Vater hat getobt wie ein wilder Stier«, sagt sie zu Vaan, schaut jedoch weiter mich an.

Vaan schnaubt und verschränkt die Arme vor der Brust. »Soll er doch. Das wird auch nichts ändern.«

Mirandas bohrende Blicke machen mich langsam nervös und ich wende den Blick ab.

»Was denkst du, Fye?«, fragt sie mich und ich weiß nicht, was sie meint, also zucke ich mit den Schultern. »Vaan hat es dir gesagt. Du musst doch eine Meinung dazu haben.«

Ich spüre, wie ich rot werde. Was denke ich darüber, dass er der Meinung ist, ich sei seine Gefährtin? Wirklich Gedanken darüber habe ich mir bisher nicht gemacht. Alles ging so schnell. »Ich weiß es nicht«, flüstere ich.

Vaan ist mit meiner Antwort nicht zufrieden, das höre ich an der Art, wie er nach Luft schnappt. Auch die Königin blickt mich nun traurig an.

201

»Ich … ich weiß einfach nicht, was nun von mir erwartet wird. Was ich jetzt tun soll. Ich meine, Vaan ist ein Prinz. Und ich bin niemand, den er an seiner Seite haben kann.«

»Was redest du da, Fye?« Vaan klingt besorgt und zwischen seinen Augenbrauen hat sich eine steile Falte gebildet.

Am liebsten würde ich sie mit den Fingern wegwischen, lasse aber meine Hände im Schoß gefaltet.

»Niemand wird mich akzeptieren«, sage ich schließlich und dann sprudeln die Worte aus mir heraus. »Niemand wird *uns* akzeptieren. Ich bin eine Halbelfe, das scheint ihr beide zu vergessen. Dein Vater hat es treffend ausgedrückt. Du wirst mich nirgends mit hinnehmen können. Ich werde in irgendeiner dunklen Kammer sein, immer voller Angst, dass jemand hereinkommt und meine Ohren sieht. Ich werde einsam sein und irgendwann verbittert.« Ich sehe nun zu Vaan, der mich mit offenem Mund anstarrt. »Das ist nicht das, was ich von meinem Leben erwarte.« Er will etwas sagen, doch ich bringe ihn mit einer Handbewegung zum Schweigen. »Ich habe nie viel von meinem Leben erhofft, doch ich war glücklich. Ich war zwar auch allein in meiner Hütte, aber ohne ständige Angst.«

»Fye, was …«

»Lass mich ausreden! Ich will nicht jemand sein, für den du dich schämst. Den du eben am Hals hast wegen so eines blöden Fluchs.« Wütend wische ich die Tränen weg, die mir die Wangen herunterlaufen. »Wenn ich jemals erfahren darf, was Liebe ist, dann will ich um meiner selbst Willen geliebt werden und nicht, weil derjenige es *muss*.«

Bei diesen Worten steht Vaan abrupt auf, sodass der Stuhl nach hinten umkippt, stürmt aus dem Zimmer und schmeißt die Tür mit einem lauten Krachen hinter sich zu.

Stöhnend vergrabe ich mein Gesicht in den Händen. Ich will weder Mirandas gerunzelte Stirn noch den leeren Platz neben mir sehen.

Was habe ich mir nur dabei gedacht? Wieso kann ich nicht ein einziges Mal meinen Mund halten?

Aber es ist doch die Wahrheit, oder? Wäre es nicht wegen des Fluchs, hätte jemand wie Vaan keinen zweiten Blick an mich verschwendet. Und genau das ist für mich der springende Punkt. Alles, was er je für mich getan hat, entstand aus dem Wunsch, von seinem Fluch befreit zu werden, da bin ich mir sicher.

»Fye«, murmelt Miranda, während sie über meinen Arm streichelt.

Ich habe das Verlangen, ihn wegzuziehen, weil ich ihre Berührung gerade nicht ertrage. Ich will meine Ruhe, will alleine über alles nachdenken. Aber mehr als alles andere will ich hier weg, zurück zu meiner Hütte. Weg von all den Flüchen, Intrigen, Gefangenschaften.

»Deine Worte haben ihn sehr verletzt, das weißt du, oder?«

Noch immer lasse ich mein Gesicht in meine Hände gestützt, weil sie meine verquollenen Augen nicht sehen soll, und zucke nur mit den Schultern.

»Als mein Mann und ich vorhin ins Zimmer kamen, wirktet ihr sehr ... vertraut.«

Mir entweicht ein genervtes Stöhnen, als ich an die Situation – und wie es ausgesehen haben muss – denke. Was habe ich mir eigentlich dabei gedacht? Scheinbar nicht viel. Ich habe Vaan nahezu angebettelt, mich alles vergessen zu lassen, vor allem Gylbert, ohne dabei an Vaans Gefühle zu denken.

Ich habe mich benommen wie ein billiges Dorfmädchen.

Ich raufe mir die Haare und weiche Mirandas Blick aus, der noch immer auf mir ruht.

»Es war nicht, wonach es aussah. Wir haben nicht ... Wir sind nicht ...«, stottere ich, ohne zu wissen, was ich eigentlich sagen will.

Am liebsten würde ich mich irgendwo verkriechen, um diesem Gespräch oder der späteren Konfrontation mit Vaan aus dem Weg zu gehen.

»Was bedeutet dir mein Sohn, Fye?«

»Er hat mich gerettet«, antworte ich mechanisch wie vorher schon so oft. »Ich bin ihm dankbar.«

»Ist das alles? Dankbarkeit?« Skeptisch zieht sie eine einzelne Braue nach oben.

Ich schlucke und spüre, wie meine Hände beginnen zu schwitzen. »Es ist unwichtig, ob oder was ich empfinde. Ich bin nur hier, weil er sich wegen eines Fluchs an mich binden soll. Er hat mich von sich gestoßen, als wir hier ankamen, da war er sehr deutlich! Ich will weder ihm noch Euch zur Last fallen oder mein Leben irgendwo eingesperrt

203

verbringen. Ich will nur nach Hause!« Die letzten Worte schreie ich und mein ganzer Körper zittert unkontrolliert.

»Um wieder allein zu sein?«

»Es ist besser allein zu sein. Dann wird man von niemandem verletzt.« Ich denke dabei an Gylbert, aber auch an Vaan. Seine Zurückweisung am Tag, als wir hier in Eisenfels ankamen, steckt mir noch in den Knochen. An Gylberts Verrat will ich lieber gar nicht erst denken.

»Ich weiß nicht, was mein Sohn getan hat, um dich so zu verletzen. Ich weiß nur, dass es auch für ihn nicht einfach ist. Alles ist neu, sein komplettes Leben krempelt sich gerade um. Hab ein bisschen Geduld mit ihm.«

Ich schüttele trotzig den Kopf. »Ich will das alles nicht! Ich will mein altes Leben zurück!«

Miranda steht auf und schaut auf mich hinab. In ihrem Blick erkenne ich die Königin, die sie ist: distanziert, aber nicht unhöflich, desinteressiert, aber nicht kalt. »Dann ist dort die Tür.«

Meine Hände sind zu Fäusten geballt und meine Nägel schneiden schmerzend in die Handflächen, als ich aufstehe und mit drei großen Schritten bei der Tür bin.

»Du weißt, dass es so nicht funktioniert, nicht wahr?«

Ich beschließe, nicht auf ihre Frage zu antworten, denn ich kenne die Antwort, genau wie sie.

Mein altes Leben gibt es nicht mehr. Es ist damals unwiederbringlich in der Herberge gestorben, als ich dem Schwarzen Ritter in die Arme gelaufen bin.

17

Ich haste durch den Korridor und klammere mich an mein Vorhaben. Ich muss hier weg, sofort! Keine Sekunde halte ich es länger hier aus. Nur schnell in sein Gemach, um meine Schwertlanze und ein paar Habseligkeiten zusammenzupacken, und dann nichts wie weg.

Bitte lass ihn nicht im Zimmer sein!

Ich begegne einigen Dienern, die knicksen, als ich an ihnen vorbeirenne, ohne sie zur Kenntnis zu nehmen. Eine Stimme in mir fragt mich, warum sie sich so verhalten. Noch vor wenigen Tagen haben alle so getan, als wäre ich unsichtbar. Und das gefiel mir um einiges besser.

Ich bin unsichtbar, schon immer gewesen, und ich werde es bald wieder sein. Das ist gut so und darauf freue ich mich.

Vorsichtig öffne ich die Tür einen Spalt und spähe hinein. Das Zimmer ist leer, ein Glück!

Schnell packe ich zwei Kleider zum Wechseln in einen Beutel und durchsuche den Schrank nach einem Umhang. Nachts ist es kühl draußen und ich brauche diesen Rückzugsort hinter einer Kapuze. Anders würde ich mich nicht wohlfühlen.

Ich finde einen weißen Umhang mit goldenen Verzierungen an den Rändern, der mich sofort an Gylberts Überwurf erinnert, den er im Gasthaus getragen hat. Wie schön seine roten Haare auf diesem blassen Untergrund geleuchtet haben Selbst die Erinnerung an so etwas Banales lässt mich wütend über meine Dummheit werden. Wie konnte ich nur nicht bemerken, dass ich die ganze Zeit unter seinem Zauber stand?

Da ich keinen anderen finde, nehme ich den weißen Umhang und werfe ihn über. Wieder vermisse ich schmerzlich meine Schließe und meine Finger fahren wie von selbst zu der Stelle, wo sie normalerweise sitzen würde, greifen aber ins Leere und fühlen nur das unstete *Dummdumm* meines Herzens.

Ich habe keine Zeit zu zögern. Vaan kann jede Minute zurückkommen und mich aufhalten. Also schultere ich die Schwertlanze und das Bündel und haste mit gesenktem Kopf durch die Korridore, die Stufen hinab und über den Hof.

Niemand hält mich auf, niemand fragt, wohin ich will, und ich atme erleichtert auf.

Der Weg durch die Stadt ist ebenso ereignislos. Die Sonne geht bereits unter und die Straßen sind wie leergefegt. Ich halte mich nahe der Häuser und erreiche bald die Stadtmauern, durch die ich ebenfalls ohne Probleme durchgelassen werde.

Langsam keimen Zweifel in mir auf. *Das war zu einfach.* Noch vor ein paar Stunden hat der König mir gedroht, meinen Tod zu genießen, und nun kann ich mir nichts, dir nichts aus der Stadt marschieren?

Und auch Vaan würde mich nicht so einfach gehen lassen Hier stimmt ganz eindeutig etwas nicht, doch ich beschließe, es darauf ankommen zu lassen und bringe lieber so viel Entfernung wie möglich zwischen mich und diesen Ort.

Sobald ich den Wald betrete, wechsle ich meine Kleidung, tausche das lange Kleid gegen enge Hosen und ein Wams, das ich in der Taille mit einem Gürtel zusammenhalte, und schlüpfe in hohe Lederstiefel.

Unsicher sehe ich mich um. Vielleicht war es doch keine so gute Idee, kurz vor Einbruch der Nacht zu verschwinden. Ich habe keine Ahnung, in welche Richtung ich gehen muss, um zu meiner Hütte zu gelangen. Die Flucht von dort scheint mir Jahre her zu sein. Ich kann mich nicht einmal erinnern, über welchen der Hügel ich mit Vaan geritten bin, als wir hier ankamen. Alles sieht gleich aus.

Seufzend gehe ich einige hundert Schritte in den Wald hinein, bis ich die Hand vor Augen kaum noch sehen kann. Ich klettere auf einen der niedrigeren Bäume, lehne den Rücken an die raue Rinde und schließe die Augen.

Nach gefühlten Minuten erwache ich schweißgebadet. In meinen Ohren höre ich noch immer die Schreie und ich reibe mir über die Arme, um die Gänsehaut zu vertreiben.

Es ist stockfinster, durch die Baumkronen kann ich weder den Mond noch Sterne sehen, also beschließe ich, vorerst auf dem Baum zu bleiben. An Schlaf ist erst mal nicht zu denken, obwohl ich für den Weg, der vor mir liegt, alle Kräfte brauche. Ich hätte mir Proviant mitnehmen sollen, denn mein Magen erinnert mich daran, dass das Essen bei Königin Miranda Stunden her sein muss.

Ein Winseln reißt mich aus meinen Gedanken und ich blicke nach unten, wo zwei helle Augen zu mir hinaufleuchten.

Ich stöhne genervt auf. Das darf doch wohl nicht wahr sein! »Verschwinde, Vaan!«, fauche ich.

Doch natürlich hört er nicht auf mich. Ich höre Laub rascheln, als er um den Baum herum läuft, und das Kratzen seiner Pfoten an der trockenen Baumrinde.

»Hau ab!« Ich suche nach etwas, das ich nach ihm werfen kann, finde jedoch nichts. Ich will ihn hier nicht haben.

Wieder ertönt ein langgezogenes Winseln von unten.

»Ist mir egal, was du zu sagen hast. Ich will es nicht hören. Auch nicht morgen früh, hast du verstanden?«

Das Winseln geht in ein hohes Fiepen über, das mir unangenehm in den Ohren gellt, und weiter an meinen ohnehin schon dünnen Nerven kratzt.

Grummelnd presse ich beide Hände an die Ohren, um das nervtötende Geräusch auszublenden. Soll er doch jammern, bis seine Stimme versagt!

Es wird bereits hell, als ich endlich die Hände von den Ohren nehme. Vaan hat tatsächlich die ganze Nacht weitergejammert. Nun liegt er zusammengerollt am Baumstamm, seine Schnauze unter seinem Schweif, und schläft.

Das ist meine Chance! So leise wie möglich richte ich mich auf und greife nach dem Ast eines benachbarten Baumes. Von dort lasse ich mich langsam hinunter und trete leichtfüßig auf, um keine Geräusche zu machen.

Natürlich ist es Schwachsinn zu denken, ich könnte mich vor einem Wolf davonschleichen. Schon beim kleinsten Rascheln fliegen Vaans Augen auf und er springt auf die Beine.

Er nimmt etwas, das aussieht wie ein Bündel, ins Maul und trottet gemächlich neben mich.

207

Ich verschränke die Arme und funkle ihn möglichst finster an. »Du kommst nicht mit! Schlag dir das sofort aus dem Kopf und geh nach Hause!«

Er hat tatsächlich Sachen gepackt und ist mir gefolgt, ich glaub's ja nicht.

Unbeeindruckt setzt er sich neben mich und hält den Kopf schief, während er mit dem Schwanz wedelt und dabei Blätter aufwirbelt.

»Ich will dich nicht dabei haben, Vaan!«, versuche ich es erneut, doch auch dieser Ausbruch wird von ihm ignoriert. Kann er mich eigentlich verstehen, wenn er ein Wolf ist?

»Vaan, ganz im Ernst: Geh. Heim. Ich will zurück in mein altes Leben und du, Herr Prinz-bei-Tag-und-Wolf-bei-Nacht, gehörst *definitiv* nicht dazu.«

Er lässt das Bündel aus seinem Maul fallen und streckt seine Zunge seitlich heraus. Gegen meinen Willen muss ich bei diesem Anblick kichern und sofort wird Vaans Schwanzwedeln stärker.

Ich huste, um mein Lachen zu kaschieren. »Verschwinde endlich«, sage ich noch mal mit Nachdruck und wedle mit der Hand. Dann drehe ich mich um und laufe in irgendeine Richtung los.

Sofort schnappt Vaan wieder sein Bündel und trottet mir hinterher. Nach ein paar Schritten drückt er seinen Kopf an meine Seite und lässt mich so die Richtung ändern.

Verwirrt blicke ich ihn an und er deutet mit der Schnauze zwischen die Bäume. »Dort entlang?«, frage ich und Vaan nickt.

Hmm, vielleicht ist es doch nicht so schlecht, ihn dabeizuhaben, immerhin weiß er, wo ich lang muss. Doch wie werde ich ihn los, wenn ich bei meiner Hütte angekommen bin?

Während ich noch darüber nachdenke, fängt mein Magen laut an zu knurren. Vaan bleibt stehen und mustert mich fragend, dann stupst er mich zu einem Baum und legt dort sein Bündel hab. Er sieht vom Baumstamm zu mir und wieder zurück. Seufzend lasse ich mich am Stamm nieder. Er nickt zufrieden und verschwindet zwischen den Sträuchern.

Genervt bette ich die Arme auf meinen angewinkelten Knien und starre ihm nach. An Flucht denke ich nicht. Er würde mich ja doch wieder aufspüren und einholen, also kann ich mir das auch gleich sparen.

Kurze Zeit später kommt er zurück und trägt einen Hasen im Maul, den er mit stolzgeschwellter Brust vor mir niederlegt.

Ich gebe es ja zu, es ist *praktisch,* ihn dabeizuhaben…Aber mehr auch nicht.

Mit einem Feuerzauber entzünde ich ein kleines Lagerfeuer, über dem ich die Hälfte des Hasen brate. Vaan verdrückt seine Hälfte roh und legt sich dann an meine Seite.

»Willst du dich nicht bald zurückverwandeln?«, frage ich, während ich vorsichtig teste, ob das Fleisch durch ist.

Vaan schüttelt den Kopf und hebt eine Pfote.

»Du bist schneller als Wolf. Das hast du mir schon mal erzählt.«

Er nickt und schenkt mir ein Wolfsgrinsen, wieder mit der seitlich heraushängenden Zunge.

Auch ich muss grinsen. »Na gut, du kannst bleiben. Aber nur, bis ich bei meiner Hütte bin. Dann verschwindest du wieder.«

Statt einer Antwort legt er nur den Kopf auf die Pfoten und schließt die Augen. Wahrscheinlich ist das seine Art, *Das werden wir ja schon noch sehen* zu sagen.

Ich verschlinge hungrig den Hasen, der übrigens vorzüglich schmeckt, und lehne mich dann den vollen Bauch reibend an den Baumstamm.

Sonnenstrahlen scheinen durch das lichte Blätterdach auf uns herab. Ich schließe die Augen und genieße ihre Wärme auf meinem Gesicht.

Nach ein paar Augenblicken spüre ich Vaans Kopf auf meinem Schoß und wie von selbst fährt meine Hand durch sein weiches Fell und krault ihn hinter dem Ohr, woraufhin er ein wohliges Brummen von sich gibt.

»Du stinkst nach nassem Hund, hat dir das schon mal jemand gesagt?«

Er stößt einen Laut aus, der irgendwo zwischen Schnauben und Husten liegt, bevor er die Augen schließt.

»Ja, wir haben letzte Nacht beide nicht viel Schlaf bekommen. Weil du so stur sein musstest.«

Doch ich bin froh, dass er da ist. In den letzten Wochen habe ich mich so an Gesellschaft gewöhnt, dass die Einsamkeit fremd für mich geworden ist. Nichtsdestotrotz weiß ich, warum er hier ist: wegen seines Fluchs, nicht wegen *mir*. Und diese Erkenntnis versetzt mir einen Stich ins Herz.

Nach ein paar Stunden Schlaf – die Sonne hat ihren Zenit bereits überschritten – machen wir uns auf den Weg zu meiner Hütte. Vaan weist mir als Wolf den Weg und kann auch bei meinem Tempo mühelos mithalten. Wir halten uns abseits der Straßen und rasten, wenn wir müde werden. Um Essen muss ich mich nicht kümmern, da Vaan zweimal am Tag auf die Jagd geht. Meistens erbeutet er einen Hasen, der uns beide satt macht.

Als wir etwa zwei Tage unterwegs sind, beginne ich die Umgebung zu erkennen. Wir befinden uns in der Nähe meiner Hütte! Eine unbändige Freude überrollt mich und ich beschleunige meine Schritte nochmals.

Die ganze Zeit über war der Wolf-Vaan mein stummer Begleiter. Nicht ein Mal habe ich ihn in Menschengestalt gesehen. Abgesehen davon, dass ich mir langsam vorkomme, als würde ich Selbstgespräche führen, stört mich das nicht. Ich kann leichter mit ihm umgehen, wenn er ein Wolf ist. Seine menschliche Gestalt lenkt mich zu sehr ab und erinnert mich an Dinge, die ich am liebsten ganz tief in meinem Kopf wegsperren würde. Nicht dass mir die Dinge, die wir gemacht haben, nicht gefallen hätten, ganz im Gegenteil, aber die Erinnerung daran ist, als würde ich mir ein kaltes Schwert in die Brust rammen, denn sie zeigt mir auf, was ich niemals würde haben können.

Ein Vollmond erhellt den kleinen Bach, der an meiner Hütte entlangplätschert, und ich inhaliere den Duft nach Lavendel, der meine Behausung umgibt.

Ohne mich umzusehen, renne ich die drei Steinstufen hinauf und öffne die Tür. Wie ich es erwartet habe, ist der Innenraum verwüstet. Schubladen wurden herausgezogen und ihr Inhalt überall verteilt. Tisch und Stühle liegen herum und mein weniges Geschirr ist zerbrochen.

Vaan betritt hinter mir die Hütte und stupst mich an, doch er muss mich nicht trösten. Kaputte Gegenstände kann ich reparieren oder zur Not neu kaufen, Ordnung kann ich wiederherstellen. Ich bin einfach nur glücklich, endlich wieder daheim zu sein.

Schnell räume ich das schlimmste Chaos zusammen und richte mein Bett, das im Grunde nichts anderes ist als ein Strohhaufen mit einer Decke. Vaan trottet durch den Raum und sieht sich aufmerksam um. Für ihn muss meine Hütte ziemlich erbärmlich aussehen, immerhin ist er als Prinz puren Luxus gewohnt. Soll er doch gehen, wenn es ihn stört! Doch er bleibt und ich bin mir nicht sicher, ob ich mich darüber freuen soll.

Ich suche ein Laken, das halbwegs sauber ist, und lege es vor den kalten Kamin. »Hier kannst du schlafen«, weise ich ihn an, öffne den Umhang und lege ihn über eine Stuhllehne.

Als ich mich umdrehe, hat sich Vaan bereits im Bett eingerollt. »O nein, da schlafe ich!«, blaffe ich ihn an. »Du härst dich, geh sofort aus meinem Bett raus!«

Doch er schaut mich nur mit schiefgelegtem Kopf an und klopft mit dem Schwanz auf die Strohliege. Ich packe ihn an den Vorderpfoten und versuche, ihn aus dem Bett zu ziehen, doch er bewegt sich kein Stück.

»Ich meine es ernst, Vaan! Raus aus meinem Bett!«

Langsam verliere ich die Geduld. Ich bin müde und überdreht und will einfach nur schlafen, aber da liegt ein überdimensionaler schwarzer Wolf in meinem Bett.

Genervt fahre ich mir durch die Haare, die ich dringend mal wieder kämmen muss. »Na schön, rutsch' rüber«, gebe ich mich geschlagen. »Aber ab morgen schläfst du unten oder am besten, du gehst nach Hause. Nur heute lass ich dich in meinem Bett schlafen.«

Ich ernte ein schiefes Grinsen, ehe er so weit wie möglich an die Wand rückt.

Schnell ziehe ich meine Kleidung aus, schlüpfe in ein knielanges Schlafgewand und kämme gründlich die Knoten aus meinem Haar, ehe ich es neu flechte. Nur mit einem Unterkleid schlüpfe ich unter die raue Wolldecke und drehe Vaan den Rücken zu. Anscheinend hat er diesen Wink nicht verstanden, denn er drängt sich mit seinem ganzen Körper an mich. Sein Kopf liegt neben meinem und er pustet mir beim Atmen ins Ohr, sodass ich knurrend die Decke über den Kopf ziehe.

18

Ich brauche einen Augenblick, um zu realisieren, wo ich bin. Das Bettzeug fühlt sich ungewohnt rau und zerschlissen an und etwas Schweres liegt quer über meinen Bauch.

Dafür habe ich aber sehr tief und traumlos geschlafen und bin dadurch ausgeruht.

Der Duft nach Lavendel erinnert mich daran, dass wir gestern meine Hütte erreicht haben, und ich grinse selig. Bis mir auffällt, dass der Lavendelduft viel zu stark für einen abblühenden Busch ist, der vor der Hütte steht.

Ich weiß schon, was jetzt kommt, und bin deshalb nicht überrascht, als ich den Kopf drehe und in Vaans menschliches Gesicht blicke. Sein Arm liegt über meinem Bauch und seine Beine sind mit meinen verflochten. Warum merke ich so was nie beim Schlafen?

Seine Züge sind entspannt und sein Mund leicht geöffnet. Er sieht so unschuldig aus, wenn er schläft, und meine Fingerspitzen kribbeln, weil sie unbedingt sein Haar aus der Stirn streichen wollen. Zögernd gebe ich dem Verlangen nach und streiche ihm einzelne kupferbraune Strähnen aus dem Gesicht, wobei ein kleines Lächeln in seinen Mundwinkeln aufblitzt und seine Hand meine Taille umgreift, um mich näher an sich zu ziehen. Mit der Nase in meinen Haaren und dem Kopf auf seinem angewinkelten Arm gibt er ein kleines Schnarchen von sich.

Ich stopfe die Decke zwischen uns, da ich weiß, dass er vollkommen nackt ist, und gebe mich den widersprüchlichen Gefühlen hin, die dieser Mann in mir auslöst. Dabei fahren meine Finger wie von selbst über seinen Hals, sein Schlüsselbein und an seiner Schulter hinab.

Was für ein schöner Körper! Trainiert, aber nicht übertrieben muskulös. Dennoch könnte ich jeden seiner Bauchmuskeln einzeln zählen.

Als sich mein Blick an den Haaren verfängt, die weiter nach unten führen, werde ich von einem glucksenden Lachen aus meinen Fantasien gerissen und schrecke hoch.

Er hat eine Strähne, die sich aus meinem Zopf gelöst hat, um den Finger gewickelt und mustert mich mit einem schiefen Grinsen aus halbgeöffneten Augen. »Gefällt dir, was du siehst?«

Das Blut schießt mir vor Scham in die Wangen. Schon wieder hat er mich beim Starren ertappt. Und das auch noch, während ich seinen Körper *sehr genau* musterte. Geht es *noch* peinlicher?

Ich versuche mich zu befreien, doch Vaan zieht mich noch näher an sich heran. Als ich anfange, mich mit Händen und Füßen zu wehren, dreht er mich auf den Rücken und klettert auf mich, hält meine Hände mit seinen über meinem Kopf fest.

Mein Herz klopft so laut, dass Vaan es auch hören muss, da bin ich mir ganz sicher. Mit der Nase streicht er an meinem Hals hinauf über meine Wange und ich erschauere unter dieser federleichten Berührung. Mich zu wehren habe ich in dem Moment aufgegeben, als sein Körper auf meinem lag.

»Wie gern würde ich wissen, was du jetzt denkst«, flüstert er so nah an meinem Ohr, dass mein ganzer Körper zittert und ich nach Luft schnappe. »Sag es mir.«

Ich öffne die Augen und verliere mich in seinem Goldblick. Unfähig zu sprechen, kaue ich auf meiner Unterlippe herum, bis Vaan sie sanft zwischen meinen Zähnen hervorzieht.

»Sag mir, warum du gegangen bist, Fye.«

Ich glaube, so was wie Schmerz in seinen Augen aufflackern zu sehen, und versuche vergeblich, das nicht an mich heranzulassen.

»Ich konnte nicht anders«, bricht es aus mir heraus, nachdem ich endlich den Kloß in meiner Kehle hinunterschlucken konnte.

»Warum?«

Ich weiß nicht, wie ich meine Gefühle in Worte fassen soll. Alles wirbelt in mir umher, ohne dass ich es fassen oder gar ausdrücken kann.

Er, ich, *wir* hier in meinem Bett, das ist alles ganz anders, als ich es geplant habe. Das sollte nicht passieren. Ich wollte einen klaren Schnitt und dennoch ist er hier. So nah, dass mir das Atmen schwerfällt.

Ich spüre sein Herz an meiner Brust schlagen, das mit meinem um die Wette klopft. Spüre seine sanften Berührungen, die mehr versprechen, als ich mein Leben lang zu hoffen gewagt habe. Sehe seine Augen, in denen trotz seines Schicksals so viel Verletzlichkeit, aber auch Verlangen liegt.

»Weil du nicht genug für mich empfindest«, flüstere ich gepresst und merke, wie mir Tränen in die Augen schießen.

Er blinzelt verdutzt. »Was? Das glaubst du wirklich?«

»Es ist doch so! Wenn dieser blöde Fluch nicht wäre, hättest du mich keines zweiten Blickes gewürdigt. Ach was, du hättest nicht einmal einen Blick an mich verschwendet. Du hättest mich nicht gesehen.«

Vaan lässt meine Hände los und umfasst mein Gesicht, fährt mit den Daumen meine Wangen entlang. »Du redest Blödsinn. Ich weiß nicht, wie ich es dir erklären soll.«

Wider besseren Wissens will ich nun doch hören, was er zu sagen hat, in der Hoffnung, dass seine Worte die Leere in meinem Herzen heilen können. »Versuch es.«

»Vergiss die ganze Fluch-Sache. Schau nur auf uns beide. Natürlich hat es etwas mit der Bindung zu tun, denn schon, als sie dich über den Schlosshof führten, fühlte ich dieses Verlangen, dir nah zu sein. Ich wusste nicht, wer oder was du bist und es war mir egal. *Ist* mir egal.«

Er lehnt sich vor, um eine einzelne Träne wegzuküssen. Seine Lippen sind so sanft.

»Ich habe nie an den ganzen Kram mit Gefährten und Bindung geglaubt. Selbst meinen Eltern glaubte ich nicht. Sieh sie dir an, das Bauernmädchen, das den König bekommt. Ein Märchen, nichts weiter. Das dachte ich immer. Bis ich dich gesehen habe.

Dieses Gefühl hatte ich schon in der Herberge und es hat mich verrückt gemacht. Als ich dich dann sah, wie du stolz, aber innerlich voller Angst über den Hof gestolpert bist, dachte ich, dass dieses Ziehen mein Herz zerreißt. Also schlich ich mich zu dir in den Kerker. Eigentlich, um mir zu beweisen, dass da nichts dran ist, an diesen Märchen. Dass das, was ich gefühlt habe, purer Zufall war.

Und dann standest du da an diese Wand gepresst und hast mich aus diesen großen Augen angesehen. Da wusste ich, dass es so was wie Schicksal doch gibt.

Meine Mutter sagte mir einst, als ich über ihre Bindungsgeschichten mal wieder den Kopf geschüttelt habe: Seelen, die dazu bestimmt sind, sich zu treffen, werden das tun. Scheinbar durch Zufall, aber immer genau zum richtigen Moment.«

Während ich jedes seiner Worte aufsauge wie ein Schwamm in der Wüste, laufen immer mehr Tränen meine Wangen hinab. Es ist genau das, was ich hören muss, um die dunklen Schatten und Zweifel aus meinem Herzen zu verbannen.

»Es ist mir egal, ob du wegen dieses Fluchs in mein Leben gestolpert bist. Wichtig ist, dass du da bist, an meiner Seite. Das ist das Einzige, was ich will.«

»A-Aber ich b-bin doch …«

Er schiebt seine Hände an meinem Kopf nach hinten und legt sie an meine Ohren, fährt ihre Form mit den Zeigefingern nach. Ich ziehe scharf die Luft ein bei dieser Berührung.

»Es ist unwichtig, was du bist. Als ich damals hörte, dass es eine Halbelfe wäre, die man da über den Hof geführt hat, dachte ich, meine Welt würde zusammenbrechen. Schon mein ganzes Leben strebe ich danach, den Ansprüchen meines Vaters zu genügen, und nun sollte ich mich ausgerechnet an eine Halbelfe gebunden haben? Ich hielt es für einen verdammt miesen Scherz der Götter und redete mit meiner Mutter. Doch sie lächelte nur und sprach von Schicksal.«

»Niemand wird mich akzeptieren …«

»Und wenn schon! Doch wenn es dir so wichtig ist, werden wir durchs ganze Königreich reisen, an jede Tür klopfen, bis wir jemanden gefunden haben, der sich für uns freut und dich so nimmt, wie du bist. *Ich* nehme dich so, wie du bist.«

»Du hast auch nicht wirklich eine Wahl …«

»Vergiss nicht, was meine Mutter gesagt hat. Bindungen können auch auf platonischen Beziehungen beruhen. Aber als ich dich da im Kerker sah, so ängstlich und verlassen, war mir klar, dass das bei uns nicht der Fall sein würde. Ich wusste es vom ersten Moment an.

Du bist meine Gefährtin, Fye. Ich schwöre dir, dich vor allem Übel zu beschützen, solange ich einen Tropfen Blut in meinem Körper habe. Ich schwöre dir Treue ohne Bedingung. Schwöre dir Gefolgschaft durch Licht und Dunkelheit, Gesundheit und Krankheit. Ich verspreche dir meine Liebe, bis mein Herz aufhört zu schlagen.«

Die Zeit um uns herum scheint stillzustehen und ich merke erst jetzt, dass ich die ganze Zeit die Luft anhalte. Seine Worte sind Balsam für meine einsame Seele.

»Jeden Tag meines bisherigen Lebens habe ich dich gesucht und endlich gefunden. Jeder Atemzug, jede Sekunde führte letztendlich hierhin, das weiß ich jetzt. Ich liebe dich, Fye, ich werde dich auch in hundert Jahren noch lieben. Für immer.«

Mein Herz zerspringt vor Glück und ich kann ein Schluchzen nicht unterdrücken.

»Nimmst du mich als deinen Gefährten?«

Unfähig zu sprechen, sehe ich in seine Augen, in denen ich alles wiederfinde, das er eben zu mir gesagt hat.

»Für immer und einen Tag«, flüstere ich schließlich.

Ein befreites Lächeln lässt Vaans Gesicht erstrahlen, ehe er seine Lippen auf meine drückt, die Hände noch immer um mein Gesicht gelegt.

»Ich möchte es gerne offiziell machen, wenn dir das recht ist.«

»Was meinst du?« Mein Kopf ist immer noch ganz benebelt von den Geschehnissen der letzten Stunde.

»Die Bindungszeremonie. Der Pakt, der meinen Fluch bricht.«

Er bemerkt mein Zögern.

»Es geht schnell, das verspreche ich.« Er steht auf und holt meine Schwertlanze, die an der gegenüberliegenden Wand lehnt. »Bitte lehne den Kopf etwas zur Seite.« Ich gehorche und er schiebt meine Haare über die Schultern. »Ich werde dich jetzt in die Schulter beißen.«

Mit einem Aufschrei schrecke ich zurück. »Was? Das war nicht abgemacht!«

»Fye, bitte«, murmelt er. »Es wird dir nicht wehtun, versprochen.« Er öffnet seinen Mund und ich kann seine spitzen Wolfszähne sehen. Ich sitze stocksteif da und erwarte den Schmerz, doch es ist nicht

216

mehr als ein leichtes Ziehen. Als er sich zurücklehnt, sind die spitzen Zähne verschwunden, aber ich kann Blut an seinen Lippen sehen. Götter, ist das meins? Hat er mich etwa blutig gebissen?

Ehe ich diesen Gedanken zu Ende denken kann, nimmt er meine Hand und legt sie um den Griff der Schwertlanze. Für einen Augenblick bin ich verwirrt. Was soll ich jetzt mit meiner Waffe? Leicht drückt er meine Hand nach unten, sodass die Klinge direkt in seine Handfläche schneidet. Anschließend presst er seine verletzte Hand auf die Wunde an meinem Hals.

»Mit meinem Blut nehme ich dich zu meiner Gefährtin.«

»Bis mein Herz aufhört zu schlagen«, beende ich den Schwur.

Als er die Hand wegnimmt, sehe ich, dass seine Wunde nahezu komplett geschlossen ist, und greife an meine Halsbeuge.

»Es wird sich gleich schließen«, verspricht er mir.

»Und nun musst du nie mehr zu einem Wolf werden?«, frage ich, um etwas abzulenken.

»Nein, nur wenn ich es will. Ich kann es nun bewusst steuern und werde nicht mehr dazu gezwungen.« Er sieht auf seine Hände, die er zu Fäusten ballt und wieder öffnet, als hätte sich etwas geändert, das nur er spüren kann.

»Wann wurdest du denn dazu gezwungen?«

»Für etwa den halben Tag musste ich mich immer verwandeln. Nachts fiel es mir leichter und es war auch einfacher, ungesehen zu sein. Dann habe ich mich verwandelt, wenn ich verletzt war.«

»Ich erinnere mich. Der vergiftete Pfeil.«

Vaan nickt. »Und wenn meine Gefährtin in Gefahr ist.« Er streicht meinen Zopf nach vorne über die Halsbeuge, in die er vor ein paar Minuten noch seine Zähne geschlagen hat.

»Wann war das?«

»Immer, wenn du in Schwierigkeiten gesteckt hast«, erklärt er mit dem schiefen Lächeln, das ich so liebe. »Als Layla dich an dieser Klippe gefunden hat und du gestürzt bist. Oder als meine Schwester dich in diese Höhle geschleppt hat.«

Wir wissen beide, dass es nicht seine Schwester war und dass ich freiwillig diese Höhle betreten habe, aber ich halte den Mund.

»Immer dann, wenn ich dich beschützen musste.«

»Kannst du das denn nicht mit deinen Schwertern?«, necke ich ihn.

»Doch, aber als Wolf bin ich schneller, wendiger und muss keine Angst vor Verletzungen haben, da ich fast sofort wieder heile. Außerdem finde ich dich schneller, wenn ich deinem Geruch folge und mich nicht nur auf das Band verlassen muss.«

Er zieht mich auf seinen Schoß und ich schmiege mich an seine nackte Brust. »Deinen Geruch finde ich überall.«

»So hast du mich auch vor Eisenfels gefunden, nicht wahr?«

Er nickt. »Ich wusste, dass du nach dem Gespräch mit meiner Mutter gehen würdest. Also habe ich alle Bediensteten und die Soldaten angewiesen, dich unbehelligt passieren zu lassen, und bin dir dann selbst gefolgt. Du warst nicht schwer zu finden.«

Wir schweigen einige Augenblicke, dann frage ich: »Was wird jetzt aus uns?«

Sanft küsst er mich auf die Stirn. »Mach dir keine Sorgen. Wenn mein Vater dich nicht akzeptiert, war ich die längste Zeit sein Sohn. Dann werden wir irgendwo hingehen, wo uns niemand kennt und wo niemand Fragen stellt. Nur wir beide.«

»Das wäre schön«, murmle ich.

»Wenn er doch seine Meinung ändert, und das wird er früher oder später, wirst du die erste Halbelfenprinzessin, die dieses Land je gesehen hat. Du würdest mit mir im Schloss leben und müsstest nie wieder Angst haben, dass man dich entdeckt. Würde dir das gefallen?«

Ich teile seinen Optimismus nicht im Geringsten, nicke aber. »Was macht dich so sicher, dass dein Vater seine Meinung über mich ändert? Er hasst mich für das, was ich bin, und will mich sogar töten.«

»Das kann er nun nicht mehr.«

Ich stutze. »Wieso?«

»Weil wir aneinander gebunden sind, erinnerst du dich?« Er fährt mit der Hand über meine Halsbeuge. »Unsere Leben sind nun eins. Wenn du stirbst, sterbe auch ich, und andersherum. Er kann dich nicht töten, ohne auch mich, seinen einzigen Sohn und Erben, umzubringen.« Nach einer Weile fragt er: »Wie alt bist du eigentlich, Fye?«

Ich muss über diese einfache Frage kichern. »Ich glaube, um die hundert.«

»Dafür hast du dich aber gut gehalten«, neckt er mich. »Aber ich bin fast genauso alt. Mein Vater ist ein normaler Mensch und ihm sieht man äußerlich an, dass er altert. Anders als bei meiner Mutter, die keinen Tag älter als fünfundzwanzig aussieht. Sein Körper wird früher oder später verfallen, ich gebe ihm nicht länger als zwanzig weitere Jahre. Sein menschlicher Körper ist nicht dafür ausgelegt, hundert und älter zu werden. Auch wenn er äußerlich jung erscheint, wird er doch innerlich absterben.«

»Und bei dir ist das anders?«

»Ich bin ein Nachfahre der Götter. Uns ist ein langes Leben geschenkt. Wir sind nicht unsterblich, aber von der Lebensdauer her können wir uns fast auf eine Stufe mit den Elfen stellen. Wir haben also jede Menge Zeit.«

Ich falle in sein Lachen mit ein und fühle mich befreit. Ohne einen Gedanken an die Zukunft zu verschwenden, verspreche ich mir selbst, im Hier und Jetzt zu leben.

Doch ein Ereignis brennt mir noch unter den Nägeln und ich hole tief Luft, um es anzusprechen. »Als wir in Eisenfels ankamen und uns in deinem Zimmer … geküsst haben, da warst du plötzlich so …«

Er legt einen Finger auf meine Lippen und bringt mich damit zum Schweigen. »Ich weiß. Und es tut mir leid. Ich wollte es dir im Nachhinein erklären, aber dann warst du in dieser Höhle und verletzt und danach hast du mir diese Dinge an den Kopf geworfen, die ich nicht hören wollte.«

»Erklär es mir jetzt«, bitte ich ihn, denn ich muss es wissen. Warum hat er mich von sich gestoßen, als ich fast so weit war, ihm vollkommen zu vertrauen?

»Zu dem Zeitpunkt wusstest du so gut wie nichts über mich. Über meinen Fluch und die ganze Sache mit den Gefährten. Und trotzdem warst du da, bei mir, so nah, obwohl dir erst vorher das Herz gebrochen wurde. Ich wollte nichts lieber als meine Zähne in deiner Haut versenken und mein Blut mit dir teilen, damit du alles, was vorher war, einfach vergisst und nur noch mir gehörst. Mir allein. Damit du nie wieder einen anderen so nah an dich heranlässt wie mich.«

Mit der Nase fährt er meinen Hals hinab und atmet tief ein, während ich in seinen Armen erschaudere. »Beinahe wäre es passiert.

Der Wolf in mir war kurz davor, auszubrechen und dich als seine Gefährtin zu markieren. Und glaube mir, das wäre nicht so zivilisiert abgelaufen wie eben. Also habe ich dich auf Abstand gehalten, bis ich mich wieder unter Kontrolle hatte.« Sein Blick verdunkelt sich und das honigfarbene Wirbeln in seinen Augen stoppt, während sein Körper sich versteift. »Und du bist sofort zu *ihm* gelaufen.«

Ich schlucke den bitteren Geschmack der Schuld hinunter, ehe ich ihn fester an mich drücke. »Es tut mir leid«, ist alles, was ich hervorbringe. Ich versuche gar nicht erst, mich zu rechtfertigen, denn das würde es auch nicht besser machen.

Seine Hände streichen kreisend über meinen Rücken, während wir uns eng umschlungen halten.

Irgendwann drückt er mir einen Kuss auf die Stirn und sieht mich an. »Also, wie sieht der Plan aus?«

»Du wirst dir erst mal etwas anziehen«, sage ich grinsend und fahre mit dem Zeigefinger seine Schulter und seinen Arm entlang, genieße das Gefühl der warmen, straffen Haut.

»Wie schade. Ich hatte gehofft, ich könnte noch mal auf das Angebot zurückkommen, das du mir in meinem Bett gemacht hast.« Sein Grinsen ist schelmisch und versetzt die Schmetterlinge in meinem Bauch in helle Aufregung.

Ich weiß genau, welches Angebot er meint, und sofort schießt mir das Blut in die Wangen.

»Ich liebe es, wenn du rot wirst«, murmelt er an meinem Hals und fährt mit der Zunge die Stelle nach, in der er vor Kurzem seine Zähne versenkt hat.

Ein Prickeln schießt durch meinen Körper und ich stöhne auf, während sich Gefühle in mir ausbreiten, die ich bisher nicht kannte. Meine Finger krallen sich in seine Schulter, suchen verzweifelt nach Halt, und mein Atem ist zu einem Keuchen geworden, ebenso wie seiner.

Als er meinen Blick sucht, mich stumm um Erlaubnis bittend, glänzen seine Augen fiebrig. Der sonst so warme Honigton seiner Iris ist nun ein dunkles Orange, das mich an einen Sonnenuntergang erinnert.

Während er mich mit einem Arm auf seinem Schoß hält, schiebt er mit der anderen Hand mein Unterkleid über die Schulter und küsst die freigelegte Haut. Ich schlinge meine Beine um ihn und vergrabe das Gesicht an seinem Hals, um mein Stöhnen zu ersticken.

Zwischendurch suchen seine Lippen immer wieder meine, pressen sich hungrig an meinen Mund, bevor sie mit ihrer Erkundung meines Körpers fortfahren.

Ich spüre seine Erregung zwischen meinen Beinen, nur bedeckt von der dünnen Bettdecke. Bemerke jedes Zucken, jedes Necken. Und es bringt mich um den Verstand, während das Ziehen in meinem Unterleib zunimmt.

Seine Hände schieben das Unterkleid, das mir sowieso schon bis zu den Oberschenkeln hochgerutscht ist, weiter nach oben, fahren sanft an der weichen Haut entlang, krallen sich in meinen Hintern und drücken mein Becken fester nach unten, gegen seines.

Das kehlige Stöhnen, das er bei dieser Berührung ausstößt, gibt mir den Rest. Ich sehe nur noch ihn und mein Herz quillt vor Verlangen beinahe über.

Ich will ihn, brauche ihn. Jetzt sofort.

Und ihm geht es nicht anders. Ungeduldig versucht er, mir das Unterkleid über den Kopf zu ziehen, bis ich ein Einsehen habe und ihm helfe. Mit einer fließenden Bewegung ziehe ich es aus und lasse es achtlos neben uns auf den Boden fallen.

19

VAAN

Ich kann gar nicht in Worte fassen, was ich für diese Frau empfinde, die nun nackt auf meinem Schoß sitzt und diese wundervollen Laute ausstößt, während meine Hände und mein Mund ihren Körper erkunden.

Ihre sonst so funkelnden grünen Augen sind vor Lust verschleiert, dunkel wie die Nadeln eines Tannenbaums, als ich sie an ihrem festen Hintern hochhebe und zurück aufs Bett lege.

Natürlich habe ich mir das alles anders vorgestellt. Nicht hier in dieser kleinen Hütte, zwischen *Stroh*. Aber es ist Fyes Hütte und sie scheint ihr viel zu bedeuten, also blende ich meine Umgebung vollkommen aus, sehe nur noch sie.

Meine Gefährtin.

Ein unbeschreibliches Glücksgefühl überkommt mich allein bei dem Gedanken an sie. Und nun liegt sie nackt unter mir, windet sich unter meinen Berührungen und keucht meinen Namen.

Es gab noch nie einen glücklicheren Mann als mich, da bin ich mir sicher.

Als ich mit der Zunge ihre rosigen Nippel umkreise, entfährt ihr ein Schrei, und ich tue es gleich noch mal, um zu sehen, ob ich ihr diesen hübschen Laut erneut entlocken kann.

Ja, kann ich.

Mit einem Grinsen wandere ich tiefer, umfasse ihre große Brust mit der Hand und spiele mit ihrem Nippel, während meine Zunge ihren Bauch hinabfährt und ich kleine Küsse auf ihren Nabel hauche.

Lustvoll wölbt sie mir ihr Becken entgegen und ich muss wirklich sämtliche Willenskraft aufbieten, die ich besitze, um mich nicht sofort in ihr zu versenken.

Ich küsse die weiche Haut ihrer Innenschenkel, sehe das einladende, feuchte Glitzern zwischen ihren Beinen und komme fast auf der Stelle, reiße mich aber rechtzeitig von diesem Anblick los und schiebe mich wieder nach oben.

Ihre Augen sind fest zusammengekniffen und sie beißt auf ihrer Unterlippe herum. Das geht so nicht, schließlich will ich sie hören! Ich lege mich neben sie, küsse ihren Mund, schlucke ihr Stöhnen, während meine Hand an ihrem Bauch nach unten fährt und ihre Schenkel spreizt, um das weiche Fleisch dazwischen zu berühren.

Sofort drückt sie den Rücken durch und wölbt sich meiner Hand entgegen und die Geräusche, die sie von sich gibt, steigern meine eigene Lust ins Unermessliche.

So empfindlich, wie sie auf meine Berührungen reagiert, könnte man fast meinen, dass sie …

»Fye«, hauche ich in ihr Ohr, während mein Mittelfinger ihre geschwollene Knospe umkreist. Ich bekomme nur ein leises Wimmern als Antwort. »Hast du schon mal mit jemandem «

An der Art, wie sie sich verkrampft und ihre Wangen rot werden, weiß ich, dass die Antwort »*Nein*« lautet, auch wenn sie es nicht ausspricht.

Heilige Göttin, ist das Einzige, was ich gerade denke. Sowohl im positiven als auch im negativen Sinne. Dem Wolf und dem Mann in mir gefällt die Vorstellung, dass noch niemand diesen Körper vor mir berührt hat, doch ich weiß, dass das erste Mal für eine Frau alles andere als angenehm ist. Ich will nicht, dass dieser Moment für sie geprägt ist von Schmerzen.

Ich schiebe also meine eigenen Bedürfnisse in den Hintergrund und nehme mir Zeit, sie vorzubereiten, steigere ihre Lust immer weiter, bis ihr ganzer Körper neben mir unkontrolliert zittert.

Als ich das Gefühl habe, keine Sekunde länger mehr durchzuhalten, knie ich mich zwischen ihre Schenkel und lehne meinen Körper auf sie, stütze mich aber mit den Armen ab, um sie nicht zu erdrücken.

Sanft streiche ich einige Haarsträhnen aus ihrem Gesicht, die vor Schweiß an ihr kleben, und küsse sie, während ich langsam, ganz langsam in sie eindringe.

Verdammt, sie ist so *eng!*

Unter größter Anstrengung versuche ich, mich so langsam wie möglich zu bewegen, ihr Zeit zu lassen, sich an mich zu gewöhnen, aber es fällt mir *verdammt* schwer.

Mittlerweile geht auch mein Atem stoßweise und ich bin mir sicher, dass die Sehnen an meinem Hals hervortreten.

»Fye, bitte«, stammle ich, obwohl es eher ein Krächzen ist. »Sag mir jetzt, wenn ich aufhören soll. Danach kann ich nicht mehr …«

Ich würde es tun, für sie. Es würde mich zwar in den Wahnsinn treiben, jetzt abzubrechen, aber wenn sie mich darum bitten würde, würde ich keine Sekunde lang zögern.

Ich blicke in ihr schönes Gesicht und ihre Augen strahlen mich an, während sie die Beine um meine Hüfte schlingt und mich tiefer in sich hineindrückt.

Ein kurzer Schrei entweicht ihr und ich spüre, wie sie sich verkrampft, küsse die Tränen weg, die ihr aus den Augenwinkeln kullern, und halte einfach einen Moment still.

Es braucht nicht viel, bis ich das Kribbeln spüre, das sich an meiner unteren Wirbelsäule aufbaut und dann nach vorne schießt. Als ich komme, sehe ich nur Sterne und mittendrin ihre funkelnden Augen.

20

FYE

Die Nacht ging schnell vorbei und die Sonne steht bereits am Himmel, als ich endlich aus dem Bett klettere.

Meine Beine fühlen sich seltsam weich und knochenlos an und ich brauche einen Moment, bis ich einen sicheren Stand habe.

Leise, um Vaan nicht zu wecken, schlüpfe ich in mein Unterkleid und werfe den weißen Umhang über. Dann folge ich dem kleinen Bach vor meiner Hütte zu einem kleinen See.

Als ich an meinen Feldern vorbeikomme, werde ich wehmütig. Es kommt mir wie eine Ewigkeit vor, dass ich ins Dorf aufgebrochen bin, um Vorräte und Saatgut zu kaufen. So viel ist seitdem passiert. Mein ganzes Leben hat sich umgekrempelt und ich muss lächeln, als ich mir vorstelle, dass ich diesen Verlauf nicht geplant habe, ihn aber auch nicht bereue.

Das Plätschern des Bachs beruhigt mich wie schon viele Jahre zuvor, während ich am Ufer entlangschlendere. Noch vor kurzer Zeit war er nahezu ausgetrocknet, doch jetzt fließt er wieder munter und lebensspendend.

Das Wasser des kleinen Sees, den der Bach speist, reicht mir nur bis zu den Schenkeln und ist eisig, dennoch steige ich hinein, nachdem ich meine Kleidung abgelegt habe. Vorsichtig wasche ich das Blut und alles andere weg, was zwischen meinen Beinen klebt, und genieße die erfrischende Kälte.

Ich bin immer noch wund, aber nicht auf eine negative Art. Nachdem mein erstes Mal sehr schmerzhaft war, war ich für kurze Zeit enttäuscht. *Deswegen* lasten sich Lebewesen so viele Probleme auf? *Das* war es nun? Doch kurz danach legte sich Vaan neben mich und begann, ganz fantastische Dinge mit seinen Händen anzustellen, die mich alle Schmerzen und Zweifel vergessen ließen und mich hoch hinauf in den Himmel trugen, bis ich meinen eigenen Namen vergaß.

Als er mich das zweite Mal in der Nacht berührte, waren die Schmerzen fast komplett verschwunden. Es tat nur kurz weh, als er in mich eindrang, wurde dann jedoch mit jeder Sekunde besser.

Ich lege mich auf den Rücken, lasse mich kurz treiben, genieße die Schwerelosigkeit meiner Gliedmaßen, ehe ich mit dem Kopf untertauche, um meine Haare zu waschen.

Das kühle Nass erfrischt meinen Körper und meinen Geist und ich bleibe länger unter Wasser als eigentlich nötig. Meine Hand fährt zu meinem Hals und ertastet das getrocknete Blut, das sich durch Vaans Biss noch dort befindet. Sicher werden kleine Narben zurückbleiben, doch das stört mich nicht. Niemand außer meinem Gefährten wird sie je zu Gesicht bekommen.

Nach Luft schnappend tauche ich wieder auf und lege mich ins Gras, um mich von der Sonne trocknen zu lassen. Mit geschlossenen Augen liege ich da und genieße die warmen Strahlen auf meiner nackten Haut.

Ob Vaan bereits aufgewacht ist? Macht er sich Sorgen, weil ich einfach gegangen bin? Ich hätte ihm eine Nachricht dalassen sollen … Wird er sich in meiner Hütte zurechtfinden, bis ich zurück bin?

Meine Hütte ist natürlich keine Behausung für einen Prinzen und die Frage, wie lange wir hierbleiben, beschäftigt mich. Auch wenn sie in seinen Augen schäbig ist, so gehört sie doch mir und ist das einzige Zuhause, das ich kenne. Wenn es nach mir ginge, würden wir hier leben, die Hütte vielleicht erweitern. Ich will nicht zurück ins Schloss oder auf eine der sicher zahllosen Burgen, die seine Familie ihr Eigen nennt. Ich will nicht zurück in die Nähe seines Vaters und der Elfenhexe. Auch wenn Vaan der Meinung ist, dass ich außer Gefahr bin, geht mir der mörderische Blick des Königs nicht aus dem Kopf. In seiner Nähe würde ich mich immer unwohl und verfolgt fühlen.

Doch Vaan ist der Thronfolger. Irgendwann werden wir zurückgehen müssen, ob es mir nun gefällt oder nicht. Die Alternative wäre, ihn allein gehen zu lassen. Allein bei dem Gedanken schnürt sich mein Herz zu.

Etwas ragt neben mir auf, nimmt mir die Sonne und wirft einen Schatten auf mein Gesicht. Ich lächle, weil ich Vaan neben mir vermute, der mir nachgelaufen ist. Doch als ich zwischen meinen Lidern hindurchspähe, schaue ich in himmelblaue Augen und augenblicklich gefriert mir das Blut in den Adern.

»Hallo Fye«, höre ich seine samtene Stimme, die mir eine Gänsehaut beschert. »So ganz allein hier draußen?«

Hastig rapple ich mich auf und will nach dem Umhang greifen, um mich zu bedecken, doch meine Arme werden sofort von hinten gepackt und schmerzhaft verdreht. Ich will schreien, doch Gylbert drückt mir seine Hand auf den Mund.

»Na, na, wir wollen doch nicht, dass uns jemand stört, nicht wahr? Fessle sie, Layla!«

Ein weiterer lautloser Schatten tritt plötzlich hinter mich. Meine Hände werden mit einem dicken Seil zusammengebunden, das mir ins Fleisch schneidet. Ich ziehe die Beine so nah wie möglich an mich, um meine Blöße zu bedecken und winde mich unter dem anzüglichen Blick, den Gylbert an meinem Körper hinauf und hinab gleiten lässt.

Als sie fertig ist, tritt Layla neben ihn. Ich erinnere mich an sie. Sie war diejenige, die meine Hütte belagert und mir an der Klippe aufgelauert hat. Wie sehr hatte ich gehofft, diese beiden Elfen nie wieder sehen zu müssen …

Gylbert kommt mir so nahe, bis ich seinen Atem auf meinem Gesicht spüren kann und sieht mir tief in die Augen. »Wenn du schreist, werde ich dir die Zähne einschlagen, ehe ich deinen Wolf bei lebendigem Leibe häuten werde. Haben wir uns verstanden?«

Ich nicke grimmig und endlich nimmt er die Hand von meinem Mund. Ruckartig zieht er mich an den gefesselten Armen nach oben und ich schreie auf, beiße jedoch sofort die Zähne zusammen.

Bittere Galle steigt in meiner Kehle hoch, als Gylbert mich mustert, während ich schutzlos vor ihm stehe, und der Rosenduft, der ihn umweht, facht meine Übelkeit nur noch mehr an. Habe ich diesen Geruch wirklich einmal gemocht? Auch das muss eine Wirkung des Zaubers gewesen sein, mit dem er mich belegt hat. Sein Blick verweilt lange auf meinen Brüsten und wandert dann nach unten zwischen meine Beine, während ich krampfhaft selbige überkreuze.

»Was für eine Schande, dass du dich nicht für mich entschieden hast«, säuselt er, während er einige meiner Haarsträhnen hinter die Schulter streicht und dann mit den Fingern meinen Arm entlangfährt. »Wir hätten sehr viel Spaß zusammen haben können.« Seine Berührungen verstärken meine Übelkeit und ich beiße vorsorglich fester die Zähne zusammen.

Als er seine Hand um meine Brust legt und schmerzhaft zudrückt, beginne ich zu schreien, werde jedoch von einem Fausthieb in den Magen schnell zum Schweigen gebracht. Ich sacke auf die Knie und schnappe nach Luft, während der Schmerz sich in Wellen in meinem ganzen Körper ausbreitet.

»Was haben wir vorhin übers Schreien gesagt?« Seine Stimme klingt, als würde er mit einem ungehorsamen Kind sprechen. »Layla, geh und sag ihnen, dass wir unterwegs sind. Wir zwei haben noch etwas vor.« Der Blick, mit dem er mich betrachtet, jagt mir einen kalten Schauer über den Rücken. Ich habe diesen Blick schon einmal bei einer Katze gesehen, die einen Vogel gefangen und dessen Flügel gebrochen hat. Danach hat sie ihn über eine Stunde gequält, ohne dass der Vogel fliehen konnte. Die Katze hatte das gleiche Glitzern in den Augen.

Sofort verschwindet Layla und lässt mich mit Gylbert allein. Meine Panik wächst ins Unermessliche und mein Atem geht stoßweise, während ich zusehe, wie er langsam seinen Umhang und den schwarzen Brustpanzer ablegt.

Irgendwie komme ich ohne meine Hände wieder auf die Beine und will wegrennen, doch nach nur zwei Schritten hat Gylbert mich mit eisernem Griff gepackt und zurück ins Gras geworfen. Beim Aufprall weicht mir die Luft aus den Lungen.

Mit Gewalt drückt er meine Beine auseinander, während ich mich unter ihm winde und versuche zu entkommen. Wieder schreie ich und fange mir dafür einen Kinnhaken ein, der mich Sterne sehen lässt.

Als ich aus diesem benebelten Zustand wieder auftauche, kniet er bereits zwischen meinen Beinen und nestelt an seiner Hose. Nackte Panik ergreift Besitz von mir und ich reagiere nur noch, trete wie wild um mich.

228

Ich habe Angst, panische Angst! Selbst wenn ich das hier über-
stehe, was kommt danach? Wo wird er mich hinbringen?

Grob werde ich an einem Knöchel zurückgezogen, während er
sich positioniert. Ein diabolisches Glitzern verschandelt seine himmelblauen Augen, als er genüsslich meine Furcht in sich aufsaugt.

Ich kneife fest die Augen zusammen, stelle mir vor, dass ich gar
nicht hier bin, mit ihm, dass er nicht diese Dinge mit mir macht. Ich
befehle meinem Hirn, sich auszuklinken. Ich will nichts sehen, fühlen
oder hören.

Plötzlich ist sein Gewicht von mir verschwunden, doch ich bin zu
ängstlich, um die Augen zu öffnen. Doch dann höre ich es: ein kehliges Knurren, und die Angst rieselt aus meinem Körper heraus und
macht purer Erleichterung Platz.

Über mir steht ein riesiger schwarzer Wolf – nein, *mein* schwarzer
Wolf – und bleckt mit gesenktem Kopf die Zähne. Die spitzen Ohren
liegen flach am Kopf an und sein Nackenfell ist bis zum Schwanz
gesträubt. Er ist *richtig* sauer. Und ein Teil von mir wünscht sich, dass
er Gylbert Stück für Stück auseinandernimmt, während ich lächelnd
danebenstehe und applaudiere.

Als ob er meine Gedanken gehört hätte, setzt Vaan zum Sprung an
und stürzt sich Richtung Gylbert, der im Gras liegt, doch dieser zieht
sein Schwert und hält Vaan dadurch auf Abstand.

Knurrend schnappt der Wolf nach der Schneide, hält sie im Maul
und zieht daran, aber Gylberts Griff ist fest und er verliert das Heft
nicht aus der Hand.

Wären doch nur meine Hände nicht gefesselt, dann könnte ich
Vaan helfen! Doch ich liege hier nutzlos im Gras und kann den
Kampf nur verfolgen. Hin und wieder spähe ich zwischen die Bäume
aus Angst, dass Layla zurückkommt. Mit ihrer Unterstützung würden
sich Vaans Chancen drastisch verschlechtern.

Vaan lässt die Schneide los, macht einen Sprung zur Seite und dann
wieder nach vorne, während Gylbert mit einem weiten Schwertschwung
auf seinen Kopf zielt. In letzter Sekunde gelingt es dem Wolf, sich zu
ducken und er schafft es, Gylberts Bein mit seinen Krallen zu zerfetzen.

Mit einem spitzen Schrei geht er in die Knie, sein Schwert fällt
neben ihm ins Gras und Vaan stürzt sich sofort auf ihn. Kurz bevor

seine spitzen Zähne Gylberts Kehle zerbeißen, wirkt der Elf einen Feuerzauber, der Vaan von sich schleudert.

Jaulend schlägt er auf dem Boden auf und der Geruch von verbrannten Haaren steigt mir in die Nase. Panisch blicke ich zu Vaan und bin erleichtert, als er sich gleich wieder aufrappelt.

Als ich dann wieder zu Gylbert blicke, ist außer seinem Schwert nichts mehr zu sehen.

Ich brauche einen Moment, bis ich das Offensichtliche bemerke. Der Feigling hat einen Teleportzauber benutzt, während wir abgelenkt waren!

Ein tiefes Grollen ist hinter mir zu hören, als Vaan zum selben Schluss kommt.

»Ja«, murmele ich. »Ich hätte auch gerne gesehen, wie sich sein Blut mit den Wassern des Sees mischt.«

Ich habe keine Ahnung, woher diese Gedanken auf einmal kommen und warum sie sofort aus mir heraussprudeln, aber es stimmt. Nur zu gerne hätte ich gesehen, wie Vaan Gylberts Kehle zerfetzt. Ich hätte danebengesessen und gelächelt.

Schnell kaut Vaan meine Fesseln durch und ich reibe mir die Gelenke, an denen blutige Striemen zurückgeblieben sind.

Dann werfe ich mich um Vaans Hals und weine hemmungslos in sein schwarzes Fell, so unsäglich dankbar, dass er rechtzeitig bei mir war.

Nachdem ich mich erneut gewaschen habe – ich konnte noch immer den Rosenduft auf mir riechen und ich rubbelte so lange, bis meine Haut rot wurde – und ich mein Unterkleid übergezogen habe, gehen wir zurück zur Hütte.

Vaan trottet neben mir her, wirft aber immer wieder verstohlene Blicke in den Wald hinein. Ich weiß, was ihn beschäftigt. Sie sind da draußen. Wir wissen zumindest von Layla, die schon allein eine Bedrohung ist. Und wo Gylbert ist, wird Vaans Schwester Giselle nicht weit sein. Auf ein weiteres Treffen mit dieser Verrückten kann ich gut verzichten.

Seine Unruhe überträgt sich auf mich, und als wir bei meiner Hütte ankommen, fange ich sofort an zu packen, ohne dass wir darüber gesprochen haben.

Ich muss hier weg. Die Erkenntnis schneidet sich tief in mein Herz. Meine Hütte ist kein sicherer Platz mehr für mich. Mein Rückzugsort – mein *Zuhause* – wurde mir genommen, und ohne dass ich es will, kullern wieder Tränen meine Wange hinunter, während ich wahllos die verstreute Kleidung aufsammle.

Als ich ein Schluchzen nicht mehr unterdrücken kann, schlingt Vaan seine Arme um mich. Ich war so mit meinem Selbstmitleid beschäftigt, dass ich gar nicht bemerkt habe, wie er sich zurückverwandelt hat. Er trägt nur eine Hose und ich schmiege mich dankbar an seine breite Brust, während er mir beruhigend über den Rücken streicht.

Es ist fast schon unheimlich, wie mühelos wir plötzlich die Gefühle des anderen verstehen. Ob es an der Bindung liegt? Oder ist es Zufall? Egal, was es ist, ich will es nie wieder missen.

Der hohe Schrei eines Vogels reißt mich aus meinen Gedanken und Vaan lässt mich augenblicklich los, um nach seinen Schwertern zu greifen, die auf dem Boden neben seinem Bündel liegen.

Leichtfüßig schleicht er zur Tür und stößt sie einen Spalt auf. Wieder kriecht die Angst meinen Rücken hinauf. Sind sie schon zurück? Haben sie sich neu formiert und greifen uns nun an?

Doch dann sehe ich, wie Vaan sich entspannt und sofort entkrampfen sich auch meine Muskeln.

»Mutter«, sagt er und neigt den Kopf.

Ich springe auf die Beine und trete neben ihn. Auf dem Zaun, der meine Felder abgrenzt, sitzt ein schwarzer Falke, der uns aus goldenen Augen mustert.

Ich mache einen Knicks und lächle, bevor ich die Tür weiter aufschiebe und der Königin bedeute, nach drinnen zu kommen. Sie folgt meinem Angebot und flattert hinein, wo ich ihr ein Kleid von mir zurechtlege und wieder nach draußen zu Vaan gehe.

Er lehnt am Zaun, den Kopf weggedreht, als sehe er etwas, das nur er sehen kann. Seine gerunzelte Stirn beunruhigt mich und ich strecke die Hand nach ihm aus. Es geht mir besser, wenn ich ihn berühren kann.

»Freust du dich, dass deine Mutter da ist?«, frage ich, doch ich kenne die Antwort. Ich kann sie in seinem Gesicht sehen, noch bevor er den Kopf hin und her wiegt.

»Sie ist nicht grundlos hier. Meine Mutter ... Sie hasst ihre Tiergestalt. Wenn sie sich verwandelt und hierherkommt, muss es einen Grund dafür geben. Und ich befürchte, dass uns dieser Grund nicht gefallen wird.«

Ich nicke. So sehr ich Vaans Mutter ins Herz geschlossen habe, weiß ich doch, dass dies kein Höflichkeitsbesuch ist.

Doch was kann schlimmer sein als Gylberts Auftauchen am See?

Ich höre das Tapsen nackter Füße hinter mir und drehe mich um. Verloren steht die Königin in meiner verwüsteten Hütte. Ihr blondes Haar ist zerzaust und mein Kleid schleift auf dem Boden, weil es viel zu groß für ihre zierliche Gestalt ist, doch am meisten beunruhigen mich ihre Augen. Ihr sonst so gütiger und mütterlicher Blick wirkt gehetzt, als sie sich umsieht.

Vaan reagiert als Erster, geht auf sie zu und nimmt ihre Hände in seine. Die Wärme kehrt in ihre Augen zurück, während sie ihren Sohn zu sich herabzieht und ihn auf die Stirn küsst.

Dann streckt sie eine Hand nach mir aus, die ich ergreife. Nachdem ihr Blick zu meiner Halsbeuge schweift, lächelt sie auch mich an. Als wir uns das letzte Mal gesehen haben, war ich ziemlich deutlich, was Vaans Fluch angeht. Ich hoffe, sie nimmt es mir nicht übel, dass ich meine Meinung so schnell geändert habe.

Unschlüssig lege ich die andere Hand auf die Bissmale, die unsere Verbindung signalisieren.

»Ich freue mich für euch«, sagt sie und beendet damit meine Unsicherheit. Sie schenkt uns ein strahlendes Lächeln, das ich nur zu gerne erwidere.

»Was tust du hier?«, fragt Vaan. »Wie hast du uns gefunden?«

»Es war nicht leicht und ich war lange unterwegs. Es ist etwas Furchtbares geschehen! Die Elfenkönigin ... sie hat uns den Krieg erklärt und dein Vater ... er wurde ...«

Ihre Augen füllen sich mit Tränen und sie schlägt beide Hände vor den Mund.

Vaans Gesicht ist schneeweiß, als er seine Mutter betrachtet. »Was ist mit ihm?«

232

»Sie hat ihn gefangen genommen«, würgt Miranda hervor. »Einfach so! Ich konnte nichts tun!«

»Wo hat sie ihn hingebracht?«, fragt Vaan beherrscht, doch ich spüre, wie es in ihm brodelt.

Ein gefangener König ist eine offene Kriegserklärung. Ungeachtet dessen, wie ich persönlich zu ihm stehe, mache ich mir Sorgen um Vaan und seine Mutter. Sollte dem König etwas geschehen, wird auch die Königin sterben.

»Ich weiß es nicht«, schluchzt sie und Vaan drückt sie an sich. »Sie ist mit ihm verschwunden. Ich wusste nicht, was ich tun soll. Also hab ich nach euch gesucht.«

Dass sie nicht nach Giselle gesucht hat, wundert mich nicht, aber ich hüte mich, das laut zu sagen.

Vaan runzelt die Stirn und schaut mich an. Lächelnd nicke ich ihm zu. Natürlich helfen wir seiner Mutter. Wie kann er daran zweifeln? Ich habe zwar auch keine Ahnung, wie wir die befreite Elfenkönigin und den König finden sollen, aber nichtsdestotrotz werde ich alles in meiner Macht Stehende tun, um Miranda zu retten. Daran klammere ich mich. Ich tue das nicht für den König, der mich am liebsten tot sehen möchte, sondern für meinen Gefährten und seine Mutter.

Vaan wirft mir einen dankbaren Blick zu, während er seine Mutter nach drinnen führt und sie auf das Bett setzt.

Gerade als auch ich hineingehen will, spüre ich einen eiskalten Luftzug hinter mir und erstarre.

»Hier bist du also«, flüstert eine Stimme, die ich nicht kenne. Sie ist weich und melodisch, aber jagt mir dennoch einen Schauer über den Rücken.

Zögernd drehe ich mich um und versteife mich.

Vor mir steht eine Elfe mit schneeweißen Haaren, die glatt über ihren Rücken fallen und ihr fast bis zu den Kniekehlen reichen. Ihre hochgewachsene Gestalt ist schlank, beinahe anmutig.

Was mich jedoch am meisten beunruhigt, sind ihre Augen. Es ist, als würde ich in einen Spiegel schauen. Sie hat die gleichen Augen wie ich. Ihre mustern mich jedoch kalt von oben bis unten und ihr stechender Blick verursacht mir eine eisige Gänsehaut.

233

Sie streckt einen Arm nach mir aus und ihr dünnes Gewand flattert im Wind. Um nichts in der Welt würde ich diese Hand ergreifen. Ich kann sie nur anstarren und bin wie gelähmt.

Hinter mir höre ich, wie Vaan aufspringt und zur Tür rennt. Auch die Elfe sieht es und ihre – *meine* – Augen verengen sich zu Schlitzen, ehe sie eine knappe Handbewegung macht.

Panisch drehe ich mich um. Hat sie Vaan etwas getan? Doch er ist mitten in der Bewegung erstarrt, als wäre er zu einer Statue geworden.

»V-Vaan?«, flüstere ich, doch er reagiert nicht. Auch seine Mutter im Hintergrund sitzt reglos auf meinem Bett, beide Hände vor den Mund geschlagen.

Nicht einmal ihre Schultern bewegen sich beim Atmen. Und dann fällt es mir wie Schuppen von den Augen und ich wirble zu der Elfe herum.

Zeitmagie! Diese Elfe beherrscht tatsächlich die Zeitmagie! Ich habe es bisher immer für einen Mythos gehalten. Noch nie habe ich davon gehört, dass jemand diese höchste Form der Zauberkunst gemeistert hat.

Das Beherrschen der Elemente ist eine grundlegende Technik, die nahezu jeder Elf beherrscht. Das Heilen von Krankheiten und Wunden oder das Teleportieren von Lebewesen ist schon eine ganz andere Sache, die nur den mächtigsten Zauberern vorbehalten ist.

Aber die Manipulation der Zeit? Das kann wahrhaft nur ein Meister der Magie bewirken und ich dachte wirklich, dass es unmöglich sei, den Fluss der Zeit zu beeinflussen.

Doch sowohl Vaan als auch Miranda sind erstarrt und der eindeutige Beweis, dass es doch kein Mythos ist.

»Ein Stoppzauber?«, murmle ich ungläubig.

»Ganz recht. Ich mag es nicht, wenn man mich unterbricht.« Die Stimme der Elfe ist eisig, ihr Gesicht ausdruckslos. »Ich habe lange auf dich gewartet.«

»Wer seid Ihr?« Ich bin stolz darauf, dass meine Stimme nur ein ganz klein wenig zittert.

Sie legt den Kopf schräg. »Das müsstest du doch wissen. Du hast mich befreit.«

»Jocelyn«, flüstere ich. Die Elfenkönigin steht vor mir und ich bin vollkommen schutzlos.

Mit ihrer Hand greift sie in mein Haar und lässt einzelne Strähnen durch ihre Finger gleiten, als ihre Züge plötzlich weich werden. »Du siehst aus wie dein Vater«, murmelt sie, den jetzt sanften Blick auf meine Strähnen in ihrer Hand gerichtet.

Mir dreht sich der Magen um. Auch wenn ich an meinen Haaren keinerlei Gefühle verspüre, verursacht mir ihre bloße Berührung Übelkeit. »Was wisst Ihr schon über meinen Vater?«, blaffe ich sie an und mache einen Schritt zurück und unterbreche damit die Verbindung zwischen uns.

Augenblicklich verhärten sich ihre Züge und ihr Blick ist wieder eisig. »Sehr viel, Fyelana Dys Demonya. Schließlich bin ich deine Mutter.«

TEIL 2

DIE ELFENPRINZESSIN

21

VAAN

2 Monate später

Frustriert schlage ich mit der Faust auf die Karte, die vor mir auf dem Tisch liegt, und fege dabei einige Markierungssteine um. Die alten Männer, Vaters sogenannte Berater, werfen mir mitleidige oder abwertende Blicke zu, keine Ahnung. Ich beachte sie nicht. Sie sind zwar mit mir in diesem Raum, aber ich nehme keine Notiz von ihnen. Sie sind unwichtig und alles, was sie von sich geben, bringt mich kein Stück weiter.

Ich fahre mit beiden Händen durch die Haare und lehne mich auf dem großen Stuhl zurück, auf dem ich seit fast zwei Monaten Platz nehmen muss, obwohl ich es nicht will.

Egal was ich tue, es ist nicht gut genug. Mit Daumen und Zeigefinger greife ich mir in die Nasenwurzel und zwinge mich, den Gedanken an sie zu verdrängen. Ich habe wichtigere Probleme.

Obwohl, nein, eigentlich nicht.

Mein größtes Problem ist, dass ich hier alleine sitze, ohne meine Gefährtin, und diesen verdammten Krieg führen muss, den diese irre Elfenkönigin angezettelt hat.

Ich sitze nicht hier, weil ich es will, sondern weil es von mir erwartet wird. Weil die Menschen zu mir aufblicken, dem Thronfolger, der sie vor der Rache der Elfen bewahren wird.

Tja, Leute, falsch gedacht, tut mir wirklich leid.

Ich mache das nicht aus noblen Gründen wie der Rettung der Menschen. Die sind mir größtenteils herzlich egal. Ich mache das, um Fye zu retten, die vor zwei Monaten von dieser Irren entführt wurde.

Eine kleine Hand schiebt sich auf meinen Arm und ich öffne die Augen. Meine Mutter steht neben mir und mustert mich besorgt. Ich bringe kein Lächeln zustande, um sie zu beruhigen. Das muss ich nicht und das ist auch gut so. Denn sie leidet genauso wie ich, und keiner dieser alten Knacker, die um den Tisch herum stehen, haben auch nur den Hauch einer Ahnung davon, wie wir uns fühlen.

Allein. Ohne Gefährten. Als würde ein Teil von uns einfach herausgeschnitten werden, während die Wunde weiterhin offen klafft und wir irgendwie funktionieren müssen.

»Wir sollten einen Angriff an den Quellen wagen«, schlägt einer der Minister vor. Seinen Namen habe ich schon wieder vergessen. Ich mache mir nicht die Mühe, ihn mir zu merken.

Ich verzichte darauf anzumerken, dass bisher jeder unserer Angriffe im Keim erstickt wurde. Die Elfenkönigin besitzt zwar nur einen Bruchteil unserer Streitkräfte, jedoch kommen wir gegen ihre Zauberkraft nicht an. Mir sind Gerüchte zu Ohren gekommen, dass sie während einer Schlacht unsere Recken einfach gestoppt und ihre Truppen beschleunigt hat.

Verdammte Zeitmagie!

Ich durfte ihre Macht bereits am eigenen Leibe spüren, als ich erstarrt zusehen musste, wie sie Fye mitgenommen hat. So sehr ich es auch versuchte, ich konnte nicht einmal meinen kleinen Zeh rühren. Und als ich mich dann endlich wieder bewegen konnte, waren sie beide wie vom Erdboden verschluckt.

Erst gestern berichtete mir ein Kurier, dass während des letzten Scharmützels eine braunhaarige Frau auf Seiten der Elfen gesehen wurde, die eine Schwertlanze schwang. Natürlich kann ich mir nicht vorstellen, dass Fye plötzlich für die Elfen kämpft, aber die Unsicherheit wütet trotzdem tief in mir.

»Wie steht es mit den Verhandlungen?«, frage ich und übergehe den Vorschlag des Ministers. »Haben wir mittlerweile ein Angebot der Elfenkönigin erhalten?«

»Bisher nicht, Eure Majestät.«

Verflucht. Wieso sagt mir diese Hexe nicht einfach, was sie will? Ich lege ihr mein ganzes verdammtes Land zu Füßen, wenn sie danach verlangt, solange sie Fye und meinen Vater freilässt.

Ich weiß bis heute nicht genau, warum sie uns eigentlich angreift. Klar, sie ist sauer, weil mein Vater sie fast ein Jahrhundert in diesem Eiskristall eingesperrt hat. Wer wäre das nicht? Aber warum ein Krieg? Und warum muss sie Fye da mit reinziehen?

Als ich von ihrer Zeitmagie gestoppt war, konnte ich nicht hören, was die beiden Frauen gesagt haben. Ich sah nur, dass Fye Angst hatte, die ich durch das Band auch in mir spürte.

Und dann waren sie weg und ich stand mit meiner verängstigten Mutter allein in Fyes Hütte.

Ich starre wieder auf die Karte vor mir, die die Bewegungen des Elfenheeres verzeichnet.

»Ich werde den nächsten Angriff selbst anführen«, verkünde ich nach einigen Sekunden. »Wir kesseln sie am Fuße des Mondberges ein, wo sie wahrscheinlich ihre Basis haben.«

»Aber Majestät, Ihr könnt nicht selbst ...«

Ruckartig stehe ich auf und fixiere den Minister mit dem finstersten Blick, den ich zustande bringe. Und der ist *verdammt* finster. »Ich *werde* diesen Angriff leiten, und es ist mir herzlich egal, was ihr davon haltet. Schließlich habe ich nicht um eure Erlaubnis gebeten.«

Fest schaue ich jedem von ihnen ins Gesicht, bis sie den Blick senken. Keiner wagt es, mir zu widersprechen. Ist auch besser so. In meiner momentanen Verfassung könnte ich für nichts garantieren. »Bereitet die Truppen vor. Wir reiten bei Sonnenaufgang los.«

Mit diesen Worten drehe ich mich um und verlasse den Raum mit großen Schritten.

FYE

Stirnrunzelnd betrachte ich mich im Spiegel vor mir. Irgendwas stimmt nicht mit mir, aber ich komme einfach nicht darauf, was es sein könnte.

Wieder und wieder wandern meine Finger zu der hellen Narbe an meiner Halsbeuge, fühlen die kleinen Erhebungen.

Woher habe ich diese Narbe? Ich weiß es nicht mehr.

Ein dumpfes Ziehen macht sich in meiner Brust breit und ich presse beide Hände dagegen, um den Schmerz zu lindern. Was ist das? Warum bin ich so traurig?

Ich höre, wie meine Mutter hinter mir das Zimmer betritt, und gehe zu ihr. Sie lächelt, als sie mich umarmt und mir durchs Haar fährt, wie sie es immer tut.

»Bist du bereit?«, fragt sie mit einem breiten Grinsen, das sie noch jünger aussehen lässt. Obwohl sie mehrere hundert Jahre alt ist, würde man denken, dass wir Schwestern sind.

Ich blicke an mir hinab und nicke dann. »Für einen Kampf bin ich immer bereit!«

Seitdem die Menschen uns den Krieg erklärt haben, kämpfe ich als Prinzessin an vorderster Front mit. Da ich nur zur Hälfte eine Elfe bin, halten sich meine Zauberkünste in Grenzen. Dafür habe ich mir mit der Schwertlanze schnell einen Namen gemacht.

Die tanzende Klinge, das ist es, was die anderen flüstern, wenn ich mit meiner Schwertlanze durch die Reihen der Feinde pflüge. Durch die leichte Lederrüstung, die ich trage, werde ich beim Kämpfen nicht behindert und wirble wie ein Sturm durch unsere Gegner.

Immer werde ich beschützt durch den Schild meiner Mutter, den sie auf mich zaubert, um mich vor feindlichen Angriffen zu schützen. Ohne einen Kratzer habe ich die Schlachten der letzten zwei Monate überstanden.

Allgemein haben wir sehr wenige Verluste zu beklagen. Immerhin sind unsere Gegner simple Menschen, die sich von einfachen Zaubertricks blenden und verwirren lassen. Es ist schon fast zu einfach.

Meine Mutter teleportiert uns an die Front. Auf den Hügeln kann ich bereits die Truppen der Menschen sehen, die wie Ameisen über uns herfallen wollen.

Es wird Zeit, das Ungeziefer zu zertreten.

Unsere Basis liegt am Fuße des Mondberges, des heiligen Ortes der Elfen. Im Inneren befindet sich unser Königreich, das viele Jahre auf die Rückkehr meiner Mutter gewartet hat. Die Felsen des Berges sind nahezu schneeweiß und im Mondschein leuchtet es magisch. Der perfekte Ort und wir werden ihn bis zum letzten Blutstropfen verteidigen.

Ich sammle meine Truppe um mich, allesamt ebenfalls Halbelfen, die sich auf ihre Waffenkünste verlassen, während uns die Zauberer von den hinteren Reihen aus unterstützen.

Meine Leute erheben ihre Waffen zum Gruß, als ich an ihnen vorbeigehe und dem ein oder anderen zunicke. Ich bin nicht gut darin, Reden zu halten, daher tue ich es auch nicht. Jeder weiß, was er zu tun hat und was von ihm erwartet wird.

Wir haben die Aufgabe, die Flanke des Gegners anzugreifen, sie seitlich aufzuspalten und so noch zusätzlich zu verwirren.

Als der Feind nur noch wenige hundert Meter entfernt ist, rennen wir nach links in den Wald, von wo aus wir unser Manöver starten werden. Unterdessen werden die Menschen bereits mit Feuerbällen, Eisregen und Blitzen beschossen.

Ja, auch heute werden wir wieder leichtes Spiel haben.

Als wir unsere Position erreicht haben, verteile ich meine Angreifer per Handzeichen und schleiche als Erste weiter nach vorne, um das Gemetzel zu beobachten, bis unser Eingreifen erforderlich wird.

Zu Hunderten branden sie gegen unsere Verteidigung, ohne dass diese auch nur einen Meter zurückweicht. Schnell ist der Boden aufgeweicht und getränkt mit Blut.

Gerade als ich zum Angriff blasen will, entdecke ich etwas in den gegnerischen Reihen. Es ist rasend schnell und schwarz. Ein Pferd? Nein, dafür ist es zu klein und zu wendig. Ich schleiche einige Meter näher, um es mir besser ansehen zu können, als das Wesen mitten in der Bewegung erstarrt und in meine Richtung blickt.

Es ist, als sähe es mir direkt in die Augen und mein Herz setzt mit einem Mal aus. Woher weiß es, dass ich hier bin? Es kann mich unmöglich sehen.

Alles um sich herum vergessend bahnt sich das Wesen seinen Weg durch die Kämpfenden und kommt direkt auf mich zugerannt. Als es näher kommt, erkenne ich auch, was es ist.

Ein großer schwarzer Wolf. Mit goldenen Augen.

22

VAAN

Wie ein Hammerschlag trifft es mich, völlig unerwartet. In einem Moment schnappe ich noch nach einem zaubernden Elf und im anderen stehe ich da wie versteinert.

Unmöglich! Das kann nicht sein! Und doch kann nichts meine Wolfsnase trügen. Es ist eindeutig Fyes Geruch, zwar schwach, aber es ist zweifellos sie. Sie ist hier!

Panisch sehe ich mich um, blende die Schlacht, das Schreien und das Klirren von Waffen um mich herum völlig aus. All das ist unwichtig.

Ich überlasse dem Wolf komplett die Führung und hebe die Nase in die Luft, nehme mehrere tiefe Atemzüge und versuche, den Geruch zu lokalisieren.

Ist sie hinter den feindlichen Linien? Wird sie dort gefangen gehalten, vielleicht sogar gefoltert?

Da! Der Geruch kommt von rechts aus dem Wald. Ich wende meinen Kopf dorthin, sehe aber nichts außer Bäumen und Sträuchern. Egal, ich *weiß*, dass sie dort ist.

Als ich die erste Pfote in diese Richtung setze, ist mit einem Mal auch das Band in voller Kraft wieder da, zieht mich an unsichtbaren Fäden auf die dicht gedrängten Bäume zu.

Ich springe über am Boden liegende Verwundete. Freund oder Feind, es ist mir absolut gleichgültig. Einige renne ich um, aber auch das schert mich nicht.

Bei den Göttern, ich hatte Angst, diesen Geruch nie wieder wahrnehmen zu können. Doch nun strömt er durch meine empfindliche Wolfsnase und vernebelt mir sämtliche Sinne.

Ich renne, so schnell mich meine Pfoten tragen können, auf den Wald zu.

Ich komme, Fye! Gleich bin ich bei dir!

Egal was mich hinter diesen Bäumen erwartet, ich werde mein Leben dafür geben, sie zu retten, sie endlich wieder in meine Arme zu schließen und meine Nase in ihrem duftenden Haar zu vergraben.

Dann betrete ich endlich das kleine Waldstück und wende mich nach allen Seiten, kann aber niemanden entdecken. Also winsle ich kurz, um auf mich aufmerksam zu machen.

Hat sie mich nicht gesehen? Vielleicht ist sie irgendwo gefesselt und das hier ist eine Falle?

Die Gedanken fluten mein Gehirn, ohne dass ich sie davon abhalten kann.

Es ist eine Falle, du bist der verdammte Menschenprinz und gibst eine hervorragende Geisel ab.

Egal, solange ich Fye retten kann.

Im Augenwinkel nehme ich eine Bewegung wahr und wirble herum. Eine Gestalt tritt langsam zwischen zwei Baumstämmen hervor und der frische Duft von Kräutern und Wald weht in dieser unvergleichlichen Kombination zu mir herüber.

Dort steht sie, die Hand an einen Stamm gelegt, und beobachtet mich mit schief gelegtem Kopf. Ohne weiter zu überlegen, renne ich auf sie zu, mit meinem besten Wolfsgrinsen auf dem Gesicht.

Noch während ich laufe, betrachte ich sie. Irgendwas ist anders. Ihr Haar, das sie sonst entweder offen oder zu einem dicken Zopf geflochten trägt, ist auf einmal kunstvoll hochgesteckt und mit Bändern geschmückt, wodurch ihre spitzen Ohren auffallen.

Mitten in der Bewegung halte ich inne.

Fye hasst ihre Ohren. Niemand außer mir durfte sie je berühren. Sie würde ihre Ohren nie so offen zur Schau stellen.

Mit zusammengekniffenen Augen mustere ich den Rest. Sie trägt eine enge Lederrüstung mit silbernen Rankenverzierungen und in der Hand hält sie die gesenkte Schwertlanze.

Ein tiefes Grollen braut sich in meinem Brustkorb zusammen. Bei allem, was mir heilig ist, das ist *nicht* Fye!

Ihre grünen Augen mustern mich von oben bis unten. Kalt und abschätzend, sodass mir ein Schauer über den Rücken läuft.

Irgendwas stimmt hier nicht. Ich sollte schleunigst verschwinden.

Doch meine Pfoten sind wie festgewachsen. Vor mir steht Fye und doch wieder nicht. Ich *kann* hier nicht weg.

Die Fye, die nicht meine Fye ist, hebt ihre Waffe und zeigt mit der spitzen Klinge auf mich. »Seit wann kämpfen die Menschen mit Tieren zusammen?«

O Götter, was habe ich mich nach dieser Stimme gesehnt! Doch in meiner Erinnerung hatte sie nicht diesen kalten Unterton, der das Blut in meinen Adern gefrieren ließ …

Ich winsele und lege die Ohren an. Erkennt sie mich nicht? Wie kann das sein?

»Keinen Schritt weiter, Kreatur!« In ihren Augen lodert ein unheilvolles Feuer.

Das darf nicht sein! Was geht hier vor? Ich will mich zurückverwandeln, mit ihr reden, damit sie mich erkennt, doch der Wolf in mir verweigert es. Ihre Bedrohung ist real, wie sie mit ihrer Waffe nun näher auf mich zukommt, sodass der Wolf die Oberhand behält und mich an diese Gestalt kettet.

Ich möchte schreien, irgendwas zerschlagen, Fye schütteln, bis ihre Zähne klappern und sie wieder zu Verstand kommt. Am liebsten alles auf einmal. Doch ich stehe hier nur stocksteif und starre die Halbelfe an, der mein ganzes Herz gehört und die überlegt, mich in einen Bettvorleger zu verwandeln.

»Was bist du?«, fragt sie, während sie mich vorsichtig umrundet, als würde ich sie jederzeit anspringen.

Sie hat Angst vor mir.

Ich hebe den Kopf, drehe die Ohren wieder nach vorne und hebe die Lefzen ein Stück, um meine blitzenden Zähne zu zeigen, gebe aber keinen Laut von mir.

Vielleicht kann ich sie so auf Abstand halten, ihre Bedrohung verringern und mich endlich zurückverwandeln.

Es war eine blöde Idee, den Kampf als Wolf zu bestreiten …

Es widerstrebt allem in mir, Fye in irgendeiner Art einzuschüchtern. Am liebsten würde ich mich vor ihre Füße werfen, auf den Rücken drehen und winseln wie ein kleiner Welpe, damit sie mir den Bauch krault. Doch ich stehe hier in bester Imponierhaltung und versuche, sie und ihre Waffe so weit wie möglich von mir weg zu halten.

246

Erkenntnis blitzt in ihren Augen auf. Hat sie mich endlich erkannt? Ich atme erleichtert auf.

»Für einen normalen Wolf bist du viel zu groß. Bist du so was wie diese Menschenfrau, die sich in eine schwarze Löwin verwandelt?« Sie beugt sich ein Stück vor und sieht mir in die Augen. »Deine Augen sind so wie ihre. Golden. So was sieht man nicht oft.«

Soll das ein beschissener Witz sein?

Frustriert jaule ich auf.

»Alystair. Manya.« Auf ihren Ruf hin treten zwei Elfen aus dem Dickicht.

Verdammter Mist! Wie konnte es mir entgehen, dass hier noch mehr Elfen sind?

»Fesselt die Kreatur und nehmt sie mit. Ich möchte sie für meine Sammlung.«

Ein Glitzern huscht durch ihre Augen, bei dem sich mein Nackenfell aufstellt. Wütend knurre ich die beiden Elfen an, die sich mir mit Seilen nähern, um mich einzufangen, und fletsche die Zähne.

Was denken die sich? Dass ich mich hier wie ein Geschenk verschnüren lasse?

Ich schnappe nach Händen, die so dumm sind, in meine Reichweite zu kommen, während Fye mit verschränkten Armen an einem Baumstamm lehnt und das Schauspiel beobachtet.

Und sie lächelt dabei.

Das bringt bei mir das Fass zum Überlaufen. Ich lasse meine Wut und meinen Frust an den beiden Elfen aus, die noch immer versuchen, mich einzufangen. Ohne Waffen, wohlgemerkt, und das wird ihnen zum Verhängnis.

Als ich kurz davor bin, dem ersten Elf meine Zähne in den Hals zu rammen, greift Fye ein, indem sie einen Feuerball auf mich schleudert.

Ich bin viel zu verdutzt, um reagieren zu können, also trifft er mich mit voller Wucht und ich lande unsanft im Gestrüpp. Das hat sie gerade nicht wirklich getan! Wie kann sie es *wagen?!*

Ich rapple mich hoch und schüttle den Gestank nach verbranntem Fell von mir ab, ehe ich Fye fixiere und wieder die Zähne fletsche.

Und was macht sie? Sie steht da und grinst mich an!

247

Meine Pfoten trommeln über den Boden, als ich auf sie zurenne und zum Sprung ansetze. Sie will kämpfen? Das kann sie haben!

Alle vier Pfoten sind in der Luft, als sie plötzlich um ihre eigene Achse wirbelt, mit der Schwertlanze ausholt und mir den Holzgriff an die Schläfe donnert.

Augenblicklich versinkt meine Welt in Schwärze.

Verdammt, mein Schädel bringt mich um.

Verbissen kneife ich die Augen zusammen, um jeglichen Lichtstrahl fernzuhalten, der sich wie eine Nadel in mein Gehirn bohrt. Aber dieser Krach! Geht das vielleicht auch leiser?

Ein tiefes Brummen umgibt mich, als säße ich mitten in einem beschissenen Bienenstock. Dabei will ich einfach nur meine Ruhe und diese Kopfschmerzen auskurieren.

Ich will mich beschweren, öffne den Mund, aber kein Laut kommt heraus. Ich befehle meinen Händen, sich über meine Ohren zu legen, um diesen Lärm auszusperren, aber auch hier tut sich nichts.

Was soll der Mist? Ich linse vorsichtig durch ein Augenlid und kneife es sofort wieder zu, weil die Helligkeit sich auf meiner Netzhaut eingebrannt hat, und nun bunte Punkte in der Schwärze tanzen.

Aber diese Sekunde hat genügt, um zu sehen, dass ich noch immer an meine Wolfsgestalt gefesselt bin.

Doch ich bin nicht mehr im Wald. Oder irgendwo draußen. Diese Helligkeit und dieses Brummen sind nichts, was ich aus der Natur kenne.

Ich gebe mir noch eine Weile, dann richte ich mich vorsichtig auf und klappe ein Augenlid nach dem anderen auf.

Ein tiefes Grollen bildet sich in meinem Brustkorb. Das darf doch wohl nicht wahr sein! Ich sitze in einem verdammten Käfig. Aber nicht einem normalen mit Gitterstäben aus Metall, nein, nein. Hier bin ich umgeben von Magie. Die Gitterstäbe sind aus purer Energie, die ähnlich wie Blitze umhertanzt und eine unnatürliche Helligkeit abgibt. Diese Energie verursacht auch das Brummen. Ich glaube schon mal davon gelesen zu haben. Im Buch nannte man es Arkanmagie.

Das erübrigt immerhin die Frage, wo ich mich befinde – nämlich mitten im Lager des Feindes.

Elfen huschen an meinem Käfig vorbei, ohne mich eines Blickes zu würdigen. Sie eilen geschäftig hin und her, verschwinden in verschiedenen Zelten und in dieser Festung, die direkt in den Berg gehauen ist.

Das Gestein um mich herum strahlt fast weiß und es ist so hell wie am Tag. Der Mondberg ... Also hatten meine Berater doch recht und das Lager der Elfen befindet sich hier.

Nur schade, dass ich das niemandem mehr sagen kann.

Ich glaub's einfach nicht! Fye hat mich bewusstlos geschlagen und dann wie einen räudigen Köter in einen Käfig gesperrt!

»Vaan?«

Ich wirble herum zu der Stimme und blicke in goldene Augen.

Hinter meinem Käfig befindet sich ein weiterer, ebenfalls gesichert durch arkane Gitterstäbe. Und darin sitzt eine spärlich bekleidete Frau, deren blondes Haar fast bis auf den Boden des Käfigs fällt.

Sie ist zwar dreckig, aber ich erkenne meine Schwester sofort. Und knurre. Warum muss gerade sie hier sein? Bleibt mir denn gar nichts erspart?

»Ich weiß, dass du nicht glücklich bist, mich zu sehen.«

Ach was! Das ist ja wohl noch eine Untertreibung. Unruhig laufe ich in meinem Käfig auf und ab, bemühe mich, nicht in ihre Richtung zu schauen.

»Nun haben sie dich also auch gefangen.«

Ich schnaube. Wie hat sie das nur so schnell herausgefunden? Muss wohl daran liegen, dass ich in diesem verdammten Käfig eingesperrt bin.

»Mich haben sie als Löwin eingefangen und hier eingesperrt. Du musst dir ihre Überraschung vorstellen, als plötzlich eine junge Frau anstatt des Tiers im Käfig lag.«

Kann sie bitte einfach ihren Mund halten? Auch wenn sie tot an irgendeinem Ufer liegen würde, würde es mich nicht interessieren. Meine Schwester ist in dem Augenblick für mich gestorben, als sie meine Gefährtin dazu zwang, diesen Kristall zu öffnen. Eigentlich schon vorher, als sie mich zur Bindung zwingen wollte.

»Wie geht es Mutter?«

Nun schaue ich doch auf. Diese Frage aus ihrem Mund zu hören, überrascht mich. Giselle ist eine Egomanin, die sich für nichts außer sich selbst interessiert. Das war schon immer so. Aber der Schmerz und die Unsicherheit in ihren Augen ist echt.

Also setze ich mich hin und schaue in ihren Käfig, lasse dann den Kopf hängen und schüttle ihn traurig hin und her.

Sie nickt als Antwort.

»Vater ist auch hier irgendwo. Nun haben sie fast die gesamte Königsfamilie als Geiseln.« Sie zieht die Beine an und schlägt ihre Arme darum. »Was sie wohl mit uns vorhaben?«

Ich schüttle den Kopf. Darüber habe ich mir auch schon Gedanken gemacht. Warum Geiseln nehmen, wenn sie uns mit einem Schlag vernichten könnten? Ich glaube mittlerweile auch, dass dieser ganze Krieg eine Farce ist. Eine Elfe, die so mächtig ist, wie die Königin selbst, könnte unsere Welt mit einem Fingerschnippen auslöschen.

Giselle schaut auf und fixiert einen Punkt hinter mir. Das traurige Glitzern verschwindet aus ihren Augen und macht unverhohlenem Hass Platz.

Auch ich drehe mich um. Vor meinem Käfig steht Gylbert, unverkennbar an seinen flammendroten Haaren, mit verschränkten Armen und blickt abschätzend auf mich hinab.

Augenblicklich stellt sich mein Nackenfell auf und ich fletsche die Zähne.

Mit dir habe ich noch ein Hühnchen zu rupfen, Freundchen! Bitte mach den Fehler und strecke eine Hand in diesen verdammten Käfig, damit ich sie dir abbeißen kann.

Ein diabolisches Grinsen umspielt seine Lippen. »So, so. Ein tollwütiger Köter also. Warum sperrt man so was ein?« Er hebt die Hand und kanalisiert Energie, sammelt Kraft für einen Zauber. »So was sollte man sofort töten.«

»Gylbert, nein!«, schreit Giselle hinter mir, doch er beachtet sie nicht. In seinen Augen sehe ich nur pure Mordlust.

Dieser Mann war einmal mein bester Freund. Und nun bebe ich vor Verlangen, meine Zähne in seinen Hals zu schlagen.

Panisch fliegt mein Blick von der Energiekugel, die sich über seiner Hand bildet, zu seinem Gesicht. Ich kann hier nicht weg, bin gefangen, und kann mich auch nicht verteidigen.

Mit einem Aufschrei sackt Gylbert auf die Knie. Die Energiekugel verpufft und ich atme erleichtert auf, nur um kurz darauf wieder den Atem anzuhalten.

Hinter ihm steht Fye, die ihm den Griff der Schwertlanze in die Kniekehlen gerammt hat.

»Was machst du da, Gylbert?«, fragt sie mit kalter Stimme.

Gylbert, der immer noch auf dem Boden kniet, neigt demütig den Kopf. »Vergebt mir, Prinzessin.« *Bitte was?* »Dieser Köter ist tollwütig und ich wollte eine Ausbreitung auf uns verhindern.«

Fyes Blick gleitet vom knienden Gylbert in meinen Käfig und wieder zurück. Mit einer Handbewegung webt sie einen Zauber und schleudert Gylbert zu Boden.

Ach du heilige …! Seit wann kann Fye zaubern? Ich meine, *richtig* zaubern?

So sehr er es auch versucht, Gylbert kommt nicht hoch, wird immer wieder von einer unsichtbaren Macht auf den Boden gepresst.

»P-Prinzessin! B-Bitte, es …!«

Fye geht in die Hocke und beugt sich nach unten zu ihm. »Du wirst nie wieder Hand an etwas legen, das mir gehört. Haben wir uns da verstanden?«, flüstert sie.

Als Gylbert mühsam nickt, beendet sie den Zauber, und Gylbert rappelt sich stöhnend auf.

»Verschwinde jetzt. Die Königin verlangt nach dir.« Sie wedelt mit der Hand in seine Richtung, ohne sich nach ihm umzudrehen.

Schnell verbeugt sich Gylbert, wirft noch einen hasserfüllten Blick zu mir und sucht dann das Weite.

Abschätzend bleibt Fye vor meinem Käfig stehen und betrachtet mich. Am liebsten würde ich mich unter diesem eiskalten Blick winden. Ohne ein Wort dreht sie sich dann um und geht, lässt mich allein zurück.

»Sie erkennt dich nicht, was?«

Ich knurre und hoffe, Giselle damit zum Schweigen zu bringen. Das Letzte, was ich gebrauchen kann, ist jemand, der auch noch Salz

251

in meine Wunden streut. Ich will Ruhe, um darüber nachzudenken, was verdammt noch mal hier vor sich geht.

Doch diesen Gefallen tut mir meine Schwester nicht.

»Sie erkennt niemanden mehr, seit sie hier bei der Königin ist. Weder mich noch Gylbert. Aber dass sie selbst dich nicht erkennt, ist wirklich bemerkenswert.«

Wieder knurre ich. *Bitte, halt doch einfach deinen Mund! Ich will diesen Mist nicht hören!*

»Sie ist ihre Prinzessin, wusstest du das? Die der Elfen, meine ich.«

Na schön, jetzt hat sie meine Aufmerksamkeit. Es kam mir vorhin schon seltsam vor, als Gylbert sie so ansprach. Ich drehe mich zu Giselle um und klopfe unruhig mit dem Schwanz auf den Boden, damit sie endlich weiter erzählt.

»Ich weiß auch nicht wirklich viel. Ich meine, ich habe mir schon gedacht, dass mehr dahinter steckt, als Gylbert sie an dieser Schlucht aufgelesen hat. Und als sie dann noch problemlos das Kristallgefängnis sprengen konnte, wusste ich, dass es da ein Geheimnis geben musste. Aber ich hätte mir nie träumen lassen, dass diese dahergelaufene Halbelfe sich als Prinzessin entpuppt.«

Ein Grollen entweicht mir. Auch wenn Fye sich gerade nicht wie sie selbst benimmt, werde ich nicht erlauben, dass Giselle schlecht über sie spricht.

»Ist ja gut. Mann, bist du empfindlich. Egal.« Sie streicht sich eine Strähne ihres verfilzten Haares hinters Ohr.

Seit wann ist sie wohl hier schon eingesperrt?

»Ich hab mir das ja auch ganz anders vorgestellt. Ich dachte, wenn ich die Elfenkönigin befreie, wird sie so dankbar sein, dass sie den Fluch von uns nimmt. Laut der alten Schriften, die ich studiert habe, soll sie nämlich eine Ahnin des Himmelsgottes sein, der unsere Vorfahrin damals verflucht hat.«

Sie lehnt ihr Kinn auf die angewinkelten Knie und mustert mich. »Wie hältst du das nur aus? An diese Gestalt gefesselt zu sein. Ich hasse es. Ich habe mir nichts sehnlicher gewünscht, als diesen Fluch loszuwerden. Aber du wolltest nicht mein Gefährte sein …«

Oh, bitte, erinnere mich nicht daran. Sich an den eigenen Bruder binden zu wollen, ist wirklich krank.

»Und dann habe ich diese alten Schriften in Vaters Zimmer gefunden. Wusstest du, dass es nie einen alten Krieg gab? Jedenfalls stand das darin geschrieben. Vater hat davon gehört, dass die Elfenkönigin den Fluch aufheben kann. Das hätte aber bedeutet, dass auch die positiven Nebeneffekte, wie langes Leben und ewige Gesundheit, verschwinden. Und das wollte er um jeden Preis vermeiden.«

Mein Kiefer klappt nach unten. Was? Vater soll einen Krieg angezettelt haben, nur um mehrere Jahrhunderte leben zu können? Sicher, er war nie das Sinnbild eines liebevollen Familienvaters und hat sich nicht wirklich um uns gekümmert, aber ein Krieg?

»Deshalb sperrte er Jocelyn auch in diesen Kristall. Wäre sie gestorben, ohne dass ein weiterer Nachfahre des Himmelsgottes existiert, wäre der Fluch hinfällig. Mir war es damals egal, ob ich sie umbringe oder einfach auf Knien anflehe, endlich diesen Fluch von mir zu nehmen Aber dann kam Fye.«

Ihr Blick schlägt wieder um. Meine Schwester leidet wirklich unter einer gespaltenen Persönlichkeit.

»Jocelyn wusste, dass nur jemand vom gleichen Blut – also vom Blut des Himmelsgottes – sie aus dem Kristall befreit haben konnte. Und davon gibt es wohl nicht mehr allzu viele. Jedenfalls hat sie alles daran gesetzt, Fye zu finden, ehe sie sich meine Bitte angehört hat. Ich meine, immerhin war ich es, die sie aus dem Kristall befreit hat. Theoretisch zumindest. Sie erzählte dann, dass Fye ihre Tochter ist. Das Kind mit irgendeinem Menschenmann, was weiß ich. Und dass sie sie unbedingt finden muss.«

Und das hatte sie.

»Zu allem Überfluss hat dann auch noch Gylbert die Seiten gewechselt, sich der glorreichen Königin angeschlossen, bla, bla, bla. Und mich haben sie hier eingesperrt. Wo Vater ist, weiß ich nicht. Aber so, wie Jocelyn drauf ist, wird sie sich für ihn etwas ganz Besonderes ausdenken.«

Mir schwirrt der Kopf. Das ist zu viel auf einmal. Fye ist Jocelyns Tochter? Und beide sind die Nachfahren des Himmelsgottes und könnten unseren Fluch brechen?

Ehe ich weiter darüber nachdenken kann, verschwinden die arkanen Stäbe um mich herum, und eine Schlinge legt sich um meinen

253

Hals. Sofort winde ich mich, versuche, daraus zu entkommen, doch sie zieht sich nur noch fester zu.

Zwei Elfen zerren mich aus dem Käfig.

»Hör auf, dich zu wehren! Die Prinzessin verlangt nach dir.«

Und ich trotte brav neben ihnen her.

24

FYE

Ich starre in den Spiegel, wie schon so oft, seitdem ich hier bin. Ich sehe eine Frau, die aussieht wie ich, aber doch bin ich es nicht. Etwas ist anders.

Falsch.

»Mutter?« Ich weiß, dass sie an der Tür steht und mich beobachtet, ohne dass ich sie sehe. »Wo waren wir vor drei Monaten? Wo haben wir gelebt?«

Immer wieder versuche ich, meine Gedächtnislücken zu schließen, kämpfe verbissen gegen den weißen Nebel in meinem Kopf an und versuche, die Schwaden wegzuwischen.

Doch da ist nichts.

Nur weiße Leere.

Als hätte ich nicht existiert, bis ich mit meiner Mutter am Mondberg ankam, um diesen Krieg zu führen.

Ein Krieg, der wichtig ist. Die Menschen hassen uns, wollen uns tot sehen. Aber doch bin auch ich zur Hälfte ein Mensch, zumindest wenn man meiner Ohrlänge glauben darf.

Ich kenne meinen Vater nicht und immer, wenn ich Mutter nach ihm frage, weicht sie mir aus, erwähnt ihn mit keinem Wort, als wäre er ein Geist.

»Wir haben in einem Palast gelebt, erinnerst du dich nicht mehr?« Mutter lässt ihre schlanken Finger über meine Schulter gleiten. »Du hast jeden Tag im Burggarten unter einem Baum gelesen.«

Ich lächle in den Spiegel und tue so, als würde ich mich erinnern. Sie lächelt beruhigt zurück.

Ob ihre Worte gelogen sind, weiß ich nicht. Mutter sagt, ich hätte einen Unfall gehabt und mir den Kopf verletzt, wodurch mein Gedächtnis nicht mehr richtig funktionieren würde.

255

Immer, wenn ich versuche, mich an etwas aus meiner Vergangenheit zu erinnern, kommen diese stechenden Kopfschmerzen, die mich nicht mehr klar denken lassen. Es ist, als würde mir ein glühender Nagel direkt in die Schläfe geschoben. Also lasse ich es lieber, lebe jeden Tag vor mich hin und versuche, das Beste aus meiner Zukunft zu machen.

Meine Mutter beobachtet mich kurz im Spiegel, drückt meine Schulter, und geht aus dem Zimmer.

Endlich.

Für das, was ich vorhabe, kann ich sie hier nicht gebrauchen.

Der Wolf, den ich gestern im Wald gefunden habe, geht mir nicht mehr aus dem Kopf. Wenn er genauso ist wie das Mädchen, das sich in eine Löwin verwandelt, muss auch er ein Mensch sein.

Sein Anblick löst etwas in mir aus. Der Blick seiner Goldaugen schaut tief bis in meine Seele und das macht mir Angst.

Ich muss wissen, was das ist. Ich darf keine Angst haben.

Es klopft drei Mal, und ich stehe auf, um die Tür zu öffnen. Zwei meiner Untergebenen bringen den schwarzen Wolf herein, der ihnen brav wie ein Lämmchen folgt und fast vorsichtig mein Zimmer betritt. Ich entferne die Schlinge und schicke die beiden Elfen hinaus. Nur widerwillig ziehen sie sich zurück, werfen verunsicherte Blicke auf die schwarze Bestie, als könnte er sich jederzeit auf mich stürzen.

Doch das wird er nicht, da bin ich mir sicher. Warum, weiß ich auch nicht. Es ist einfach so.

Abwartend lehne ich an der geschlossenen Tür, beobachte den Wolf, wie er sich in meinem Zimmer umsieht. Kein Tier würde so was tun. Da ist eindeutig mehr.

Als er in meine Augen blickt, halte ich den Atem an.

Diese Augen Wie flüssiger Honig Irgendwie kenne ich sie.

Kurz flackern Bilder in mir auf, sind jedoch genauso schnell wieder verschwunden, wie sie kamen, ohne dass ich etwas Genaues erkennen konnte.

Stumm sitzt er in der Mitte des Raums und beobachtet mich. Sein Blick schweift hin und wieder zu meiner Schwertlanze, die neben mir an der Wand lehnt, als würde er darauf warten, dass ich sie nehme und ihn damit töte.

»Du brauchst keine Angst zu haben. Ich habe dich nicht herbringen lassen, um dir etwas zu tun. Ich würde mich gerne mit dir unterhalten. Ginge das?«

Er wiegt seinen Kopf abwägend hin und her. Verstehen tut er mich also schon mal.

Ich mache ein paar Schritte von meiner Waffe weg, um meine Worte zu unterstreichen, und er beobachtet jede meiner Bewegungen aufmerksam, aber nicht ängstlich. Eher so, als würde er meinen Anblick in sich aufsaugen.

Aber das ist natürlich vollkommener Quatsch! Immerhin hat er mich noch nie zuvor gesehen.

»Eine Unterhaltung wäre einfacher, wenn du auch etwas sagen könntest. Kannst du dich verwandeln?«

Er nickt.

»Warum tust du es dann nicht?«

Sein Blick wandert zur Schwertlanze und wieder zurück, und er schüttelt den Kopf.

»Wegen meiner Schwertlanze?« Entschlossen gehe ich zurück, nehme die Waffe und stelle sie nach draußen in den Korridor. Danach schließe ich die Tür wieder und schiebe den Riegel vor.

»Jetzt sollte es keine Probleme mehr geben, oder?«, frage ich, während ich mich umdrehen will.

Doch ich kann mich nicht bewegen, denn zwei starke Arme haben mich von hinten umfasst und drücken mich mit dem Rücken an einen Körper.

Ich schnappe nach Luft und blicke nach unten. Der Größe nach zu urteilen, sind diese Arme eindeutig männlich. Und sie halten meine Mitte fest umschlungen, beinahe als würde sich ein Ertrinkender an ein rettendes Stück Holz klammern, um nicht in den Fluten zu versinken.

Mein Herz trommelt wie wild in meiner Brust.

Was ist das nur?

Ein Kinn legt sich auf meine Schulter und ich spüre einen warmen Atem an meinem Ohr, der mir einen wohligen Schauer über den Rücken schickt.

»Ich mag deine Frisur nicht«, flüstert eine tiefe, aber weiche Stimme. Eine Hand löst sich von meiner Mitte und fährt nach oben,

257

öffnet geschickt die Spangen, und meine Haare fallen offen nach unten über meine Schultern.

Der Mann hinter mir vergräbt sein Gesicht darin und atmet tief ein, wieder und wieder.

Ich bin unfähig, mich zu bewegen, lasse all das geschehen, ohne einen Finger zu rühren. Ich müsste fuchsteufelswild sein, müsste dem Fremden hinter mir verbieten, mich zu berühren, oder auch nur daran zu denken.

Und doch genieße ich, was mit mir passiert.

»Fye«, raunt er meinen Namen, was eine ganze Horde von Schmetterlingen in meinem Bauch erwachen lässt.

Woher kennt er meinen Namen? Ich habe ihn nie genannt. Schnell gehe ich das Zusammentreffen mit Gylbert vorhin durch, aber er nannte mich nur *Prinzessin*.

Wie kann er dann also meinen Namen kennen und ihn auch noch *so* aussprechen?

Ich winde mich in seinen Armen, will mich umdrehen und dem Mann ins Gesicht sehen, der mich, die *tanzende Klinge*, in ein zitterndes Mädchen verwandelt.

Er lässt es zu, lockert seinen Griff etwas, aber ohne seine Arme von mir zu nehmen.

Das Erste, was ich sehe, ist eine nackte muskulöse Brust, ehe meine Augen weiter nach oben wandern. Ich zwinge sie dazu, nicht weiter nach unten zu sehen, das wäre fatal.

Ich habe gar nicht bemerkt, dass ich die Luft anhalte, aber als ich in sein Gesicht blicke, entweicht sie mir keuchend. Diese Augen!

Wie zwei Strudel aus geschmolzenem Gold.

Ein gleißender Schmerz durchfährt meinen Kopf und vor meinen Augen wird alles schwarz. Starke Hände fangen mich auf, als meine Knie nachgeben, und lassen mich langsam zu Boden gleiten.

»Fye, ist alles in Ordnung?«

Die ehrliche Sorge in seinen Augen lässt mein Herz aufblühen. Doch dieses Gefühl währt nur kurz.

Vor Schmerzen krümme ich mich zusammen, kneife die Augen zu, bis ich bunte Punkte tanzen sehe, und kralle meine Hände an meinen Kopf, in der Hoffnung, die stechende Pein dadurch abmildern zu können.

Seine Hände fahren an meinen Armen hinauf und halten meinen Kopf, als ich versuche, ihn wieder und wieder auf den Boden zu schlagen.

Diese Schmerzen sollen aufhören! Ich kann an nichts anderes mehr denken, nichts anderes fühlen, als das Chaos in meinem Kopf.

»Was kann ich tun, um dir zu helfen?«

Ich schreie und winde mich in seinem Griff. »V-Verschwinde …«, stoße ich zwischen zusammengebissenen Zähnen hervor.

Einen so schlimmen Anfall hatte ich in den letzten Monaten noch nicht. Ich kann es mir nur so erklären, dass er dafür verantwortlich ist. Zwar habe ich keine Ahnung warum, aber zum Denken habe ich sowieso gerade keine Möglichkeit.

Seine Hände verschwinden von meinem Körper und ich spüre einen Luftzug, als er die Tür öffnet.

Sobald er weg ist, schnappe ich nach Luft und schlage die Augen auf.

Die Schmerzen…sie sind weg!

Ich stütze mich auf die Ellenbogen und sehe mich um. Nichts hat sich geändert, nichts fehlt. Ist er wirklich gegangen, weil ich es ihm gesagt habe?

Er hätte mich töten können, vollkommen problemlos, denn ich wäre nicht in der Lage gewesen, mich zu wehren.

Er hatte die Möglichkeit, die Tochter seines Feindes zu töten und ließ sie verstreichen.

Einfach so.

Auf wackeligen Beinen gehe ich zum Spiegel und sehe hinein. Meine langen Haare umspielen mein Gesicht und fallen offen bis zur Taille. Ein ungewohnter Anblick. Ich habe meine Haare immer hochgesteckt, damit sie mich beim Kämpfen nicht behindern. Es fühlte sich normal an, sie auf diese Weise zu tragen.

Als ich durch die braunen Strähnen fahre, fangen meine Finger wie von selbst an, einen dicken Zopf zu flechten.

VAAN

Sie hat mich zu Tode erschreckt, als sie plötzlich in meinen Armen zusammengesackt ist. Wie sie mit den Fäusten gegen ihren Kopf geschlagen hat. Und ihre Schreie gingen mir durch Mark und Bein.

Was ist nur los mit ihr?

Warum musste dieses Treffen so verlaufen?

Es fing doch alles so gut an. Nachdem sie ihre Waffe aus dem Zimmer entfernt hatte, konnte ich den Wolf in mir überzeugen, sich zurückzuziehen und es war mir endlich möglich, sie in die Arme zu schließen, und mit ihr zu sprechen.

Wie habe ich das vermisst!

Schnell löste ich diese strenge Frisur, die überhaupt nicht zu ihr passte, und vergrub mein Gesicht in ihren duftenden Haaren.

Ich wollte so sehr mit ihr reden, ihr alles erklären und wissen, was bei allen Göttern hier gespielt wird.

Doch es kam alles anders. Als sie mich sah, passierte etwas mit ihr. Sie sah aus, als leide sie höllische Schmerzen.

Und ich war der Grund.

Also rannte ich aus dem Zimmer, als sie mich darum bat. Draußen ließ ich sofort wieder den Wolf übernehmen und lief freiwillig den beiden Elfen in die Arme, die mich bereits hergebracht hatten.

Es hatte keinen Sinn, alleine durch eine bewachte Festung zu irren. Ich wusste sowieso nicht, wo ich hinsollte. Und am allerwichtigsten war, dass ich nicht ohne Fye gehen würde.

Nun sitze ich also wieder in meiner Zelle, umgeben von brummenden Arkanstäben, und beobachte die Elfenkrieger, die an meinem Käfig vorbeilaufen.

Giselle versucht schon seit Stunden, mir ein Gespräch ans Bein zu binden, aber ich ignoriere sie. Sie hat mir schon genug erzählt, das ich erst mal verdauen muss. Und als Fye mich nicht erkannte, hat mir das den Rest gegeben.

Aber ich habe Zeit. Ich werde geduldig warten, bis sie mich wieder zu sich holt.

Hinter mir höre ich das Reißen von Stoff, und weiß, dass Giselle sich verwandelt hat. Ihr wütendes Fauchen ruft sofort Wachen auf den Plan, die hektisch die Stabilität der Arkanstäbe prüfen.

Wenn Giselle in ihrer Tiergestalt hier ist, ist es Nacht. Durch die Helligkeit des Berggesteins und der ganzen Lichtzauber um uns herum, habe ich die Tageszeiten völlig aus den Augen verloren.

Mir ist es egal. Ich warte hier in Wolfsgestalt. Diese kann Fye ertragen, auch wenn ich dann nicht mit ihr reden oder sie berühren kann. Aber ich kann in ihre Nähe und das ist mir wichtiger.

Ich muss eingeschlafen sein, denn ich erwache, als etwas neben mich gestellt wird. Sofort dringt der Geruch von Essen in meine Nase und mein Magen gibt ein wütendes Grummeln von sich. Wann habe ich das letzte Mal etwas gegessen? Keine Ahnung.

Ich hebe den Kopf und schaue in die Schüssel, dann nach draußen.

Und blicke in grasgrüne Augen, die mich neugierig mustern. Froh registriere ich, dass Fyes Haare zu einem Zopf geflochten sind, und schenke ihr ein Wolfsgrinsen, ehe ich mich über das Essen hermache.

Schweigend sieht sie mir zu und als ich fertig bin, greift sie ohne Angst in den Käfig und holt die Schüssel raus.

»Hast du noch Hunger?«, fragt sie, als sie die Schüssel inspiziert, die aussieht wie neu.

Doch ich schüttle den Kopf. Mein gröbster Hunger ist gestillt und ich rolle mich wieder zusammen, bette die Schnauze auf meinem Schweif, und beobachte sie dabei, wie sie mich beobachtet.

Ich würde sie gerne fragen, ob sie noch immer Schmerzen hat, und was das für Schmerzen sind. Und ob es ihr hier, unter all den Elfen, gut geht.

Sie streicht sich eine Haarsträhne hinters Ohr und ich kann ein leises Winseln nicht unterdrücken. Wie gern würde ich das jetzt für sie tun.

Wir versinken in den Augen des anderen und ich kann den Zauber zwischen uns praktisch anfassen. Sie muss doch auch merken, dass da etwas zwischen uns ist! Wie kann sie mich nur vergessen?

Zögerlich streckt sie die Hand nach mir aus und ich schmiege meinen Kopf hinein, genieße es, wie sie mich hinter den Ohren krault, und gebe ein wohliges Brummen von mir.

Giselle lässt ein zischendes Fauchen hören, woraufhin Fye hastig ihre Hand zurückzieht. Der Bann ist gebrochen und ich möchte meiner Schwester am liebsten den Hals umdrehen.

»Für dich habe ich auch was«, sagt Fye, als sie vor Giselles Käfig steht und auch ihr eine Schüssel mit Essen hineinschiebt.

Wie sollte es anders sein, schleudert meine Schwester die Schüssel mit ihren Pranken quer durch den Käfig und bleckt die Zähne.

Zwischen Fyes Augenbrauen bildet sich eine Falte. »Gut, dann eben kein Essen für dich.« Mit erhobenem Haupt dreht sie sich um und geht, ohne noch mal in meine Richtung zu schauen.

Toll gemacht, Giselle, vielen Dank …

24

FYE

Diese blöde Löwin! Was hat sie nur gegen mich? Auch als Mensch wirft sie mir Blicke zu, die töten könnten. Schon seit Tagen verweigert sie jegliche Nahrung. Eigentlich kann es mir ja egal sein, trotzdem fühle ich mich für sie verantwortlich.

Gylbert brachte sie mit zu uns und meinte, sie wäre eine wichtige Geisel. Und er hatte recht. Es bringt uns nur nichts, wenn sie sich zu Tode hungert. Ich muss mir etwas einfallen lassen.

Sie ist so ganz anders als der Wolf. In seiner Gegenwart fühle ich mich wohl und unsicher zugleich, das macht mich wahnsinnig. Und doch suche ich ständig seine Nähe, seit er hier ist.

Ich eile die Stufen hinauf zum Gemach meiner Mutter und passiere das verschlossene Zimmer des Menschenkönigs.

Schnell spähe ich in das kleine Fenster hinein. Er liegt zusammengekauert auf seinem Bett. Abscheu breitet sich in mir aus. Seit er hier ist, hat er die ganze Zeit nur geflennt oder auf Knien um Gnade gebettelt.

Nicht sehr königlich. Eher erbärmlich.

Immer wieder faselt er davon, dass er von der Elfe getäuscht wurde, die meine Mutter in den Kristall sperrte. Alys hieß sie, glaube ich. Nach ihr suchen wir noch, aber seit Monaten vergeblich. Sie ist wie vom Erdboden verschluckt.

Ich hatte gehofft, sie würde zur Rettung des Königs oder seiner Kinder kommen, schließlich war sie viele Jahre die Verbündete der Menschen. Doch sie regt sich nicht und lässt unsere Geiseln hier versauern.

Meine Mutter wird bereits unruhig und droht ständig damit, sie kurzerhand einen Kopf kürzer zu machen, um sie nicht weiter durchfüttern zu müssen, und um unser Vorhaben zu unterstreichen.

Ich werde sie nicht mehr lange davon abhalten können.

Warum ich das überhaupt tue, weiß ich nicht. Ich töte Menschen auf dem Schlachtfeld, ohne mit der Wimper zu zucken, pflüge mit meiner Schwertlanze durch ihre Reihen, wie die Sense durch das reife Korn.

Und doch wehrt sich alles in mir dagegen, diese Geiseln hinrichten zu lassen. Vielleicht sind sie zu wichtig, ich weiß es nicht.

Ich klopfe zwei Mal an Mutters Tür und trete ein. Die Königin steht am Fenster und das Mondlicht lässt ihr weißes Haar fast überirdisch glänzen.

Vor ihr sinke ich auf ein Knie und sie legt mir die Hand auf den Kopf.

»Wir sind bereit, Mutter«, berichte ich, immer noch kniend. Ich weiß, dass sie es so möchte, also tue ich es.

Sie geht zu ihrem Schrank, und streift sich ihren Brustharnisch und den blauen Umhang über. Im Kampf hält sie sich meistens weit hinten und schwächt die Feinde mit ihrer Magie.

»Wer ist es heute?«, fragt sie und ich weiß sofort, was sie meint.

Das Opfer.

»Gylbert«, antworte ich schnell. Eine gehässige Freude macht sich in mir breit, als Mutter nickt. Ja, ich freue mich auf sein Gesicht, wenn sie ihn ruft, und auf seine Schreie, wenn er am Boden liegt.

Ich weiß nicht warum, aber ich hasse diesen Elf abgrundtief. Ständig scharwenzelt er um mich herum, macht mir den Hof, aber ich empfinde nur Abscheu. In seiner Nähe verspüre ich ständig nur Übelkeit. Es wird meine Laune heben, ihn nachher zu sehen.

Mutters Zauber sind mächtig, die mächtigsten, die wir haben, und von denen wir wissen. Aber sie haben ihren Preis: Um sie wirken zu können, benötigt sie ein starkes Medium, aus dem sie die erforderliche Energie ziehen kann. Als Hochelfe kann Mutter aus nahezu allem ihre Macht beziehen. Am effektivsten eignen sich dafür jedoch andere Elfen, die von Magie durchströmt werden.

Ihre Zeitzauber können eine Handvoll Soldaten ohne Medium in Schach halten. Aber um ein ganzes Heer zu stoppen, und unseres zu beschleunigen, muss sie sich einer stärkeren Kraftquelle als der eigenen bedienen.

Dazu werden wechselnd Elfen ausgewählt, die dieses Medium verkörpern. Und heute ist Gylbert an der Reihe. Ihm wird dabei sämtliche Magie aus dem Körper gesaugt, damit meine Mutter sie aufnehmen und selbst wirken kann. Es soll eine sehr schmerzhafte Prozedur sein, habe ich mir von den bisher Betroffenen sagen lassen.

Das Grinsen auf meinem Gesicht wird breiter. O ja, ich werde jede einzelne Sekunde davon genießen.

Als Mutter fertig ist, folge ich ihr hinaus zu unseren Truppen, die um unsere Bergbasis Aufstellung genommen haben. Sie hält eine flammende Rede, so wie jedes Mal vor einer Schlacht. Ich habe schon beim ersten Mal nicht zugehört.

Gelangweilt, weil ich weiß, dass es länger dauern wird, schlendere ich über den Platz. Meine Füße tragen mich wie von selbst zu den beiden Käfigen mit den schwarzen Tieren.

Mit gespitzten Ohren wartet der Wolf bereits auf mich und sein Schwanz klopft auf den Holzboden, auf dem er liegt. Hinter ihm läuft die Löwin fauchend von einer Ecke zur anderen.

Ich werfe ihr einen fiesen Blick zu und gehe zu dem Wolf.

Der Käfig, in dem er untergebracht ist, ist klein. Wahrscheinlich kann er nur zwei Schritte machen und hat die andere Seite erreicht. Der der Löwin ist größer.

Nachdenklich kaue ich auf meiner Unterlippe, während er mich aus Goldaugen mustert.

»Wenn ich dich rauslasse«, beginne ich zögerlich, »versprichst du mir dann, nicht wegzulaufen? Ich könnte dich in mein Zimmer bringen, da hast du mehr Platz.«

Und wärst näher bei mir! Nein, halt! Das ist eine blöde Idee …

Er dreht den Kopf und wirft der Löwin einen Blick zu. Was läuft zwischen den beiden?

Als er sich wieder mir zuwendet, nickt er.

Soll ich das wirklich machen? Ihn rauslassen? Mutter wird toben. Aber ich lasse ihn ja nicht wirklich frei, sondern schließe ihn in meinem Zimmer ein. Wo er auf mich wartet, wenn ich vom Schlachtfeld zurückkomme …

Ohne weiter zu überlegen, unterbreche ich den Arkanstrom und schalte so die Gitterstäbe ab. Wie gebannt schaue ich in seine Augen, erwarte jeden Moment, dass er aufspringt und davonläuft. Aber er erhebt sich langsam und hüpft aus dem Käfig, wo er mich auffordernd ansieht.

»Na schön«, murmle ich und laufe voraus, werfe immer wieder Blicke neben mich, ob er mir wirklich noch folgt. Doch er bleibt an meiner Seite, als wir die Stufen hinaufsteigen und ich meine Zimmertür öffne.

»Ähm, ja Du warst ja schon mal hier.« *Geht es vielleicht noch erbärmlicher?* Warum macht er mich so nervös? Ich räuspere mich. »Ich muss dann mal los, Krieg und so.« Erneut versuche ich meine dummen und peinlichen Worte hinter einem Husten zu verstecken. »Mach es dir doch so lange hier gemütlich. Niemand wird dich stören.«

Ich verlasse hastig den Raum, ehe ich noch mehr Blödsinn von mir gebe, und schließe ab.

Auf dem Weg zum Schlachtfeld beschäftigt mich nur eine Frage: Wird er als nackter Mann auf mich warten?

Die Schlacht ist im Grunde schon vorbei, bevor sie begonnen hat. Ohne ihren König oder einen fähigen Heerführer sind sie nichts. Belustigt sehe ich von meiner Flankenposition zu, wie die Menschensoldaten kopflos und schreiend umher rennen und ihre eigene Formation sprengen.

Es ist schon zu einfach, beinahe mogeln, und fordert mich nicht mehr.

Dennoch habe ich es eilig, zum Stützpunkt zurückzukommen. Tapfer ertrage ich das Schulterklopfen und die ehrlichen Glückwünsche, zähle aber nur die Sekunden, bis ich endlich in mein Zimmer kann.

Mein Lächeln wirkt aufgesetzt, und ich reagiere gereizt, als der Strom der Siegeswünsche einfach nicht abreißen will. Zog sich das bei den anderen Schlachten auch schon so in die Länge?

Ich werfe einen Blick zu Mutter, die in den Lobesreden badet, und erhasche einen Blick auf einen sehr blassen und schwankenden

Gylbert. Zu schade, dass Mutter heute nicht allzu viel Magie einsetzen musste, sonst würden ihn seine Beine nicht mehr tragen. Ich mache mir eine mentale Notiz, Gylbert bald wieder als Medium vorzuschlagen.

Sofern es noch weitere Schlachten gibt. So unkoordiniert, wie sich die Menschen auf dem Schlachtfeld verhalten haben, wage ich das zu bezweifeln.

Die vier Halbelfen, die meinem Trupp zugeteilt sind, sind die letzten, die mir gratulieren, und ich gebe das Lob gerne zurück. Wir fünf sind ein eingespieltes Team, nicht nur wegen unserer Herkunft. Ich fühle mich ihnen verbundener als den reinen Elfen.

Aber auch sie versuche ich schnell abzuwimmeln. Sobald ich mich unbeobachtet fühle, haste ich die Stufen zu meinem Zimmer hinauf. Mit flatterndem Herzen stehe ich vor der Tür und trete von einem Fuß auf den anderen. Was soll ich machen? Anklopfen? Um in mein eigenes Zimmer zu gehen? Aber was, wenn er nicht mehr da ist? Oder wenn er tatsächlich in Menschengestalt ist und nichts zum Anziehen gefunden hat? Verdammt, daran habe ich gar nicht gedacht …

Ich entscheide mich für einen Mittelweg, öffne die Tür einen Spalt breit und mache auf mich aufmerksam.

»Äh … Ich bin zurück.« Wie dumm klingt das denn? Warum muss ich mich in seiner Gegenwart aufführen wie eine Idiotin? Ich bin eine Prinzessin und verhalte mich wie eine ängstliche Bauernmagd. Das muss aufhören!

Ich räuspere mich geräuschvoll und schiebe mich dann durch den Türspalt. »Hallo?« Wieder keine Reaktion. Ich schließe die Tür und schiebe vorsichtshalber den Riegel vor.

Etwas Schwarzes senkt sich über meine Augen und ich schnappe nach Luft, als ich weichen Stoff im Gesicht spüre. Unterschwellig nehme ich den Geruch von Lavendel wahr, der mir bei seinem letzten Besuch schon aufgefallen ist.

Was tut er da? Will er nun beenden, was er angefangen hat? Mich töten?

Ich greife nach hinten, wo normalerweise schräg über dem Rücken meine Schwertlanze hängt, greife aber ins Leere. Ich habe die Waffe vor dem Zimmer stehen lassen, damit er keinen Grund hat, ein Wolf zu bleiben. Wie konnte ich nur so dumm sein?

»Hab keine Angst«, flüstert er an meinem Ohr und ich spüre seinen Körper hinter meinem Rücken. »Ich werde dir nichts tun.«

Irgendwie kämpfen seine Worte die Panik nieder und ich beruhige mich etwas, obwohl ich durch den Stoff über meinen Augen nichts sehen kann.

»Du hast gestern meinen Anblick nicht ertragen, also dachte ich, ich mache es uns heute leichter.«

Er nimmt meine Hand und führt mich zum Tisch, wo ich mich auf einen Stuhl setze. Ich höre, wie er einen anderen Stuhl zurückzieht, und sich ebenfalls setzt.

»Wir konnten uns gestern nicht unterhalten. Ich hoffe, dass es uns nun so möglich ist.«

Ich schlucke einen dicken Kloß hinunter, der mich kaum atmen lässt. Warum bin ich so nervös? Und warum habe ich keine Angst? Immerhin sitze ich mit verbunden Augen alleine hier, ohne dass mir jemand zu Hilfe eilen könnte. Dieser Mann, den ich nicht kenne, über den ich nichts weiß, könnte mich auf tausend verschiedene Arten umbringen, ohne dass ich mich verteidigen könnte.

Und doch sitze ich hier vollkommen furchtlos. Ich bin nur schrecklich nervös. Meine Handflächen sind ganz verschwitzt und meine Fingerspitzen kribbeln vor Verlangen, etwas – jemanden? – zu berühren, sodass ich die Hände knete, um dieses Gefühl zu betäuben.

»Erzähl mir etwas über dich«, bittet er mich nach einem längeren Schweigen.

»Was willst du wissen? Meinen Namen kennst du doch schon. Ich kenne aber deinen nicht.« Ich drehe den Kopf in die Richtung, aus der seine Stimme kommt.

»Du hast recht, das ist unhöflich. Ich sollte mich zumindest vorstellen. Mein Name ist Vaan.«

Wie bitte?

»Vaan? Wie in *Prinz Vaan?*« Warum kommt mir der Gedanke so bekannt vor?

»Ganz genau.«

Er greift nach meinen Händen, die sich ineinander verkrampft haben, und entwirrt sie.

»Du hast da im Wald eine sehr wertvolle Geisel gefangen, ohne es zu wissen.«

Seine Stimme ist so weich. Ich könnte ihr den ganzen Tag zuhören. Und die Art, wie er meine Hand hält und mit seinem Daumen über meinen Handrücken streichelt, versetzt die Schmetterlinge in meinem Bauch in Wallung. Wie ein einziger Strom flattern sie von oben nach unten und wieder zurück.

»Eigentlich bist du ja freiwillig zu mir gekommen«, stelle ich richtig, nachdem ich meiner Stimme wieder trauen kann. Ich straffe die Schultern, damit er nicht sieht, wie sehr er mich aus der Fassung bringt. »Nun haben wir also fast die gesamte Königsfamilie als Geisel.«

Das hätte ich nicht sagen sollen, denn er lässt abrupt meine Hand los, die sich sofort kalt anfühlt.

»Das stimmt. Die Frage ist jedoch, was habt ihr mit uns vor? Plant ihr einen Austausch?«

»Ich werde mich bestimmt nicht mit dir über unsere Pläne und Taktiken unterhalten«, weise ich ihn scharf zurecht.

»Warum bin ich dann hier?«

Ja, warum eigentlich? »Das weiß ich nicht.«

»Aber ich weiß es, Fye.«

O Göttin, wie er meinen Namen ausspricht, mit so viel Gefühl …

Er steht auf und ist ganz nah bei mir. Ich spüre seinen warmen Atem auf meinem Gesicht, und mein Herz klopft mit einem Mal so stark, als würde es gleich aus meiner Brust herausspringen.

Langsam fahren seine Hände an meinen Armen hinauf. Seine Berührung ist nur federleicht und doch verursacht sie mir am ganzen Körper Gänsehaut. An meiner Schulter hält er an, wartet kurz, und beginnt dann vorsichtig, die Lederschnüre zu öffnen, die meine Rüstung vorne zusammenhalten.

Eigentlich müsste ich ihn jetzt wegstoßen, ihn anschreien und fragen, was er sich einbildet, und was das werden soll, aber ich tue nichts dergleichen, sondern sitze zitternd hier, den Atem angehalten und lechze nach mehr.

Sanft schiebt er das weiche Leder ein Stück auseinander, legt meinen Hals und das Schlüsselbein frei, und berührt meine nackte Haut mit zwei Fingern.

Ich schnappe nach Luft. Seine bloße Berührung schickt Funken durch mich hindurch, als würde ich die Stäbe der Arkangefängnisse berühren, und mein ganzer Körper vibriert.

Suchend fahren seine Finger von meinem Schlüsselbein zu meiner Halsbeuge hinauf, ertasten die verblasste Narbe und berühren sanft die leichten Erhebungen des geheilten Fleisches.

»Es ist noch da«, murmelt er. Er klingt so erleichtert.

Aber warum sollte er erleichtert über diese Narbe sein? Mutter meinte, dort hätte mich einer der Hunde gebissen, die ich als Kind immer mit nach Hause geschleppt habe, um sie zu pflegen. Wie kann er davon wissen?

Er legt seine warme Handfläche auf die Narbe und ich zucke zusammen. Wieder wirbeln Bilder in meinem Kopf durcheinander, die ich nicht einordnen kann.

Nein, nicht jetzt! Bitte, ich will jetzt keinen Anfall bekommen!

Blut. Ein stechender Schmerz. Lavendel.

Ich keuche auf. Hinter meiner Stirn braut sich der Schmerz zusammen, wächst zu einem pulsierenden Klumpen, der mir die Sinne benebelt, bis ich nichts anderes mehr spüre als Schmerz.

Starke Arme heben mich vom Stuhl und tragen mich zum Bett.

Ich packe seine Hand, halte ihn fest. »Nein«, flehe ich durch zusammengebissene Zähne. »Geh nicht weg.«

»Du hast Schmerzen. Meinetwegen.« Er klingt so niedergeschlagen, dass ich ihn am liebsten zu mir herunterziehen und in die Arme schließen würde.

»Bleib«, fordere ich erneut.

Erleichtert bemerke ich, wie sich die Matratze unter seinem Gewicht senkt, als er sich neben mich setzt. Ich konzentriere mich auf eine gleichmäßige Atmung, verbiete mir alle Gedanken an irgendwas, will nur weiße Leere in meinem Kopf haben, damit der Schmerz abklingt.

Warme Finger streichen mir die Haare aus der Stirn und irgendwann versinke ich in gnädigem Schlaf.

25

VAAN

Ich bin so ein Idiot! Zwar war ich mir noch nicht sicher, aber ich habe mir schon gedacht, dass diese Anfälle durch Dinge aus ihrer Vergangenheit ausgelöst werden.

Aber ich *musste* es einfach wissen!

Die Erleichterung, die ich verspürte, als die Bissmale noch immer da waren, ist nicht in Worte zu fassen. Ich hätte in diesem Moment die gesamte Welt umarmen können.

Bei der Macht, die diese Elfenkönigin hat, wusste ich nicht, ob und wie viel sie von Fyes Erscheinung ändern konnte. Oder ob diese Verbindung durch irgendwas, wie beispielsweise Magie, gekappt werden konnte.

Nun habe ich zumindest noch eine Chance. Sie konnte ihr nicht alles nehmen. Und diese Anfälle lassen darauf schließen, dass tief in Fyes Bewusstsein noch immer unsere gemeinsame Zeit und ihre Vergangenheit schlummern und darauf warten, geweckt zu werden.

Aber wie soll ich das anstellen? Die Idee mit den verbundenen Augen hat immerhin schon mal funktioniert. Ich konnte ein paar Sätze mit ihr reden, bis sie ihre eisige Fassade der Elfenprinzessin wieder hochgezogen hat. Dann ist mir der Geduldsfaden gerissen und ich brauchte Gewissheit.

So wirklich weiß ich nicht, was ich gemacht hätte, wenn das Mal verschwunden gewesen wäre. Hätte ich sie gehen lassen können? Ohne das Mal wären wir nicht mehr verbunden gewesen, keine Gefährten mehr. So als ob es diese Nacht in ihrer Hütte nicht gegeben hätte.

Aber es ist da, genau da, wo ich es hinterlassen habe. Die Berührung löste wieder einen Anfall bei ihr aus und als sie anfing zu schreien, legte ich sie in ihr Bett und wollte gehen, damit sie diese Schmerzen nicht mehr ertragen musste, die ich auslöste.

Doch sie hielt mich zurück und nun liege ich hier neben ihr, in diesem riesigen Bett, und halte sie im Arm. Ihre Lederrüstung ist kalt an meiner Haut, aber darauf achte ich nicht weiter. Ich bin viel zu sehr damit beschäftigt, meine Nase in ihrem Haar zu vergraben, und mit ein paar ihrer Strähnen zu spielen. Heute trägt sie einen geflochtenen Zopf, so wie früher. Was wohl ihre Mutter gesagt hat, als sie nicht mit der strengen Hochsteckfrisur in den Kampf gezogen ist? Ob es ihr überhaupt aufgefallen ist? Die wenigen Male, die ich Königin Jocelyn gesehen habe, kam sie mir nicht wie eine fürsorgliche Mutter vor.

So was hat Fye nicht verdient. Nach allem, was sie mir erzählt hat, litt sie ihr ganzes Leben unter ihrem einsamen Dasein, hatte nur ihre Ziehmutter, wusste aber nicht, wer ihre richtigen Eltern waren.

Und nun stellt sich heraus, dass ihre Mutter ausgerechnet Jocelyn sein muss, die ihren persönlichen Feldzug gegen meine Familie forciert.

Viel schlimmer hätte es uns gar nicht treffen können.

Ich schaue auf Fye, deren Körper zusammengerollt in meinen Armen liegt, aber ihre Atmung geht wieder normal. Ich glaube, sie ist eingeschlafen.

Langsam ziehe ich meinen Arm unter ihr hervor. Ich sollte verschwinden, solange sie schläft. Sicherlich finde ich draußen wieder ein paar Wachen, die den Wolf zurück in seinen Käfig bringen. Kein verlockender Gedanke, diese kalte Zelle gegen das warme Bett mit meiner Gefährtin darin zu tauschen, aber ich habe keine Wahl. Solange ich nicht weiß, wie ich diese Anfälle umgehen kann, sollte ich mich von Fye fernhalten, um ihretwillen.

Gerade, als ich mich aufsetzen und aus dem Bett steigen will, klopft es laut an der Tür.

Ruckartig schreckt Fye hoch und will sich die Stoffbinde von den Augen reißen.

Ich umklammere ihre Hände. »Nein«, flüstere ich eindringlich und sie versteht sofort.

»Wer ist da?«, fragt sie laut und dreht ihren Kopf zur Tür.

»Ich, Gylbert«, kommt es gedämpft von draußen.

272

Augenblicklich entweicht mir ein Knurren und ich habe Mühe, den Wolf in mir zu bändigen, der darum bettelt, freigelassen zu werden, und diesen Mistkerl in seine Einzelteile zerlegen zu dürfen.

»Was will der denn hier?«, stoße ich zwischen zusammengebissenen Zähnen hervor.

»Ich habe keine Ahnung«, flüstert Fye leise. »Versteck dich in meinem Schrank!«

»Wie bitte?«

»Du hast mich schon verstanden. Beeil dich!«

Ich raffe die Decke und schlinge sie um meine Hüften, während ich mich in ihren übervollen Schrank quetsche. Na, großartig! Nun muss ich mich schon wie ein entdeckter Liebhaber verstecken.

Ich höre Fyes Schritte und das Öffnen der Tür.

»Was willst du hier?«, fragt sie eisig. Ja, dieser Tonfall besänftigt mich wieder. Anscheinend weiß sie wirklich nicht, was Gylbert hier will.

»Was ist mit deiner Kleidung passiert, Prinzessin?«

Verdammt, sicherlich steht ihr Lederwams noch offen. Wie kann dieser Bastard es wagen, ihr da hinzuglotzen? Vorsorglich balle ich meine Hände zu Fäusten, um zu verhindern, dass ich die Schranktür aufstoße und ihm sofort an die Gurgel zu gehen.

»Ich habe geschlafen«, erwidert Fye. »Beantworte meine Frage!«

Gylbert räuspert sich. Ich kann förmlich sehen, wie er unruhig von einem Bein aufs andere tritt. Ja, diese Wirkung hat Fye, wenn sie ihre neu gefundene Eisfassade nach außen kehrt.

»Die Königin schickt mich. Sie hat etwas mit uns zu bereden.«

Seine Stimme trieft geradezu vor Ehrerbietung und mein Körper vibriert vor Verlangen, den Wolf freizulassen, und die Zähne in Gylberts Fleisch zu versenken.

»Ich wüsste nicht, was Mutter mit uns beiden zu bereden hätte.«

Sie spielt auf Zeit, versucht, ihn abzuwimmeln, damit ich verschwinden kann.

»Geh schon vor, ich ziehe mich um und komme nach«, befiehlt sie in bestem Prinzessinnenton und schließt die Tür, als Gylbert gerade zu einer Erwiderung ansetzen will.

Ich höre ihre flinken Schritte auf den Schrank zukommen. Als sie die Tür öffnet, lasse ich meine Hand nach vorne schießen und lege sie direkt über ihre Augen. Mit der anderen fange ich ihren Kopf ab, als sie erschrocken zurückweichen will.

Halt suchend klammern sich ihre Hände an meine Arme und ich ziehe sie näher an mich.

»Ich muss gehen«, wispert sie an meiner Brust. »Mutter würde nicht davor zurückschrecken, mich persönlich aus meinem Zimmer zu zerren, wenn ich ihrem Aufruf nicht folge.«

Ich nicke an ihrem Kopf. Das kann ich mir vorstellen.

»Wirst du hier sein, wenn ich wiederkomme?«

Der hoffnungsvolle Klang ihrer Stimme wärmt mein Herz. »Ich weiß nicht, ob das eine so gute Idee ist«, höre ich jedoch meinen Mund sagen und will mir am liebsten auf die Zunge beißen. Natürlich will ich hier bei ihr sein, verdammt noch mal! Aber ich will nicht, dass sie deswegen diese Anfälle erleidet. Ich muss schnellstmöglich einen Weg finden, diese zu umgehen.

»Ich weiß, wir kennen uns eigentlich nicht wirklich, aber ich fühle mich bei dir so geborgen.« Sie schmiegt ihren Kopf an meine Brust und ich schlinge beide Arme um sie. »Ich will wissen, was das zwischen uns ist.«

»Ich weiß es«, flüstere ich.

»Mutter sagt, ich hätte einen schweren Reitunfall gehabt, bei dem ich mir den Kopf so dermaßen angestoßen habe, dass ich mein Gedächtnis verlor«, erzählt sie stockend.

Unwillkürlich muss ich lachen. »Du bist eine miserable Reiterin, Fye.«

Sie versteift sich in meinen Armen und ich bereue meine Worte. »Woher willst du das wissen?«

Ich hadere mit mir. Soll ich ihr etwas aus ihrer – unserer – Vergangenheit erzählen oder endet das wieder in einem ihrer Anfälle? Sicherheitshalber entscheide ich mich dafür, ihre Frage mit einer Gegenfrage zu beantworten. »Du bist schnell, viel schneller als ein Pferd. Warum solltest du also reiten? Du magst Pferde nicht mal.«

Sie schweigt und denkt über meine Worte nach. »Aber warum sollte Mutter dann …«

»Das solltest du sie lieber selbst fragen.« Ich lasse meine Hand an ihrem Hals hinabgleiten. »Und frag sie auch danach«, sage ich, wäh-

274

rend meine Finger sanft über die Narbe in ihrer Halsbeuge fahren. »Ich bin sehr gespannt auf ihre Antwort.«

»Aber diese Narbe habe ich …«

»Nein, hast du nicht. Glaube mir, ich weiß, wovon ich rede. Als ob dich ein streunender Hund in die Halsbeuge beißen würde.«

»Erzähl es mir«, bittet sie.

»Du musst gehen.« Doch ich löse meine Arme nicht von ihr und sie schmiegt sich enger an mich. »Ich kann es dir nicht erzählen. Du musst selbst wiederfinden, was du verloren hast.«

Mit zusammengekniffenen Augen reckt sie mir ihr Gesicht entgegen. »Dann zeig mir das Gefühl, das ich vergessen habe.«

Ich schlucke einen dicken Kloß hinunter. Das ist eine *ganz* miese Idee. Ich weiß es, und doch prickeln meine Lippen beim bloßen Gedanken daran, sie endlich wieder zu schmecken.

Ohne dass ich bewusst eine Entscheidung getroffen habe, fahren meine Hände ihren Rücken hinauf und umfassen ihr Gesicht. Ich spüre, wie sie zittert, und stoppe mich.

»Tu es!«, flüstert sie.

Ihre Lippen sind so nah. Ich müsste mich nur wenige Zentimeter nach unten beugen. Sie glänzen feucht und einladend.

Während meine Finger an ihren spitzen Ohren entlangfahren, ziehe ich ihren Kopf näher an meinen und streife federleicht über ihre Lippen, bereit, jederzeit aufzuhören.

Doch nichts geschieht. Kein Schreien, kein Anfall.

O Götter, ich danke euch!

Hungrig drücke ich meinen Mund auf ihren, schlucke ihre kleinen Seufzer, und lechze nach mehr. Kurz halte ich inne, weil ich befürchte, sie in meinen Armen zu zerdrücken, doch sofort zieht sie mich wieder näher an sich heran.

Vorwitzig fährt ihre Zunge an meiner Unterlippe entlang, erbittet stumm Einlass, den ich ihr liebend gern gewähre.

Ja, mir gefällt auch die neue Fye sehr gut.

Schwer atmend löse ich mich von ihr und lehne die Stirn an ihre, nachdem ich mich vergewissert habe, dass ihre Augen noch immer geschlossen sind.

»Du musst gehen«, flüstere ich.

»Wirst du hier sein?«

Ich antworte, ohne darüber nachzudenken. »Das werde ich. Immer.«

FYE

Meine Beine zittern, als ich eher schwankend als gehend aus meinem Zimmer trete, und ich muss mich an der Wand abstützen.

Was, bei allen Göttern, war das gerade?

Ich fahre mit den Fingerspitzen meine geschwollenen Lippen nach und halte kurz inne. Die Gefühle, die in mir toben, drohen mich zu überwältigen.

Was hat mich dazu bewogen, einen Wildfremden zu küssen? Noch dazu den Sohn des gegnerischen Königs, der sich in ein Tier verwandeln kann? Anscheinend habe ich mir den Kopf noch viel stärker angeschlagen, als ich bisher angenommen habe.

Und doch spüre ich, dass dies nicht das erste Mal war. Aber wo soll ich ihn bereits getroffen haben?

Als ich ihn neulich kurz in seiner Menschengestalt sah, bevor der Anfall mich überrollte, blitzte etwas wie Erkenntnis in mir auf. Und doch kann ich es nicht einordnen.

Unmöglich, dass ich jemanden wie ihn vergessen habe!

Vielleicht ist es aber auch nur ein Trick. Ja, so muss es sein! Sie haben ihn geschickt, um uns von innen heraus zu zerstören. Warum sonst sollte er sich freiwillig von mir gefangen nehmen lassen? Und einen Fluchtversuch hat er, seitdem er hier ist, auch noch nicht unternommen.

Irgendwas ist hier gewaltig faul und ich werde herausfinden, was es ist, doch zuerst werde ich meiner Mutter ein paar Fragen stellen müssen. Die bloße Vorstellung daran, wie sie reagieren wird, lässt einen unangenehmen Klumpen in meinem Magen heranwachsen. Sie mag es gar nicht, wenn man sie in irgendeiner Weise infrage stellt.

Aber damit muss ich leben.

Hastig schnüre ich mein Lederwams vorne wieder zu und mache mich auf den Weg zu Mutters Gemach.

26

Mutter und Gylbert erwarten mich bereits.
Wie gewohnt sitzt Mutter auf ihrem weißen Thron aus Elfenbein, die Beine locker überschlagen, und fixiert mich mit ihren grünen Augen, während ich eilig den langen Gang entlanggehe und vor ihr auf ein Knie sinke.

»Steh auf, Kind.«

Mit einer grazilen Handbewegung winkt sie mich heran. Aus dem Augenwinkel sehe ich Gylbert, der etwas abseits an einer Säule lehnt und mich mit vor der Brust verschränkten Armen beobachtet.

»Es ist mir eine große Freude, dir deine Verlobung bekannt zu geben.«

Die Art, wie sie es sagt, so vollkommen emotionslos und ohne eine Miene zu verziehen, als ginge es um eine Diskussion über das Wetter, lässt mich bittere Galle im Mund schmecken.

Es gab schon einige Anträge für mich. Allesamt wurden sofort von Mutter abgeschmettert und das war mir nur recht. Sie waren alle gesichtslose Niemande, die mich allein aufgrund meiner Abstammung haben wollten.

Sie wollten nicht mich, sondern nur die Elfenprinzessin.

Doch nun sind meine schlimmsten Ängste wahr geworden. Wie Vieh werde ich an den Höchstbietenden verschachert und habe mich zu fügen. Habe die brave Ehefrau zu spielen und für Nachwuchs zu sorgen.

Aber ich werde mich nicht fügen. Ich bin eine Kämpferin, keine verhätschelte Prinzessin.

»Und wer soll mein Gemahl werden?«, bringe ich unter großen Anstrengungen hervor. Jedes Mal, wenn ich den Mund öffne, habe ich Angst, mich zu übergeben.

Mutter streckt den Arm seitlich aus und winkt jemanden heran. Gylbert stellt sich neben sie und lächelt auf mich herab.

Ich brauche einen Moment, um den Zusammenhang zu verstehen. Das kann doch nicht wahr sein!

»Nein!«, schreie ich sofort und weiche vor den beiden zurück. »Niemals! Nicht er!«

Völlig ungerührt verfolgt Mutter meinen Ausbruch, als würde sie ein lästiges Insekt dabei beobachten, wie es die letzten Krümel des Essens fortträgt.

Es ist Gylbert, der das Wort ergreift, während ich noch vehement den Kopf schüttele. »Ich bin schon so lange in Liebe zu dir entbrannt, Prinzessin«, säuselt er und greift nach meiner Hand, die ich ihm sofort mit Nachdruck wieder entziehe. Ich muss sehr an mich halten, ihm die Hand nicht gleich ins Gesicht zu schmettern. »Deine Mutter, unsere große Königin, war so gütig, meinem Werben endlich Gehör zu schenken.«

»Sei still!«, schnappe ich. »Ich will davon nichts hören! Diese Verlobung wird nicht stattfinden!«

Es fehlt nicht viel und ich stampfe wie ein trotziges Kind mit dem Fuß auf.

»Es ist bereits beschlossen, mein Kind. Gylbert wird dein Gemahl. Seine Kräfte als Hochelf werden ihn zu einem herausragenden König machen, wenn ich mich zurückgezogen habe. Und bei ihm weiß ich dich in guten … Händen.«

»Nur über meine Leiche! Niemals werde ich diesen … diesen …« Kein Wort ist stark genug, um meine Abscheu auszudrücken.

»Genug!«, donnert Mutter und augenblicklich verdunkelt sich der Raum. »Du wirst dich meinem Willen beugen, Fyelana Dys Demonya!«

Soviel Macht vibriert in ihrer Stimme. Ihre Worte prasseln auf mich ein und drücken mich mit aller Kraft nach unten auf die Knie, als würde ein zentnerschwerer Felsbrocken auf meinen Schultern liegen. Tut sie das gerade wirklich? Benutzt sie Bezirzen gegen ihre eigene Tochter? Will sie mir damit ihren Willen aufzwingen?

Ich versuche, gegen die unsichtbare Kraft anzukämpfen. Versuche, die Worte auszublenden, meine Ohren zu verschließen. Ich will das nicht! Doch mein Körper senkt sich immer weiter dem Boden entgegen, bis ich mich mit den Händen abstützen muss.

»Meine Königin«, ruft Gylbert und unterbricht damit den Zauber. Erleichtert atme ich auf, als die Last von meinen Schultern verschwindet. »Ich bin mir sicher, dass die Prinzessin ihre Entscheidung überdenken wird. Geben wir ihr einfach etwas Zeit.« Gewinnend lächelt er meiner Mutter zu und erneut flammt Zorn in mir auf, als ich die Vertrautheit zwischen ihnen sehe. Sie planen das schon länger!

Meine Wut wächst weiter, als sich Mutter tatsächlich dazu herablässt, Gylbert zuzunicken. »Natürlich. Du kannst jetzt gehen, Fyelana.« Mühsam komme ich auf die Füße, schlage Gylberts angebotene Hand beiseite und flüchte aus dem Thronsaal.

Nein, du wirst jetzt nicht zusammenbrechen! Nicht hier, wo dich jemand sehen kann! Kopf hochhalten, weiterlaufen, nicht stehen bleiben!

Wieder und wieder wiederhole ich diese Worte, während ich durch die nicht enden wollenden Gänge zu meinem Zimmer laufe. Noch nie kam mir der Weg so lang und beschwerlich vor. Unterwegs nicke ich einigen Soldaten zu, an denen ich vorbeikomme, ignoriere ihre besorgten Blicke und eile weiter.

In meinem Kopf höre ich Mutters Stimme immer wieder einen Satz flüstern: *Bring sie mir und ich verschone dich.*

Schwungvoll reiße ich die Tür zu meinem Zimmer auf, schiebe den Riegel vor, und rutsche mit dem Rücken an der Wand hinunter. Ich lege die Stirn an meine angewinkelten Knie und erlaube den Tränen endlich, zu fließen.

Verdammt, was soll ich nur tun? Wenn ich mich weigere, wird Mutter mich dazu zwingen, daran hat sie keinen Zweifel gelassen. Doch niemals werde ich diesen aufgeblasenen Wichtigtuer heiraten!

Ich spüre eine Hand auf meinem Kopf und zucke erschrocken zusammen.

»Nein, nicht! Lass den Kopf unten.«

Er ist noch da! Ich habe ihn in meiner Wut und Verzweiflung komplett vergessen.

Starke Hände fassen unter meine Knie und stützen meinen Rücken, während ich mein tränennasses Gesicht an seine Brust schmiege, und seinen beruhigenden Duft nach Lavendel einatme.

»Das Gespräch ist wohl nicht so verlaufen, wie du es dir vorgestellt hast, hmm?«

Seine Brust vibriert an meiner Wange, während er spricht, und ich
schüttle nur den Kopf. Soll ich es ihm erzählen? Vorhin kam es mir so
vor, als würde er Gylbert kennen, als dieser mich abholen wollte. Aber
sicher bin ich mir nicht.

Vaan legt mich ins Bett, mit dem Gesicht zur Wand, und deckt
mich zu. Beruhigend lässt er eine Hand über meinen Kopf streicheln
und allmählich ebbt mein Schluchzen ab.

»Besser?«

Ich nicke, weil sich meine Stimme garantiert noch schrecklich anhört.

»Möchtest du darüber reden?«

Ich zögere. Ich kenne diesen Mann nicht. Und doch habe ich das
Gefühl, tief mit ihm verbunden zu sein. Doch das ist lächerlich! Ich
kann ihm ja nicht einmal in die Augen sehen, ohne mich vor Schmerzen auf dem Boden zu krümmen. Und dennoch …

»Mutter hat einen Verlobten für mich ausgesucht.«

Augenblicklich versteift er sich hinter mir und seine Hand hält
inne. »Was?« Es ist eher ein Knurren als ein gesprochenes Wort.

Ich hole tief Luft und erzähle ihm, was im Thronsaal passiert ist.
Still lauscht er, ohne mich zu unterbrechen.

»Was willst du jetzt tun?«, fragt er ruhig, nachdem ich geendet habe.

Ich zucke mit den Schultern. »Ich habe keine Wahl. Darin war
Mutter sehr deutlich. Sie wird mich zwingen, wenn ich mich weigere.«

Fluchend springt er auf und läuft im Zimmer auf und ab. Ich will
mich umdrehen und ihn dabei beobachten, kralle mich aber an der
Bettdecke fest und fixiere fest einen Punkt an der Wand.

»Ich werde weggehen müssen. Irgendwohin, wo sie mich nicht
finden können«, murmle ich. Ein sinnloser Plan, das weiß ich, aber
er ist momentan der einzige, den ich habe. Um die Feinheiten würde
ich mich später kümmern.

»Nein, mach das nicht.« Seine Stimme ist wieder so samtweich,
dass sie mir wohlige Schauer über den Rücken schickt. »Du hast deine
Mutter doch gerade erst gefunden. Du solltest bei ihr bleiben.«

Ruckartig setze ich mich auf, immer noch mit dem Blick zur
Wand. »Was hast du da gesagt?«

»Deine Mutter und du, ihr habt euch … Oh, verdammt! Tut mir
leid! Vergiss bitte einfach, was ich gesagt habe.«

Doch ich schüttle den Kopf. »Nein. Du kannst nicht so was sagen und dann von mir verlangen, dass ich es einfach überhöre! Was soll das bedeuten? Mutter und ich waren doch die ganze Zeit zusammen. Ich kann mich nur nicht mehr daran erinnern, weil …«

»Weil du von einem Pferd gefallen bist und dir den Kopf angeschlagen hast, ich weiß. Findest du nicht auch, dass sich das merkwürdig anhört? Wann warst du denn während der letzten zwei Monate reiten?«

Ich öffne den Mund, um ihm zu antworten, schließe ihn jedoch nach ein paar Sekunden wieder. In letzter Zeit war ich nicht reiten. Warum? Mutter sagte doch, dass ich Pferde liebe. Und doch war ich während der ganzen Zeit, die wir hier am Mondberg sind, nicht ein einziges Mal in der Nähe eines Pferdes. Ich habe auch gar nicht das Verlangen danach.

Ich mag keine Pferde.

»Aber wieso kann ich mich dann nicht erinnern?«

»Ich habe da eine Vermutung «

»Woher weißt du so viel über mich?« Die Frage entschlüpft mir, ohne dass ich darüber nachdenken kann. Eigentlich will ich sie nicht stellen, denn ich befürchte, dass die Antwort wieder einen Anfall auslösen wird.

»Was ist das Letzte, an das du dich erinnern kannst? Vor deinem *Unfall.*«

Ich überlege angestrengt, versuche, Bilder heraufzubeschwören. Da muss doch etwas sein. *Irgendwas.*

Doch alles, was ich finde, ist weißer Nebel. Hin und wieder blitzt etwas Farbiges zwischen den Nebelschwaden auf, ist jedoch schnell wieder verschwunden, ohne dass ich es greifen könnte.

Resigniert schüttle ich den Kopf. »Nichts. Da ist nichts.«

»Es ist nicht ungewöhnlich, dass man einige Dinge vergisst, wenn man sich den Kopf anschlägt. Aber ein ganzes Leben? Das halte ich für unwahrscheinlich.«

Er hat recht. Tief in mir drin habe ich das schon längst akzeptiert. Mein Herz weiß es, aber mein Kopf sträubt sich noch immer dagegen.

»Erzähl es mir«, bitte ich leise, fast flüsternd. »Erzähl mir, was ich vergessen habe.«

»Fye, ich … Bitte, verlang das nicht von mir! Ich kann dich nicht so sehen, wenn du dich vor Schmerzen krümmst. Bitte, ich kann das nicht.«

Er lehnt seinen Kopf an meine Schulter. Meine Hand hebt sich von ganz allein und fährt über sein Gesicht, um dann durch seine weichen Haare zu streichen. Seine starken Arme legen sich von hinten um meine Mitte und ziehen mich ganz fest an ihn.

Ich könnte bis ans Ende meiner Tage so verbleiben und würde nichts vermissen.

Nach einer Weile beginnen seine Hände geschickt die Schnürung meiner Rüstung zu lösen, und ich denke nicht eine Sekunde daran, ihn aufzuhalten. Alles fühlt sich richtig an, genauso wie es sein sollte.

Mit einer fließenden Bewegung streift er mir das Leder über die Schultern und fährt mit warmen Händen über meine nackte Haut. Ein wohliger Schauer lässt meinen Körper vibrieren, was noch verstärkt wird, als er beginnt, sanft an meiner Ohrspitze zu knabbern.

Sein heißer Mund wandert weiter an meinem Hals nach unten.

Als er seine Lippen auf die Narbe an meiner Halsbeuge drückt, explodiert gleißendes Licht in meinem Kopf.

27

VAAN

Ich vergesse augenblicklich sämtliche Vorbehalte und guten Vorsätze, als sie ihre Hand über mein Gesicht und durch mein Haar fahren lässt. Wie lange habe ich mich nach diesen Berührungen gesehnt!

Mein Verstand kapselt sich komplett aus, wird in die hintersten Winkel meines Körpers gesperrt, und mein Herz übernimmt die Kontrolle.

Die kleinen Laute, die sie von sich gibt, während ich ihre Ohren liebkose, haben mich schon damals verrückt gemacht und heute ist es nicht anders. Den ganzen Tag könnte ich ihnen lauschen.

Silbrig schimmert die Narbe an ihrer hellen Haut und wie von selbst wandern meine Lippen zu der Stelle, an der ich vor nicht allzu langer Zeit ihr Blut mit meinem vermischt habe.

In dem Moment, als ich die kleinen Erhebungen mit dem Mund berühre, erschlafft sie in meinen Armen.

»Fye?«, flüstere ich, halte es im ersten Moment für einen Scherz. Doch sie bleibt reglos. »Fye«, rufe ich diesmal lauter und drehe ihr Gesicht zu mir.

Die Augen sind geschlossen und der Mund leicht geöffnet, so als würde sie schlafen. Ich lege ein Ohr auf ihre Brust und bin erleichtert, als ich einen gleichmäßigen Herzschlag hören kann.

Wieder und wieder rüttele ich sie an den Schultern und rufe ihren Namen, doch sie reagiert nicht. Verdammt, was hab ich getan? Was, wenn sie in diesem Zustand bleibt? Ich hätte mich nicht dazu hinreißen lassen dürfen! Was bin ich doch …

Strahlend grüne Augen blicken zu mir hoch, während ich mir gerade frustriert die Haare raufe. Wie früher scheint sie tief in meine Seele zu blicken.

»Fye?«, frage ich vorsichtig und lege beide Hände um ihr Gesicht.

Das Lächeln, das sie mir schenkt, spült sämtliche Zweifel hinweg. Unendlich erleichtert lehne ich meine Stirn an ihre, flüstere immer wieder ihren Namen und bedecke ihr Gesicht mit kleinen Küssen.

»Du bist wieder da.« Meine Stimme bricht vor lauter Emotionen. Dieser kleine Satz drückt alles aus, was ich in diesem Moment empfinde.

Sie versucht, sich aufzurichten, und ich helfe ihr dabei.

»Es ist alles so verschwommen Als würde ich durch schmutziges Glas schauen. Die letzten Monate fühlen sich in meiner Erinnerung seltsam an.«

Ich höre ihr nur mit einem Ohr zu, denn ich bin viel zu sehr damit beschäftigt, sie anzusehen.

»Wir müssen hier verschwinden. Hörst du mir zu?«

Sie reißt mich aus meinen Fantasien und holt mich schlagartig in die Wirklichkeit zurück. »Was sagtest du?«

»Ich sagte, wir müssen deinen Vater und deine Schwester befreien und schnellstmöglich hier verschwinden.«

Ich runzle die Stirn. »Wie stellst du dir das vor? Giselle terrorisiert die Wachen als schwarze Löwin und wird schwer bewacht. Und meinen Vater habe ich noch gar nicht zu Gesicht bekommen, seit ich hier bin. Wie sollen wir an all den Soldaten und der Königin vorbeikommen? Glaubst du, sie wird uns einfach so gehen lassen?«

Einen Moment ist es still. »Ja, das wird sie«, ist alles, was Fye antwortet.

»Aber …«

Doch sie ist bereits aus dem Bett und eilt zur Tür, lässt mich verdattert im Zimmer zurück.

Was soll das auf einmal? Natürlich will ich mit ihr fliehen. Schließlich kann ich nicht zulassen, dass dieser Dreckskerl Gylbert auch nur einen Finger an sie legt. Ihre Mutter ist auch nicht viel besser. Wie kann man der eigenen Tochter so etwas antun? Erst ihr Gedächtnis und nun *das*.

Während ich noch überlege, wie wir am besten vorgehen, ist Fye zurück und wirft einen Stapel Kleidung neben mir auf das Bett.

»Zieh dich an, wir müssen los.«

»M-Moment mal!«

285

»Ich habe jetzt keine Zeit für große Erklärungen! Zieh die verdammten Klamotten an!«

Entgeistert starre ich sie an, wie sie sich zu mir hinunterbeugt, die Hände in die Hüften gestemmt, und mich herrisch anfunkelt.

Mit einem dicken Grinsen im Gesicht schlüpfe ich in die mitgebrachte Kleidung, die überraschend gut passt, und lasse mir von Fye einen Helm aufsetzen, der meine Haare und Ohren verbirgt.

»Du gehst zu Giselle. Mit diesem Kristall unterbrichst du die Arkanstäbe und holst sie da raus.«

»Und die Wachen werden einfach danebenstehen und mich gewähren lassen?«

Mit einem genervten Schnauben fährt sie zu mir herum. »Natürlich nicht. Es sind keine Wachen da, deshalb müssen wir uns ja so beeilen. Mutter hat einen Überraschungsangriff angeordnet. Wir sind nahezu allein hier. Wenn wir jetzt nicht handeln, haben wir vielleicht nie wieder die Gelegenheit dazu. Also los!«

Draußen greift sie nach ihrer Schwertlanze und marschiert den Gang entlang.

»Du gehst nach unten zu Giselle. Ich versuche, deinen Vater zu befreien. Sein Gefängnis ist weiter oben, nahe den Gemächern meiner Mutter.«

Sie wendet sich zum Gehen, doch ich packe ihre Hand und wirble sie zu mir herum. Gierig presse ich meine Lippen an ihre.

»Sei vorsichtig«, murmle ich, nachdem ich mich von ihr gelöst habe.

»Du auch«, flüstert sie zurück, dreht sich um und rennt die Stufen hinauf.

Ich trete nach draußen auf den Platz. Wie Fye gesagt hat, sehe ich keine Wachen. Alles ist verwaist, als wären die Soldaten in großer Eile aufgebrochen.

Schnell laufe ich zu den Käfigen und entdecke Giselle in Menschengestalt, die in einem der beiden mit angezogenen Knien kauert. Ihre Augen weiten sich erschrocken, als sie mich erkennt.

»Ich hole dich hier raus«, sage ich und versuche, die Arkanmagie mit dem Kristall zu unterbrechen. »Wie funktioniert das?«, frage ich nach dem dritten fehlgeschlagenen Versuch.

»Du musst den Kristall dort unten in die Vertiefung stecken«, hilft mir Giselle.

Nachdem die Stäbe verschwunden sind, klettert sie aus dem Käfig und streckt die Glieder. Mit einem ungläubigen Seitenblick auf mich sagt sie: »Danke Was hast du jetzt vor?«

»Wir warten hier. Fye wird Vater befreien und dann machen wir, dass wir hier wegkommen.«

Ich mag einfache Pläne. Es kann so wenig dabei schiefgehen.

Giselle jedoch gibt ein Zischen von sich. »Du erwartest wirklich, dass uns deine kleine Gefährtin hier rausbringt? Ich dachte, sie hätte die Seiten gewechselt. Genau wie Gylbert.«

»Erwähne diesen Namen bitte nicht in meiner Gegenwart«, brumme ich. »Aber ja, Fye wird uns helfen. Sie erinnert sich wieder.«

»Bist du dir da sicher?«, fragt Giselle mit einem Unterton, der mir einen kalten Schauer über den Rücken jagt.

Bin ich mir sicher? Sie konnte mich ansehen. Und hat gelächelt.

Aber ansonsten hat sie nichts gesagt. Keine gemeinsame Erinnerung hat sie angesprochen. Keine liebevollen Worte gesagt. Sie wollte sogar gehen, ohne mich zu küssen.

Die Erkenntnis überwältigt mich und ich sinke auf die Knie. Das kann nicht sein! Die Fye, die ich kannte, soll noch immer verschwunden sein? Aber sie war doch normal!

Nein, war sie nicht.

Stimmt. Meine Fye hätte nie geflucht oder mich einfach stehen lassen. Sie kann es nicht sein. Zuerst dachte ich, die alte und die neue Fye hätten sich vermischt, aber die Tatsache, dass sie mich einfach gehen ließ, ohne mir zu sagen, ich solle vorsichtig sein, hätte mich schon stutzig machen müssen.

»Also, was ist nun?« Ungeduldig tippt Giselle mit ihrem nackten Fuß auf den Boden. »Können wir nun hier weg?«

»Ja«, würge ich hervor. »Wir müssen gehen.«

»Was ist mit Vater? Willst du ihn hierlassen?«

Will ich meinen eigenen Vater bei dieser verrückten Königin lassen? Nein, natürlich nicht. Ich schaue zur Treppe, die tief ins Gestein führt. Die Treppe, die Fye vorhin genommen hat, als sie sagte, sie wolle meinen Vater befreien.

»Findest du den Weg nach Hause allein?«

Meine Schwester nickt. »Selbstverständlich. Zur Not verlasse ich mich auf das Tier und schleiche durch die Wälder. Aber was ist mit dir? Kommst du nicht mit?«

»Ich habe noch etwas zu erledigen.«

Sie rollt die Augen und stößt ein Schnauben aus. »Du willst ihr also hinterherlaufen wie ein räudiger Köter?«

Es fehlt nicht viel und ich würde sie wie ein ebensolcher anknurren, nur damit sie ihre Klappe hält, aber ich kenne meine Schwester. Diesen Gefallen wird sie mir nicht tun. »Ich kann nicht ohne sie gehen. Du verstehst das nicht.«

»Weil ich keinen Gefährten habe, meinst du? Meine Güte, wenn ich mich dann auch in so einen liebestollen Idioten verwandle, kann ich gerne darauf verzichten.«

Im Grunde hat sie ja recht und ich weiß das. Ich sollte die Beine in die Hand nehmen und hier verschwinden, solange ich es kann, und in Ruhe mit meinen Beratern einen Rettungsplan für Vater schmieden.

Aber das Band lässt es nicht zu.

Seit ich Fye in diesem Wald wiedergefunden habe, schneidet sich jeder Schritt, den ich mich von ihr entferne, tiefer in mein Herz und nimmt mir die Luft zum Atmen.

Es ist mir schlicht und ergreifend nicht möglich, sie zu verlassen. Egal, ob sie sich an mich erinnert oder nicht.

Zur Not muss ich sie dazu bringen, sich erneut in mich zu verlieben, denn ein Leben ohne sie ist für mich unmöglich.

»Pass auf dich auf«, sage ich zu Giselle, während ich mich schon zum Gehen wende. »Und hab ein Auge auf Mutter. Sie wird sich Sorgen machen.«

»Viel Glück, kleiner Bruder.«

Ich winke über meine Schulter, ohne mich umzudrehen, und nehme zwei Stufen auf einmal.

FYE

Es war schon fast zu einfach.

Warum genau ich ihn plötzlich ansehen konnte, ohne mich vor Schmerzen zu krümmen, weiß ich nicht. Vielleicht hat Mutters Zauber etwas damit zu tun.

Einerlei.

Ich höre die altbekannten Schluchzer hinter der massiven Tür. Was für ein erbärmlicher König!

Doch auch wenn ich ihn verachte, widerstrebt mir das, was ich nun tun muss. Aber es ist meine einzige Wahl. Die einzige Chance, der Ehe mit Gylbert zu entgehen.

Mutters Test für mich.

Ich schlucke den dicken Kloß hinunter und öffne die Tür.

Mit großen, geröteten Augen sieht der König mich an. Seine Haare sind verfilzt, seine Kleidung dreckig und stinkend wie die gesamte Zelle.

Ich habe Mitleid mit ihm.

Nichtsdestotrotz verstärke ich den Griff um meine Schwertlanze.

Allein der König ist in der Lage, seine Hexe heranzulocken. Alys. Die Elfenhexe, die meine Mutter auf sein Geheiß hin in das Kristallgefängnis bannte, und die uns schon seit Monaten durch die Finger schlüpft.

Doch sie wird kommen, um den König vor dem sicheren Tode zu retten. Zumindest glaubt Mutter das.

Ich bin mir da nicht so sicher.

»Steht auf«, befehle ich und richte die Spitze meiner Waffe auf ihn.

»Du!«, stößt er hervor. »Du wagst es, mir hier entgegenzutreten? Ich hätte dich zerschmettern sollen, als ich die Möglichkeit dazu hatte!«

Mit so einem Ausbruch habe ich nicht gerechnet. Eher damit, dass ich ihn als zitterndes Bündel aus seiner Zelle schleifen muss.

Doch nun steht er drohend vor mir, ignoriert die spitze Waffe, die direkt auf seine Brust gerichtet ist.

Seine hasserfüllten Worte prallen nicht an mir ab, wie ich gehofft habe. Stattdessen schneiden sie sich scharf in mein Herz.

»Du lebst nur noch, weil mein einziger Sohn sich an eine Missgeburt wie dich binden musste! Ansonsten hätte ich kurzen Prozess mit dir gemacht und dich auf der Stelle umgebracht!«

Missgeburt. Bindung. *Vaan.*

»Seid still!«, schreie ich und drücke mit einer Hand auf mein Ohr, um seine Stimme auszublenden. Meine Schwertlanze zittert bereits verdächtig in der anderen Hand.

Nein! Ich werde nicht zusammenbrechen! Dieser Mensch wird keine Macht über mich haben!

»Aber Vaan scheint ja nun zu wissen, was er von dir hat – nichts! Du hast ihn verstoßen und Unheil über uns gebracht, indem du deine Mutter aus ihrem Gefängnis befreit hast! Alles hast du zerstört! Meine ganzen Pläne Ich war dazu bestimmt, ewig zu herrschen!«

»Ihr sollt Euren Mund halten!« Ich drücke die Spitze meiner Waffe gegen seine eingefallene Brust.

»Was hast du nun vor, kleine Halbelfe? Mich töten? Damit unterschreibst du auch ihr Todesurteil. Kannst du das?«

Ihr? Von wem redet er da bloß?

Eine zierliche Gestalt mit blonden Haaren blitzt vor meinem inneren Auge auf, ist jedoch sofort wieder verschwunden.

»Miranda wird in dem Moment ihr Leben verlieren, indem du mir deine Waffe ins Herz bohrst.«

»Ruhe!« Ich stütze meinen schmerzenden Kopf in die freie Hand. »Ruft Eure Hexe herbei, die Hochelfe Alys. Dann wird Euch nichts geschehen.«

Ein freudloses Lachen dringt zu mir. »Als ob ich dir das glauben würde! Du hast jeden belogen und hintergangen, der dir etwas bedeutet hat. Denkst du, da gebe ich etwas auf deine Versprechen?« Er spuckt neben mir aus. »Bring es zu Ende!«

Mein Waffenarm zittert und es fällt mir schwer, meine Fassung zu wahren. Warum treffen mich seine Worte so?

»Was ist? Willst du mich hier vor Langeweile sterben lassen? Nun, das gelingt dir, kleine Halbelfe. Aber ich sage dir etwas: Selbst wenn ich es wollte, kann ich Alys nichts befehlen. Sie wird nicht kommen, schon gar nicht, um mich zu retten. Ich bedeute ihr genauso viel wie Vaan dir. Wir sind beide ein Mittel zum Zweck.«

»Aber, sie sie *muss* kommen!«

Das war nicht Teil meines Plans! Ich muss Alys zu meiner Mutter bringen, sonst wird sie mich dazu zwingen, Gylbert zu heiraten. Sie ist meine einzige Chance.

»Sagt mir, wo sie sich versteckt!«

»Woher soll ich das wissen? Alys kommt und geht, wie es ihr beliebt. Sie hat mich schon immer nur aufgesucht, wenn es für sie von Vorteil war. Wie du richtig sagtest, ist sie eine Hexe. Wenn sie nicht gefunden werden will, werdet ihr sie auch nicht finden. Niemals.«

Meine Knie drohen, unter mir nachzugeben.

»Fye!« Starke Arme legen sich um mich, bevor ich zu Boden gehen kann. »Was hast du mit ihr gemacht?«, herrscht Vaan seinen Vater an.

»Nichts. Sie verträgt die Wahrheit nur nicht.«

»Ich muss sie finden«, murmle ich zu mir selbst.

»Von wem redest du?«

»Von Alys, der Hochelfe, die mir während des Krieges gute Dienste erwiesen hat«, erklärt der König.

»Die Hexe«, zischt Vaan und seine Brust vibriert an meinem Gesicht. »Was willst du von der Hexe, Fye?«

»Meine Mutter verlangt nach ihr«, wispere ich, ohne nachzudenken. »Ich muss sie finden, sonst …«

»Was sonst? Rede mit mir!« Vaan schüttelt mich in seinen Armen, doch ich höre ihm nicht zu.

»Aus ihr wirst du keinen zusammenhängenden Satz bekommen. Sie steht zu sehr unter diesem Gedächtniszauber.« Der König wedelt abwertend mit der Hand. »Solange der auf ihr lastet, wird sie all das tun, was Jocelyn ihr befiehlt.«

»Wie kann ich diesen Zauber brechen?«

Ich nehme alles verzögert wahr. Warum reden sie über einen Zauber? Ich benehme mich doch vollkommen normal! Bei mir muss kein Zauber gebrochen werden.

»Ich habe Alys mehrere Male dabei beobachtet, wie sie diesen Zauber spann. Wie bei jedem Zauber muss es einen Brecher, eine Art Hintertür geben, mit dem man ihn aufheben kann.«

»Das Kristallgefängnis konnte nur durch eine bestimmte Person geöffnet werden.«

»Ja, genau, so etwas. Es muss also auch für den Memoria-Zauber einen Brecher geben.«

Brecher? Memoria-Zauber? Ich verstehe kein Wort! In meinem Kopf höre ich nur immer wieder Mutters letzten Satz an mich, den sie direkt in mein Gedächtnis flüsterte.

Bring sie mir und ich verschone dich!

Bring sie mir und ich verschone dich!

Bring sie mir und ich verschone dich!

Ich zittere am ganzen Körper, während Vaans starke Arme mich aufrecht halten. Dabei möchte ich nichts lieber, als mich zu verkriechen, weg von alledem.

»Wie sehen diese Brecher denn aus?«, fragt Vaan.

»Das ist unterschiedlich. Es kann ebenfalls ein Zauber sein, aber auch eine Person oder ein Gegenstand. Im Grunde weiß nur der Zauberer selbst, was der Brecher für einen so mächtigen Zauber ist.«

»Die Königin wird es mir aber nicht freiwillig sagen, wenn ich sie danach frage «

»Wohl kaum.«

Vaan lehnt mich mit dem Rücken an die Wand und mein Kopf sackt nach unten. Ich bin so unendlich müde … Aber ich muss meine Aufgabe erledigen, sonst …

»Giselle wartet im angrenzenden Wald. Du solltest auch zusehen, dass du fliehen kannst. Mutter ist krank vor Sorge um dich.«

Der König nickt, klopft seinem Sohn auf die Schultern und humpelt aus der Zelle.

Nein, halt! Er ist ein Gefangener! Er darf nicht einfach verschwinden. Mutter wird mich vierteilen.

Ich versuche, mich aufzurappeln, falle jedoch unsanft wieder zurück und schlage mit dem Kopf gegen die Steinwand. Meinen schmerzenden Kopf haltend schaue ich nach oben und begegne Vaans Goldblick. Seine Augen sind zu Schlitzen zusammengezogen.

»Du dachtest also, du kannst mich austricksen?«, fragt er bedrohlich leise.

»Nein!«, rufe ich. »Ich wollte, dass du verschwindest, damit du in Sicherheit bist. Wenn Mutter von dir erfährt, wird sie – «

»Mich töten, schon klar.« Er reicht mir die Hand und hilft mir hoch. »Wobei ich das doch stark bezweifle, wenn sie auch nur ein bisschen an ihrer einzigen Tochter hängt.«

»Wie meinst du das?«

»Du magst dich vielleicht nicht mehr daran erinnern, aber du und ich, wir zwei sind durch etwas viel Stärkeres verbunden als Magie.« Er legt eine Hand an meine Halsbeuge. Ich kann seine Wärme durch die Lederrüstung spüren. »Ich habe so gehofft, dass du dich an mich, nein, an *uns* erinnerst. Wir haben zwar noch nicht viel Zeit miteinander verbracht, doch du bist das Wichtigste in meinem Leben, Fye. Und ob du dich erinnerst oder nicht, daran wird sich nichts ändern.«

Ich weiß nicht, wann die Tränen begannen, aus meinen Augen zu fließen. Ich merke erst, dass ich weine, als Vaan jede einzelne Träne mit dem Daumen von meiner Wange streicht.

»Warum kann ich mich nicht an dich erinnern, wenn ich dir so wichtig bin?«

»Weil deine Mutter dich mir weggenommen hat, gerade als wir dachten, endlich unser Glück gefunden zu haben. Sie stand einfach vor deiner Hütte und nahm dich mit. Ich konnte nichts tun, außer hilflos zuzusehen, weil sie diesen verdammten Stoppzauber auf mich sprach. Und dann warst du weg, monatelang. Als ich dich auf diesem Schlachtfeld spürte, stand meine Welt still, und es war mir egal, ob du mich erkennst oder nicht. Ich wollte nur bei dir sein, will es immer noch. Also bitte«, er nimmt den Helm ab, wirft ihn achtlos zu Boden, und lehnt seine Stirn an meine, »bitte weise mich nicht zurück!«

Ein einzelner Schluchzer entweicht mir, als ich seinen wunderschönen Worten lausche. »Niemals«, flüstere ich an seine Lippen, die so nah über meinen schweben.

28

VAAN

Stück für Stück fügt sich meine zerschmetterte Welt wieder zusammen.

Ich halte meine Gefährtin in den Armen, deren Körper sich perfekt an meinen schmiegt, und ich vergrabe, wie schon so oft zuvor, meine Nase in ihrem Haar, um ihren einmaligen Duft aufzusaugen.

Ich vergesse alles um mich herum, verschwende keinen Gedanken daran, ob Vater und Giselle es sicher aus der Festung geschafft haben oder ob Fyes Mutter mitsamt Gefolge jeden Moment zurückkommen könnte. All das ist zweitrangig für mich. Wichtig ist nur dieser Moment, in dem ich Fye das sagen konnte, was ich empfinde.

Nie wieder werde ich sie gehen lassen.

Ich vertraue darauf, dass sie sich irgendwann erinnern wird oder wir diesen Zauberbrecher finden. Aber selbst wenn nicht, ändert das nichts an meinen Gefühlen für sie. So lange sie bei mir ist und mich an ihrem Leben teilhaben lässt, ist meine Welt in Ordnung. Ich werde alles für sie sein. Ihr Beschützer, ihr Geliebter, ihr Gefährte. Alles, was sie will.

»Bring mich hier weg, Vaan«, flüstert sie an meiner Brust.

Nichts lieber als das, hätte ich fast gesagt, aber ich muss auch an sie denken. Selbst wenn ihre Mutter ein intrigantes Miststück ist, ist sie immer noch ihre Mutter. Fye hat in der Vergangenheit genug unter dem Verlust ihrer Eltern gelitten.

»Ich muss von hier weg«, drängt sie wieder und sieht mich aus verweinten Augen an.

»Warum?«

»Weil sie mich zwingen wird und ich kann nichts dagegen tun. Alys war meine einzige Chance.«

»Wozu will sie dich zwingen?« Ein beängstigender Verdacht keimt in mir, als ich daran denke, wie Gylbert sie aus ihrem Zimmer abholen wollte.

»Sie will, dass ich Gylbert heirate.« Ihre Stimme zittert, als sie das Unbeschreibliche ausspricht, und ich kann nicht verhindern, dass mir ein Knurren entweicht. Verunsichert blickt sie mich an.

»Ich hätte diesen Bastard umbringen sollen, als ich die Gelegenheit hatte«, grolle ich. »Ich werde es mir nie verzeihen, nicht gehandelt zu haben.«

»Du kennst ihn?«

»Das kann man so sagen. Er war mein bester Freund, aber es kommt mir so vor, als wäre das ein anderes Leben gewesen. Und er hat dich gerettet, als du sterbend am Fuße einer Klippe lagst. Also gewährte ich Gnade, als er dir zu nahe getreten ist. Ich dachte, ich hätte meine Absichten klar ausgedrückt, aber offenbar muss ich deutlicher werden. Doch als er dich dann an diesem See überrascht hat, wollte ich ihn wirklich, *wirklich* töten!«

»Warum hast du es nicht getan?«

»Er nutzte einen Teleportzauber, während wir abgelenkt waren, und brachte sich in Sicherheit. Anscheinend hierher. Aber diesmal wird er mir nicht entkommen. Ich schwöre, er wird keinen einzigen Finger an dich legen!«

Sie schüttelt ihren Kopf und lehnt ihn dann an meine Schulter. »Nein, du darfst dich nicht einmischen. Mutter wird dich töten!«

Sanft hebe ich ihr Kinn und zwinge sie, mir in die Augen zu sehen. »Wie ich bereits sagte, kann mich deine Mutter nicht töten. Es sei denn, sie will auch dich tot sehen.«

»Was meinst du damit? Ist es so ähnlich wie das, was dein Vater vorhin gesagt hat? Dass ich für den Tod einer weiteren Person verantwortlich wäre, wenn ich ihn getötet hätte?«

Mein Vater kann einfach nie seine Klappe halten.

»Du kannst dich vielleicht nicht mehr erinnern, aber unsere Leben sind durch etwas sehr Starkes miteinander verbunden. Wir teilen uns unsere Lebensenergie und können dadurch sehr alt werden. Allerdings funktioniert das auch in die andere Richtung. Wenn einer von uns stirbt, wodurch auch immer, stirbt auch der andere. Du siehst also, wenn deine Mutter dich nicht verlieren will – und davon gehe ich aus –, wird sie mir kein Haar krümmen.«

»Wen?«, flüstert sie. »Wen hätte ich auch getötet?«

»Meine Mutter, Königin Miranda. Sie ist dir in der kurzen Zeit eine gute Freundin geworden, habe ich das Gefühl.«

Wieder fließen Tränen aus ihren wunderschönen Augen. »Ich kann mich nicht an sie erinnern. Da ist nur weißes Nichts in meinem Kopf.«

Während ich sie festhalte, küsse ich ihre Stirn. »Du wirst dich erinnern, eines Tages. Bis dahin fangen wir einfach von vorne an. Und als Erstes werden wir hier verschwinden und uns zumindest etwas Zeit verschaffen. Wir werden uns dann in Ruhe einen Plan überlegen, wie wir die ganze Sache lösen.«

Lächelnd nickt Fye. »Am einfachsten wäre es, Alys auszuliefern, aber niemand weiß, wo sie ist. Der ganze Krieg, der gesamte Feldzug, dient nur dazu, Alys aufzuscheuchen. Ich kenne nicht alle Details, aber meine Mutter hegt einen besonderen Groll gegen sie, schließlich hat Alys sie jahrzehntelang eingesperrt.«

Ich vermute, dass das nicht der einzige Grund sein wird …

Doch wo soll ich mit Fye hin, wenn wir von hier verschwinden? Ich will sie nicht mit in die Burg nehmen. Einerseits wegen meines Vaters und der Blicke, denen sie ausgesetzt wäre, andererseits würde Jocelyn sie dort sicherlich aufspüren und alles auf ihrem Weg dem Erdboden gleichmachen. Für den zahlreichen Tod von Unschuldigen möchte ich nicht verantwortlich sein.

Bliebe noch Fyes Hütte, aber dort hat sie uns auch schon gefunden und weiß, wo sie ist. Sie würde dort sicherlich zuerst nachsehen. Aber dort wären wir keine Gefahr für andere und könnten uns eine Zeit lang darauf konzentrieren, was wir tun können.

Ihre Hände klammern sich fest an mich und ich spüre das Zittern, das durch ihren Körper läuft.

Verdammt, wenn ich nur wüsste, was dieser Brecher gegen Fyes Memoria-Zauber ist! Ich bin es nicht, so viel steht fest. Es muss etwas sein, das länger in ihrem Leben ist als ich, weil sie auch die Zeit vor uns komplett vergessen hat.

Doch für große Überlegungen habe ich keine Zeit. Jocelyn und ihre Armee, darunter auch Gylbert, können jederzeit zurückkommen und unsere Fluchtpläne zunichte machen. Wenigstens sind mein Vater und Giselle bereits geflohen. Zwei Personen weniger, um die ich mir Gedanken machen muss.

»Pack zusammen, was du brauchst, dann verschwinden wir von hier«, murmle ich in ihr Haar und sie nickt. »Ich warte unten auf dich.«

Sie löst sich von mir und geht aus dem Raum.

Schnell entkleide ich mich, lege die Lederrüstung in einen Stofffetzen, der wohl meinem Vater als Decke gedient haben muss, und verwandle mich in einen Wolf.

Mit dem Kleiderbündel im Maul tappe ich die Treppe hinunter und warte.

FYE

Ich besitze nicht viel, was ich mitnehmen will. Neben der Rüstung, die ich am Leib trage, greife ich noch nach einer weiteren in ähnlichem Stil und einem dunkelgrünen Umhang, den ich mir um die Schultern lege. Das Kleiderbündel befestige ich an meiner Schwertlanze, die gewohnt schräg über meinem Rücken hängt.

Er erwartet mich am Fuße der Treppe als Wolf. Vor ihm liegt ebenfalls ein Bündel, nach dem ich greife, doch bevor ich es zu fassen bekomme, hat er es bereits im Maul.

Na fein, dann soll er es eben selbst tragen…

»Wo wollen wir hin?«, frage ich, obwohl ich weiß, dass er mir nicht antworten kann und es mir eigentlich auch egal ist, wohin wir gehen. Hauptsache weg von hier.

Tief in mir weiß ich ganz genau, dass meine Mutter mich auch am Ende der Welt aufspüren wird, doch ich muss es versuchen! Ich muss versuchen, mein Schicksal selbst zu bestimmen. Würde ich in die Hochzeit mit Gylbert oder einem anderen beliebigen Kandidaten einwilligen, würde ich mich selbst komplett verlieren, noch mehr als jetzt schon.

Unruhig wandert meine Hand nach oben an mein Brustbein, wo mein Umhang zusammengehalten wird, fasst aber ins Leere. Vaan mustert mich fragend, doch ich kann nur mit den Schultern zucken. Keine Ahnung, was ich gehofft habe, dort zu finden. Seltsam.

Vaan übernimmt die Führung und ich folge ihm mit schnellen Schritten. Unser Tempo ist genau aneinander angepasst und für einige Momente genieße ich es, neben ihm durch den Wald zu laufen.

Die Zeit vergeht wie im Fluge, aus Stunden werden Tage. Unsere Reise unterbrechen wir nur zum Essen und für kurze Schlafpausen. Meinen Kopf bette ich dabei auf Vaans Flanke und genieße das Gefühl des weichen Fells an meiner Haut.

Mir ist die Umgebung völlig fremd, doch Vaan scheint sich hier auszukennen. Zielsicher setzt er eine Pfote vor die andere und ohne nachzufragen folge ich ihm. Die ganze Zeit ist er als Wolf mein stummer Begleiter und ich ertappe mich dabei, wie ich Selbstgespräche führe oder ihn immer wieder etwas frage, ohne Aussicht auf eine Antwort.

Eines Abends – ich glaube, wir waren seit vier Tagen unterwegs – betritt Vaan vor mir eine Lichtung, dreht sich zu mir um und beobachtet mich stumm, während auch ich zwischen den Bäumen heraustrete.

Mitten auf der Lichtung steht eine kleine, schäbige Hütte und ich höre das Plätschern eines Baches. Durch eine Windbrise wird der kräftige Geruch des Lavendelbusches zu mir getragen, der direkt daneben wächst.

Ich erwidere Vaans stummen, fragenden Blick. »Wo sind wir hier?«

Das war wohl nicht die Antwort, die er erhofft hat, denn er legt die Ohren flach an und senkt den Kopf, während er zur Hütte trottet.

Verwirrt folge ich ihm und stoße die Holztür auf. Im Inneren herrscht Chaos. Kleidung und Gegenstände liegen wild verteilt auf dem Boden, und ich muss aufpassen, wo ich hintrete.

Stirnrunzelnd sehe ich mich um. Warum hat mich Vaan zu so einer Bruchbude gebracht? Was soll ich hier?

Ich höre das Tapsen von nackten Füßen hinter mir und drehe mich um. Vaan lehnt als Mensch lässig am Türrahmen, die Arme vor der breiten Brust verschränkt und nur mit einer engen Lederhose bekleidet. Seine kupferbraunen Haare mit den helleren Spitzen sind unordentlich und hängen ihm fast in die Augen. Unwillkürlich beiße ich mir bei diesem Anblick auf die Unterlippe. Verloren stehe ich mitten in diesem verwüsteten Raum und kann meinen Blick nicht von ihm lösen.

Was wollte ich gleich wieder hier?

Ich würde so gerne meine Fingerspitzen über diese nackte Brust und die definierten Bauchmuskeln fahren lassen …

Sein Räuspern holt mich zurück in die Wirklichkeit, als mein Blick lange an den Muskelsträngen verweilt, die unter der Lederhose verschwinden. Ertappt zwinge ich meinen Blick zurück in unverfänglichere Gefilde und bleibe sofort an seinen Augen hängen.

Götter, diese Augen! Ich habe einmal gesehen, wie Mutter Goldmünzen einschmelzen ließ, um daraus Rüstungen zu machen. Diese Augenfarbe von Vaan erinnert mich an den Strudel des geschmolzenen Goldes, bevor er von den Schmieden verarbeitet wurde.

»Also«, beginnt er und ein Schauer überläuft mich, als ich nach so langer Zeit endlich wieder diese samtene Stimme höre. »Erinnerst du dich an irgendwas?«

Ich blinzle ein paar Mal perplex. »Warum sollte ich mich an etwas erinnern?«

»Das hier war dein Zuhause«, erklärt er und breitet die Arme aus. »Hier hast du dein ganzes Leben lang gelebt, bis wir uns begegnet sind.«

Mein Blick schnellt von links nach rechts, tastet die morschen Möbel und die einfache Einrichtung ab. »Ich habe hier gelebt?«, frage ich ungläubig. Das kann doch nicht sein! Immerhin bin ich eine Prinzessin. Warum sollte ich also in einer so baufälligen Hütte gehaust haben?

»Ja.« Er stößt sich vom Türrahmen ab und kommt auf mich zu. Jeder Schritt, den er näher zu mir macht, lässt mein Herz schneller schlagen. »Wir waren auch zusammen ein paar Tage hier.« Er steht direkt vor mir und ich kann seinen warmen Atem auf meinem Gesicht spüren. »Viel weiß ich nicht über deine Vergangenheit, aber du hast mir einmal von deiner Ziehmutter erzählt. Wie hieß sie nur gleich?« Nachdenklich zieht er die Unterlippe zwischen die Zähne und ich halte die Luft bei diesem Anblick an. »Bri-… Bra- Brandyne oder so ähnlich, glaube ich.«

»Bryande?«, helfe ich aus.

Glücklich schaut er mich an. »Genau, das war es! Erinnerst du dich?«

Bedauernd schüttle ich den Kopf. »Nein. Aber Mutters Schwester hieß so. Warum sie allerdings hier gelebt haben oder sogar meine Ziehmutter gewesen sein soll, ist mir jedoch schleierhaft.«

Seine großen Hände legen sich um mein Gesicht. »Schade. Ich habe gehofft, deine Hütte würde ein paar Erinnerungen zurückbringen. Aber irgendwie kriegen wir das schon hin.«

Meine Hände fahren an seinen Armen hinauf, verweilen etwas an seinem Bizeps, und bleiben dann vorne an seiner Brust liegen. Ich spüre deutlich seinen schnellen Herzschlag, traue mich aber nicht, den Blick zu heben.

»Was machen wir jetzt?«, frage ich stattdessen und beobachte noch immer meine Hände, die sanft über seine Haut streicheln, und registriere erfreut, wie er unter meinen Berührungen erschaudert.

»Ich habe keine Ahnung.«

»Was?«, frage ich entsetzt und schaue doch auf.

Belustigt mustert er mein Gesicht. »Ich weiß nicht, was wir machen sollen. Ich dachte, wir bleiben eine Weile hier. Deine Mutter findet uns sowieso, da ist es doch vollkommen egal. Und hier«, seine Stimme wird zu einem rauen Flüstern, »sind wir unter uns.«

Sofort schießt mir Hitze zwischen die Beine und ich japse nach Luft. Ein einseitiges Grinsen prangt auf Vaans Gesicht, als er sich ein Stück zu mir herunterbeugt und seine Lippen auf meine drückt.

Suchend fährt seine Zunge an meiner Unterlippe entlang, bittet stumm um Einlass, und ich lasse sie gerne gewähren. Vaans Küsse sind einfach unbeschreiblich. Die perfekte Mischung zwischen fordernd und gebend.

Geschickt öffnen seine Finger den Umhang, der achtlos an mir hinabgleitet, und schnüren den Verschluss meines Lederwamses auf, ohne dass er dabei seine Lippen von meinen löst.

Meine Fingernägel hinterlassen kleine Spuren an seinmnen Oberarmen und ich genieße das leichte Stöhnen, dass ihm dabei entfährt und meine Lippen vibrieren lässt.

Schon lange hat sich mein Verstand verabschiedet. Nur leise höre ich ein Stimmchen ganz weit hinten in meinem Kopf fragen, was ich

300

denn eigentlich hier mache. Es fühlt sich richtig an, also beachte ich es nicht weiter.

Als seine großen Hände meinen Hintern packen und mich hochheben, schlinge ich wie von selbst meine Beine um seinen Körper. Mich immer weiterküssend trägt er mich in eine Ecke der Hütte und legt mich auf ein Bett.

Das Stroh, aus dem das Bett zu bestehen scheint, sticht unangenehm in meinen Rücken, und die Decke, auf der ich liege, riecht modrig. Doch auch das registriere ich nur am Rande, denn die anderen Gefühle, die meinen Körper fluten, überdecken diese kleinen Unannehmlichkeiten.

Umständlich schäle ich mich aus meinem engen Lederwams, weil ich meine Lippen und Hände einfach nicht von ihm nehmen will, und ich brauche einige Anläufe, bis ich es endlich neben mich auf den Boden werfen kann.

Vaan gibt ein leises Knurren von sich, während er an meinem Hals knabbert und saugt, und seine Hand sanft meine Brust knetet.

Ich keuche bei dieser Berührung und drücke automatisch den Rücken durch, presse meine nackte Haut enger an seine.

Mit der Zunge leckt er über die Narbe in meiner Halsbeuge und ich ziehe scharf die Luft ein, als ein Prickeln durch meinen Körper läuft. Ich bin mittlerweile so aufgeheizt, dass das bloße Aneinanderreiben unserer Hüften mich beinahe explodieren lässt.

Bebend kralle ich mich in die löchrige Decke, als Vaan meine Lederhose herunterzieht und jeden Zentimeter Haut, den er freilegt, mit kleinen Küssen bedeckt.

Danach blickt er zu mir hoch, während er zwischen meinen nackten Beinen kniet. Seine Augen sind dunkel, vor Lust verschleiert, und ich strecke die Hände nach seinem Gesicht aus, um ihn wieder zu mir nach oben zu ziehen. Seitlich stützt er sich mit den Händen ab und fährt knabbernd und küssend meinen Bauch hinauf, dann zwischen meinen Brüsten entlang, um schlussendlich seine Lippen wieder auf meine zu legen.

»Sei bitte sanft«, flüstere ich und meine Stimme zittert. Ob vor Erregung oder Angst, weiß ich nicht genau, aber ich verschwende auch keinen weiteren Gedanken daran. »Es ist mein erstes Mal.«

301

Diese Enthüllung scheint ihn zu erheitern, denn ich spüre ein Vibrieren in seinem Brustkorb, während er sich auf die Lippen beißt, um ein Lachen zu unterdrücken.

»Nein, ist es nicht«, flüstert er dann in mein Ohr, nachdem er sich einigermaßen unter Kontrolle hat.

Verwirrt runzle ich die Stirn und starre auf sein einseitiges Grinsen.

»Du hattest dein erstes Mal genau hier, mit mir. Aber das ist schon ein Weilchen her. Ich hätte also nichts dagegen, wenn wir auch meine Erinnerung daran etwas auffrischen.«

Seine Hand gleitet nach unten zwischen meine Beine und ich stöhne bei der bloßen Berührung auf. Als er dann noch beginnt, seine Finger sehr gekonnt um meinen empfindlichen Punkt zu bewegen, schreie ich fast und presse mein Gesicht an seine Schulter, um das Geräusch zu unterdrücken.

»Nichts da«, murmelt er und schiebt meinen Kopf zurück aufs Bett. »Ich will dich hören.«

Während seine Zunge an meinem empfindlichen Ohr entlangfährt, nimmt seine Hand ihre Arbeit weiter unten wieder auf. Es dauert nicht lang und meine Muskeln beginnen, unkontrolliert zu zucken. Die Laute, die meinem Mund dabei entspringen, müssten mir eigentlich peinlich sein, doch alles, was ich gerade spüre, ist dieses Gefühl, das sich in meinem Schoß zusammenbraut und wie eine Welle über mich hinwegspült.

Schwer atmend liege ich da, vollkommen ausgelaugt, und nehme meine Umgebung kaum wahr, so als wäre ich in Watte gepackt.

Ich komme zu mir, als Vaan sich zwischen meine Beine kniet und sich hinabbeugt, um an meinem Hals zu knabbern. Wie eine rollige Katze winde ich mich unter seinem wundervollen Körper, und als er langsam in mich eindringt, schreien wir beide auf.

Der erwartete Schmerz bleibt tatsächlich aus und ich kann mich dem wohligen, bittersüßen Ziehen in meinem Unterleib hingeben, während meine Hände über seine muskulöse und mittlerweile schweißnasse Brust fahren, jeden Muskel einzeln erkunden.

Als ich glaube, jeden Moment in tausend Splitter zerspringen zu müssen, krallen sich meine Finger in seine Arme, die meine Beine weiter spreizen, und ich drücke den Rücken durch, während ich dabei seinen Namen stöhne.

Vaan kommt im selben Moment zuckend und pochend tief in mir und sackt dann keuchend über mir zusammen.

Ich streiche ihm die feuchten Haare aus dem Gesicht, die ihm an der Stirn kleben, und er rollt sich vorsichtig von mir herunter. Lächelnd zieht er mich in seine Arme und ich schlafe augenblicklich ein.

29

VAAN

Schon nach wenigen Minuten lausche ich ihrer gleichmäßigen Atmung, während meine Finger sanft an ihrer Seite entlangfahren und die weiche Haut liebkosen.

Mit einem dümmlichen Grinsen im Gesicht genieße ich die Entwicklung der letzten Stunden. Ja, die Dinge haben sich eindeutig zum Besseren gewandelt. Wenn das meine letzten Tage auf dieser Welt sein sollten, sterbe ich als glücklicher Mann.

»Ich liebe dich«, flüstere ich der Gefährtin in meinen Armen zu, schmiege mich näher an sie und schließe ebenfalls die Augen.

FYE

Ich kann mich nicht erinnern, wann ich zuletzt so gut geschlafen habe. Mein Körper fühlt sich köstlich wund an.

Ich greife hinter mich und ertaste Vaans warmen Körper. Erleichtert seufze ich auf. Er ist noch da, der gestrige Abend war kein wirrer Traum.

Ich will mich umdrehen, mich an ihn schmiegen und vielleicht um eine Wiederholung bitten, als ein Zischen mich aus meinen Fantasien reißt.

Blitzartig reiße ich die Augen auf und starre in goldene Schlitze. Wieder dieses Zischen und diesmal zucke ich zusammen, was auch Vaan aufweckt.

Direkt vor dem Bett kauert eine zierliche Frau mit langen blonden Haaren und fixiert mich aus zu Schlitzen verengten Augen. Ihr schönes Gesicht ist zu einer wütenden Fratze verzerrt.

»Giselle?«, stammelt Vaan hinter mir verschlafen, während ich hastig nach der Decke greife, um meinen Körper darin einzuhüllen. »Was willst du hier?«

Er streicht sich durch die Haare, als er mich hinter seinen Rücken schiebt, um mich vor ihren Blicken zu schützen, und mit der anderen Hand drapiert er die Decke über seinem Schoß. Misstrauisch spitze ich über seine Schulter und mustere die junge Frau, die mich aus dem Schlaf gerissen hat.

Ich habe sie schon gesehen. Manchmal saß sie im Käfig der schwarzen Löwin. Also ist auch sie ein Gestaltwandler und somit Vaans Schwester.

Sie knirscht mit den Zähnen und gibt dabei wieder dieses Zischen von sich, das mir einen Schauer über den Rücken schickt. Diese Frau war mir schon als Tier suspekt, aber als Mensch jagt sie mir eine Heidenangst ein. Ein Feuer lodert in ihren Goldaugen, das an Wahnsinn grenzt, und meine Zeit auf dem Schlachtfeld hat mich gelehrt, dass vor allem diese Personen besonders gefährlich sind.

»Sie lebt also noch«, knurrt Giselle ohne ihre Zähne voneinander zu lösen. »Ich habe gehofft, dass die Königin sich endlich gegen sie stellt.«

»Was redest du da für einen Blödsinn?«

Ihr mörderischer Blick löst sich von mir, um Vaan zu taxieren. »Blödsinn? Blödsinn nennst du das? Ich habe die Königin befreit! Und was tut sie? Sperrt mich ein, nachdem sie ihre Tochter gefunden hat! Dabei sollte sie auf Knien vor mir rutschen!«

»Mutter würde niemals vor jemandem wie dir knien!«

Ich hätte lieber den Mund halten sollen, denn jetzt bin ich wieder der Mittelpunkt ihrer Aufmerksamkeit. Giselles Mund verzieht sich zu einem hässlichen Grinsen.

»Ist das so? Ohne mich wäre sie noch immer in diesem Kristall gefangen. Sie wäre nur eine Erinnerung, ein Schauermärchen, das man unartigen Kindern erzählt, um ihnen Angst zu machen. Durch mich hat sie Macht! Und alles, was ich als Gegenleistung verlangte, war die Aufhebung dieses Fluchs!«

Resigniert stützt Vaan den Kopf in seine Hände. »Giselle, du musst lernen, damit zu leben. Suche deinen Gefährten, dann wird es einfacher.«

»Nein!«, schreit sie. »Ich werde nicht zu so einem liebestollen Idioten wie Mutter oder du, der sich für seinen Gefährten«, sie spuckt das Wort regelrecht aus, »aufopfert. Ich will selbst entscheiden, wer irgendwann einmal mein Herz erobert, ohne mich auf einen dämlichen Fluch verlassen zu müssen! Vielleicht bindet mich der Fluch an einen armen Bauern oder Aussätzigen, und dann?«

»Mich hat er an eine Halbelfe gebunden. Das hat mir anfangs auch nicht gefallen und mir wirklich Angst gemacht, jedoch habe ich diese Ängste mittlerweile komplett vergessen. Und so wird es dir auch ergehen, wenn du es zulässt.«

»Nein!« Sie springt auf und läuft unruhig in der Hütte hin und her. »Ich weigere mich, das zu akzeptieren! Die Königin muss mich heilen!«

»Das ist keine Krankheit, Giselle. Es ist, was wir sind. Wir sind Nachfahren der Götter, akzeptiere das.«

»Es ist eine Krankheit«, zischt sie. »Wie sonst würdest du es bezeichnen, wenn dein Körper einmal täglich zerrissen und in eine widernatürliche Gestalt gezwungen wird? Das muss aufhören, sofort!«

Ihr mörderischer Blick fliegt zurück zu mir und ich presse mich enger an Vaans Rücken.

»Und du wirst mir dabei helfen.« Das diabolische Grinsen prangt wieder in ihrem Gesicht. »Mit deiner Hilfe werde ich meine Heilung herbeiführen.«

»Das reicht, Giselle!«, fährt Vaan sie an. »Lass Fye aus dem Spiel! Das geht nur uns etwas an. Also, was willst du?«

»Du würdest dich für sie opfern?« Unglauben verwässert den Wahnsinn in ihren Augen.

»Ja«, erwidert er, ohne auch nur eine Sekunde zu zögern. »Also, was willst du?«

»Meine Heilung.«

»Du weißt, dass das nicht passieren wird.«

»Ich werde es aber versuchen. Und dazu brauche ich sie.«

»Sie steht nicht zur Diskussion. Was willst du noch, außer sie?«

Ein lüsternes Funkeln glänzt in ihren Augen, als sie Vaans Körper von oben bis unten begutachtet. Mir wird schlagartig schlecht und am liebsten hätte ich ihr die Augen ausgekratzt. Wie kann sie es wagen, meinen Mann, ihren eigenen verdammten Bruder, dermaßen anzüglich anzugaffen? Ich spüre, wie Vaan sich unter ihrem Blick verkrampft.

306

»Dich«, ist Giselles kurze Antwort, als sie fertig ist, Vaan mit ihren Blicken zu verschlingen.

»Niemals«, schreie ich ihr entgegen und will hinter Vaans Rücken hervorkrabbeln, doch er hält mich mit eisernem Griff zurück.

Verwirrt blicke ich in sein Gesicht. Unzählige Emotionen spiegeln sich darin: Unglaube, Ekel, Wut, aber vor allem Resignation.

»Einverstanden«, murmelt er und am liebsten hätte ich ihn gepackt und geschüttelt. »Unter einer Bedingung.« Eiskalt fixiert er Giselle, die sich genüsslich über die Lippen leckt. »Du lässt Fye in Ruhe. Du wirst ihr kein Haar krümmen oder ihr sonst wie schaden. Ansonsten ist unser Abkommen nichtig.«

»Abgemacht. Du gehörst mir, im Austausch wird deine kleine Freundin unversehrt bleiben. Ich schwöre bei den Göttern, dass ich ihr kein Leid antun werde und auch keine Befehle dazu erteile, solange du allein *mir* zu Diensten bist.«

»Nein! Vaan, nein!«, schreie ich und kralle mich an seine Schultern. »Das ist Wahnsinn! Tu das nicht!«

Doch er blickt stur geradeaus an die Wand, schaut weder mich noch Giselle an, die mit einem überheblichen Grinsen auf mich herablächelt.

»Mit dir an meiner Seite werde ich die Ewigkeit ertragen können«, säuselt sie. »Ich erwarte dich in fünf Minuten draußen. Wehe, du lässt mich warten.«

Mit einem Handkuss in seine Richtung wirbelt sie herum und tänzelt aus der Hütte.

Erdrückende Stille senkt sich über uns. Ich muss in eine Art Schockstarre verfallen sein, denn ich kann mich nicht bewegen, kann den Blick nicht von Vaans Rücken nehmen.

Warum tut er das? Ich habe keine Angst vor seiner Schwester … Na schön, das war gelogen, sie macht mir eine verdammte Angst, aber das ist noch lange kein Grund, dass er so was tut. Was kann sie mir schon antun, außer mich als Druckmittel zu benutzen, um von meiner Mutter zu bekommen, was sie sich erhofft?

Auch wenn die Elfenkönigin über herausragende Magiekünste verfügt, bezweifle ich stark, dass sie in der Lage ist, einen Fluch der alten Götter, der schon Jahrtausende existiert, aufzuheben. Giselle

307

würde also abermals enttäuscht werden und in ihrer Wut alles zerstören, was ihr im Weg ist. Weiß Vaan das auch und hat ihr deshalb diesen Tausch angeboten? Um mich zu schützen?

Aber was passiert mit ihm?

Giselles Blicke haben keinen Zweifel daran gelassen, was sie mit ihm vorhat. Bei der bloßen Vorstellung schmecke ich bittere Galle in meinem Mund. Wie kann eine Schwester den eigenen Bruder begehren?

Vaan steht auf und reißt mich aus meinen Gedanken. Ich strecke die Hand nach ihm aus, will ihn zurückhalten, doch er schlägt sie zur Seite.

Niedergeschlagen und mit gerunzelter Stirn mustert er mich, wie ich verloren auf dem Bett kauere, in dem wir uns noch vor wenigen Stunden geliebt haben. Sein brennender Blick, der jeden Zentimeter meines nackten Körpers abfährt, lässt mich das Chaos für einen kurzen Moment vergessen und erweckt eine Vielzahl kleiner Schmetterlinge, die in meinem Bauch flattern.

Dann wendet er den Blick ab, bückt sich nach seiner Hose, und der Bann ist gebrochen.

Meine Welt stürzt abermals über mir zusammen.

Ohne ein Wort und ohne eine Berührung verlässt er die Hütte und lässt mich allein zurück.

30

FYE

Einen Monat später

Mit zusammengebissenen Zähnen lasse ich die Silbermünze in die dreckige Hand des Mannes vor mir fallen, der sie gierig umschließt, sich verbeugt und in den Massen verschwindet.

Ich ziehe die Kapuze tiefer ins Gesicht und mache mich auf den Weg aus der Stadt hinaus.

Die Nachricht, die mir mein Informant soeben überbracht hat, hat meine ganzen Pläne über den Haufen geworfen.

Es sollte bereits in drei Tagen geschehen. Warum die Menschen sich auf dieses Ereignis freuen, geht mir nicht in den Kopf.

Er ist ihr Bruder, verdammt noch mal!

Ich habe gehofft, mehr Zeit zu haben, um Alys zu finden, oder meine Mutter irgendwie zu einer Rettungsaktion überreden zu können. Doch nun bleiben mir nur noch drei lausige Tage, um etwas zu unternehmen.

Verdammter Mist!

Wütend trete ich gegen eine Hauswand, bereue es jedoch sofort, als der Schmerz meine Waden hinaufkriecht.

Ich muss hier weg. Es widerstrebt mir, aber ich habe es nun lange genug hinausgezögert. Es gibt nur eine Person, die mir jetzt noch helfen kann.

Mutter hat ihre Angriffe zu dem Zeitpunkt eingestellt, als ich zusammen mit Vaan verschwunden bin, und sie seitdem nicht wieder aufgenommen. Es herrscht eine seltsame Waffenruhe, eher die Ruhe vor dem Sturm.

Wie immer weiß ich nicht genau, was sie plant, aber ich habe keine Zeit, mir darüber Gedanken zu machen.

309

Sie muss mir einfach helfen! Zwar habe ich sie einige Male aufgesucht, nachdem Vaan mich verlassen hat, jedoch konnte ich mich
nicht dazu durchringen, bei ihr zu bleiben. Den letzten Monat habe
ich fast ausschließlich in dieser Hütte verbracht, in die Vaan mich
gezerrt hat, und mich in meinem Selbstmitleid gesuhlt.

Ich eile aus der Stadt und mache mich auf zu Mutters Residenz.
Noch immer hält sie die Stellung am Mondberg und ich hoffe, sie
dort anzutreffen.

Als sie erfuhr, dass ich Vaan, Giselle und dem König zur Flucht
verholfen habe, war sie außer sich vor Wut und ich erhaschte erst-
mals einen Blick auf die eiskalte Herrscherin, die sie war. Sie tobte,
verfluchte mich auf jede erdenkliche Weise, aber das war mir egal.
Ich war in meiner eigenen Hölle gefangen, verlassen von dem einzigen Mann, den ich jemals geliebt habe und lieben werde. Nichts,
was meine Mutter mir an den Kopf werfen oder antun könnte, wäre
schlimmer als die Leere und Einsamkeit in meinem Herzen.

Jeden Tag saß ich in dieser schäbigen, zugigen Hütte und wartete darauf, dass er durch die Tür treten würde, mit einem einseitigen
Grinsen im Gesicht, und mich in seine Arme ziehen würde.

Doch nichts davon geschah. Ich blieb allein.

Nach zwei Wochen machte ich mich auf in das nächste Dorf und
erfuhr, dass die Königsfamilie in einer Stadt namens Eisenfels residierte.
Dort suchte ich mir einen Diener und bestach ihn mit einer Menge
Geld, um sämtliche Informationen über Vaan und Giselle zu erhalten.

Das, was er zu berichten wusste, vergrößerte meinen Hass auf die
blonde Prinzessin nur noch mehr.

Er erzählte von Schreien mitten in der Nacht und von seltsamen
Wunden, die er am Prinzen entdeckt habe.

Und heute berichtete er, dass die Hochzeit zwischen Prinzessin
Giselle und Prinz Vaan in nur drei Tagen stattfinden würde. Und
diese dummen Menschen freuten sich tatsächlich darüber, schmück-
ten die Stadt mit Blumen und Girlanden.

Sehen sie denn nicht, wie widerwärtig das Ganze ist? Bruder und
Schwester?

Ich erreiche den Mondberg bei Nacht, als das Gestein nahezu leuch-
tendweiß funkelt. Ungehindert kann ich die Wachposten passieren,

nachdem ich die Kapuze zurückgeschlagen habe. Man kennt mich, immerhin bin ich die Prinzessin. Ich werde zwar mittlerweile eher toleriert als willkommengeheißen – immerhin habe ich wichtigen Geiseln zur Flucht verholfen –, aber das kümmert mich nicht im Geringsten.

Ohne jemanden zu grüßen, flitze ich die Stufen zu Mutters Gemach nach oben und betrete es ungefragt.

Wie ich gehofft habe, sitzt sie auf ihrem Thron, anmutig und schön wie immer, umgeben von ihren Höflingen. Unter ihnen ist auch ein Hochelf mit flammendroten Haaren, doch ich würdige ihn keines Blickes, auch wenn ich seinen auf mir spüre.

Vor dem Thron sinke ich auf ein Knie. »Ich möchte mit Euch sprechen, Mutter.«

»Dann sprich, Kind.« Ihre Stimme ist eisig und emotionslos, genau wie ihr Gesicht.

Verunsichert blicke ich nach links und rechts, warte darauf, dass die Höflinge den Wink verstehen und den Raum verlassen, doch niemand bewegt sich. Alle blicken von oben auf mich herab, wie ich auf dem harten Stein knie.

»Allein«, füge ich laut genug hinzu, damit jeder es hören kann. Aber noch immer hält es niemand für nötig, zu gehen. Stattdessen beginnen sie, hinter vorgehaltener Hand zu tuscheln.

»Was hast du mir denn zu sagen, das niemand hören soll? Es geht doch sicherlich nicht um irgendeinen Menschenprinzen, oder?«

Ertappt spüre ich, wie meine Ohren rot werden. Ein träges Grinsen umspielt Mutters Lippen, als auch sie es bemerkt.

Ich schlucke hart und senke den Kopf. »Ich erbitte Eure Hilfe, Mutter.«

Sie lacht glockenhell auf und ich starre sie an. Noch nie habe ich ihr Lachen gehört und es erfüllt mich mit eiskalter Panik.

»Du willst schon wieder, dass ich dir dabei helfe, deinen kleinen Menschenprinzen zu befreien?« Ihre Stimme trieft vor Abscheu und ich muss die Zähne zusammenbeißen, um nicht etwas Unschickliches zu erwidern. »Du glaubst doch nicht allen Ernstes, dass ich dir bei irgendetwas helfen würde, nach dem, was du mir angetan hast!«

Noch immer bin ich damit beschäftigt, die Wut, die sich zu meiner Angst gesellt hat, niederzukämpfen, um vor Mutter und ihren Höflingen nichts Dummes zu tun.

»Ich werde dir mit Sicherheit nicht helfen, deinen kleinen Menschenliebhaber, dem du dich hingegeben hast wie eine Hure, zurückzuholen! Der Bastard bekommt, was er verdient.«

Ich habe nicht gemerkt, wie ich bei ihren Worten aufgesprungen bin, doch ich stehe nun vor ihr und die Luft um mich herum flirrt vor Magie.

Mich kann sie beleidigen, wenn sie das will, aber ich werde nicht zulassen, dass sie schlecht über Vaan redet.

Mit einem Zischen weichen die Höflinge vor mir zurück, als die arkanen Ströme mich umwirbeln wie ein Sturm. Meine Hände sind zu Fäusten geballt und ich halte sie mit aller Kraft fest an meinen Körper gedrückt, um die Magie nicht zu entfesseln.

Doch Mutter sieht nur gelangweilt von ihrem Thron zu mir auf und schleudert mich mit einer einzigen Handbewegung quer durch den Saal. Der Aufprall presst die Luft aus meinen Lungen und ich ringe nach Atem, ehe ich mich mühsam aufrapple.

Schön und gefährlich steht Mutter über mir und funkelt mich aus den grünen Augen an, die so aussehen wie meine. Ihre Lippen sind zu einem schmalen Strich zusammengepresst.

»Du wirst nie wieder die Hand gegen mich erheben, ist das klar? Ansonsten vergesse ich, dass du mein Fleisch und Blut bist. Ich wusste, dass es ein Fehler war, die in dir versiegelte Magie zu befreien. Ich habe es dennoch getan, und das ist nun der Dank dafür? Dass du sie gegen mich einsetzt?«

Ihr Tonfall lässt das Blut in meinen Adern gefrieren und ich kann nur verängstigt nicken.

»Und nun verschwinde, ich will dich die nächste Zeit nicht mehr sehen müssen.« Sie wendet sich um und ich verschwinde eiligst aus dem Thronsaal.

Erschöpft lasse ich mich im Korridor die Wand hinunter gleiten und bette den Kopf auf meinen angewinkelten Knien.

Und was jetzt? Meine einzige Möglichkeit war, mithilfe Mutters Armee diese Stadt dem Erdboden gleichzumachen und Vaan dort rauszuzerren. Was soll ich jetzt tun? Ganz allein habe ich keine Chance, ihn zu befreien. Ich kenne mich in dem Ort nicht aus, war noch nie dort, bis auf die zwei kurzen Treffen mit dem Informanten.

Es ist zum Haareraufen! Ich kann doch nicht einfach hier sitzen und die Hände in den Schoß legen! Nein, ich werde diese Giselle nicht gewinnen lassen!

Schon als sie als schwarzes Tier in einem der Käfige eingesperrt war, kam sie mir komisch vor, so als hegte sie einen sehr tief sitzenden Groll gegen mich. Aber ich habe sie doch noch nie vorher getroffen

»Das war ja eine beeindruckende Vorstellung.«

Ich schrecke hoch und springe auf die Füße. Mit einem überheblichen Grinsen mustert Gylbert mich aus seinen azurblauen Augen.

Was will der denn hier? Sich an meinem Elend ergötzen? Er ist der Letzte, den ich jetzt sehen will.

Nachdem Mutter herausgefunden hat, dass ich mit Vaan zusammen war, hat sie die geplante Hochzeit abgesagt. Zum Glück! Seitdem verhält sich Gylbert jedoch seltsam mir gegenüber.

»Verschwinde«, knurre ich und versuche, mich an ihm vorbeizuschieben, doch seine muskulöse Gestalt bewegt sich keinen Zentimeter, egal, wie fest ich schiebe und drücke.

»Niedlich«, murmelt er, beugt sich zu mir herab und nimmt eine Haarsträhne zwischen seine Finger.

Ich will ihn anschreien, dass er seine Hände von mir lassen soll, doch er legt einen Finger seiner anderen Hand auf meinen Mund und bringt mich dadurch zum Schweigen. Angeekelt kräuseln sich meine Lippen und ich weiche einen Schritt zurück, pralle dabei aber gegen die Wand.

Meine Strähne noch immer zwischen den Fingern, fährt er fort: »Ich habe deiner Mutter ein sehr gutes Angebot gemacht. Für dich.«

»Ein Angebot? Was bin ich, eine Ware?«

Er gluckst. »*Beschädigte* Ware, um genau zu sein, aber das wusste ich ja bereits.« Seine Augen mustern mich von Kopf bis Fuß und ich winde mich unter seinem anzüglichen Blick. »Das Angebot ist so gut, dass sie einfach nicht ablehnen *kann*.«

»Es ist mir gleich, was du mit meiner Mutter ausmachst!« Wütend schlage ich seine Hand weg und befreie somit meine Haare aus seinen Fingern. »Ich werde dir *niemals* gehören! Eher sterbe ich!«

»Ach, Fye«, säuselt er. »Woher kommt nur deine Abneigung gegen mich? Habe ich mich dir gegenüber je unschicklich verhalten?«

So sehr ich auch nachdenke, mir fällt keine Gelegenheit ein, in der er eine Grenze mir gegenüber überschritten hätte. Und doch ist da dieser Schutzwall in mir, der mich vor ihm abschirmt.

Ich mustere ihn aus zusammengekniffenen Augen, plötzlich um eine Antwort verlegen, als mein Blick auf Brusthöhe hängen bleibt.

Etwas Silbernes glänzt dort und hält seinen weißen Umhang zusammen.

Was ist das?

Verschlungene Ranken um einen Halbmond. Abgegriffen, aber dennoch glänzend.

Ich habe nicht bemerkt, wie meine Hand danach greifen will, bis Gylbert sie erbarmungslos festhält. »Was wird das?«, fragt er kalt.

»Ich Ich wollte diese Schließe anfassen, glaube ich.«

Ich bin die Prinzessin der Elfen und umgeben von kostbarem Schmuck. Warum zieht mich diese alte Silberschließe also an wie das Licht die Motten? Wie gebannt liegt mein Blick auf diesem Muster, während es in meinem Kopf rattert.

Schnell packe ich mit der anderen Hand zu und reiße sie von seinem Umhang. Während er mich noch geschockt anstarrt, webe ich einen Teleportzauber und entziehe mich seinem eisernen Griff, die Schließe fest an die Brust gedrückt.

Ich materialisiere mich in der Hütte, weit genug weg, als dass er mir folgen könnte.

Teleportzauber funktionieren nur zu Orten, die man bereits besucht hat und gut kennt. Ich hoffe einfach, dass er noch nie hier gewesen ist.

Nachdem ich mich auf das Strohbett gesetzt habe, öffne ich vorsichtig meine Hände und betrachte den Schatz darin. Als ich langsam mit den Fingerspitzen über das verschlungene Muster fahre, explodiert ein helles Licht in meinem Kopf. Nicht schon wieder Innerlich wappne ich mich schon gegen die Schmerzen, die gleich unweigerlich folgen werden.

Doch dann sehe ich Bilder.

Ein kleines Mädchen mit spitz zulaufenden Ohren, das sich fest an die Hand einer Hochelfe mit weißen Haaren klammert.

Ein Mädchen mit gebücktem Rücken, dreckig von der Arbeit auf dem Feld.

Eine junge Frau mit einer grünen Kapuze, die durch ein Dorf läuft.

Ein Ritter in schwarzer Rüstung, der die junge Frau packt, fesselt und in einen Karren wirft.

Als ihr die Kapuze vom Kopf rutscht, erkenne ich mich selbst, wie ich zitternd und weinend dem Tod entgegensehe.

Dann fluten Bilder von Vaan und mir meinen Kopf, wirbeln durcheinander und fließen direkt in mein Herz.

Die Schließe fest in einer Hand, berühre ich mit der anderen die Narbe an meiner Halsbeuge.

Vaan.

Mein Gefährte.

Ich erinnere mich an alles. Tränen rinnen meine Wangen hinunter, als die Erinnerungen an unsere Bindung vor meinem inneren Auge auftauchen.

Die alte und die neue Fye verschmelzen zu einer Person. Zu *mir.*

Energisch springe ich auf und greife nach meiner Schwertlanze, nachdem ich die Schließe vorne an meinem Umhang befestigt habe.

Ich werde nicht hier warten und dieses Miststück gewinnen lassen! Gylbert ist für die Sache am See, als er mich vergewaltigen wollte, der Nächste auf meiner Liste. Doch meine erste Sorge gilt meinem Gefährten.

Mit einer schnellen Handbewegung webe ich denselben Zauber wie zuvor und teleportiere mich dank meiner zurückerlangten Erinnerungen direkt in die Burg in Eisenfels.

Nur Sekunden später stehe ich in Vaans Gemach, in das er mich bei unserer Ankunft gebracht hat. Die Vorhänge sind zugezogen und die Luft riecht abgestanden, als wäre schon lange kein Fenster mehr geöffnet worden.

Vom Bett höre ich ein leises Stöhnen. Die Schwertlanze umklammert, tauche ich meine andere Hand in einen schwachen Lichtzauber und nähere mich vorsichtig dem Bett.

Was ich dort sehe, raubt mir für einen Moment den Atem.

315

»Vaan«, rufe ich, lasse meine Waffe achtlos zu Boden fallen und stürze auf ihn zu. Er liegt zusammengekauert in dem großen Bett, nur mit einer kurzen Hose bekleidet. Seine Arme, Brust und Beine sind übersät mit Wunden, die mehr oder weniger verheilt sind, und sein schönes Gesicht ist eingefallen und glänzt vor Schweiß.

Unruhig wirft er sich hin und her, als ich ihm eine Hand auf die fiebrige Stirn lege. Schnelle renne ich durchs Zimmer und ziehe die Vorhänge eines Fensters zurück, um genügend Licht zu haben. Dann bin ich sofort wieder bei ihm.

»Alles wird gut«, flüstere ich beruhigend, während seine Lider schwach flattern.

Mit einem Heilzauber verarzte ich die frischen Wunden, aus denen teilweise noch Blut sickert, und senke sein Fieber so weit wie möglich. Zufrieden beobachte ich, wie sein Atem regelmäßiger geht.

»Wer hat dir das nur angetan?« Natürlich kenne ich die Antwort bereits. Bei Licht habe ich sofort erkannt, dass es sich bei seinen Wunden um Bissspuren eines Tieres handelt. Und ich kenne nur eine Person, die dazu fähig wäre.

Wahrscheinlich hat sie wieder und wieder versucht, sich mit ihm zu verbinden. Heiße Wut überspült mich, als ich die Wunden zähle. Dieses Biest! Dafür werde ich ihr eigenhändig die Haut vom Leibe ziehen!

»Fye«, seufzt Vaan, ohne die Augen zu öffnen.

Sofort greife ich nach seiner Hand.

»Kommst du mich endlich holen? Ich bin bereit.« Seine Stimme ist leise und schwach, bestimmt noch eine Nachwirkung des Fiebers. Wer weiß, wie lange er hier schon krank liegt.

»Wir verschwinden hier, sobald es dir besser geht«, verspreche ich ihm.

Seine Stirn runzelt sich und eine tiefe Falte erscheint zwischen seinen Augenbrauen. »Verschwinden?«

Dann, endlich, öffnet er die Augen, die suchend durchs Zimmer fahren, bis er mich neben sich kniend sieht.

»Fye«, ruft er erneut, diesmal kräftiger. »Du bist hier! Aber wie ...?«

Ich lächle, als ich ihn sanft zurück in die Kissen drücke. »Ich erinnere mich wieder«, erzähle ich, während meine Finger die Schließe an meiner Brust berühren. »Deshalb bin ich hier. Ich kann doch nicht zulassen, dass mein Gefährte von diesem Miststück beansprucht wird.«

316

Das Leuchten kehrt in seine Augen zurück, als er zitternd die Hand nach meinem Gesicht ausstreckt, in die ich mich sofort hineinschmiege.

»Du bist real«, murmelt er dann. »Kein Traum?«

Ich beuge mich vor und lege leicht meine Lippen auf seine, darauf bedacht, so wenig wie möglich von ihm zu berühren, um ihm keine Schmerzen zu bereiten. »Nein, kein Traum«, versichere ich ihm.

Sein Blick fällt auf die Schließe. »Das war also der Brecher? Woher hast du es?«

»Gylbert hat sie an seinem Umhang getragen.«

Sofort versteift sich Vaan, als ich den Namen des Hochelfs erwähne.

»Keine Sorge. Es ist nichts passiert. Ich war fast die ganze letzte Zeit in der Hütte. Heute habe ich jedoch erfahren, dass du und Giselle …« Ich kann den Satz nicht beenden und ringe um Worte. »Jedenfalls bin ich dann zu meiner Mutter gegangen, um ihre Hilfe zu erbitten. Die versagte sie mir jedoch mit sehr deutlichen Worten und Gylbert hat sich anschließend an meinem Elend gelabt. Als ich mir die Schließe geschnappt habe, bin ich mithilfe eines Teleportzaubers zurück in die Hütte, und nachdem ich mich an unsere gemeinsame Zeit hier erinnerte, konnte ich mich auch in dieses Zimmer teleportieren.«

Ich setze mich auf die Bettkante und streiche ihm die feuchten Haare aus der Stirn. »Wo ist deine Mutter und dein Vater? Warum greifen sie bei diesem Wahnsinn nicht ein?«

Resigniert lässt Vaan den Kopf hängen. »Vater ist es vollkommen egal, solange Jocelyn stillhält und er dadurch weiterleben kann. Mutter habe ich schon seit Tagen nicht mehr gesehen. Das hat sie alles ziemlich mitgenommen und ich mache mir Sorgen um sie.«

Ich drücke seine Hand und stehe auf. »Ich sehe nach ihr und komme dann gleich zurück. Bleib so lange liegen und ruhe dich aus.« Vorsichtig breite ich die Decke über ihm aus, schlage die Kapuze hoch und verlasse das Zimmer.

Mit schnellen Schritten durchquere ich den Korridor, bis ich vor Königin Mirandas Zimmer stehe. Soll ich klopfen? Ich entscheide mich dagegen und öffne die Tür einen Spaltbreit.

»Miranda?«, flüstere ich. »Seid Ihr hier?«

Eine Gestalt bewegt sich auf einem der Stühle, und als ich langsam eintrete, schlägt mir der Geruch von Alkohol entgegen. Neben leeren

Flaschen liegt Mirandas zierlicher Körper halb auf dem Tisch. Ihre Augen sind glasig und ins Leere gerichtet.

Hastig gehe ich zur ihr und suche nach einem Herzschlag, der zum Glück gleichmäßig geht. Für einen Moment dachte ich wirklich, sie sei tot. Sie stinkt schlimmer als eine Brauerei und ist nicht bei Bewusstsein.

Mist, was mache ich jetzt? Eigentlich habe ich mir von ihr Hilfe erhofft, aber nun ist sie diejenige, die Hilfe benötigt. Ich kann sie nicht unbeaufsichtigt hierlassen. Wer weiß, was sie noch alles in sich hineinschüttet!

Also ziehe ich ihre zierliche Gestalt auf meinen Rücken – sie wiegt wirklich so gut wie nichts – , verlasse mit ihr das Zimmer und bete, dass mir draußen keine Diener oder Soldaten begegnen, die dumme Fragen stellen.

Doch meine Angst ist unbegründet. Niemand kreuzt unseren Weg, und als ich Miranda neben Vaan in dessen großes Bett lege, atme ich erleichtert auf.

Verwundert schaut er auf seine Mutter und nimmt den starken Alkoholgeruch wahr, der von ihr ausgeht. Sie sieht aus, als hätte sie seit Wochen kein Wasser mehr gesehen. Ihre einst wunderschönen blonden Haare sind dreckig und verknotet, und die Kleidung ist mit Erbrochenem besudelt.

Besorgt runzle auch ich die Stirn. Von der einst quirligen und warmherzigen Königin scheint nichts übrig zu sein.

»Ich habe es befürchtet«, murmelt Vaan, nachdem er sich gefasst hat. »Sie hat es nicht ertragen und ihren Kummer in Alkohol ertränkt, wie schon früher. Ich habe die Diener reden hören, die ihr ständig Nachschub bringen mussten. Mutter war noch nie die Person, die sich offen Konfrontationen gestellt hat.«

»Es tut mir leid um deine Mutter, aber auch das werden wir wieder hinkriegen. Wenn all das vorbei ist, braucht sie keinen Alkohol mehr.«

Vaan schaut mich mit hoffnungsvollem Blick an. »Ich habe nicht zu hoffen gewagt, diesem Albtraum zu entkommen.«

Ich bringe ein schwaches Lächeln zustande, auch wenn Kummer in meinem Inneren tobt. Immerhin hat er mich zurückgelassen, ist freiwillig mit diesem Monster mitgegangen. Er ist selbst dafür verantwortlich, in diesem Albtraum, wie er es so treffend bezeichnet hat, gefangen zu sein, doch das sage ich nicht. Ich bin froh, dass ich nun bei ihm sein kann, und blicke nach vorne.

»Wo ist Giselle jetzt?«

Vaan zuckt mit den Schultern. »Keine Ahnung. Sie kommt nur nachts zur mir, ansonsten bin ich allein in diesem Zimmer. Manchmal schaut ein Diener vorbei und bringt mir Wasser und etwas zu essen, aber niemand stellt Fragen.«

Nachdenklich kaue ich auf meiner Unterlippe. Soll ich es wagen, Giselle direkt gegenüberzutreten? Nein, es ist sicherer, wenn ich Vaan und seine Mutter zuerst unbeschadet hier rausbringe. Dann kann ich mich in Ruhe um dieses Biest kümmern.

Und wahrscheinlich wird sie nicht allein sein. Layla, Giselles frühere Leibwächterin, habe ich schon lange nicht mehr in der Basis am Mondberg gesehen.

Auch wenn ich dank Mutters Leichtgläubigkeit nun im Besitz meiner vollen magischen Kräfte bin, wird es für mich schwierig, eine Hochelfe auszuschalten, und auch Giselle selbst ist nicht zu unterschätzen.

Das große Risiko ist nun Miranda, die in ihrem Zustand unmöglich alleine gehen kann. Vaans Körper ist zu geschwächt, um seine Mutter den ganzen Weg aus der Burg hinauszutragen, und ich werde es auch nicht schaffen. Die kurze Strecke von ihrem Gemach war kein Problem, aber die ganzen Treppen und durch die Stadt … Nein, das ist unmöglich, ohne Aufsehen zu erregen.

Da es bald Nacht ist, wird Giselle nicht mehr lange auf sich warten lassen. Als schwarze Löwin ist sie noch gefährlicher und lieber würde ich ihr in ihrer Menschengestalt gegenübertreten.

Aber ich kann Vaan doch nicht noch eine Nacht in ihrer Gewalt lassen! Nicht, nachdem ich gesehen habe, was sie mit ihm anstellt. Ich brauche schnellstens einen Plan.

Vaans warme Finger, die sich mit meinen verflechten, reißen mich aus meinen Gedanken. Seine Hände sind kalt und nicht so stark wie früher.

»Du kannst uns nicht beide hier rausbringen, nicht wahr?«, fragt er nach einer Weile und ich nicke wehmütig.

»Ein Teleportzauber scheidet aus. Damit kann ich keine Lebewesen transportieren, nur leblose Dinge wie meine Waffe. Und deine

Mutter kann nicht alleine laufen.« Traurig blicke ich auf das reglose Bündel, das einmal eine stolze Königin war. Ob sie noch immer Partei für ihre Tochter ergreift und sie verteidigt?

»Wir müssen also zu Fuß aus der Stadt kommen und uns den Weg notfalls freikämpfen«, schlussfolgert er.

»Weißt du etwas über Giselles Gefolgschaft? Sie kann doch unmöglich alleine handeln.«

Doch Vaan zuckt nur mit den Schultern. »Ich bin seit Wochen in diesem Zimmer und habe niemanden außer ihr und hin und wieder einem Diener gesehen. Ich weiß also überhaupt nicht, was außerhalb dieser vier Wände vor sich geht.«

Das habe ich mir gedacht. Auch die Königin wird keine Informationen für mich haben, gesetzt den Fall, dass sie überhaupt rechtzeitig aus ihrem Delirium aufwacht.

Vaan folgt meinem Blick. »Bitte bring meine Mutter aus der Burg. Ich halte das noch eine Nacht aus.«

Ich sehe den Schmerz in seinen Augen und wie er fest die Zähne aufeinanderbeißt, um sein Angebot nicht zurückzunehmen.

»Wir müssen versuchen, sie aufzuwecken. Ich kann sie unmöglich den ganzen Weg tragen.«

Es zerreißt mir das Herz, Vaan eine weitere Nacht in Giselles Fängen zu lassen, und alles in mir schreit danach, die Königin einfach hier liegen zu lassen und mit meinem Gefährten das Weite zu suchen. Aber ich weiß, dass Vaan sich das niemals verzeihen würde. Er würde daran zerbrechen. Und das ist das Letzte, was ich will.

Mit wackeligen Beinen läuft er zur Kommode und kommt mit einer Schüssel voll Wasser zurück. Ich zögere nicht lange, nehme sie ihm ab und schütte sie Miranda direkt ins Gesicht.

Nach Luft schnappend wie ein Fisch auf dem Trockenen, schreckt sie hoch und sieht sich mit schreckgeweiteten Augen um.

Sehr gut, wach wäre sie zumindest schon mal. Ich packe sie bei den Schultern und zwinge sie, mich anzusehen, rufe immer wieder ihren Namen, bis sie sich endlich auf mich konzentriert.

»Du hier?«, fragt sie nach einer Weile. »Isch dachte, du wärsch ...«

Mit einer Handbewegung unterbreche ich ihr Lallen. »Wir müssen hier verschwinden. Jetzt sofort. Könnt Ihr laufen?«

Sie schaut mich an, als hätte ich gefragt, ob Schnee weiß sei. »Natürlich kann isch … Warum dreht sich alles …?«

Genervt verdrehe ich die Augen und ziehe sie vom Bett, halte sie an den Armen fest, bis sie einigermaßen sicher auf ihren Füßen steht. Vaan reicht mir einen Umhang, den er aus dem Schrank geholt hat, den ich um die Königin hülle.

Es spielt mir in die Hand, dass sie so klein und zierlich ist. Wenn ich sie stütze und ihre Hand halte, könnte man denken, sie sei ein Kind, das Hilfe braucht.

Entschlossen schiebe ich sie Richtung Tür und werfe einen Blick auf Vaan zurück, der mit hängenden Schultern in der Mitte des Zimmers steht. Er wirkt so verloren und verletzlich, dass mir sein bloßer Anblick das Herz bricht und mir die Tränen in die Augen treibt.

Nein, ich darf jetzt nicht zögern! Ich werde so schnell wie möglich zurückkommen, nachdem ich Miranda …

Verdammt, was mache ich eigentlich mit ihr? Ich kann sie zwar zu meiner Hütte bringen, aber der Weg dahin dauert Tage, selbst wenn ich in meinem Tempo unterwegs bin. Mit diesem königlichen Klotz am Bein kann es gut eine Woche dauern. Bis dahin kann ich Vaan unmöglich hier zurücklassen.

Mit zwei Schritten bin ich bei ihm und schlinge die Arme um seinen geschundenen Körper. Fragend blickt er auf mich hinab, während ich die Schließe löse und ihm meinen Umhang umlege.

»Was machst du da?«, fragt er verdutzt.

Ich packe ihn am Arm und ziehe ihn ebenfalls zur Tür. »Ihr beide«, ich blicke beiden fest in die Augen, wobei nur Vaan meinen Blick erwidert, »werdet jetzt von hier verschwinden und in meiner Hütte warten.«

»Was ist mit dir?«

Ohne ihm zu antworten, gehe ich zum Waschtisch und beginne, meine Haare hochzustecken.

»Fye, was hast du vor?«, fragt Vaan alarmiert.

Als ich fertig bin, drehe ich mich zu ihm um. Allzu deutlich ragen nun meine spitzen Ohren zwischen den streng zurückgesteckten Haaren hervor.

»Ich verschaffe euch Zeit und komme nach, sobald ich kann.«
Das Zittern in meiner Stimme ignorierend, greife ich nach meiner
Schwertlanze und drehe mich zum Fenster.

»Nein«, schreit Vaan hinter mir, doch da bin ich bereits in den
Burghof gesprungen.

31

Kurz vor dem Aufprall rufe ich die Winde herbei, die mich sanft nach unten gleiten lassen, begleitet von dem ungläubigen Gaffen unzähliger Bediensteter.

Ja, ein guter Auftritt ist wirklich etwas wert. Zu schade nur, dass ich in Zukunft keine Gelegenheiten mehr dazu haben werde.

Entschlossen wirble ich die Schwertlanze über meinen Kopf und halte sie dann seitlich von mir, während ich über der anderen Hand einen Feuerball tanzen lasse.

Möglichst gefährlich funkle ich sämtliche Menschen an, die mich aus aufgerissenen Augen anstarren.

Prasselnd lasse ich den Feuerball in den nächstgelegenen Heuhaufen fliegen, der sofort lichterloh in Flammen steht. Das Schreien um mich herum ist ohrenbetäubend, während die Menschen sich gegenseitig umrennen, um von mir wegzukommen.

Ich werfe einen schnellen Blick hoch zum Fenster und hoffe, dass Vaan und Miranda die Möglichkeit zur Flucht genutzt haben, doch vorsichtshalber werde ich für ein bisschen mehr Chaos sorgen. Schließlich soll auch Giselle wissen, dass ich hier bin.

Also springe ich auf die kleine Überdachung des Brunnens, der mitten im Burghof steht, und lasse die arkanen Ströme um mich herumtanzen wie Blitze.

»Ich bin Prinzessin Fyelana Dys Demonya«, rufe ich mit so viel Macht wie möglich in meiner Stimme. »Und ich bin hier, um eure Prinzessin Giselle herauszufordern!«

Ich denke, das sollte mir genügend Aufmerksamkeit verschaffen.

Kopflos rennen die Menschen durcheinander und strömen aus dem Burghof, um sich in Sicherheit zu bringen.

Hinter mir höre ich das Scheppern von Rüstungen und drehe mich grinsend um. Ah, die Schwarzen Ritter. Mit diesen Schlächtern habe ich noch eine ganz persönliche Rechnung offen.

Mutig rücken fünf von ihnen mit Schwertern und Speeren zu mir vor, doch ich bringe sie allesamt mit einem einzigen Windzauber zu Fall. Es ist so einfach, dass es fast keinen Spaß macht.

Aber eben nur *fast*.

Das sind die Schwarzen Ritter, vor denen ich so lange Zeit vor Angst gezittert habe?

Mit einem Gravitas-Zauber, der die Anziehungskraft an den Boden erhöht, nagele ich sie an selbigem fest, ohne dass sie sich bewegen oder auch nur einen Finger krümmen können.

Sie sind Handlanger und es liegt mir fern, hier ein Blutbad anzurichten. Es gibt nur eine, die ich blutend zu meinen Füßen liegen sehen will.

»Ist das alles?«, schreie ich über den Hof. »Ist das alles, was Ihr zu bieten habt?« Wo ist sie, verdammt? *Zeig dich endlich, Giselle, und höre auf, deine Marionetten vorzuschicken!*

Nur knapp schießt sirrend ein Pfeil an mir vorbei und ich wirble herum. Auf dem Burgdach stehen Bogenschützen, die erneut die Pfeile anlegen und auf mich zielen. Als sie mich fast erreicht haben, springe ich aus der Schussbahn und schaue zähneknirschend nach oben.

Meine Zauber haben keine so große Reichweite. Ich muss also irgendwie da hochkommen, wenn ich die Schützen ausschalten will. Aber wie soll ich das anstellen?

Aus dem Augenwinkel nehme ich eine Bewegung wahr und reiße in letzter Sekunde meine Schwertlanze nach oben, um den Angriff abzuwehren.

Laylas violette Augen mustern mich angriffslustig, während sie ihr ganzes Gewicht nach vorne lehnt, um mich mit ihrem dünnen Schwert wegzudrücken.

Genau in diesem Moment geht eine weitere Salve Pfeile auf uns nieder, und ich muss mich unter ihr hindurch ducken, wodurch Layla mich mit dem Schwert streifen kann.

Die Wunde an meinem Rücken ist nicht tief, brennt aber höllisch, und ich spüre, wie ein paar Tropfen Blut nach unten laufen.

Ungläubig schaue ich nach oben. *Die schießen auf ihre eigenen Leute?* Doch sofort muss ich meine ganze Konzentration wieder Layla zuwenden, die mich mit schnellen Hieben attackiert und immer weiter zurücktreibt.

Da ich beide Hände brauche, um ihre Angriffe zu blocken, ist es mir unmöglich, Zauber zu wirken, also muss ich mich auf meine Waffe verlassen.

Meine Schwertlanze hat eine höhere Reichweite als ihr Schwert. Nachdem ich sie also einmal zurückgedrängt habe, gelingt es mir, sie auf Abstand zu halten. Jedoch setzen mich die ständigen Pfeile, die mir um die Ohren fliegen, zusätzlich unter Druck. Auch Layla hat Mühe, ihnen jedes Mal rechtzeitig auszuweichen.

Immer wieder prallt ihre dünne Klinge gegen meine Schwertlanze und ich spüre die Vibrationen bis hinauf in meine Schultern.

Als sie für einen Moment ihre Deckung vernachlässigt, nutze ich meine Chance und lasse das spitze Ende meiner Waffe nach vorne schnellen, verfehle sie jedoch knapp und streife nur ihren Oberarm.

Zähneknirschend schaut sie auf die Wunde, aus der bereits Blut sickert, und durchbohrt mich mit ihren mörderischen Blicken, während ich sie herablassend anlächle und ihr mit einer Handbewegung bedeute, endlich weiterzumachen.

Sie ist eine ebenbürtige Gegnerin und wenn keine von uns einen Fehler begeht, wird dieser Kampf noch ewig dauern.

Wieder und wieder prallen unsere Waffen aufeinander, während wir bei der anderen eine Lücke suchen, um zuschlagen zu können.

Irgendwann nimmt die Wucht unserer Angriffe ab und wir stehen uns schwer atmend gegenüber, als erneut eine Pfeilsalve auf uns herab regnet. Layla ist die erste, die ausweicht, und ich will diese Gelegenheit nutzen. Anstatt mich also vor den Pfeilen in Sicherheit zu bringen, springe ich mit ausgestreckter Schwertlanze nach vorne, um sie anzugreifen, da sie ihre Deckung vernachlässigt.

Ich verfehle sie nur knapp, fange mir jedoch einen Pfeil in der Schulter ein, was mich vor Schmerzen aufschreien lässt, und ich sinke auf die Knie, umklammere fest meine pochende Schulter.

Gerade als Layla grinsend ihr Schwert hebt, um es mir in die Brust zu rammen, stürmt ein schwarzer Schatten herbei und rammt sie in vollem Sprint, sodass sie krachend zur Seite fliegt. Ihr Schwert wird dabei aus ihrer Hand geschleudert.

»Bist du taub?«, fauche ich den schwarzen Wolf an, der sich knurrend neben mich stellt. »Ich hab gesagt, du sollst verschwinden!«

Wieso ist er noch hier, verdammt noch mal! Ich mache all das nicht, weil ich sonst nichts Besseres zu tun hätte, sondern damit er und seine Mutter unbemerkt aus der Burg fliehen können. Und was macht er? Mischt sich in meinen Kampf ein!

Ich bebe vor Wut und funkle ihn böse an, doch er hält seinen Blick starr auf Layla gerichtet, die gerade wieder auf die Füße kommt.

Mit einem Ruck ziehe ich den Pfeil aus meiner Schulter, der zum Glück nicht sehr tief sitzt, und beiße mir auf die Lippen, um nicht aufzuschreien.

Über mir höre ich das Spannen der Bogensehnen, als neue Pfeile angelegt werden. Ich muss etwas gegen die Schützen unternehmen, aber was?

Mit einem schrillen Kreischen stürzt etwas Schwarzes aus den Wolken hervor und attackiert die Bogenschützen auf den Dächern.

»Das darf doch wohl nicht wahr sein! Deine Mutter ist auch noch hier?«, frage ich ungläubig, obwohl ich keine Antwort bekommen kann. »Seid ihr *wahnsinnig?* Haltet euch da raus, verdammt!«

Der Wolf neben mir schnaubt und wendet sich von mir ab. Das kann doch nicht sein Ernst sein!

Schreiend fallen die ersten Schützen von den Dächern, als der schwarze Falke sie mit seinen scharfen Krallen attackiert.

Vaans Blick fällt auf die noch immer am Boden liegenden Schwarzen Ritter und er fängt an zu wimmern. Ich versuche, das nervtötende Geräusch auszublenden, doch als es zu einem lauten Winseln anschwillt, verdrehe ich die Augen und entlasse die Ritter aus dem Gravitas-Zauber, der sie zu Boden drückt.

Unwillkürlich mache ich mich auf einen erneuten Angriff gefasst, doch die Ritter suchen, nach einem kurzen Blick auf Vaan, das Weite.

Was war das denn, bitte?

»Vaan …?«, knurre ich. »Gibt es da etwas, das du mir sagen solltest?«

Wieder dieses hohen Winseln und nun auch noch seitlich abgeknickte Ohren. Ja, da gibt es eindeutig Gesprächsbedarf – was allerdings noch warten muss, denn Layla kommt gerade wieder auf die Füße. Mit schmerzverzerrtem Gesicht hält sie sich die Schulter und

ihr Arm ist seltsam verdreht. Anscheinend ist sie doch härter aufge-
kommen als gedacht.

Ich ziele mit der Spitze meiner Schwertlanze direkt auf ihren Hals
und sie schluckt heftig. »Wo ist Giselle?«

Doch Layla beißt fest die Zähne aufeinander und schaut an mir
vorbei. Vaan gibt neben mir ein bedrohliches Knurren von sich.

»Antworte!« Die Klinge ritzt leicht an ihrer Haut und erste zarte
Blutstropfen quellen hervor.

Gerade als sie den Mund öffnen will, verdrehen sich ihre Augen,
bis ich nur noch das Weiße sehe, und sie sackt leblos zu Boden.

Eiskalte Angst kriecht meinen Rücken hinauf.

Neben meiner Mutter traue ich nur noch einer anderen Elfe zu,
ihre Gegner ohne sichtbare Zauber zu erledigen. Suchend lasse ich
meine Augen über den Platz schweifen und entdecke sie vor dem
brennenden Heuhaufen.

Ihr weißes Gewand hebt sich von den tanzenden Flammen hinter
ihr ab und sie beobachtet uns völlig reglos.

»Alys«, zische ich.

Die verschwundene Elfenhexe des Königs hebt ihre Arme und
murmelt einen Zauberspruch.

Schnell halte ich Vaan zurück, der sich auf sie stürzen will. »Nimm
deine Mutter und verschwindet hier!«, versuche ich erneut, ihn zur
Vernunft zu bringen. »Ich komme nach!«

Kurz blitzt Unsicherheit in seinen Augen auf, als sein Blick zwischen Alys und mir hin und her wandert.

Dann tut er etwas, was ich nicht zu hoffen gewagt habe: Er stößt
ein langgezogenes Heulen aus und zieht sich tatsächlich zurück. Seine
Mutter, die mittlerweile alle Bogenschützen zu Fall gebracht hat, folgt
ihm mit einem Krächzen.

Vor der Mauer bleibt er stehen und schaut zu mir zurück. Ich
nicke ihm zu und er verschwindet.

Eine Sorge weniger, um die ich mich kümmern muss. Nun kann
ich mich ohne Rücksicht auf Umstehende verteidigen.

Der Himmel verdunkelt sich, als Alys ihre Kräfte bündelt. Ich
kenne diesen Zauber, denn ich habe ihn viele Male in meinen Träumen gesehen. Es fehlt nur noch …

Als ich hinter mir das schallende Lachen des Menschenkönigs höre, ist mein persönlicher Albtraum perfekt.

Mit gezogenem Schwert umkreist er mich. Sein Haar steht wirr vom Kopf ab und seine goldene Krone ist verrutscht.

Doch ich muss mich um die größere Gefahr kümmern. Solange sie ihren Zauber noch kanalisiert, ist Alys schutzlos. Ich fasse meine Schwertlanze fester und stürme vorwärts, direkt auf sie zu.

Kurz vor ihr hole ich zum Schlag aus.

Und werde von einem mächtigen Zauber zurückgestoßen. Krachend lande ich auf den harten Pflastersteinen und schaue benommen zu Alys. Ihr Gesichtsausdruck ist mindestens so verwirrt wie meiner, als sie zum Tor blickt, durch das Vaan vor wenigen Minuten verschwunden ist.

Nein, bitte nicht! Bitte sei nicht zurückgekommen!

Doch es ist nicht Vaan, der dort steht.

Sondern meine Mutter, mit Gylbert an ihrer Seite.

»Du!«, faucht sie mich an und ich springe auf die Beine. »Du wirst mich nicht um meine Rache bringen!«

Ich verstehe kein Wort!, will ich rufen. Im Augenwinkel sehe ich etwas aufblitzen und kann im letzten Moment meine Schwertlanze hochreißen, um den Angriff des Königs abzuwehren. Mit einem irren Lachen drückt er mich immer weiter nach unten und ich muss fast auf die Knie sinken.

Nur am Rande nehme ich wahr, wie Alys und meine Mutter sich umkreisen. Mit einem Ruck schaffe ich es, den König ein Stück von mir zu stoßen, wirke schnell einen Luftzauber und schleudere ihn einige Meter nach hinten gegen eine Mauer. Wie ein Sack gleitet er daran hinunter und bleibt bewusstlos liegen.

»Es endet heute Nacht, Alys!«, höre ich meine Mutter rufen.

»Das hast du das letzte Mal auch schon gesagt, Jocelyn«, säuselt die Angesprochene.

Meine Mutter knirscht mit den Zähnen und schleudert Alys einen lodernden Feuerball entgegen, dem sie aber leichtfüßig ausweicht.

»Na, na, meine Liebe.« Den Zeigefinger erhoben beugt sich Alys ein Stück nach vorne. »Warum so böse? Er war doch sowieso nur ein Mensch.«

Wütend kanalisiert Mutter zwei weitere Feuerbälle, die sie gleichzeitig auf die Elfenhexe niedergehen lässt, doch Alys bringt sich mit einem hohen Sprung in Sicherheit und stößt ein hohes Lachen aus. »Dass du mir das nach hundert Jahren noch immer übel nimmst …«

»Ich werde dich dafür brennen lassen!«

Noch nie habe ich so viele Emotionen bei meiner Mutter gesehen. In ihren Augen lodert ein rachsüchtiges Feuer und es wundert mich fast, dass ihre bloßen Blicke Alys nicht auf der Stelle töten.

»Er war schwach, Joce. Am Ende hat er um den Tod gebettelt.«

Mutter stößt einen markerschütternden Schrei aus und schickt Blitze in Alys' Richtung. Mit einer Handbewegung erschafft diese einen Schild, an dem die Blitze abprallen.

»Willst du wissen, was seine letzten Worte waren?«

»Halt den Mund!«, kreischt Mutter, während sie erneut Feuerbälle heraufbeschwört.

Völlig gebannt verfolge ich diesen Kampf. Bereits jetzt sehe ich bei meiner Mutter erste Ermüdungserscheinungen. Lange wird sie diese mächtigen Zauber nicht mehr wirken können, wohingegen Alys bisher nur ausgewichen ist oder einen kleinen Verteidigungszauber gewirkt hat. Ihr überhebliches Lächeln kommt nicht von ungefähr. Sie weiß ganz genau, dass sie meiner Mutter um Längen überlegen ist.

»Nachdem er sich eingepisst hat«, leichtfüßig weicht sie dem ersten Feuerball aus, »und nachdem er auf Knien darum gebettelt hat, dass ich ihn von seinen Leiden erlöse«, auch der zweite Feuerball fliegt an ihr vorbei, ohne sie zu berühren, »hat er seine Zeit mit dir bereut.«

Mitten in der Beschwörung hält Mutter inne und starrt Alys mit offenem Mund an. »Du lügst!«, zischt sie. »Das hat er niemals gesagt!«

Das Lächeln um Alys' Mund wird breiter, zieht sich fast bis zu ihren Ohren. »Wenn ich mich recht erinnere, waren seine genauen Worte: ›*Wäre ich ihr doch nur nicht verfallen, dann müsste es nicht so mit mir enden. Sie und das Kind sollen zur Hölle fahren!*‹ Ziemlich überzogen, wenn du mich fragst, aber na ja.«

Bebend sinkt Mutter auf die Knie, der eben noch kanalisierte Feuerball verpufft über ihr.

Alys springt von dem Dach und landet, ohne dass ich es höre, neben Mutter.

329

»Wie ich sagte, er war nur ein Mensch.«

»Ich habe ihn *geliebt*.« Mutters Stimme zittert, genau wie ihr Körper, und sie schlingt die Arme um sich.

»Auf mich wolltest du ja nicht hören. Ich habe dich von Anfang an vor ihm gewarnt. Er war Gift für dich.«

»Du kanntest ihn nicht, hast nicht ein einziges Wort mit ihm gewechselt!« Kurz kehrt das lodernde Feuer in Jocelyns Augen zurück, erlischt jedoch schnell wieder.

»Du vergisst, dass er freiwillig mit mir gekommen ist. Er hat dich und das Balg«, kurz huscht ihr Blick in meine Richtung, »verlassen. Und das aus freien Stücken. Du hast ihm nichts bedeutet, Schwester.«

Schwester?

Gylbert ist plötzlich an Mutters Seite und hilft ihr hoch, hält sie an der Schulter, um sie zu stützen. Ihr Blick ist noch immer ins Leere gerichtet, fährt suchend umher, bis er auf mich fällt.

Ich will zu ihr, um sie zu trösten, doch Alys' eiskalte Augen halten mich davon ab. Sie beobachtet mich wie eine Katze, die vor einem Mauseloch sitzt: abwartend, aber wissend, dass sie letztendlich gewinnen wird.

Als ich stocke, nickt Mutter mir zu, legt eine Hand auf Gylberts Brust und die andere auf Alys' Schulter. Das Feuer in ihren Augen ist zurück, als sie alle Kraft aus Gylbert saugt, ihn als mächtiges Medium benutzt, und diese Macht direkt auf Alys freisetzt.

Eine Sekunde lang blitzt blankes Entsetzen in Alys' Augen auf, als sie begreift, was Mutter gerade tut.

Doch da ist es schon zu spät.

Mit einem gellenden Schrei zerspringt ihr Körper in tausende kleine Splitter, die vom Wind in den dunkel werdenden Abendhimmel davongetragen werden.

Schwer atmend geht auch Gylbert zu Boden, ausgelaugt und völlig verausgabt, während auf Mutters Gesicht ein seliges Lächeln ruht.

Sie hat ihre Rache bekommen.

Zögerlich mache ich ein paar Schritte auf sie zu und strecke die Hand nach ihr aus.

Was soll ich sagen? *Soll* ich etwas sagen? Mir liegen nach dem Wortgefecht, das ich eben gehört habe, so viele Fragen auf der Zunge, aber meine Kehle ist wie zugeschnürt. Der Rauch des brennenden Heuhaufens kratzt in meinem Hals und treibt mir die Tränen in die Augen.

Nachdem Mutter meine ausgestreckte Hand nicht beachtet, lasse ich sie sinken. Wieder ist ihr Blick ins Leere gerichtet. Sie nimmt den Schauplatz nicht wahr, den Burghof von Eisenfels, der nach den Kämpfen verwüstet ist. Einige leblose Körper liegen verstreut, hauptsächlich die Schützen, die von den Dächern gefallen sind.

Ich wende mich ab, um in die Burg zu laufen. Vielleicht habe ich Glück und Giselle ist noch nicht geflohen. Ich habe keine Ahnung, wo ich sie suchen soll, wenn sie mir entwischt ist.

Ich habe nur diese Chance.

Das schrille Geräusch von Metall, das über Stein schleift, lässt mich wieder herumfahren. Mit offenem Mund starre ich Gylbert an, der sein Schwert tief in Mutters Körper gerammt hat.

Ein Schrei bildet sich in meiner Kehle, während Mutter verwundert nach unten auf ihren Bauch blickt.

Ich renne auf sie zu, webe im Laufen schon einen Heilungszauber, als Gylbert ruckartig das Schwert aus ihr herausreißt, ausholt und ihr mit einem sauberen Schlag den Kopf von den Schultern trennt.

Mit einem dumpfen Geräusch landet er auf den Pflastersteinen, kullert ein Stück und bleibt dann mit wässrigen Blick in den Himmel liegen.

VAAN

Ich höre Fyes spitzen Schrei und sofort ramme ich die Pfoten in den Boden.

Schon vorher habe ich laute Stimmen gehört, doch Fyes war nicht dabei. Doch das eben war eindeutig sie.

Ohne nachzudenken, wirble ich herum und renne, so schnell mich meine Beine tragen, zurück nach Eisenfels.

Weit sind wir zum Glück noch nicht gekommen, da Mutter sich geweigert hat, länger als nötig in ihrer verhassten Tiergestalt zu bleiben.

Jetzt ruft sie mir etwas hinterher, doch ich höre es nicht, nehme nichts um mich herum wahr. Nur eines ist wichtig: rechtzeitig bei Fye zu sein.

32

FYE

Mit zittrigen Fingern berühre ich den Kopf, der vor meinen Knien liegt. Mein Verstand kann gar nicht erfassen, was gerade geschehen ist. Noch immer versucht er zu begreifen, warum denn Mutters schönes Gesicht zwei Meter vom Rest ihres Körpers entfernt liegt.

Es fühlt sich an, als wäre ich in etwas Weiches gepackt, das alles um mich herum abschirmt.

Betont langsam wischt Gylbert das Blut von seinem Schwert und benutzt dazu Mutters Umhang, der noch um ihre kopflosen Schultern liegt.

Er schwankt, das ist das einzige, was meine schreckgeweiteten Augen registrieren. Jocelyns Zauber hat sehr viel Energie aus ihm herausgesaugt, und auch sie selbst war völlig verausgabt nach ihrem Kampf mit Alys.

Dieser Bastard hat die Situation ausgenutzt und Mutter sein Schwert in den Leib gerammt, nachdem er wieder stehen konnte.

Während sein Schwert im Schein des Feuers glänzt, wendet er sich mir zu, beobachtet mich, während ich noch immer zitternd am Boden kauere.

»Na, na, Prinzessin. Keine falschen Tränen«, sagt er dann. »Jeder weiß doch, dass dir deine Mutter nichts bedeutet hat. Du solltest mir vielmehr dankbar sein. Mit einem einzigen Hieb habe ich dich zur mächtigsten Halbelfe der Welt gemacht.«

Jedes seiner Worte schneidet wie ein Messer in mich hinein, aber sie schüren auch den lodernden Hass, der sich in meinem Herzen zusammenbraut.

Als ich ihn ansehe, verstehe ich nicht, wie ich selbst unter den Einwirkungen des Bezirz-Zaubers diesem Hochelf mit Haut und Haaren verfallen sein konnte.

332

Er war mein Held.

Er war mein Ritter.

Und jetzt will ich nichts sehnlicher, als diese Pflastersteine auch mit seinem Blut zu tränken.

Jeder Gedanke an Giselle ist vergessen. Sie kann warten.

Zuerst wird Gylbert meinen Zorn zu spüren bekommen.

Meine Hand verkrampft sich um den Griff der Schwertlanze. Im Grunde zucken all meine Muskeln und ich habe Mühe, auf die Beine zu kommen.

Grob zerrt mich Gylbert am Arm nach oben und hält sein Gesicht dicht vor meines. Sein Rosenduft schlägt mir mit voller Wucht entgegen und ich spüre Übelkeit in mir aufsteigen.

Verbissen kämpfe ich den Würgereiz nieder und steche mit meiner Waffe nach ihm, doch er schlägt sie mir mit einer fließenden Bewegung aus der Hand. Klirrend rutscht sie ein Stück über den Boden, bis sie außer meiner Reichweite liegen bleibt.

Doch nun habe ich die Hände frei. Schnell beginne ich damit, eine Zauberformel zu murmeln, während meine Hände die entsprechende Bewegung ausführen, als meine Arme so ruckartig nach hinten gerissen werden, dass ich befürchte, die Schultern springen mir gleich aus den Gelenken. Vor Schmerzen schreie ich auf, während sich ein raues Seil straff um meine Handgelenke windet.

»Und wieder tappst du uns in die Falle«, flüstert eine Stimme an meinem Ohr, die mir das Blut in den Adern gefrieren lässt. Auf Gylberts Gesicht vor mir prangt ein träges Grinsen, als er die Person hinter mir mustert.

»Hilflos und gefesselt wartet die arme Prinzessin nun erneut auf ihren Prinzen, der ihr zur Rettung eilt.« Giselle packt in meine Haare und zerrt meinen Kopf nach oben, sodass ich sie ansehen muss. »Die Situation kommt mir irgendwie bekannt vor. Du, gefesselt zu meinen Füßen. Ganz allein.«

Wieder zerrt sie an meinen Haaren, die sich mittlerweile aus der Frisur gelöst haben und offen über meinen Rücken fallen, und ich kann nur mit Mühe einen Schrei unterdrücken.

Gylbert und Giselle lächeln mit verschränkten Armen auf mich herab, laben sich an der Angst, die mir in den Augen stehen muss.

»Die letzte Ahnin des Himmelsvaters kniet vor uns.« Sie schenkt Gylbert ein breites Grinsen. »Endlich! Endlich werde ich den Fluch lösen! Mit deinem Tod wird alles enden!«

Mit langsamen Schritten tritt Gylbert hinter mich, hebt sein Schwert und setzt es an meinen Nacken. Panik überrollt mich und ich zerre verzweifelt an meinen Fesseln.

»Nach Jahrzehnten sind endlich die drei Elfenschwestern Jocelyn, Bryande und Alys tot und ich muss mich nur noch um ihre Brut kümmern.« Sie atmet tief ein. »Ich werde den Moment genießen.«

Sie nickt Gylbert zu und ich spüre, wie die Kälte der Klinge kurz aus meinem Nacken verschwindet, als er Schwung holt.

Ich kneife fest die Augen zu, wappne mich für den Moment, in dem alles zu Ende geht. Nochmals zerre ich an den Fesseln, kann meine Handgelenke aber kein Stück befreien.

Meine letzten Gedanken gelten Vaan. Ich beschwöre sein schönes Gesicht herauf, seinen beinahe makellosen Körper, sein schiefes Grinsen, das mir so viele Schmetterlinge im Bauch beschert hat. Sein Anblick soll der letzte vor meinem Tod sein. Ich fühle mich hilflos und traurig, denn ich weiß, dass mein Tod auch seinen bedeutet.

»Es tut mir leid. Ich liebe dich«, flüstere ich leise und erwarte die Klinge in meinem Nacken.

Und ich warte.

Und warte.

Als ich hinter mir einen dumpfen Aufprall höre, wage ich es, die Augen einen Spalt zu öffnen. Giselle steht nicht mehr vor mir und als ich meinen Oberkörper ein Stück drehe, sehe ich Gylbert am Boden liegen, während er alle Hände voll zu tun hat, den scharfen Zähnen eines schwarzen Wolfes auszuweichen.

Erleichterung durchflutet mich. *Vaan!*

Wütend schnappt er nach Gylberts Gesicht, verfehlt es immer um wenige Zentimeter, während Gylbert ihn mit ganzer Kraft auf Abstand hält.

Doch wo ist Giselle? Ich blicke mich suchend um, kann sie aber nirgends entdecken. Das kann nichts Gutes bedeuten.

334

Als sich starke Hände von hinten um mich legen, versuche ich verbissen, mich zu wehren, werfe den Oberkörper hin und her, kann mich jedoch nicht losreißen.

Plötzlich steht Giselle wieder vor mir, mit einem Dolch in der Hand. Noch immer werde ich eisern festgehalten.

»Hör auf, dich zu wehren!«, höre ich die Stimme des Königs hinter mir. Wie konnte ich ihn nur vergessen? »Meine Tochter ist gut darin. Es wird schnell gehen und du wirst gar nichts spüren.«

Der Dolch blitzt auf, als Giselle ihn hochreißt und auf meine Brust zielt.

Ich zapple, trete, winde mich, komme aber nicht los. Nur noch wenige Sekunden, dann rammt sie mir den Dolch mitten ins Herz, und ich wappne mich für den Schmerz, der unweigerlich folgen wird.

Plötzlich sind die Hände von mir verschwunden und ich ducke mich im letzten Moment unter dem Dolch hinweg, Giselle verliert das Gleichgewicht, während ihr Vater hinter mir zusammensackt. Ohne nach rechts oder links zu blicken, flitze ich über den Hof zu meiner Waffe, durchschneide mit der Klinge meine Fesseln, und umgreife fest den Stab.

Keine Sekunde zu früh, denn Giselle hat sich bereits erholt und den Dolch gegen ihre Peitsche ausgetauscht, die sie durch die Luft knallen lässt.

Niemand nimmt Notiz von ihrem Vater, der sich unter Schmerzen an die Brust fasst und zu Boden geht.

Hinter mir höre ich ein wütendes Knurren und das Klappern von Zähnen, die aufeinanderschlagen, doch ich kann mich nicht zu Vaan umdrehen, denn Giselle holt weit mit ihrer Peitsche aus, um mich zu treffen.

Ich beobachte ihre Bewegungen genau und hebe im letzten Moment meine Schwertlanze hoch, sodass sich die Peitsche um den Stab wickelt. Mit einem Ruck entreiße ich ihr die Waffe.

Ungläubig starrt sie mich an, fletscht die Zähne wie ein Tier, und zieht wieder den Dolch. Gerade als sie damit auf mich zustürmt, hören wir beide hinter mir ein gurgelndes Geräusch.

Ich vergesse Giselle und wirble panisch herum. Nein, bitte nicht Vaan! Das darf einfach nicht sein!

Doch es ist Gylbert, der unterlegen ist, und aus dessen Hals stoßartig Blut heraussickert. Seine Augen sind angsterfüllt und immer wieder fasst er sich mit den Händen an den Hals, versucht, das klaffende Loch zu bedecken und den Blutfluss zu stoppen, doch vergebens. Mehr und mehr Blut läuft ihm durch die Finger und die Brust hinab, bis sein Gesicht bleich ist und er vornüber auf den Boden kippt.

Vaan zieht mit einem letzten Knurren die blutverschmierten Lefzen hoch und richtet seine Goldaugen dann auf mich, als würde er auf eine Reaktion von mir warten.

Doch in mir ist nur Leere. Ich dachte, ich würde mich freuen, wenn ich endlich Gylberts Leichnam vor mir liegen sehe, nach allem, was er mir angetan hat, aber weder Freude noch Trauer brodeln in mir. Nur einfache und allumfängliche Leere.

Dennoch lächle ich Vaan an, der nun neben mich tritt. Gemeinsam stellen wir uns unserem letzten Widersacher.

Giselles Augen fixieren noch immer Gylberts Körper, aus dem weiterhin Blut quillt, das die Pflastersteine dunkel färbt. Ohne ihre gewohnte Waffe ist sie keine Gegnerin für mich. Ein einfacher Zauber genügt, um auch sie zu Fall zu bringen.

Ihr Blick gleitet nach oben in den Himmel. Die Sonne ist fast untergegangen und bald wird sie leicht ihre Tiergestalt annehmen können, in der sie wieder eine Gefahr darstellt.

Ich muss es beenden.

Jetzt.

Gerade als ich beginne, einen Zauber zu weben, stößt Vaan ein hohes Heulen aus und rennt zu dem noch immer brennenden Heuhaufen. Davor liegt eine Gestalt.

Seltsam, ich habe doch dafür gesorgt, dass alle Unbeteiligten fliehen. Wie kann dort hinten jemand leblos am Boden liegen?

Winselnd stupst Vaan den Körper mit der Nase an, umkreist ihn wieder und wieder, zerrt an der Kleidung, als wolle er den Körper in Sicherheit ziehen.

In Giselles Gesicht sehe ich nun nackte Panik, als sie an mir vorbeirennt und auf ihren Bruder zuläuft. Ich breche den Zauber ab und folge ihr.

Noch immer winselt Vaan und umrundet den leblosen Körper. Warum tut er das? Es war niemand mehr hier, als die Kämpfe begannen. Wer kann das sein?

Das erste, was ich erkenne, ist mein Umhang, der sich um eine zierliche Gestalt bauscht, und ich schmecke schlagartig bittere Galle.

Nein! Das darf nicht sein!

Mein Blick gleitet hinter mich, wo der König zusammengekrümmt am Boden liegt, eine Hand an der Brust verkrampft.

Als ich wieder auf die leblose Gestalt schaue, die in meinen Umhang gehüllt ist, ergibt alles einen Sinn. Deshalb hat sich der Griff des Königs um mich gelockert und ich konnte Giselles Angriff ausweichen.

Sie hat sich für mich geopfert. Um mich zu retten. Und ihren Sohn.

Die kleine Hand liegt noch immer um den Dolch, der aus ihrer Brust ragt, und ihre Augen sind in den Abendhimmel gerichtet. Auf Mirandas Lippen liegt ein kleines Lächeln, wie ich es früher öfters gesehen habe.

Meine Sicht verschwimmt und ich knie mich neben ihren toten Körper, weil meine Beine mich nicht mehr tragen.

Ich wollte nicht, dass dies passiert. Ich wollte den König festsetzen, ihn aber nie töten, aus Angst um Miranda. Sie war die einzige Freundin, die ich in dunklen Stunden hatte.

Und nun ist sie tot. Meinetwegen.

Giselle schluchzt ungehemmt, ruft immer wieder nach ihrer Mutter. Vaan setzt sich neben mich und ich schlinge die Arme um ihn, vergrabe mein Gesicht in seinem weichen Fell und flüstere, dass es mir leidtut.

Nicht weit entfernt ist die Stelle, an der erst vor wenigen Momenten auch meine Mutter gestorben ist. Ich fühle mich schuldig, weil ich um Mirandas Tod mehr trauere als um den meiner eigenen Mutter, doch ich kann nicht anders.

Über den Leichnam schaut Giselle zu mir. Ihr Blick ist leer, ihr Kampfeswillen gebrochen. Ich sehe nur noch Schmerz und Leid in ihren Augen und auf einmal habe ich Mitleid mit ihr.

Ich stehe auf, halte mich auf zittrigen Knien, und webe den Zauber, um es zu beenden.

Neben mir winselt Vaan leise und schaut mit großen, traurigen Augen zu mir auf.

Ich weiß, dass ich es irgendwann bereuen werde. Dass das, was ich vorhabe, zu gefährlich ist.

Aber ich tue es trotzdem.

EPILOG

6 Monate später ...

Die Zeit zerrinnt mir zwischen den Fingern. So viel ist zu tun, dass ich nicht weiß, wohin ich mich zuerst wenden soll.

Sowohl die Menschen als auch die Elfen waren nach dem Tod ihrer Herrscher führerlos und ich befürchtete einen Aufstand.

Vaan war es, der bei beiden Parteien vermitteln konnte, und nach und nach akzeptierten die Elfen auch mich als ihre Königin.

Ja, ich bin nun eine Königin. Etwas, das ich nie sein wollte, und dennoch stehe ich hier und führe Gespräche mit Abgesandten der Waldelfen.

Gesandte der Elfen empfange ich immer an meiner Hütte, die Vaan und ich ausgebaut haben. Sie weigern sich strikt, Menschenstädte zu betreten, nach all dem, was passiert ist. Auch Vaan beäugen sie kritisch, doch er lässt sich davon nicht beirren.

Ich zwinge mich wieder, dem Gespräch zu folgen. Es geht um irgendein Waldstück, das fest zu einer reinen Waldelfensiedlung ausgebaut werden soll.

Von mir aus. Ich habe keinen Sinn für so was.

Das Stehen bereitet mir mittlerweile Probleme, aber wenigstens hat die Übelkeit nachgelassen. Sanft lasse ich die Hand über meinen gerundeten Bauch gleiten, während der Gesandte – ich habe schon wieder seinen Namen vergessen – weiter auf mich einredet.

Die ganze Nacht haben die Verhandlungen gedauert, der Morgen graut bereits. Ich bin müde, gereizt und launisch und will eigentlich nur noch ins Bett. Also setze ich meine Unterschrift auf das Pergament, ohne es zu lesen, in der Hoffnung, dass ich dann endlich meine Ruhe habe.

Zufrieden rollt der Gesandte das Schriftstück zusammen. Er ist ein stattlicher Waldelf mit den typischen moosgrünen Haaren und von hochgewachsener Statur.

Ich geleite ihn und seine Anhänger nach draußen, immer mit einem Lächeln auf den Lippen, obwohl ich sie am liebsten anschreien würde, dass sie sich endlich aus meinem Haus scheren sollen.

»Habt Dank für die schnelle Entscheidung, Majestät«, sagt er dann draußen. »Wir werden die Siedlung nach eurem Erstgeborenen benennen.«

Beinahe hätte ich mich an dem Wasser, an dem ich nippe, verschluckt.

»Nein, nein, das müsst Ihr nicht, ähm …« Mein Namensgedächtnis war noch nie das beste, aber seit sich ständig irgendwelche Abgesandten, Anhänger oder Anführer die Klinke in die Hand geben, ist es eine Katastrophe.

»Ayrun«, hilft er mir freundlicherweise aus.

»Nun denn, Ayrun von den Waldelfen, ich wünsche Euch und Euren Getreuen eine gute Heimreise und viel Erfolg beim Aufbau der Siedlung.« Hoffentlich versteht er diesen Wink und verschwindet. Ich muss jetzt wirklich die Füße hochlegen …

Er schenkt mir ein Lächeln und hebt die Hand, als er sich umdreht und das Haus verlässt. Ich erwidere die Geste und stoße einen dankbaren Seufzer aus.

Zwei starke Arme legen sich von hinten um meine Mitte und ich schmiege mich an den dazugehörigen Körper.

»Sind sie endlich weg?«, murmelt Vaan verschlafen.

»Ja, endlich. Wenn ich noch einmal hören muss, wie genau man Häuser in Baumkronen bauen sollte, möchte ich schreien.«

Sein Brustkorb vibriert vor Lachen. »Wenn sie etwas sind, dann gründlich.« Sein Blick gleitet durchs Haus. »Ist Giselle noch nicht zurück?«

Ich schüttle den Kopf. »Nein. Die Sonne ist aber gerade erst aufgegangen. Sie wird sicher jeden Moment zu Hause sein.«

Seit sechs Monaten teilen wir unser Heim mit Giselle. Meine Entscheidung war richtig und ich hoffe inständig, dass ich sie nie bereuen werde.

341

Der Memoria-Zauber, der ihr das Gedächtnis geraubt hat, hat mir all meine Kraft abverlangt und ich war tagelang in einem Dämmerzustand gefangen, sodass ich sogar die Beerdigung von Vaans Eltern verpasste. Mirandas Grab besuche ich immer, wenn ich in Eisenfels bin, und spreche mit ihr. Immer finde ich frische Blumen und Kränze an ihren Grabstein gelehnt, während das Grab des Königs nahezu brachliegt.

Giselle war nach dem Zauber wie ein Kind, musste vieles neu lernen und wirkte verstört, was natürlich kein Wunder war. Ich musste sehr weit zurückgehen, um möglichst alle negativen Erinnerungen zu versiegeln. Sie sollte ihren Fluch akzeptieren und nicht wieder zu der verbitterten Person werden, als die ich sie kannte.

Vaan und ich haben bei ihrer Neuerziehung ganze Arbeit geleistet. Giselle ist eine fröhliche junge Frau, die ihre nächtlichen Verwandlungen klaglos hinnimmt. Hin und wieder begleitet sie Vaan als die Menschenprinzessin, die sie ist, zu Besprechungen, denen sie interessiert folgt.

Beinahe habe ich sie ins Herz geschlossen, doch mir graut vor dem Tag, an dem der Zauber gebrochen wird. Ich bete inständig darum, dass beide Giselles zu einer verschmelzen, die Freude am Leben hat, aber sicher bin ich mir nicht.

Die Wahl des Brechers fiel mir leicht. Ich wollte ihre Erinnerungen nicht in einen Gegenstand bannen, an den sie einfach gelangen oder der in falsche Hände fallen konnte.

Also wählte ich ihr Herz. Sobald sie sich gebunden hat, wird sowohl der Fluch als auch der Zauber gebrochen sein. Ich hoffe, dass sie dann versteht, warum ich so gehandelt habe, und dass sie bis dahin genug Lebensfreude gesammelt hat, um ihre Wut und Verbitterung von früher zu vergessen.

Vaan zieht mich enger an sich heran und legt sein Kinn auf meine Schulter.

So oft es geht, verbringen wir die Zeit hier in meiner alten, mittlerweile umgebauten Hütte. Die Enge und Geschäftigkeit der Menschenstädte macht mich noch immer nervös.

Auch unsere Hochzeit haben wir nur in kleinem Kreis abgehalten, sobald ich mich von dem Memoria-Zauber erholt hatte. Ich wollte mir diesen Tag nicht durch pflichtschuldige Glückwünsche und falsche Lächeln verderben lassen.

Obwohl ich ihre Königin bin, überlasse ich Vaan die Führung der Menschen komplett. Ich habe alle Hände voll damit zu tun, die Belange der Elfen zu regeln. Als *Tanzende Klinge* habe ich mir auf dem Schlachtfeld Respekt verdient und das kommt mir nun zugute. Ich spüre zwar immer noch die teils abwertenden Blicke, jedoch bin ich auf einem guten Weg, eine angesehene Herrscherin zu werden.

Die Menschen haben immer noch die ängstliche Haltung Halbelfen gegenüber, die Vaans Vater ihnen jahrzehntelang eingetrichtert hat. Hin und wieder erwische ich einige dabei, wie sie das Zeichen gegen das Böse machen, wenn ich auf der Straße an ihnen vorbeigehe.

Es trifft mich tief, dass sie mir gegenüber noch immer eine solche Abneigung haben, doch ich bemühe mich nach Kräften, ihre Ängste zu zerstreuen. Ich weiß aber auch, dass es noch eine sehr lange Zeit dauern wird, bis die angeblichen Schrecken der Halbelfen aus ihren Köpfen verschwunden sind.

Doch ich bin geduldig.

Ayrun und sein Gefolge winken uns zu, während sie die Lichtung überqueren, und wir heben ebenfalls unsere Hände.

»Wann kommen die nächsten Abgesandten?«, fragt Vaan.

Ich überlege kurz und antworte dann: »Schon morgen. Ich glaube, es geht um irgendwelche Jagdgründe der Dunkelelfen.« Leise seufzend stelle ich mich auf erneute lange Verhandlungen und Vermittlungsversuche ein.

Ein Nebeneinanderleben ist für die meisten Elfen nicht einfach und erfordert sehr viel Fingerspitzengefühl von mir. Seit fast hundert Jahren waren sie ohne Herrscher und daran gewöhnt, alles allein zu entscheiden.

Gerade als die Waldelfen die ersten Bäume erreichen, tritt Giselle aus dem Wald hervor. Ihr langes blondes Haar glitzert in der Sonne mit den Tautropfen um ihren Füßen um die Wette. Ihre zierliche Gestalt ist nur mit einem Überwurf bedeckt und ihr Gesicht sieht friedlich aus. Ein Anblick, an den ich mich noch immer nicht gewöhnt habe, aber der auch mir ein zufriedenes Lächeln auf die Lippen zaubert.

Als sie die Lichtung betritt und den Schutz der Bäume verlässt, bleibt sie abrupt stehen und sieht sich verwirrt nach allen Seiten um. Ich spüre, wie Vaan sich hinter mir anspannt und die Szene genau beobachtet.

Giselles Blick gleitet suchend über die Lichtung und bleibt dann mit großen Augen zielsicher auf Ayrun hängen, der ebenfalls stehengeblieben ist und die schöne junge Frau mit offenem Mund anstarrt.

Fast kann ich das Band, das sich zwischen den beiden spannt, mit bloßen Augen sehen. Sanft streiche ich über Vaans Arme, um die Anspannung von ihm zu nehmen, und werde mit einem Kuss auf den Hinterkopf belohnt.

Wie von unsichtbaren Fäden gesteuert, gehen Giselle und Ayrun vorsichtige Schritte aufeinander zu und bleiben eine Armeslänge entfernt stehen. In ihren Augen liegt ein Glanz, den ich noch nie bei ihr gesehen habe.

Lächelnd drehe ich mich zu Vaan um und sehe denselben Glanz, als er zu mir hinabblickt.

Sachte, jedoch bestimmt, schiebe ich ihn in die Hütte und schließe die Tür hinter uns.

Ich muss lernen, die Vergangenheit loszulassen und auf das zu vertrauen, was die Zukunft mir – nein, uns – bringt.

Vor fast genau einem Jahr habe ich meine Hütte verlassen, um in das Dorf Thiras zu reisen. In dieser Zeit ist so unendlich viel passiert, das mich zu einer anderen Person gemacht hat. Nicht zuletzt hat Vaan, mein Gefährte, Geliebter und Ehemann, einen erheblichen Teil dazu beigetragen.

Ich wünsche Giselle von Herzen, dass auch sie dieses Wunder erfährt und glücklich wird.

Denn schließlich haben wir alle ein Wunder verdient.

ENDE

DANKSAGUNG

Das magische Wort ›ENDE‹ unter mein Erstlingswerk zu schreiben, lässt mich mit einem lachenden und einem weinenden Auge zurück.

Divinitas begleitet mich seit vielen Jahren. Anfangs habe ich es als Videospiel, als sogenanntes RPG (Roleplaying Game), entwickelt. Die Story war noch etwas anders, aber es gab die gleichen Charaktere, die mir in der Entwicklungszeit ans Herz gewachsen sind. Auch durften sie ihr Äußeres größtenteils behalten.

Als die Arbeiten zum Erliegen kamen, brachte ich es nicht über mich, *Divinitas* mitsamt Fye, Vaan und den anderen einfach sterben zu lassen. Ich feilte also an der Geschichte, verwarf einige Dinge aus dem Spiel, fügte neue hinzu (bspw. war Vaan im Spiel nur ein einfacher Prinz ohne Fluch und toller Gestaltwandlerfähigkeit, Giselle war aber immer schon ein Miststück).

Heraus gekommen ist dann das, was ihr gerade gelesen habt.

Da es mein Erstlingswerk ist, ist *Divinitas* ein Einzelprojekt. Dennoch gibt es einige Menschen, denen ich einfach danken muss.

Zuerst meinem Mann, der mir – meistens – klaglos den Rücken freigehalten hat, wenn ich mal wieder einen Geistesblitz hatte, der unbedingt niedergeschrieben werden musste. Der mir hunderte Cappuccinos mit Milka-Geschmack an den PC gebracht hat, damit ich in Ruhe schreiben konnte.

Ein spezieller Dank geht an unsere drei Hunde, die mir immer zur Verfügung standen, wenn ich mal den Kopf freikriegen musste und laufen wollte. An der frischen Luft habe ich immer noch die besten Ideen.

Ich danke meiner Mama, die mein Vorhaben, einen Roman zu schreiben, anfangs zwar belächelt, mich dann aber, als es ernster wurde, immer unterstützt hat. Hab dich lieb!

Ein herzliches Dankeschön geht an meine allererste Testleserin Jessica S., die ich zwar nie persönlich getroffen habe, – vielleicht holen wir das irgendwann mal nach! – die aber immer ein offenes Ohr für mich hatte und die unfertigen Manuskripte verschlungen hat. Ihr

Engagement und ihr Willen *Divinitas* gegenüber hat nicht nur mich beeindruckt und zutiefst gerührt. Vielen Dank dafür!

Ebenso möchte ich Astrid danken, die mir in ihrem Drachenmond Verlag eine Chance und ein Zuhause gegeben hat. Die mich aufnahm und an mich geglaubt hat, als ich noch ein ganz kleines Licht mit unfertigem Manuskript war.

Und last but not least geht mein Dank an all die Musiker und Interpreten in meiner Playlist, die mich durch ihre Musik immer in die richtige Stimmung zum Schreiben versetzt haben. Ihr seid die Besten!

Liebe Leser, danke, dass ihr euch für *Divinitas* entschieden habt. Ich hoffe, euch hat mein Debüt gut unterhalten, denn das ist mein Anspruch.

Ich freue mich, wenn wir uns in einem meiner nächsten Werke wiedersehen! Schaut doch auf meinem Blog oder meiner Facebook-Seite vorbei, um auf dem Laufenden zu bleiben.

Eure Asuka

Blog:
http://asuka-lionera.de/
Facebook:
https://www.facebook.de/Asuka-Lionera

MEINE PLAYLIST

(ohne bestimmte Reihenfolge)

Frozen – Let It Go (25 languages)
Christina Perri – A Thousand Years
Galt Aureus – Is There Anyone Left
Caleb Hyles – Let It Go Male Cover
SwordArt Online – Luminous Sword
SwordArt Online – Innocence AmiLee Cover
SwordArt Online – Opening AmiLee Cover
Ayumi Hamasaki – Song 4 You
Outlander Opening
Sofie de la Torre – Faster
Hikaru Utada – Uso Mitai Na I Love You
Kotoko – Face Of Fact
Daft Punk & Pharrell Williams – Get Lucky
Diverse weitere Disney-Soundtracks
Diverse weitere Game-Soundtracks